粤派批评丛书
名家文丛

本项目受广东省宣传文化发展
专项资金资助出版

广东省作家协会
广东人民出版社 组编

金岱集

金岱 著

SPM
南方出版传媒
广东人民出版社
·广州·

图书在版编目（CIP）数据

金岱集 / 金岱著. —广州：广东人民出版社，2021.1
（粤派批评丛书）
ISBN 978-7-218-14440-5

Ⅰ. ①金… Ⅱ. ①金… Ⅲ. ①文艺评论—中国—文集　②文化研究—中国—文集　Ⅳ. ① I206-53　② G12-53

中国版本图书馆 CIP 数据核字（2020）第 154241 号

JIN DAI JI
金 岱 集　　　　　　　　　金 岱 著　　　　版权所有　翻印必究

出 版 人：肖风华

责任编辑：古海阳
装帧设计：河马设计
排　　版：广州市奔流文化传播有限公司
责任技编：吴彦斌　周星奎

出版发行：广东人民出版社
地　　址：广州市海珠区新港西路 204 号 2 号楼（邮政编码：510300）
电　　话：（020）85716809（总编室）
传　　真：（020）85716872
网　　址：http://www.gdpph.com
印　　刷：恒美印务（广州）有限公司
开　　本：787 毫米 ×1092 毫米　1/16
印　　张：19　　　字　　数：300 千
版　　次：2021 年 1 月第 1 版
印　　次：2021 年 1 月第 1 次印刷
定　　价：88.00 元

如发现印装质量问题，影响阅读，请与出版社（020-85716808）联系调换。
售书热线：（020）85716826

"粤派批评"丛书编辑委员会

学术顾问：陈思和　温儒敏
总 主 编：张培忠　蒋述卓
执行主编：陈剑晖　林　岗　贺仲明
编　　委（按姓氏音序排列）：

　　　　　陈剑晖　陈平原　陈桥生　陈思和　陈小奇
　　　　　程国赋　范英妍　古远清　郭小东　贺仲明
　　　　　洪子诚　黄树森　黄天骥　黄伟宗　黄修己
　　　　　黄子平　纪德君　江　冰　蒋述卓　金　岱
　　　　　李钟声　林　岗　刘斯奋　彭玉平　饶芃子
　　　　　宋剑华　苏　毅　温儒敏　吴承学　肖风华
　　　　　谢望新　谢有顺　徐肖楠　许钦松　杨　义
　　　　　张培忠

总　序

在近百年来的中国文坛,"京派批评""海派批评"以及20世纪80年代崛起的"闽派批评"已是大家公认的文学现象,但"粤派批评"却极少被人提起。其实,不论从地域精神文化气质,从文脉的历史传承,还是从批评的影响力来看,"粤派批评"都有着自己的精神气质和文化品格,有它的优势和辉煌。只不过,由于历史、现实、文化和地域的诸多原因,"粤派批评"一直被低估、忽视乃至遮蔽。正是有鉴于此,我们认为,以百年"粤派"文学以及美术、音乐、戏剧、影视等评论为切入点,出版一套"粤派批评"丛书,挖掘被历史和某种文化偏见所遮蔽的"粤派批评"的价值,彰显"粤派"文学与文化的独特内涵和深厚底蕴,这不仅能更好地展示广东文艺批评的力量,让"粤派批评"发出更响亮的声音,而且有助于增强广东文化的自信,提升广东文化的影响力,促进区域文化发展,从而在当前打造广东"文化强省"的进程中发挥积极的文化效应。

出版"粤派批评"丛书,有厚实的、充分的历史、现实、文化和地域等方面的依据。

1. 传统文化的影响。岭南文化明显不同于北方文化。如汉代以降以陈钦、陈元为代表的"经学"注释,便明显不同于北方"经学"的严密深邃与繁复,呈现出轻灵简易的特点,因此被称为"简易之学"。六祖惠能则为佛学禅宗注进了日常化、世俗化的内涵。明代大儒陈白沙主张"学贵知疑",强调独立思考,提倡较为自由开放的学风,逐渐形成一个有"粤派"特点的哲学学派。这种不同于北方的文化传统,势必对"粤派批评"的形成起到潜移默化的作用。

2. 文论传统的依据。"粤派批评"的起源可追溯到晚清,黄遵宪的"诗界革命",梁启超的"小说界革命"的倡导,开创了一个时代的风潮,在全国产生了普泛的影响。20世纪二三十年代,黄药眠在《创造周刊》发表大量文艺大众化、诗歌民族化文章,产生了很大影响。钟敬文则研究民间文学,被视为中国民间文学的创始人。中华人民共和国成立后的十七年,"粤派批评"的代表人物是黄秋耘、萧殷和梁宗岱。黄秋耘在"百花时代"勇猛向上,慷慨悲歌,疾恶如仇,高举着"写真实"与"干预生活"两面旗帜,大声呼吁"不要在人民疾苦面前闭上眼睛"。在中国当代文学理论批评史上,萧殷也许不是一流的评论家,但却是一流的编辑家。王蒙曾说过:"我的第一个恩师是萧殷,是萧殷发现了我。"而梁宗岱通过中西诗学的贯通,建立起了现代性与本土经验相融汇的诗歌理论批评体系。新时期以来,"粤派批评"也涌现出不少在全国有一定知名度的批评家。如在广东本土,"30后"的有饶芃子、黄树森、黄修己、黄伟宗;"40后"的有刘斯奋、谢望新、李钟声;"50后"的有蒋述卓、程文超、林岗、陈剑晖、郭小东、金岱、宋剑华、徐肖楠、江冰;"60后""70后"的有彭玉平、谢有顺、贺仲明、钟晓毅、申霞艳、胡传吉、纪德君、陈希、杨汤琛;"80后"的有李德南、陈培浩、唐诗人;等等。在北京、上海、武汉及香港等地生活的"粤派批评"家的有杨义、洪子诚、温儒敏、陈平原、陈思和、吴亮、程德培、黄子平、古远清等,其阵容和影响力虽不及"京派批评"和"海派批评",但其深厚力量堪比"闽派批评",超越国内大多数地域的文学批评。如果将视野和范围再开放拓展,加上饶宗颐、王起、黄天骥等老一辈学者的纯学术研究,"粤派批评"更是蔚为壮观。

3. 地理环境的优势。从地理上看,广东占有沿海之利,在沟通世界方面具有得天独厚的优势;同时,广东处于边缘,这既是劣势也是优势。近现代以来,粤派学者在中西文化交汇的背景下,感受并接受多种文明带来的思想启迪。他们视野开阔,思维活跃,不安现状,积极进取,敢为人先,因此能走在时代变革的前列。黄遵宪、康有为、梁启超、孙中山等是这方面的代表人物。他们秉承中国学术的传统,开创了"粤派批评"的先河。这种地缘、文化土壤的内在培植作用,在"粤派批评"的发展过程中是显而易见的。

"粤派批评"有属于自己的鲜明特点。

1. 从总体看,除发生期的梁启超、黄遵宪外,"粤派批评"家不像北京的批评家那样关注现代性、全球化、后殖民等宏观问题，也不似"闽派批评"那样积极参与到"朦胧诗""方法论""主体性"的论争中。"粤派批评"家有自己的批评立场、批评观念，亦有自己的学术立足点和生长点。他们师承的是梁启超、黄遵宪、黄药眠、钟敬文这些大家的治学批评理路。他们既面向时代和生活，感受文艺风潮的脉动，又高度重视审美中的文化积累和文化传承；既追求批评的理论性、学理性和体系建构，注重文学史的梳理阐释，又强调批评的实践性，注重感性与诗性的个性呈现。比如，古远清的港台文学研究，饶芃子的海外华文文学研究，郭小东的中国知青研究，陈剑晖的散文研究，蒋述卓的文化诗学研究，宋剑华对经典的阐释重构，都各有专攻，各擅胜场，且处于国内领先地位。

2. 中国现当代文学史写作，是"粤派批评"最为鲜亮的一道风景线。在这方面，"粤派批评"几乎占了文学史写作的半壁江山，而且处于前沿位置，有的甚至成为中国现当代文学史写作的高地。比如20世纪80年代，钱理群、陈平原、黄子平联合发表的著名论文《论"二十世纪中国文学"》，其中的陈平原、黄子平均为粤人。洪子诚的《中国当代文学史》以方法先进、富于问题意识、善于整合中西传统资源和吸纳同时代前沿研究成果著称，它与陈思和的《中国当代文学史教程》被学界誉为中国现当代文学史的"南北双璧"。杨义的三卷本《中国现代小说史》是将比较方法运用于文学史写作的有效实践，该著材料扎实，眼光独到，文本分析有血有肉，堪与夏志清的《中国现代小说史》比肩。此外，温儒敏的《中国现代文学批评史》、黄修己的《中国现代文学发展史》、古远清的港台文学史写作也都各具特色，体现出自己的史观、史识和史德。

3. "粤派批评"还有一个亮点，即注重文学批评的日常化、本土经验和实践性。"粤派批评"家追求发现创新，但不拒绝深刻宽厚；追求实证内敛，而不喜凌空高蹈；追求灵动圆融，而厌恶哗众取宠。这就是前瞻视野与务实批评结合，经济文化与文学批评合流，全球眼光与岭南乡土文化挖掘齐头并进，灵活敏锐与学问学理相得益彰，多元开放与独立的文化人格互为表里。这既是广东本土批评家的批评践行，也是他们的共性和个性特征，是广东文化研究和文学批评的可贵品格。

"粤派批评"的这种特色，可以用八个字来概括：创新、实证、内敛、精致。

创新。从六祖慧能到陈白沙心学标榜"贵疑""自得"，再到康、梁，粤地便一直有创新的传统。这种创新精神在百年的"粤派批评"中也得到充分的践行和展示，这一点在当下应受到特别的重视。

实证。康有为的老师朱九江，其著述被称为"实学"，他倡导经世致用的实证研究，这一批评立场和方法，在后来的许多粤派批评家身上也清晰可见。

内敛。"粤派批评"虽注重创新，强调质疑批判精神，但它不事张扬作秀，它的总体基调是低调务实，是内敛型的。正是因此，它往往容易被忽视，被低估，甚至在某些时段被边缘化。

精致。"粤派批评"比较个人化，偏重民间的立场和姿态，也不热衷于宏观问题的发声和庞大理论体系的建构，但粤派批评家的批评实践具有"博"与"精"并举，"广"与"深"兼备，"奇"与"正"互补的特点，这形成了"粤派批评"细微却精致的特色。

建构"粤派批评"，不能沿袭传统的流派范畴与标准，而需要有一面旗帜、一个领袖、一套共同或相近的文学理论主张、一批作品或论著来证明、体现这些理论主张。事实上，在当今中国的文学语境下，纯粹的、传统意义上的文学流派或学派是不存在的。因此，"粤派批评"更多地是描述一个客观的文学事实，即"粤派批评"作为一个实践在先、命名在后的批评范畴，并非主观臆想、闭门造车的结果。它不是一个具有特定文学立场、主张和追求趋向一致性和自觉结社的理论阐释行动。它只是一个松散的、没有理论宣言与主张的群体。因此，没有必要纠结"粤派批评"究竟是一个学派，还是一个地域性的概念，但有一点可以肯定："粤派批评"已是一个特色鲜明的客观存在，即虽具有地方身份标志，却不是局限于一地之见的文艺理论家批评家群体。

"粤派批评"丛书不仅要具备相当规模，而且应做成一个开放、可持续发展的产品链，这样才能产生较大的规模效应，发出自己强有力的声音，并将这种声音辐射到全国。为此，丛书分为"文选"和"专题"两大版块。文选共38本，分"大家文存""名家文丛""中坚文汇""新锐文综"四个层次。

专题共12本。两大版块加起来共50本，计划在3年内完成。以后视情况再陆续补充，使之成为广东一张打得响，并在全国的文艺版图中占有一席之地的文化名片。

党的十九大报告指出："发展中国特色社会主义文化，就是以马克思主义为指导，坚守中华文化立场，立足当代中国现实，结合当今时代条件，发展面向现代化、面向世界、面向未来的，民族的科学的大众的社会主义文化，推动社会主义精神文明和物质文明协调发展。"在广东省委宣传部的指导支持下，广东省作家协会和广东人民出版社联合编纂出版"粤派批评"丛书，是贯彻落实十九大关于文化建设发展精神和习近平总书记关于文艺工作的重要指示的一项重要举措，是讲好中国故事、传播中国声音、阐发中国精神、展现中国风貌的一次文化实践。我们坚信，扎根广东、辐射全国的"粤派批评"必将成为新时代坚定文化自信、实现中华民族伟大复兴路上其中一块稳固的基石。

"粤派批评"丛书编辑委员会

2020年5月15日

作者照

作者简介：

金岱，本名胡经代，1953年生，江西南昌人，华南师范大学文学院二级教授、博导，一级作家。曾任广东省作家协会副主席、广东省文艺评论家协会副主席、中国当代文学研究会理事、中国小说学会理事等。现为广东省文艺评论家协会顾问、中国人民大学复印报刊资料《文化研究》杂志编委。著有文化批评集《"右手"与"左手"》《千年之门》《如此世界》，学术专著《世纪之交：长篇小说与文化解读》（主编）、《城市：作为符号与表征》（第一作者），长篇小说"精神隧道三部曲"（《侏儒》《晕眩》《心界》）等。批评和创作曾获广东省鲁迅文艺奖等多种奖项。

目 录

前　言 / 1

上篇　当下文学与本体言说

"个性文学"论纲 / 2

经济文化与"人本文学" / 14

意义的先锋 / 33

第三种文学 / 43

第三种批评：意义的先锋 / 51

为诗即是为度 / 53

文学作为生存本体的言说
　　——百年来中国文学的描述、反思及其前路之一种 / 56

体验的哥白尼
　　——兼论本体体验：从现代到后现代 / 71

论文学的知识分子间性
　　——与"文学终结论"商榷 / 79

20世纪90年代文学的消解之潮 / 90

当代长篇小说的文化流向 / 95

从"内转"到"外突",还是从"外突"到"内转"／102

精神虚无与价值共识／105

女性写作与当前文学:关键词种种／109

为天地立心

  ——《西游记》与中国的第一次"西"化／116

命运独旅／125

下篇　文化批评与价值新探

文学的"科学研究"与"文化研究"／134

论作为知识分子批评的文化批评／144

我世界:作为一种生存的本体论／160

道德公式:在绝对的X之上还有一个绝对的X／172

论泛血缘文明及其转型／175

中国问题·解释维度·文化进路

  ——当下中国问题的文化进路论略之一／182

中国现代性建构:作为问题

  ——当下中国问题的文化进路论略之四／195

文化建构主义与再启蒙

  ——当下中国问题的文化进路论略之七／207

论整体主义的两种文化样态／226

论整体主义的文化性格

  ——从认知的角度看／242

整体主义与前现代文明的文化逻辑／255

整体主义复兴:路向与可能性／264

前　言

"粤派批评"丛书的编委约我编一本文学、文化批评的自选集，这给了我一个很好的机会，集中回顾、整理和反思一下40年来自己在这方面的工作。

"意义的先锋"是我于20世纪90年代提出来的一个相对于"形式的先锋"的创作主张，今天来看，这个说法对我而言已不再局限于创作方面，它还包括了我在文化批评方面的"文化建构主义"的理论追求。根本来说，"意义的先锋"所指涉的是我的工作理想，不管就这理想做了多少，做得怎样。

40年来，我的这项工作大体分两个方面：一是"当下文学与本体言说"，一是"文化批评与价值新探"。20世纪八九十年代，与小说创作形成互动，我的思考主要用力在前者；21世纪后，我的思考则更多着意于后者。

"当下文学与本体言说"主要是提出了一些创作主张。从"个性文学"或"个人本位文学"到"第三种批评"或"第三种文学"，从"意义的先锋"到"文学作为生存本体的言说"，从"本体体验"到"文学的知识分子间性"，都是在思考中国当代文学的一种可能性问题。"文化批评与价值新探"则主要指我将前期小说创作上的主题延伸至文化批评路径，以至于提出了"文化建构主义"的初步理论主张。

不管是"当下文学与本体言说"，还是"文化批评与价值新探"，我所思考的问题其实只有一个："中国现代性建构"，或者更确切地说，是"中国的文化现代性建构"。

这问题很大，我的工作极其有限，但大问题、小工作，一点点做下去，做多少是多少，哪怕只是添点砖加点瓦，应该是可行的态度。我想，作为一个身在广东的文化批评工作者，于这一问题上责任尤其重大。广东在1840年以来的中国现代文明转型过程中，两次承担重任：一次是1840年至辛亥革命，一次是20世纪八九十年代以来的改革开放。两次，广东都处于前沿位置。身处前沿，如何能不直面个中问题，竭力前行呢？

　　今天，转型仍未完成，尤其是中国的文化现代性问题，路还很长。所以，所谓"粤派批评"，于这方面应当是重任在肩。我个人作为"粤派批评"之一员，则自当继续努力，死而后已。

金　岱

2020年5月4日

于华南师范大学教师村

上篇

当下文学与本体言说

"个性文学"论纲

一

今天,中国文学陷入了某种绝境。

很长一段时间以来,我们的文学拼命想要摆脱社会学观念,但是无论如何摆脱不掉,而且仿佛走进了沼泽地,越挣扎陷得越深,到新时期文学十年的讨论时,已深到不能再深的地步了。

事实上,不管如何众说纷纭,新时期文学的主潮仍是"社会文学"。

新时期的"社会文学"以刘心武的《班主任》为滥觞,从"伤痕文学"走到"反思文学",然后分成反映现实的"改革文学"和追寻历史的"文化文学"(即"寻根文学")两股力量前进。"社会文学"在表现中国的现实和历史等方面做出了巨大的努力,也获得了显著的成功。"伤痕文学"和"反思文学"对当代历次政治运动的反映与思考,"改革文学"对官僚主义和阻碍改革的现象的批判与分析,"文化文学"对中国历史、文化结构、民族心态的揭示与追寻,都达到了相当深刻的程度。

有人主张把新时期这一类文学都统称为"反思文学",这话不无道理。新时期以来的这一类文学以及不断更迭的文学浪潮,有一个共同的特点,那就是不断地反思、追寻中国现实的社会原因。从"四人帮"到官僚主义,再到古老文化,书写和思考的不外乎是阶层、民族、体制、文化等社会性和群体性的东西。也就是说,新时期以来这类文学的根本指向都是社会,是一切外在于个人的东西。因此,这一类文学最恰当的称谓还是"社会文学"。

前年,有一位青年学者在"新时期文学十年"的讨论中,把整个新时期文学批了一通,他认为新时期文学所追寻的一切原因都不重要,都不是根本的，根本的是"人种"问题。这位青年学者的观点看起来很激烈、很反潮流，但是我们冷静、仔细地分析一下，作一个宏观的考察，会发觉他的思路一点也不新鲜，其指向和前文所讲的"社会文学"指向是完全一致的，即指向外在于个人的社会动因。"人种"显然是一种群体概念，和"民族""阶级""文化"等并无本质区别。他的"人种"无非是"寻根"的进一步推进，"寻根小说"已经写到大禹的天下，乃至于石器时代了，再往前走，只好推到"人种"头上。

但是，这位青年学者不自觉地做出了一个重要的贡献，他把"社会文学"这种外在于个人的思考指向推到了极点，推到了荒谬的地步，于是，也就暴露出"社会文学"总指向的局限性，暴露出这种外在于个人去寻问动因的思维方式的偏颇，尤其暴露出我国文学这种路径的惯性力量到了怎样的可怕程度。这位青年学者不期然地作了一次"归谬论证"，使"社会文学"显出了它荒谬性的一面。

总之，经这位青年学者这么一推，"社会文学"整个走向的真实面貌完全暴露出来了。前些年文学界对庸俗社会学的批评，其实仅仅只是指责文学所寻求的社会因素太狭窄了，关于文学的社会因素不仅仅是政治，还有经济和文化。现在，所有这些因素都寻过了，已经寻到"人种"了，已经无可再寻了，我们的文学该怎么办呢？于是，创作陷入了困境，理论走向了沉默！

当然，有一批作家和理论家早已开始了另一种选择，即"审美文学"的选择。"审美文学"的推崇者认为，文学的社会功能已经被蓬勃发展的社会科学拿走了，文学的意义愈益向审美靠拢了，文学只需在陶冶人的审美情感上下功夫，也只有在改变、更新、陌生化、强化人们对世界的感觉上做文章才有大出路。

新时期"审美文学"的首创者是王蒙，随着他的意识流小说的异军突起，此后涌现出一批又一批在形式上寻求突破，着力学习西方现代派的作品，例如李陀等的荒诞、象征，刘索拉等的黑色幽默，莫言等的新感觉，汪曾祺、何立伟等的新语言，马原等的陌生化，张炜等的魔幻现实主义……有人说，我国的新时期文学在短短几年之内跑完了西方文学形式变化的近百年历程，这话并不夸张。

新时期的"审美文学"是立了大功的。它在打破我国文学"内容决定形式""政治第一，艺术第二"等形而上学的观念和创作上的僵局方面，有着极大的勇气和韧劲。"审美文学"以它令人目眩的一批批新鲜之作，以它那"新语言、新感觉、新形式就是新内容"的惊世骇俗之说，大大拓宽了人们的眼界。

"审美文学"的确不失为一条能与"社会文学"并驾齐驱的文学之路。但是，新时期的"审美文学"目前也走到岔路口了。

其一，不管"审美文学"的理论家们如何鼓吹，人们仍然无法相信，文学从今以后已不再是人学，而只是一种纯粹的享受了。同时在创作实践上，大量"审美文学"作品都是以新鲜的形式和"社会文学"的内容结合在一起的，显出了这种文学在理论和实践上的窘迫。

其二，今年文坛上出现了"伪现代派"的讨论。显然，这是新时期"审美文学"必须"另起一行"的一个标志。有的同志认真研究起中国近年来的小说是否严格意义上的西方现代派这个问题，我们很难想象这个问题有什么实际意义。中国当代小说到底为什么要是或不是西方现代派呢？我就是我，照理应如斯。当然，这问题的提出与新时期"审美文学"创作实践上的弱点不无关系。的确，近年来一些在形式和表现上有所突破的作品，读来往往有某种蓝本感，似乎总能在西方现代派文学中找得到依托，但如果我们的理论批评不是引导创作实践从借鉴走向独创，而仅仅是以某种现成的、外在的价值尺度来衡量这些作品，那我们的文学就太令人失望了。

更为重要的是，新时期"审美文学"这种外向寻求价值尺度的做法，和新时期"社会文学"那种外向探寻社会动因的做法，在思维方式上是惊人的一致的，这体现了中国文学统一的思维特点。

总之，新时期的"社会文学"在遍寻所有社会动因，在走到了绝处之后，该往何处去呢？新时期的"审美文学"，在遍学了所有西方现代派之后，又该往何处去呢？新时期文学还能不能找到更新的角度，还能不能进行更大幅度的突破呢？中国文学还有没有更好的出路呢？

有！有一条康庄大道其实早就摆在我们面前了，可不知为什么，我们却始终视而不见。

这条路，是一条文学思维指向根本改变，价值尺度大幅度转换的路。这条路，是一条能有机融文学的社会意义与审美意义于一炉，特别符合文学内在规律的路。这条路，不是唯一的路，它将与"社会文学""审美文学"并存，但它是从中国文学的症结处走出来的路。对于困境中的新时期文学，这是一条更为新鲜、更为重要、更具有革命性、更具有生命力的路。这条路，就是"个性文学"的路！

二

什么是"个性文学"呢？

让我们先看看什么是"社会文学"吧。

我们认为，所谓"社会文学"，即那种追寻作品中的人物及其命运、社会及其演进、历史及其变动等社会因素的文学。"社会文学"最直白的含义是：因为有这样的社会，所以有这样的人。"社会文学"中的主角是社会，不是个人，不是个性。尽管这种文学也写人，也写个性，但是这种文学中人的个性及其活动是表面现象，是手段和工具，它的目的是社会，指向政治、经济、文化等各方面的问题。总之，"社会文学"是一种将一切原因、责任、功过、是非都归于社会的文学。

例如，近年来在话剧舞台上颇为轰动和流行的《狗儿爷涅槃》，便是典型的"社会文学"。剧中的主角狗儿爷纯然是个简单的符号。解放后，他过上了好日子，很快活；合作化来了，他的田被拿走了，牲口被牵走了，他便疯了；而十一届三中全会以后，搞承包，搞责任制，他的田和牲口又回来了，他便由傻复聪。这种作品中的主角其实是政策，它的指向和目的都是政策，它显示给我们的是政策的威力，表现出什么样的政策好，什么样的政策坏，启迪我们批判旧政策，拥护新政策。狗儿爷本人以及其他人物都只是论据和工具。

如果撇开内容和政治含义的类比，而仅从宏观上去把握某种艺术思维指向的话，我们很容易发现，《狗儿爷涅槃》不过就是《白毛女》的翻版。《白毛女》讲的是一个"旧社会把人变成鬼，新社会把鬼变成人"的故事，它的主角是社会制度，显示的是社会制度变化的威力，启迪我们痛恨旧社会，热爱新社会。"白毛女"在这里也只是论据和工具。

如此格局的作品几十年来实在太多了。我们还是往上回溯，找大作家来分析吧。

例如老舍，便是典型的"社会文学"家。他的作品，特别是《骆驼祥子》和《茶馆》，都是社会批判文学。祥子也好，王掌柜也好，不管他们如何吃苦耐劳、怎样精明强干，统统逃不了悲惨的、覆灭的命运，其原因就在旧社会太黑暗、太腐败，穷人根本没有出路。老舍作品的主角、指向和目的显然都是社会。茅盾也是这样。《子夜》中的吴荪甫，不管他如何雄心勃勃、足智多谋、拼命挣扎，终归是失败了，其原因就是中国民族资产阶级的命运理该如此，茅盾写这部书的目的也就在于指明这条规律。

"社会文学"也写个性，但从根本上说，这种个性都可以抽象为符号，如狗儿爷，如白毛女。大多数"社会文学"中的人物，虽然具有生动、鲜明的个性，但这些个性的生动鲜明恰恰是要证明这样生动鲜明的个性都是毫无价值的，它们终归由社会决定。祥子也好，王掌柜也好，吴荪甫也好，他们越是活灵活现、栩栩如生，越是使我们觉得他们只是虚无而已。

这一点，在《红楼梦》里看得最清楚。《红楼梦》中的人物个性千姿百态，或痴顽，或精明，或倔强，或软弱，或凶残，或善良，或骄横，或恭顺，或富贵，或贫穷……可是最后怎样呢？结局一般无二，无非是"白茫茫一片真干净"。从玄学上分析，所有这些个性都是作者"好了"观、虚无观的佐证；从社会学上分析，所有这些个性都是封建社会必然灭亡的佐证。而且，这些个性越是丰富，这种佐证就越是有力。《西游记》也是如此。孙悟空这个形象可以说是中国文学史上最独特、最强有力的个性了，但是这只无法无天的泼猴最终只能烘托出如来的法力无边。孙悟空纵有七十二变、火眼金睛，也只是如来掌中的玩物，他辅佐的那场西游壮行也不过是观世音操纵的"木偶奇遇记"而已（严格说来，《西游记》是失败的，成功的只是"孙悟空"本身，"孙悟空"作为一种自足的文学形象和现象超脱了《西游记》的框架，而成为一种"个性文学"的胜利）。可以说，绝大部分古典作品都是这么一个套路。

"社会文学"自然是有其巨大功用的。它的功用主要在于唤起人们对某种社会制度、现象或问题的关注、歌颂、审视或批判等。"社会文学"在社会大动荡、大变革时期显示出威力，它对于唤醒群众，帮助群众认识社会、批判社会，激起群众变革社会的热情的确有其独特的意义。茅盾、老舍、《白毛女》都已经起到了杰出的历史作用，《狗儿爷涅槃》对于阐明中华人民共和国成立后几十年间农村命运的走向也是很有说服力的。但是"社会文学"只是文学认识世界、表现世界的一种角度，这种角度的存在是无可非议的，可如果一国的文学只存在这么一种认识世界、表现世界的角度，那这国的文学便有明显欠缺了。

"社会文学"的思维指向有一个致命的弱点。"社会文学"致力于探问社会因素，把社会当作主角和目的，个人在其中变成了手段和工具，这使"社会文学"很容易变成一种"非人"的文学。也就是说，"社会文学"很容易使人们忘记了自己也是这世界的一部分，忘记自己作为一个具体的活生生的人的存在的能动性，淡漠了自己对自己和社会的责任、权利，从而丧失了个人的存在价值，泯灭了人的个性。我们民族的整个文学史，几乎可以说就是一部"社会文学"史。尽管各个时代文学的内容不同，但其文学思维的指向却是完全一致的。从屈原到杜甫，到绝大部分古代小说、戏曲，再到20世纪的主流文学作品，不管是忧国忧民的，还是倾诉自己悲苦命运的，不管是歌颂的，还是反抗的，其指向都是社会。社会的前进，时代的更替，似乎与个人无关，个人在其中既无功亦无过，既不是原因也没有价值，文学便在这种永恒的循环中滚动，文学中的个人变成了工具，文学本身也变成了工具。

我们文学思维指向中的这种一贯性、统一性太应该使我们警醒了！

社会主义文学必须是一种与封建文学根本不同的文学，这种不同，不仅表现在文学的思想内容上，而且要表现在文学的思维指向上。但是，我们不是要否认、废弃过去的文学思维指向，而是要肯定它的合理性的一面，同时认清它的荒谬性的一面，并开掘别样的文学思维指向来与其互补。社会主义文学与封建文学本质的不同，就在于封建文学的思维指向是单一的、专制的，而社会主义文学的思维指向是多元的、互补的，因此也是健康的、丰富的、完整的。因此，我们必须推出从新的角度认识世界、表现世界的"个性文学"来，尤其在今天这样一个伟大的社会主义改革时代，我们这一代人要责无旁贷地踏出"个性文学"这文学的"第三条道路"来！

现在我们再来看什么是"个性文学"。

所谓"个性文学",即那种探问作品里人物及其命运、社会及其演进、历史及其变动等个性原因的文学。"个性文学"最直白的含义是:因为有这样的人,所以有这样的社会。"个性文学"中的主角是个人,是个性,而不是社会,尽管它也描写社会。这种文学中的人物本身就是本质的东西,人物的个性就是他成为自己的原因,就是他所身处的环境和社会之所以存在的原因。这种文学中的人物是有责任、有价值的人。这种文学的指向是个性,目的也是个性,即为的是或阐扬、或批判、或改变某种个性。

在中国文学史上,"个性文学"的代表作是《阿Q正传》。《阿Q正传》几乎可以说是我国文学史上前无古人,来者亦属罕见的一篇特立独行之作。就现代文学而言,我们用"社会文学"的理论和标准,几乎可以解释所有作品,唯独难以解释《阿Q正传》,尽管我们用尽了一切法宝来琢磨它,可阿Q永远是个谜。这一点足以引起我们特别的深思。我们认为,这种现象的存在并不意味着阿Q本身的神秘和复杂,而仅仅说明我们没有循着鲁迅的思路,没有按照鲁迅文学思维的指向去理解《阿Q正传》。

如果拨开围绕《阿Q正传》的迷雾,抛弃历来强加于它的"社会文学"的理论框框,我们会发现一个非常简单明了的道理。鲁迅塑造了阿Q,可是并没有追问阿Q个性形成的原因和历史,鲁迅并没有表现阿Q是中国封建社会的产物和结果这一点。恰恰相反,鲁迅所强调的是,阿Q本身就是中国社会现状如此的原因,正是因为有了千千万万的阿Q,所以才有了落后的中国。

这就是鲁迅的思路。这思路和茅盾、老舍的思路正好相反。茅盾、老舍的思路是,正是有了这样黑暗的社会,所以才有了吴荪甫、祥子的性格和命运。茅盾、老舍的批判矛头是指向社会,而鲁迅的批判矛头是指向个人、个性。两类作品的出发点不同,侧重点不同,目的不同,功效也不同。在茅盾、老舍的作品里,我们感受到的是我们所处的环境和社会,在阿Q这面镜子里,我们则照见我们每一个人自己的灵魂。阿Q这形象一出世,人们都惶恐不安地觉得它有些像自己,直到今天,我们每一个人仍然能从阿Q身上找到自己的影子。这就是鲁迅文学思维指向的独特的思想力量和艺术魅力。

20世纪的中国有两大任务,一为立国,一为立人,二者相互作用,缺一不可。茅盾、老舍的作品是为立国服务的,而鲁迅的作品是为立人服务的。关于立人,鲁迅有许多精辟的见解,如"首在立人,人立而后凡事举;若其道术,乃必尊个性而张精神""国人之自觉至,个性张,沙聚之邦,由是转为人国"等。鲁迅文学的整体思路就是立人的思路,也可以说,就是"个性文学"的思路,就是把中国人的个性当作最根本的因素,在改造中国人的基础上改造中国社会的思路。

但遗憾的是,长期以来,我们并不遵循鲁迅思想的这一指向前进,相反却用"社会文学"的理论生搬硬套在他头上。例如,在对阿Q的研究中,我们始终没有正视"阿Q是中国社会形成的原因"这一重要命题,相反却把"阿Q是中国封建社会的产物"作为《阿Q正传》的结论。乍一看,这两者并没有什么区别,后者也并没有什么错处,其实这里面潜藏着一种顽固的思维定势,即认为社会永远是人的决定者,个人不是原因,也不是目的,个人没有责任,也没有价值,个人的存在是无足轻重的。这样一来,我们就把鲁迅所发掘的中国人的个性原因又归到社会头上去了,把每一个中国人自己应负的责任又转嫁于外,把鲁迅所奋力肯定的"个人"和"个性"又否定掉,结果是抹杀了鲁迅的独特性和思想真义,实际上损害了鲁迅的伟大和深刻。而更为严重的是,我们用一大堆似是而非的东西淹没了鲁迅所开创的"个性文学"道路,使鲁迅文学丧失了继承者,使本来早就该踏出"第三条道路"的20世纪中国文学又回到传统轨道上去了。

现当代文学中的另一位大师巴金,他的早期作品也蕴含着丰富的"个性文学"因素。巴金在谈到《家》和他早年生活的关系时说:"我们三兄弟跟觉新、觉民、觉慧一样,有三种不同的性格,因此也有三种不同的结局。"到了晚年,巴金这一方面的思想更加清晰了,他在总结了后半生的痛苦经验后,深刻认识到中国人和中国文学的痼疾,明确提出了"自忏意识",并在五卷本的《随想录》中身体力行,在理论和实践上继承了鲁迅,使"个性文学"的线索又浮现了出来。

不过,鲁迅和巴金在把"个性文学"作为一种与"社会文学"并行互补的文学道路方面还不是很自觉的,他们在这方面的思想也不是成熟、完整的。鲁迅所提出的"国民性"概念不是一个彻底的概念,"国民性"依然是一个群体概念，基本上属于文化范畴，个人仍然可以在其中逃避自己的责任。我们现在人人都非常善于像柏杨先生一样张口闭口痛骂"中国人"，仿佛自己并不是中国人似的，我们在"中国人"这个概念里抽掉了自己。而"个性"则是与群体性概念正好相反的一个概念，它直接指向我们每一个人，它和"国民性"之间，有着质的区别。因此，我们现在必须把"国民性"转换为"个性"，斩钉截铁地提出"个性文学"，继承并发展鲁迅的思维指向，把"个性文学"踏成一条大路。我们相信，"个性文学"的发展将大大有助于激活我们民族每一个人的个性意识，它不断提醒我们自己和我们所处的环境之所以存在的原因，不仅在社会、历史等外在的东西上，而且还在此时此地的每一个人身上，我们能不能站起来做一个具有强健个性和独立人格的人，是决定着我们自己和社会命运的一个极重要的因素。在"个性文学"中，我们每一个人都将感到我们作为一个具体的、活生生的人的质的规定性（即能动性和自主性），我们将意识到我们对自己和社会的强烈的权利和义务，我们每一个人在这里都无法推卸责任，同时在这种责任中，我们真正感到我们作为一个人的价值所在，并感到个性的伟力。

三

个人与社会是一个完整的事物。离开了社会的个人，只是非人；离开了个人的社会，只是乌有。我们之所以要把这个完整的事物划分为个人与社会，乃是我们从不同的角度对这个完整事物进行分析的结果。我们从不同的角度分析它，就用不同的符号来为它命名。说"个人"时，我们应该知道，在"个人"身上，集合着一切社会关系；说"社会"时，我们也应该知道，在"社会"里面，集合着所有的个人。所谓"社会"无非是指众多个人的集合，所谓"个人"无非是指在集合状态下的众多单个的人。总之，个人与社会是一个东西，它们之间仅仅存在指向上的区别。

同样，个性与社会性（民族性、阶级性、人性等）也是一个完整的事物，我们也是因为要从不同的角度去分析这个完整的事物，才以不同的符号为之命名，它们之间也只存在指向上的区别。"社会性"取向于人类或某一人群的共同性，"个性"取向于个人的独特性。因此，心理学上所谓的"个性"是指人与人之间的共同性和差异性的辩证统一。所以，每一个个性里其实蕴含着丰富、复杂的社会性，这种社会性不是分离的、片面的，而是有机地、活生生地综合在一起的；同时，它所指向与强调的又是将这些共性天然地综合在一起的独特方式，即它的独特性。如果整体地理解事物的话，我们就会发现，个人与社会，作为一个完整的事物，完全可以从不同的角度去观察它、认识它、分析它。

从社会角度出发时，我们往往是在做一种"同构异质"的研究。同一种社会形态或社会现象，不管什么样的个性存于其间，都将溶化，都不影响这种社会形态或社会现象本身的运动。由此，这种社会状态或社会现象本身的规律就得以凸现出来。这实际上就是"社会文学"的探寻方向和探寻方式。

从个人角度出发时，我们往往是在做一种"同质异构"的研究。同一种个性，不管进入什么样的社会形态，或碰到什么样的社会现象，它都将一如既往、自行其是并发挥作用。由此，这种个性的规律便得以凸现出来。这实际上就是"个性文学"的探寻方向和探寻方式。

所以，"社会文学"与"个性文学"是两种并行不悖、互相补充、互相作用的文学，两种视角、两种指向、两种方式都是缺一不可的，长期只从"社会文学"的角度去观照这个完整的世界，这种角度必然是有欠缺的。因为个性的规律被忽视了，个性的作用被淡忘了，个性也就在其中泯灭了。

当然，有的同志也许要说，不错，对于个人与社会这样一个完整的事物，我们既可以从社会的角度去认识，也可以从个人的角度去分析，但是，个性背后不是有其社会原因吗？我们回答曰：难道社会原因背后，就没有其个性原因吗？事实上，个人与社会之间的关系是一条互为因果、始终循环、共生共灭的链条，其间并没有一个谁是第一性、谁是第二性、谁决定谁的问题。个人与社会，作为一种对立统一的关系，作为一个完整事物的两种指向，根本无分先后。因此，如果我们执着于这种因果循环的思维，就会堕入那个古老、简单、荒谬的线性思维的泥淖中不能自拔。线性思维是一种封闭性的思维，这种思维对任何事物都要寻个最初的因，寻个最终的果，而这是不符合世界的本来面目的，世界是开放的、无限的，根本就不存在始终问题。

问题是，社会决定个人的观念在我们心里是根深蒂固的。有的同志甚至会搬出马克思主义的经典来予以佐证，马克思不是说，存在决定意识吗？的确，长期以来我们就是这样有意无意，似是而非地歪曲马克思主义的。其实，存在不等于社会，意识不等于个人。存在，既可以是社会存在，亦可以是个人存在；意识，既可以是个人意识，亦可以是社会意识。个人是存在与意识的统一体，社会也是存在与意识的统一体。存在与意识，个人与社会，是两种完全不同的关系，是两个根本不同层次和角度上的问题。存在决定意识绝不能横移至社会决定个人。

还有的同志，会对这个问题慨然叹曰：相对于社会，个人实在是太渺小了。说这种话的人，必然是自我中心主义者。他认为，所谓"个人"，便是指他自己。可是，所谓"个人"，不仅指他，也指我，也指你。"个人"是指许许多多的个人，当然也指我们每一个人自己。

总之，如果采取一种整体的、开放的和多元的思维方式，我们就很容易理解到：个人与社会，是对一个完整事物进行认识或表现的两种角度，角度与角度之间，无分先后与否，无分重要与否，无分决定与否，角度与角度之间仅仅只是互相作用、互相补充的关系。而对文学来说，不仅要有从社会角度去认识和表现的"社会文学"，而且必须要有一个从个人角度去认识和表现的"个性文学"，两种文学是缺一不可的。

虽然对一个完整事物的认识和表现，社会的角度和个人的角度一般来说是同等重要的，但就今天的中国文学具体情况来说，我们认为，"个性文学"比"社会文学"来得更紧要和迫切。其理由有二。

第一，作为一种人学的文学，它对我们这个人的世界的探问和表现，有一个独特的方式和突出的特点，那就是它将"个性"作为它的主要手段和工具。可是，在"社会文学"中，手段和目的是分裂的，手段是"个性"，目的却是"社会"。而在"个性文学"中，手段和目的却是合一的，手段是"个性"，目的也是"个性"。这样，"个性文学"就成为一种最能发挥自身所长、最合内在规律的文学，成为一种真正的人学。事实上，"社会文学"的读者正在日益减少。其原因就在于社会科学的蓬勃发展，使读者在文学作品中寻求社会问题的表现和答案的兴趣正在逐渐丧失；而读者又不能在这类作品中看到作为目的的人，看到能对世界发生影响和作用的人，看到自己的本质力量。可以说，"社会文学"的功能会有相当一部分被社会科学拿走，而"个性文学"却不会。尽管社会科学（如心理学、社会学）也研究个性，但是"个性文学"中目的和手段统一的个性，是一个完全天然的、活生生的存在，它以独特的方式有机地包容着、综合着一切社会性，它以这样一种完整的社会生命形式指向每一个单独的个人，指向每一个读者。每一个读者都能在"个性文学"中看到对世界具有能动作用的人，看到对世界负有责任的人，看到自己的本质力量，而不是看到一种宿命的动物。文学是一面镜子，这个比喻是大家公认的。可是大家忘记了，人们使用镜子并不是为了照自己的环境，而是为了照自己。我们的文学中能够像阿Q那样照见自己的镜子确实太少了。

　　第二，我们个性上有一个最大的痼疾，就是喜欢把责任往外推，推得越远越好，不管碰上什么事，发几顿牢骚，来几句国骂，便一了百了。碰到什么需要改变的事，我们首先希望别人先改，我们再跟着改，或者以为社会改了，我们自然改。这不是别的，就是作为人的质的规定性，即能动性的丧失。也许有人会说，正是因为长期以来，我们得到的权利太少，所以也就没有什么责任感。权利和责任是相互的，没有权利，哪来责任？瞧，这又是一种把责任往外推，不肯在自己身上找原因的说法。事实上，如果每一个中国公民首先都有了强烈的责任感，都有了勇于负责、善于负责的精神和能力，都能真正地认为自己是自己，同时也是社会主人的话，我们就会独立思考，独立判断，不迷信，不盲从，不依赖，我们就会自然而然地去追寻我们应有的公民权利和责任。毕竟，能动的、创造世界的总是在人的这一方面！

　　现在，我们应该高扬"个性文学"的旗帜，大力呼吁、提倡、发展"个性文学"，让"个性文学"在新时期文学的持续发展中崛起，并逐渐显示其优越性和占据突出的位置。

（与周德生、季晓燕合著，原载《创作评谭》1988年第2期）

经济文化与"人本文学"

一、经济文化与政治文化

客：商品经济大潮所带来的最大的副作用恐怕就是精神的沙漠化了，你说是不是？

主：有这种危险。

客：只是有这种危险？这已是明摆着的事实了，老兄。

主：可现实永远是发展中的现实，关键得看趋势和可能性。

客：我看见的趋势是，商品生产越发达，真正的文化生产越萎缩，市场经济越发达，人的精神越贫弱。看看广东的文化市场吧，看看各个沿海经济发达地区的文化市场吧，用通俗文化或快餐文化泛滥来概括，不算过分吧？你老兄总不见得也会认为通俗文化浪潮是个伟大的进步吧？你可一直是坚守严肃文学阵地的。

主：谢谢你的恭维，可我确实把通俗文化浪潮看作一个重要的进步。通俗文化是一种经济文化现象，传统意义上的严肃文化是一种政治文化现象。在我们国家，经济文化的发达相比于历史悠久的政治文化来说，不得不说是一次极有意义的拓展，这是一个新创的文化层面。我想你之所以会有这样一种看法，乃是犯了一个时下流行的错误，把经济文化和政治文化搞得混淆了，并且用政治文化的标准去衡量经济文化现象，这种衡量是没有意义的。

客：经济文化和政治文化？那又怎么样？我敢打赌经济文化的品位就是没有政治文化的品位高，这点你无法否认。

主：问题在于经济文化并不等于通俗文化，经济文化中不仅仅只有通俗文化一面。经济文化与政治文化，各自有各自的构成，各自有各自的形态和特征。

客：什么特征？我看经济文化最大的特征无非就是"媚俗"。

主：如果要形象性地描绘的话，我也可以将政治文化的特征称作"趋权"。

客：趋权？这当然也不错，可毕竟只是之一，政治文化的基本特征应该还有……

主：我知道你要说，应该还有"趋权"的反面"批判"。

客：对呀！

主：然而经济文化的基本特征除了"媚俗"的一面，也有相反的一面："个性"。完整的说法应是：政治文化的基本特征是"趋权意识"与"批判意识"的统一，经济文化的基本特征是"媚俗意识"与"个性意识"的统一。

客：这话听起来挺全面，有点辩证味，可是不见得科学。

主：的确不很科学，概念形象味太浓。认真说，"趋权"和"媚俗"这两个概念并不带有贬义。"趋权"无非是指对既成社会现实的认同，这常常是必要而且重要的；"媚俗"则无非是指对群众既有文化需求的满足，这也常常是必要而且重要的。这两个概念虽然不能算学术概念，可是挺有趣的，我们姑且用上吧。

客："批判"和"个性"是前二者的一种对立、平衡吗？

主：是这样。认同既成社会现实，满足既有文化需求虽然常常是必要和重要的，可毕竟它们是指向过去的，因此就必须而且必然会有一个指向未来的，具有建设性的和创造性的对立面。

客：可是政治文化与经济文化为什么会形成这样两种不同的构成呢？

主：在以政治为中心形成的文化氛围下，人们注意力的焦点是人的社会环境，即国家、民族、阶级、党派、单位、团体、家族、家庭等，以及由此而形成的社会关系、社会结构、体制、制度。以上种种变化、发展，便形成了认同既成社会现实与超越既成社会现实的两极，即"趋权"与"批判"的两极，两极所关注问题的角度均是社会整体的本位。

在以经济为中心形成的文化氛围下，人们关注的焦点游离了社会环境，更多地投向，或者说回归到个体的人。个人的生存问题、需求、动力、职业、事业、自我实现、自我拯救、自我解脱等，形成了满足个体人既有文化需求与超越个体人既有文化需求、开拓新的文化需求的两极，即"媚俗"与"个性"的两极，两极所关注问题的角度，更多是个体生存的本位。

客： 这里有思维方式的不同。

主： 确实有思维方式的不同。在政治文化的氛围下，人们观念上自然的趋向是"大河有水小河满""大锅有饭小碗香"，由于这样一种趋向，人们必然要把注意力的焦点投向"大河"或"大锅"，所以有了著名的"大锅饭"说法。而在经济文化的氛围下，人们的观念自然在另一个方向上发现了出路：大海的充盈乃是因为百川归海的缘故。

客： 我可以给你补充一个例证，近年来医学上风行的微循环理论正是这样一种思维方式。如心血管病，从微循环入手可能更加根本，更为有效。

主： 再举个开玩笑的例子吧。1966年天安门广场上的百万"红卫兵"与1992年深圳街头的百万股民，同样都是那么狂热，可关注的焦点又是多么不同啊！

客： 你的分析确实有点道理。但是，接下去你是不是要说，经济文化不仅品位不低，其实还优于政治文化，甚至将取代政治文化呢？

主： 恰恰相反，我最反对在不同角度的事物中进行优劣高下的比较，取其一端，抹杀其他。事实上，世界是可以从多个角度进行观照的，不同角度各有特点和长短处。经济文化与政治文化，从根本上来说，是应该互相交会、互相平衡的。从常识上看，社会整体的视角与个体生存的视角，在每一个人的观照和思考中，本来就是同时存在的，二者并不矛盾，需要的只是调节和处理。问题在于，在传统的政治文化形态中，人们偏执地认为，只有社会整体的视角才是唯一正确的，因此陷入了思维误区而久久不能自拔，妨碍了社会的发展。这里的错误仅仅在于偏执和垄断，我们今天的进步也仅仅在于反对偏执和垄断，走出思维误区，揭开新的历史层面。建立并不意味着破坏，进步并不意味着否定和取代过去。真正的进步恰恰是展开性的，是对传统的丰富，尤其是那种新视角、新观念的进步。只有与传统视角构成多元统一，才谈得上是真正的进步。经济文化的出现，就是这样一种真正的进步。当然，生活现象是复杂的，不同时期、不同地区、不同条件，可能会有不同的文化形态占主导地位。

例如今天，在我国沿海开放地区，经济文化的氛围确实比较浓重，但这显然是新生事物的一种成长过程，相比于传统的政治文化来说，仍然是微不足道的，而且从长远的、整体的观点看，这一发展终将还是要与政治文化构成多元统一的。

客：就算你把这个问题摆平了吧。但是，就经济文化本身来说，它的品位仍然没有提高，我非常怀疑，你所说的经济文化中的另一面"个性"，能有力量与"媚俗"抗衡、匹敌。"媚俗"的力量就是金钱的力量，那是个可怕的东西。

主：这正如"趋权意识"相对于"批判意识"来说也显得力量太大、太可怕一样，对既成社会现实的批判，难道是件容易的事吗？但唯其如此，才显出相反一极的重要性来。"媚俗"的极端发展当然是可怕的，因为"媚俗"的后面，主要是"媚俗"产品生产者的经济利益。一般来说，最大限度地满足尽可能多人的低层次文化需求，是较容易获得可观的经济利益的。这在一定程度上说是无可厚非的，但是这种趋向的极端发展的确会使文化变得庸俗不堪，那些文化程度普遍较低、文化需求较保守的地区，就更是如此。这样一来，文化的超前性和创造性、文化创造者的个性、人的精神的无限丰富性很可能在这种媚俗中丧失殆尽。因此，作为"媚俗"的反面，在文化中追求个性、独立、超越、创造的趋向，就成为经济文化中特别有价值的一极。

客：正如政治文化中的"批判意识"也是特别有价值的一极。

主：正是这样。

客：但是事实是，政治文化中的"批判意识"至今在人们的生活中起着重大的作用，而所谓经济文化中的"个性意识"，我却不知到底是指什么。

主：你别急，我们慢慢来把问题具体化。首先我们得确立一个基本的事实，对政治文化和经济文化必须进行历史的比较。我已经说过，政治文化是我们国家的传统文化形态，几千年来一直居于主导地位。我相信，在每一时代的政治文化中，"趋权"的文化产品总是大量的，而"批判"的文化产品总是较少却较有价值的。经过历史长河的淘洗，大量的"趋权"文化产品被扬弃了，而有价值的、极少数的"批判"文化产品流传下来了，如古代文学中屈原、杜甫、李白的诗歌，《红楼梦》《儒林外史》等小说，以及现当代文学中那些对于传统社会和传统文化进行了深刻揭示的作品,就是典型的批判文化。这些伟大的批判文化产品,虽然在不同时代都是少数,但在漫长的政治文化史中却被逐渐积累起来,成为一种文化宝藏而蔚为大观。然而,我们国家经济文化的历史与现状,与政治文化相比,显得那样微不足道。经济文化现象虽在宋代已小荷微露尖尖角,此后在多灾多难的历史幻变中也时断时续地有所闪现,但从来不曾成为气候。应该说,只有到了改革开放的今天,只有到了商品经济大潮席卷中国沿海地区的今天,经济文化才有了与传统政治文化交相辉映的现实可能性。在经济文化的混沌初生之时,与生俱来的"媚俗"现象由于物质利益的刺激自然会首先滋生并蔓延开来,而与之抗衡的个性的、独创的超越意识恐怕还只能处在萌芽状态,无论如何是不能与历史悠久的政治文化中的"批判意识"相比较的。

客: 你的意思是,这种"个性意识"尽管目前还比较弱小,但它是经济文化真正的希望、价值和品位所在,待它充分发展之后,就可与政治文化中的"批判意识"相媲美了?

主: 对!"媚俗",我们说过,不完全是一种负面的东西,但它的指向决定了它不是朝着创造、未来和完美的精神世界发展的。使经济文化成为一种真正有意义的文化的,只能是"媚俗意识"的反面。商品经济高速发展的地区,要使自己的精神生活不致被沙漠化,就必须努力培育个性意识、创造意识、超越意识之树,只有这样,经济文化的领地才可望有一个充满绿意的精神家园。

二、"社会文学"与社会决定论

客: 昨天那么一谈,我的脑袋好像有点开窍了,我开始感觉到经济文化和政治文化的认真划分确实意义重大。不过,我对经济文化中的"个性意识"这个说法还是不太了然,你能不能更加具体地谈谈。

主: 行,我们把范围缩小点,目标集中点,只谈谈文学怎么样?

客: 这叫三句不离本行。

主: 先让我们看看在政治文化和经济文化这两种不同的氛围里,文学各

有什么特征吧。我认为，在政治文化的氛围里，文学的典型模式是"社会文学"，即社会本位的文学；而在经济文化的氛围下，文学的典型模式是"人本文学"，即个人本位的文学。

客：这也是由于焦点不同所致，是不是？

主：对。政治文化氛围下的人，注意力聚焦在社会上；经济文化氛围下的人，注意力集中在个体人的生存上。

客：可是，"文学是人学"，这是经典定义，你怎么又弄出个"社会文学"与"人本文学"的分野来呢？

主：我觉得"文学是人学"这个说法太含糊，并没有说明什么问题。你认为"文学是人学"的含义到底是什么呢？是说文学是以塑造人物形象为中心任务的吗？

客：常常有人这样使用这个说法，不过我认为太狭窄了，不说文学除了叙事文学外还有许多种类，只说叙事文学也并不都以塑造人物为中心。

主：那么是说文学是一种关于人的学问吗？

客：这好像又太笼统了。

主：这等于没说，世界上有不是关于人的学问吗？人类学、心理学，统统都是关于人的学问。

客："文学是人学"的意思，主要是说文学是写人性人情的。

主：我正想这样说呢。这个意思看来是最接近本义的，可正是这个意思引起了文学界无数无谓的纷争，这个意思同样是以偏概全的。事实上，大量的作品并不写人性人情，而写社会问题、制度、政策、方针等，你能把所有这类作品统统开除出文学吗？

客：这当然不行。

主：所以我说文学在内容上也应该有个合理的分类，"社会文学"就关注社会问题，"人本文学"就关注个人生存问题，两种文学分工互补，也省去了理论上的聚讼纷纭，还廓清了创作者们头脑里的混乱和糊涂，便于找到自己的目标。

客：这当然是一个干脆的划分，不过，文学是一种完整的形象体系、一个有机的感性世界，在这里个人怎么能与社会分开？在"社会文学"里怎么能没有个人，在"人本文学"里怎么能没有社会？

主：这就是个指向问题了。所谓"本位"的不同仅仅意味着立足点的不同，观照点的不同。个人与社会当然永远是一个整体，"社会文学"也好，"人本文学"也好，也都必须是一种完整的形象体系、一个有机的感性世界，但由于立足点和观照点的不同，又会以不同的指向形成不同的切面、不同的状貌，并由此区划为不同的文学种类。

客：也就是说，角度不同，目的也不同。

主：对。具体说来，所谓"社会文学"就是以社会主体作为立足点、观照点以及表现目的的文学，在这一类文学作品中，社会主体（民族、国家、阶级、党派、集团之类的存在状态、结构、体制等）是作品中的真正主角，而其中作为个体的人物都是为了表现这个主角的手段和工具，不管这些人物是多么栩栩如生、丰富多彩，它们在作品中的真正角色都只是傀儡。

客：举个例吧，到底什么样的作品属于你所谓的"社会文学"呢？

主：例如《白毛女》这个作品的指向，很显然就不是其中的人物，而是社会制度。也就是说，这个作品的目的，是对不同社会制度的批判或歌颂。《白毛女》的真正主角不是喜儿和大春，而是新旧两种社会制度。"旧社会把人变成鬼，新社会把鬼变成人"，人物的生动性、情节的丰富性，都是为了表现社会制度的。

客：这样的作品多极了，这是一种模式，可以给它们取个名，叫"白毛女模式"。前几年有个挺叫响的戏《狗儿爷涅槃》就完全是这个模子扣出来的。

主：对极了。剧中的狗儿爷与《白毛女》中的喜儿虽然在命运的内容上不能相比，但在遭遇的结构模式上却如出一辙，狗儿爷的悲喜剧也是作为手段来为作品的指向、目的以及作品中的真正主角——一种社会经济体制服务的。

客：这是特别相像的，还有不那么像的，有点变异，但基本格局也是这个模式的作品那就更多了。

主：你说得一点不错。伤痕文学、反思文学的真正主角是"文化大革命"或某个政治运动，改革文学的真正主角是体制改革，寻根文学的真正主角是传统文化，更不用说那些全景式的报告文学了。它们的真正主角都是社会问题、体制、政策等,很少有真正从个体人的生存问题切入的作品。

客:你说寻根文学,即近年来历久不衰的探讨传统文化的作品,也是一种社会本位的文学吗?

主:当然。比如《菊豆》,儿子最终把敢于反抗的老子砸死了,儿子决定了老子,而儿子则是乡邻的流言、脸色、眼光、习俗等文化氛围的产物,人就是这样被决定的。这个作品的真正主角不是敢于反抗的老子或母亲,也不是砸死老子的儿子,而是传统文化,儿子举起的那块石头正是传统文化的绝妙象征。

客:也就是说,《白毛女》的真正主角是政治制度,《狗儿爷涅槃》的真正主角是经济体制,《菊豆》的真正主角是文化形态。看来,从总体上来说,"社会文学"在当代的确是一以贯之的。

主:现代文学的主流在很大程度上也是"社会文学"。茅盾的《子夜》,主人公吴荪甫是个极有魄力、极能干的人物,然而他天大的才能都只不过是为了反证当时的社会条件不允许他这样的民族资产阶级发展成长,小说的真正主角不是吴荪甫,而是某种社会条件。

客:老舍的《骆驼祥子》也非常相似,祥子也是一个聪明能干、刻苦耐劳的人,一心一意想拥有一辆自己的洋车,可弄来弄去就是弄不到手,就是弄到手最后还是没了,祥子也不过是个手段,小说的真正主角是那个社会制度,对不对?

主:《茶馆》也是这个模式,精明能干的王掌柜是又一个有力的例证,他证明了那个社会制度的腐败,谁都没有出路。

客:老舍后来的《龙须沟》则基本上就是《白毛女》了。

主:"社会文学"当然是一种非常重要的文学形态。在社会改造、社会革命、社会变革的历史进程中,"社会文学"作为一种有效的思想武器,常常能够发挥巨大的作用,它唤起人们对旧的社会现实的批判意识和斗争激情,激发人们对理想的社会现实的向往和追求,从而推动社会前进。这在20世纪初的新文化运动,以及1949年前后的新民主主义革命和社会主义革命中,都有着非常成功的范例。但是,伟大的东西常常都有它的负面。"社会文学"是重要的,但是如果一个国家、一个时代只有"社会文学"这一种文学指向的话,则它就极可能变成一种反面的力量。"社会文学"如走到极端，便是一种社会决定论的文学！

客：老兄，我现在开始比较深刻地感到你之所以要区分"社会文学"与"人本文学"的重要性来了。你的意思是，"社会文学"是一种没有人的文学，而没有人的文学成为一种极端的趋势，就变成一种可怕的力量了，是吗？

主：在"社会文学"中，个人的主观能动性，个人的精神力量，个人的选择和责任，个人的创造力，个人的思想方式、体验方式、行为方式等，统统都是没有意义的。个人变成了社会这个主角的傀儡，个人被那个不以人的意志为转移的社会所命定。人的一切奋斗和活动都变成了与早已被确定好了的社会无关的一种可笑的游戏。在这种情况下，社会变成了异化于人、游离于人的神圣怪物，高居于个人之上，控制和决定着每一个人——当然，我再一次强调，这是指"社会文学"走到极端的情况下。

客：是这样，而且这种异化往往叫人不易觉察。

主：社会的进步实际上离不开个人的能动性和创造性，离不开人的生存方式的变化。无论是自然的进程还是社会的进程，偶然性至少和必然性占有同样的分量，且不说必然性需要个人的创造性去加以寻找和发现，只说偶然性之需要个人去随机地加以利用和发挥，也已经是足够重要的了。这是超越、多元、平衡。这使我想起，即使最有意义的批判性的"社会文学"也不可能独自担当起激发社会进步的力量，因为它毕竟不是新创的层面，它的注意力仍然是那个社会主体，它同样是取消人的。

就比如《狗儿爷涅槃》吧，这个作品批评过去"一大二公"的体制，歌颂改革开放以后的农村政策，其意义当然是十分重大的。但有趣的是，作品透露出来的"社会文学"思维模式与改革开放后农村政策的实质性精神并不尽相符，细品一下可以发现其实有相悖之处。这个作品仍然把改革开放后的农村政策当作一种天赐来讴歌，而改革开放后农村政策的精神实质，恰恰是否定天赐、否定"等、靠、要"。它把责任和积极性还给全国每一个农民，因为生存、致富的命运是掌握在每一个农民自己手中的。可以说，整个改革开放的路线，就是一条否定外在的天赐，否定抽象的社会决定，破除条条框框，管它黑猫白猫，先干起来再说的路线。改革开放的成就也绝非外在的天赐，而是全国上下"摸着石头过河",在实践中探索和创造出来的,这才是改革开放历史意义的真正伟大之处。可惜直到今天,不少作家还在把这个政策描绘为一种天赐,而不去歌颂人自身的创造性!

客:这是一种顽固的思维定势。我们太喜欢深恶痛绝地批判过去,而皇恩浩荡般地歌颂天赐。

主:我们总以为进步就是否定,就是对立,其实否定的、对立的就是一体的,真正的发展是在另一个层面上的展开。认识不到这一点便是一种传统思维。我认为现代文化形态的基本特征就是经济文化与政治文化多元平衡的形态。

客:你的意思是说"社会文学"指向是传统思维所生发出来的,而不是说它本身就是一种古已有之的东西吧?

主:不,两个意思我都包含在内。"社会文学"在中国是一种非常古老和传统的东西。整个中国文学,社会决定论的特点一直非常显著。不过,古典的社会决定论不像今天这样,显得那么理性,那时是以一种非理性的变异形式出现的,可以说是一种天命决定论。

客:嗯,的确,中国人思维方式中的天命意识其实就是一种人伦社会意识。例如皇帝就是天子,而天子就是天命嘛。

主:皇帝是某一社会主体的象征,天命则可以说是某一异化于人的社会主体的象征物。

客:天即人伦,人伦即天,我们祖先向来这样。所以,天命决定,实质上就是一种社会决定。

主:且看看中国四大古典名著吧。梁山泊的一百零八将,无论如何正义,如何豪强,如何骁勇,结果仍是归顺。原因何在?无非天命二字。诸葛亮的智慧在世界文学史上也可谓空前绝后,然而他的蜀国如何?他自己早说了,三分天下,天数已定。《红楼梦》里的人物千模百样,有老辣的,有狠毒的,有精明的,有聪慧的,可赫赫之贾府又怎样?顷刻坍圮,天意如此。《西游记》也许不能算是正宗、完全的中国思维方式,但不管怎样,唐僧师徒所历艰辛、百劫都是命定。如来最后掐指算算,少一劫都要补上,孙悟空如何翻天覆地,也逃不脱如来的手掌心呀。

客：我想起了《封神榜》，斗法宝斗得七死八活，最后老天爷好的坏的都给封个神，老天爷其实心中早有数，何必好玩般的，弄得生灵涂炭呢？真有意思！看来，古代的天命决定与现代"白毛女"式的社会决定，在思维方式上显然有一脉相承之处！

主：所以我要说，如果中国始终只有一种"社会文学"的指向，那是一件非常糟糕的事。

客：的确，必须发展出一种与"社会文学"指向相平衡的文学指向来，否则中国文学不可能产生质的变化、突破和进步。

主：不仅仅是中国文学不能产生质的变化的问题，更重要的是，这说明中国人的思维方式、生存方式还没有产生质的变化。

客：这确确实实是一个非常重大的问题！

三、"人本文学"与精神绿化

客：昨晚我们的聊天使我非常激动，我整个晚上没睡着觉，想了好多好多。我现在确确实实感到了一种新的文学指向在我们这个改革中的国家出现的必要性和迫切性了。我甚至觉得大力发展经济文化，尤其是经济文化中的"个性意识"，大力发展"人本文学"，让经济文化与政治文化、"个性意识"与"批判意识"、"人本文学"与"社会文学"共存共生、共同繁荣，使文化领域展开一个多元、平衡、丰富的新局面，乃是一场伟大的社会主义文化改革。

主：你这么说不无道理。自觉地发展经济文化，尤其是自觉地发展经济文化中有价值的一面，使之成为一种能引导时代，同时又具有民族特色的人文精神，这对帮助我们国家真正健康地走上现代化轨道，其意义到底有多么巨大，恐怕一下子还很难确定。眼下至少有一点是可以肯定的，文学跟上时代，绝不仅仅是在题材的反映上，更重要的是在人的思维方式、生存方式上。当代文学，尤其是沿海地区经济文化较发达地区的文学，一个迫切的任务就是要发展出一种能反映和推动改革中当代人的思维方式和生存方式的文学来。中国人不能老是处于那么一种完全被环境、社会、整体决定着的状态，我们必须发展出个体人的独立、自由、责任、选择和创造来。

客：那么你能不能再具体一点地向我描绘一下你所说的"人本文学"到底是什么样子呢？

主："人本文学"与"社会文学"的指向不同，它指向个人主体，指向个体人的生存，这是一种个人生存指向的文学。或者说，它是一种以表现和揭示我们每个人的生存状况和问题，研究个人生存方式为目的的文学，它并非脱离社会，而是从个人生存的角度切入我们的全体存在。在这样的文学作品中，人物是真正的主角，社会环境、社会关系、社会制度等成了表现人物生存方式的手段和工具，有时，作品中的社会背景干脆被抽象化处理，或者仅仅作为一个象征而成为作品的注脚。

客：是否可以说，对于"社会文学"来说，之所以有这样的人物性格和命运，是因为有这样的社会；而对于"人本文学"来说，之所以会有那样的社会，是因为那个社会里的个人具有那样的生存方式？

主：有时是这样。人心可以是社会制度的产物，社会制度也可以是人心的产物嘛。

客：这后一句话是雨果说的吧？

主：是的。但有时，对于具有个人指向的文学作品来说，社会主体的变幻，恰恰显示出这个人物生存方式的稳定性。

客：正如在社会指向的文学作品中，千姿百态的人物性格命运，恰恰显示出那个社会主体的稳定性。

主：可以说"社会文学"是一种异质同构的文学，其中，人物是质，社会是构，构是目的，质是手段。不同的质进入同样的构，全部失去了意义，正好显示出构的稳定性。而"人本文学"，则是一种异构同质的文学，其中质是目的，构是手段，不同的构遭遇到同一个质，全都失去了意义，正好显示出质的稳定性。

客：也就是说，个人的生存方式、个人的能动性、个人的选择和创造，对于社会所具有的巨大意义会逐步显现。这样说来，你是不是在呼唤那种过去天天批判的"个人奋斗"的文学？

主："个人奋斗"的主题确应包含在"人本文学"中，不过"个人奋斗"只是人生的一部分，"人本文学"是一个很宽泛的概念，一切以个人生存问题为角度的文学均应包含在内。

客： 至少，"个人奋斗"是"人本文学"一个特别重要的部分，因为你强调非决定论，而"个人奋斗"恰恰是决定论、宿命论的反面。

主： 如果从非决定论的意义上看，当然是这样，不过"个人奋斗"这概念有它的历史内涵。说心里话，我确实希望中国也有一种《鲁滨孙漂流记》式的文学，西方从文艺复兴以来确实把个人的潜力挖到了极限。从《鲁滨孙漂流记》中个人对战胜环境、建设环境的巨大信心和力量，一直到萨特《死无葬身之地》中为了不被敌人逼供而自杀的选择，那种一以贯之且极端的表现方式，充分勾勒出一种个人自由的极限，即力量的极限和责任的极限。对于千百年来生活在社会决定论氛围下的中国人来说，这样一种个人的能动精神难道不是太需要了吗？

客： 的确太需要了，文学的确太应该深入研究，尽力描绘个人生存世界的全部可能性。中国文学真的难以见到这类作品。可是我还有一个问题：你所谓"人本文学"与过去那种写"永恒人性"的作品有什么不同呢？

主： "永恒人性"的作品也应包括在"人本文学"中，"人本文学"并不限于写"永恒人性"。"人本文学"既可以抽掉所有社会内容，也可以有具体的社会内容，只是指向不在社会，而在个人的生存；不是以表现或褒贬某种社会现实为目的，而是以表现或褒贬某种个体人的生存方式为目的。更重要的是，所谓人性，即全体的人的共性，是某种既成的东西。写人性，固然是重要的，但"人本文学"不仅将眼光投向既成的抽象，而且亦愿意将眼光投向具体的、现时的和未来的生存。存在先于本质，人性是选择的结果，存在主义的这一观点我认为确有它特别积极的一面。所以，我想，"人本文学"的内涵，凡是关于人的生存问题，共性的、个性的、必然的、偶然的，都是题中应有之意。比较确切一点的定义为："人本文学"是描绘和探索个体人的生存世界一切可能性的文学。

客： 最关键的还是指向问题，对不对？也就是说，个体只是一个角度，从这一角度切入，世界的一切都包括在内，包括在这特有的角度的延展之内，人性包括在内，社会自然也包括在内。

主： 有一点必须特别注意，"人本文学"不是一种文学流派，而是文学视野之观照点的基本分类。随着现代化和经济发展日益成为社会生活的中心，"人本文学"作为经济文化的一种基本现象和文学视野的一种变革，是必然要出现并发展起来的。我们进行这一区分，乃是为了让文学能更加自觉地跟上历史的发展。同时，提倡一种文学，并不取消另一种文学；呼唤一种思维方式，并不抹杀另一种思维方式。

客：理论上的分析是令人信服的，再举点例吧，究竟什么样的作品属于"人本文学"呢？

主：例子很多，经济文化发展较早的西方文学中，个人指向的作品相当之多。总的说来，西方自文艺复兴以来，文学中的个人指向就是一个总的趋势。不过长期以来，我们的文艺理论、外国文学的研究和教学，总是把西方文学的一切作品都当作"社会文学"，总要从每一部作品中挖出一个社会根源来。这种偏执的情况相当普遍而且严重。实际上，在我们的作家、编辑、评论队伍中，很多人也是戴着这样一副眼镜去看待作品的，以至于形成一种思维定势。我常看见某些编辑或评论家将那把固定的铁尺搁在某部作品上：因为作品没有揭示社会根源，所以应该"枪毙"。

客：你现在可以用你的尺子去衡量过去的一些作品，不管以前的定论嘛。

主：行，我来把几部作品放在一起比较比较。上面提到过茅盾的《子夜》，我说那是一种典型的"社会文学"；法国19世纪有一部和《子夜》挺相似的作品，你肯定熟悉，就是左拉的《金钱》。

客：《金钱》？对，我非常喜欢那本书，和《子夜》的题材一样，也是写资本家和交易所的。

主：不仅题材相似，里面的人物设置也相似。《子夜》的核心冲突是精明强干的吴荪甫与老奸巨猾的赵伯韬之间的搏斗，而《金钱》的核心冲突则是精明强干的萨加尔与老奸巨猾的甘德曼之间的搏斗。冲突的内容也有某些相似处，《子夜》是民族资本家与官僚买办资本家的斗争，《金钱》则是新型投机金融资本家与封建色彩很浓、和政府勾结紧密的旧式资本家之间的斗争。

客：我记起来了，这两场搏斗都有利用女人窃探对方情报，战术也有相似的地方。

主：是这样，但是两部作品读后的感受却是截然相反的。《子夜》带给我们的是一种冷静的理性判断。吴荪甫是一个彻头彻尾的失败者，中国民族资产阶级绝无出路，这种无出路不是吴荪甫或吴荪甫一类人个性的局限，而是中国社会现实决定的。而《金钱》带给我们的则是火一般的激情。萨加尔是一个失败的英雄。他的世界银行倒闭了，半个巴黎瘫痪了，他自己进了牢房，可是他在牢房里仍在疯狂地计划未来的事业。小说结尾时，他出了狱，被赶到荷兰去了，可是他在荷兰又开始了新的冒险。

客：萨加尔的情人嘉乐林夫人曾在书中高喊："这个人到底是个流氓，还是个英雄？"

主：对，嘉乐林夫人是个有正义感的人。她讨厌萨加尔肮脏的金钱事业，但她却不能不对萨加尔沸腾的热血、燃烧的激情、狂热的事业心发出由衷的赞叹。总之，《金钱》让我们看到虽肮脏、失败却充满生命活力的人，而《子夜》让我们看到的是冷冰冰的社会发展规律。这就是我所说的"人本文学"和"社会文学"的不同。

客：我觉得《红与黑》给我的感觉也与《金钱》类似，而与教科书里所谓反映了时代的什么什么不搭竿。

主：你说得对极了。读《红与黑》感受最强的也许是"准备战斗"。苏联作家爱伦堡说，没有《红与黑》就没有他，大概也是这个意思。西方文学中这类作品的一个最凝练、最集中的代表，应算《老人与海》。我想海明威的《老人与海》与老舍的《骆驼祥子》也可以成为一个有趣的对比。

客：真的，这两部小说也很相似，祥子和老人都有一个微不足道的目标，一个是一部洋车，一个是一条大鱼，两个人都顽强奋斗过，两个人的结果都是落空。

主：可是祥子是悲惨的落空者，老人是凯旋的落空者。祥子告诉我们，旧社会的人没有任何出路；老人却永远鼓舞着所有的人。这两种指向的意义是很不相同的。一个唤起人们的社会革命激情，一个唤起人们的人生奋斗激情。

客：你能举个当代的例子吗？

主：我想起了《渴望》和《阿信》。不知为什么，我看《渴望》时，不断想起《阿信》。

客：难道你要说《渴望》也属于"社会文学"吗？《渴望》可是一部人情片、道德片，没有社会制度、社会规律什么的。

主：怎么没有？严格点说，《渴望》应算一部社会伦理片，里面有一个铁一般的决定着人的社会伦理规范——无爱的奉献。影片中的主角刘慧芳明明深爱着宋大成，却偏要嫁给无感情的王沪生，因为这是一种"崇高的奉献"。她对那个捡来的孩子并没有因抚养产生深刻的母爱——影片在这方面没有充分表现——但这个孩子却几乎占据了她的全部生活，这也是出于一种"崇高的奉献"。因此，刘慧芳的全部行动其实并非自主，无爱、无动机的行为不可能是自主的行为，不管她是否自觉。她事实上是被封建味极浓、根深蒂固的传统伦理规范所决定着的。影片中的真正主角不是刘慧芳，而是社会伦理规范。

客：当然，"无爱的奉献"是可怕的，可是……

主：非常可怕，因为它很有欺骗性。一个人为着爱去奉献，例如爱亲人、爱异性、爱朋友、爱同志、爱集体、爱阶级、爱党派、爱民族、爱国家、爱人类、爱事业、爱工作、爱信仰等，这是崇高伟大的；可是，无爱而去奉献，就变得像旧时女人的守节一样了。可以说，无奉献的爱是一种自私，而无爱的奉献则是一种残酷。

客：可是不管怎么说，我总觉得道德这东西是非常个人性的。

主：问题在于这不是道德而是伦理。我们总把道德和伦理两个概念搞混。道德是一种自我修养、一种精神自成，当然是个人性的，但伦理却是一种人际关系规范，应该是社会性的。道德和伦理，一内向、一外向，指向刚好相反，同时相成，二者必须平衡互补，缺一不可，而"无爱的奉献"恰好就是一种"无道德的伦理"。

客："无道德的伦理"，这可有点新鲜。

主：阿信身上就表现为一种自强与献身的统一，因此呈现出个人精神的圆满性。《阿信》与《渴望》的比较使我感到非常不安，如果阿信代表一种日本人的精神，而刘慧芳代表一种中国人的精神的话，那问题就严重了，幸而情况不是这样。

客：就当代中国人的精神来说，刘慧芳并没有特别的代表性。我觉得，这个人物反映的是中国人潜意识里还留存着的那种封建味很浓的传统观念。

主：你说得对，这样一说，我情绪好多了。我也许扯远了，这一对比较不太成功，我不应对作品本身有所褒贬，无非说的是"社会文学"和"人本文学"的指向上的分野。只是我一下子想不起比较合适的以伦理为主角的"社会文学"作品来……

客：那么，你是否想得起来中国文学中有哪些比较成功的"人本文学"作品呢？

主：鲁迅和巴金。鲁迅、巴金与茅盾、老舍在文学指向上是分属于两条不同的文学道路的，我想这样来命名比较合适：茅盾、老舍的文学是"立国"的文学，即"社会文学"；鲁迅、巴金的文学是"立人"的文学，也即"人本文学"。

客：老兄，鲁迅和巴金都是社会批判精神非常强的人呀。

主：不错，可是他们的小说创作主要是个性批判，从根本上说是个人指向的。《阿Q正传》所要揭示的是阿Q的个性和人生，因为有了千千万万这种个性和人生的阿Q，所以才有了中国社会。评论家一直想从这部作品中找出一个决定阿Q的东西来，他们认为之所以有阿Q，是因为有中国社会，其实这是将社会决定论强加给鲁迅，鲁迅的思路根本上是立人的思路，他说："首在立人，人立而后凡事举；若其道术，乃必尊个性而张精神。"

客：鲁迅还说过"国人之自觉至，个性张，沙聚之邦，由是转为人国"。他和茅盾、老舍的思路是不一样，那么巴金呢？

主：《家》中的几个人物，由于不同的个性而有了不同的人生，这就说明社会并不决定一切。巴金说他自己和他的几个兄弟，也是因为不同的个性而有了不同的人生。巴金和鲁迅一样，不仅作品，而且整个的人生，都是现代中国人追求"立人"和精神自成的典范。他的《随想录》，正是一份剖析自我、净化自我、完善自我的最好的记录，他呼吁并身体力行的"忏悔精神"，切中了中国人不敢正视自己、不敢承担自己的责任的致命要害！

客：你说得太好了！鲁迅、巴金确实不仅为我们创造了伟大的文学，而且为我们创造了伟大的人生。我的一位老师曾说："鲁迅是中国人的灵魂，巴金是中国人的良心。"

主：这话精辟极了。当然，仅从作品看，鲁迅、巴金的文学还主要是

"人的批判",他们在文学的"人的建设"方面还没有大的成就。

客: 这一点大概应该由我们这一代来进行了,开创者不可能完成所有的任务呀,现代中国人的"人的建设",这可是个非常伟大的课题!哦,对了,那么依你看,当代文学中有没有你所说的"人本文学"呢?不管是批判的,还是建设的。

主: 当代文学我不敢妄加评论,越近的东西越不容易看得清楚。但有一点我可以肯定,个人指向的作品无疑是有的,但从整个文学潮流上看,这类作品没有成气候。没有掀起过波浪,没有成为主流之一。

客: 我记得你对我说过,当代文学有一怪现象,鲁迅、巴金虽然备受崇拜,但他们的个人指向性的文学道路却鲜有继承者。

主: 看看改革开放十多年以来的文学趋势就很清楚。伤痕文学、反思文学、改革文学、寻根文学、报告文学都热过,中国的症结从经济体制、政治体制、传统文化一直到人种,全都检查过了。这当然是很有必要的,但是再往下检查什么呢?我觉得这就是一种偏执了,改革开放后十多年来文学的社会指向如此之偏执,就不能不使人发出诘问了:能够对当下中国负起责任来的,到底是不是当下每一个中国的个人?我们的文学对当下每一个中国的个人如此漠不关心,这到底意味着什么?

客: 这只能说明我们始终还笼罩于一种被决定的心理中,始终缺乏一种深刻变革思维方式、生存方式的意识,包括许多改革的呼吁者、鼓吹者们,自己也还没有完全跳出旧的思维樊篱。

主: 不过,在改革的深化中,特别是在沿海经济发达地区,情况正在发生变化,希望正在出现。不少人物在改革的实践中,敢想敢闯敢负责任,已经取得了很大的成功,他们的行为方式恐怕正在显示某种新的人文精神。例如广东就出现了一种"灯"的哲学(见了绿灯拼命走,见了红灯绕道走),这是一种很有意义的实践哲学。

客: 这说明人们已不再将上级指令、政策等当作目的,而只是当作条件,决定者已回到生产者、创造者的本位上来了。

主: 从更深的层次看,这里有一种思维方式的飞跃,人们已不再将个人的命运和具体的成败完全寄托在整体的全盘改变上。人们不再只关注社会、政治，一门心思地企求一个好的社会来决定自己的一切。人们开始更多地关注具体领域的建设，更多关注自我的人生建设，这实际上意味着人们已更多地把责任放到自己头上来。因此，一种个别的、具体的、积极的建设和创造取代了过去那种整体的、抽象的、消极的等待或破坏。

客：这的确是一种新人文精神！

主：这正是经济文化的深刻内涵之一：人本意识。其实文化建设上的"媚俗"也是一种人本意识，满足人的需求，旨归在个人；而"媚俗"的反面"个性"亦是一种人本意识，张扬文化创造者的个性，发挥他的独创性和超越性，旨归仍在个人。眼下通俗文学势不可挡，与过去那些社会本位的文学潮流形成有趣的相异面，以至于人们惊呼"严肃文学已经死亡"。与此相应，那种充满个性的、超越性的、先锋性的文学也正在暗暗积蓄力量，酝酿突破，逐渐成长，这都是新人文精神在文化上的表征。

客：是否可以预料，"政治文化"意义上的"严肃文学"已难以一统天下，而"经济文化"意义上的"严肃文学"将一定会蓬勃发展起来呢？

主：从理论上推断应该是这样，这也许是一个较为漫长的过程，随着经济文化的发展，"媚俗"的反面会变得越来越重要。

（原载《当代文坛报》1994年第1期）

意义的先锋

一、上帝一发笑，我们就不思考吗？

"思想"这个词，在今天的文学圈中提起，是一定要被人嗤笑的。它早已和"意义""使命"等一类词汇一起被扫进了历史的垃圾堆，你从垃圾堆里捡出一张破纸头来，且还要说三道四，评头品足，岂不是要被嗤笑么？而且，它与现今一些人歌赞的那一种"崇高"也沾不上边。现今人们热炒的那一种崇高，据说也是用不着"思想"的，因为那只要崇拜个什么神，并且有一点民族主义热情就够了，那些都是非理性的。"非理性"是个在时下几乎等同于真理的词。

"思想"，嘿嘿，太陈旧了。你无非是要说，作品里面得要点思想性，得要点"政治第一，艺术第二""三突出""高大全"，要点政策。告诉你，今天是技巧的时代、形式的时代、审美的时代！"人类一思考，上帝就发笑"，你知道吗？

我被训得老老实实，知道自己错了，原来文学也如时装，今天行小脚牛仔裤，就不能穿大腿裤。我被唬得结结实实，知道自己傻了，原来上帝给我们安个脑袋瓜子，竟是为了找我们寻开心。不过，只要读一读传扬"人类一思考，上帝就发笑"这至理名言的米兰·昆德拉的小说和他那本《小说的艺术》，我们就会发现，在上帝笑我们之前，我们且先可以笑一笑这位昆德拉先生。因为他的小说中充满了思考，而他谈论小说时，更是百般强调自己小说中的形而上思考。

当然，也许我们要笑的，主要不是昆德拉本人，而是那些无意或有意误读昆德拉的朋友。

我们和"技巧派""形式派"实在是战友，在反对"口号文学""政策文学"的专制方面，我们完全是一致的。而且，在拆除唯政治的文学那一统天下的堡垒之战中，他们是立了奇功的。但是在"技巧派"行了时当了世的今天，我们就得提醒一下他们别也变得专制起来。

首先，意识形态文学，甚至其中最极端的"政策文学""口号文学"也不是毫无一点存在价值而必须赶尽杀绝的，有需要就会有存在，只是不要一统天下。其次，文学虽然不能只是唯政治的，但绝不能说，文学从此就不可以有思想。思想并不等于政策，也不等于政治，甚至不等于那种已有固定含义的意识形态。真正重要的文学，无论如何不能没有思想。

尤其在中国，确认这一点极为关键。我们民族的文学艺术传统，一向缺乏对人的本体的关切，缺乏关于存在的反思，意义的追寻更多是感觉的和情感的。要么是与社会政治紧密联系的所谓"入世诗"，屈原、杜甫是也；要么是寄情山水的所谓"出世诗"，其实这"出世诗"也还是政治诗，陶潜、李白、八大山人等可资佐证。而西方，尤其是近代以来的西方，无论音乐、美术，还是文学，思想都是人的精神界域不懈探索的根本特征。昆德拉对小说曾作过这样的评价：西方近代以来思想的精髓不是藏在别的地方，而就是藏在小说里。因此，就中国来说，如果在将唯政治的文学这桶脏水泼掉时，把思想这个孩子也一同摔死了的话，那我们的文学也就完蛋了，它将永不会成为我们民族生命中真正重要的因素，我们民族的生命中也就很可能永远缺乏了使我们能成熟起来的最根本的东西。

文学的思想与理论的思想的确有点不同，但我以为那是殊途同归。理论用概念抽象的形式把握世界，文学用艺术抽象的形式把握世界，方法不同，特性各异，却都可以达到同样有力的思想高度。那位害怕上帝发笑的昆德拉，认为文学的思考与哲学的思考很不一样，他说文学的思考主要是提出质询以及对可能的世界进行虚构。且不说这已是充分地承认思考，只看他提出的文学的两个特性，在我看来亦正是科学的两个基本特性。科学的基本特性，不也就是批判和对世界进行可能的假设么？

文学的思想和理论的思想其实只有切入点的分野，而无高低的差别。若要认真比较一下的话，我倒是以为，在今天这个传统理性因自身局限而受到严峻挑战的时代，艺术抽象比之理论抽象还更具接受的多元性。理论抽象最后总要落实为概念和定义，虽也有歧义，但总以尽可能一致为向；而艺术抽象最后的落脚点却是一种既具相当公共性，又因接受主体的个性而形成的丰富的接受局面。这一点在人文、意义和价值的世界里显得特别重要和可贵，现代人类的最大进步之一就是意义世界的多元化。正是由于这一特性，文学作为存在的反思者、意义的追询者、价值的判断者，它的思想既不专制而又特别有力。

因此，文学可以不是政治的，但却不能不是思想的。在形式的先锋消解政治功利文学获得巨大胜利之后，意义的先锋就应开始超越唯政治与唯形式的二元格局，去寻找更为广阔的艺术天地。

二、天无绝"人"之路

后现代主义者宣称：不仅上帝已死，"人"也死了。然而在中国，"人"似乎还未生，却就已死，这实在令人困惑而且悲哀。

20世纪之前，在我们这个古老的文明中，"人"向来是不存在的，存在的只有家，或家的结构延展，如家族、民族等。及至20世纪二三十年代，随着封建王朝的崩溃，"人"的问题被提了出来，但很快，它又被消泯在与家、家族性质不同，却异质同构的另一个概念里了，这就是：阶级。存在的只有阶级，或以阶级为基础的集团，而没有"人"。

到了20世纪70年代末、80年代初，随着对"文革"的反思，"人"又一次被拎了出来。人道主义、人性、人情等虽被一再热议，但"人"仍然胆怯地藏在"人类"这个巨大的保护伞下。究其实，那时被拎出的仍然只是作为"人"的一些普遍的、本能的、社会性的东西，如人的爱与被爱的情感、人的基本欲望等，而作为完整的、具体的、独特的承担着创造自己并创造世界的全部责任的个体的人，却仍然没有被关注。接下来，是一场关于"主体性"的风波。"人"再一次希图站出来，它遮遮掩掩、躲躲闪闪地冲了一阵。"主体"这个词，既可以说是个体，亦可以说是某个群体，它和"我们"一词仍然混淆不清。强调主体的能动性，与20世纪五六十年代已被推至极端的"我们"的能动性很容易搅在一块。然后，在寻根文学、"文化热"等回归传统的浪潮中，

"人"再次被掩埋在文化的深度里，压迫在历史的重负下，溶化在"民族"这一类群体的概念里。

在个体的人还未从"人群"的异化中完全解脱出来之时，一个新的历史层面又开始了对"人"的新的异化。滚滚商潮涌来，对"人"从两个方向上进行异化：其一是从众和媚俗，把完整的"人"变成物质的附庸，"人"被物异化。其二是与商潮相谐的理论和文化形态，如我们的某类"先锋"。在这里，内容被形式取代，意义被技巧取代，深度被热闹华美的表面性取代，历时的、永恒的被共时的、瞬间的取代，思想被话语取代。总之，"人"被形式和现象"枪毙"了。这里，最致命的还是后一种异化。15、16世纪以来向现代文明转型的西方诸国，当肉欲和物欲从传统的桎梏中解放出来之时，始终有一种强调人的个性和理性的力量存在，使物欲自由与个性自由的精神相互平衡。而今天，当我们处于转型的关口时，精神界如果为虎作伥，帮衬着物欲将"人"取消的话，则我们的存在将一定严重失衡。

鉴此，当人们谈论人文精神的失落时，就出现了一个没法不问的问题：我们过去有过真正的以人为本位的人文精神吗？我似乎看到这样一幅情景，人正在挣扎着从"人群"的母腹中投生出来，头皮刚露，就遭到物质的产钳的痛击。我真担心，我们的"人"会永远地死在母腹中！当然，人是众生界最为可笑的自我割裂的动物，但恐怕也是众生界最为不屈不挠追求着完整生存、全面发展的动物。我毕竟相信天无绝"人"之路，即使在传统权力与今日物质的双重挤压下，它也一定会永远挣扎着，生长出来，壮大起来。而作为人学的文学，我以为就应当以无限的意志力坚持着，成为这一挣扎和奋斗的进行曲。

我把我心中的这支进行曲命名为"人本文学"，不管这听起来多么古旧、惹人笑话，也不管这说法有多少歧义。

"人本文学"首先是针对着传统的"人群"来讲的。"人本文学"不是整体本位、社会本位的文学，不是以国家、民族、阶级、党派、集团、制度和体制等为本位的文学，而是以个体的人为本位的文学。整体本位、社会本位的文学当然永远有其存在的价值，但不能再一统天下、唯我独尊了，而必须有个人本位的文学与之制衡，以使文学中的"人"真正从"人群"，从那个美丽而可怕的"我们"的异化中解放出来。

"人本文学"其次是针对形式和现象来讲的。"人本文学"是个人本体的文学,是希图重建文化精神本体的文学。它不是唯形式、唯技巧、唯感觉、唯语言、唯现象的文学,它不是浅表性、生产性和宣泄性的文学。作为艺术,它诉诸的是人的本体性情绪,而不是人的社会性情绪和本能性情绪。文学应以这样的精神本位与媚俗的物欲本位相抗衡。

"人本文学"是与传统的整体本位和新兴的物欲本位两面作战的斗士,它是为从农业文明向现代文明,从政治文化向经济文化转型的人们寻找新的精神支点,重建新的意义世界的一种努力。在形式的先锋冲决了传统的罗网之后,"人本文学"就是一种意义的先锋,它要在更广阔的视野中进行艺术的精神跋涉。

三、勘探生存的文学:体验方式

再漂亮再喜欢的衣服,穿久了总会变旧变脏,最后免不了丢掉,尽管丢时还有那么点依依不舍。语词也是一样,一个词汇用久了,特别是这个词被炒得很热,被用至极端,或被用到许多名不副实的地方,以至于被污染,那么这个词即使再妙、再精当、再有力,最后总也免不了被抛弃。

"典型"这个词似乎就遇上了这样一种命运。"典型"这个词在十几年前实在是太热了,几乎没有地方不用到它的。报上书上,到处可见,树典型,学典型,乃是一时之风气,工农兵学商都有自己的典型,每个地方都有自己的典型。当年我就在最为著名的学界典型——江西共产主义劳动大学待过很长一段时间。那典型有多少水分,"典型"一词是如何被污染的,我实在最清楚不过了。在文学中,"典型"一词亦复如是,"典型环境中的典型人物"被当做一个铁打的公式,几乎如枷锁一般,人一见就怕。所以,在近年的文学理论或批评的文章中,这个词必不可免地被遗忘了。

如果一个词被遗忘了,而有另一个新词,意义接近,功能相仿,足可以取而代之,则自是一件幸事。然一个词人们不愿用,但又没有一个新词可以取而代之,问题就出现了。特别是这样一种空白的时间太长,这个领域一定是出毛病了。今日文学喜欢谈论的是技巧、形式、话语、感觉等,这当然是拓展,是新进，是变革。但是，如果我们再也不理会精神的某些"典型"现象（原谅我一时找不到新词，只好保守主义者似的仍用这个被污染了的旧词），那么我们的文学恐怕要有"不能承受之轻"了！

"典型"一词可以不用，但"典型"的现象却无处不在。中外古典名著中那些被人们炒熟说厌了的"典型人物"且不去说它，单说西方现代主义作品中的"典型"其实也俯拾皆是。例如，美国作家约瑟夫·海勒，他不仅创作了长篇小说《第二十二条军规》，而且还创造了美国日常生活中一个常见的词汇"第二十二条军规"。为什么？因为"第二十二条军规"乃是一种极典型的精神体验。又如卡夫卡的《城堡》，一说到城堡，人们一定都会泛起那么一种对生存终极的迷惘感。再如贝克特的《等待戈多》，凡提到戈多，没有人不会忆起人生的苦等是什么滋味。德国作家黑塞的《荒原狼》，刚出版时，读者寥寥，然每发生一次大战，那书就风行一次。今天它的发行量已达几千万册，而这乃是一本虽不长却也不短的完全没有任何故事情节的、纯粹内心独白式的长篇小说，一般人在平时是很难读下去的，但在每次战后，却成为畅销书，原因恐怕就在于，它表现了一种极典型的涉及战争的精神体验。还有我们的《阿Q正传》，大家都说阿Q是一个典型人物，而我却要说那是一种极典型的精神体验。

作为艺术，文学真正有力之处在于引起共鸣，文学的真正重要之处在于揭示某种带有普遍性的精神现象。也正是这种普遍性的精神现象被揭示，才能引起真正有力的共鸣。从一定意义上说，科学研究的是自然规律，而文学研究的是生存方式。文学绝不仅仅是审美娱乐，绝不能仅仅谈技巧、形式、感觉、话语，我以为文学真正的重要之处就在生存方式上。揭示一种生存方式，或设计一种可能的生存方式，对于人类来说，都是一种意义极为重大的发现或发明！所以，我不揣冒昧，觉得如果"典型"一词有用来生厌之嫌，那么"方式"一词至少可以部分地予以代替。

我以为，我们存在的方式，主要有三大类：一类是生产方式，一类是社会方式，再一类便是生存方式。生产方式涉及生产力和生产关系，社会方式涉及政治和法律制度，生存方式则涉及思维方式、行为方式和体验方式。如此摆开，生存方式在人类生活中的重要性不言自明。这里且只谈谈生存方式的内涵。

生存方式是一个整体，思维方式、行为方式和体验方式乃是生存方式这一整体的三重角度、三个不同的切入口。这就如同一家电影院，有前后中三个大门。如果前门写着"思维方式"的字样，那么从这里走进去的便是哲学和逻辑；如果中门写着的是"行为方式"，那么从这里走进去的就是宗教和伦理；如果后门写着的是"体验方式"，那么从这里走进去的则是文学和艺术。也就是说，哲学和逻辑、宗教和伦理、文学和艺术是从思维方式、行为方式、体验方式三重不同的角度处理同一个东西：生存方式。

哲学和逻辑研究的虽是思维方式，但它的旨归却是行为方式和体验方式；宗教和伦理研究的虽是行为方式，但思维方式是其内核，体验方式是其基础；文学和艺术研究的虽是体验方式，但思维方式和行为方式却是通达它的桥梁。体验方式是生存方式的起点和归宿。人们为了获得某种体验而去行为，为了行为合理而去思索；而思索产生行为，行为产生体验。体验方式的重要性由是推出。

文学正是人类体验方式的表述者。因此，照我看来，所谓文学，就是从体验方式的角度研究人类生存方式的一种极重要的精神活动。

真正重要的文学醉心的是对体验方式的探索和发现，真正重要的文学是关于形而上的体验。这一点，从祖先神话到古今中外一切伟大的文学作品，都可以拈来作证，尤其20世纪以来西方那些真正重要的先锋文学可以特别透彻地说明此一问题。

所以，中国的文学，尤其是先锋文学，在完成了对技巧、形式、感觉、话语等的形式先锋的突破之后，就应该把对体验方式的描述、研究和发现提上议事日程。这种对体验方式的前卫性探险，便是意义的先锋——一种真正重要的先锋！

四、意义的先锋

一位朋友在看过我的长篇小说《晕眩》后对我说："你的小说没人读。现在人们不关心你说的这些问题，什么意义呀，终极关怀呀，现在人们只关心今日一台彩电，明日一架空调，后天……"

"今日一台彩电，明日一架空调，后天……"这当然不错，大概时下一般人士，只要还没有富到"今日一辆汽车，明日一栋别墅"，或没有穷到"今日一块红薯，明日一碗米饭"，便都免不了关心的。老实说，市场这玩意的确给我们带来了亘古未有的物质欲望和满足，此乃人类历史的巨大进步。不过，在这个物质高度发达的时代，是不是就没有了心的安妥问题？是不是就没有了精神的饥饱问题？倘若人类真的从此回到茹毛饮血，不，茹彩电饮空调的新一轮的动物世界去，那倒也是挺省心的。反正无规无则，无拘无束，强者为王，岂不是简单省心了么？但事情显然不会这样简单省心，且不说别的，只看生活越是富裕的地方，寺庙越是红火，富裕了的人急不可耐地寻找着维系精神的东西。人们明显陷入了无信仰或乱信仰的旋涡里，受着头晕目眩的煎熬，几乎没法自拔，痛苦不堪。至于知识分子们谈论精神家园、终极关怀等更是大有生命所系之感。

"今日一台，明日一架"之类的说法并不是脱口而出的，在它的后面实际上有一个堂而皇之的时髦理论在作支撑，这就是我们的后现代主义。后现代主义声言要把"意义"这个词从人类的词典中删去，他们认为这是一次史无前例的最彻底的精神解放运动。席卷全球的后现代主义思潮在现代文明节节取胜的大局下，对传统文明的最后一些堡垒，诸如种种"意义"的桎梏，进行更为彻底和更为深层的清理、批判、破坏、消解（正如自启蒙主义以来，一切消解性思潮所做过的那样），我想这是一件伟大的盛事。我要举双手赞成，并参与其中。然而，倘说后现代主义是要从此消灭"意义"二字，则便不是我们赞成不赞成的问题，而是可能与否的问题了。

可笑我们人类，一举手一投足，恐怕都离不开"意义"这玩意儿。人与一切无心的动物不同之处就在于，人凡事都得预设、谋划、想象，而这就一定得考虑可能、价值和意义。正是这个以意义作为动机的主动营造的世界创造了人类文明。意义乃是人之为人的根本所在，人一刻也离不开意义！

其实，即便"今日一台，明日一架"之类也不能不说是一种意义。当然你会认为，那只是一种短浅的、暂时的"意义"，与终极关怀无涉，不能将其看作真正的意义，但物质追求里也不是不可以包含着终极的关怀和真正的意义内容的。例如，有一种自我实现理论，这种理论认为，人都有天赋的才能，人生在世就是为了要把这种天赋的才能发挥出来。如充分发挥了，就叫做自我实现，就完成了天生的使命，就是人生最大的幸福和快乐；反之，如果没能实现自我，就是人生最大的不幸和痛苦。照这样一种理论，许多致力于赚钱发财的人，并不是为着一己的物质欲望，而是为着证明和实现自我。这岂不就是一种终极关怀了么？岂不就关涉到意义理论和精神的运作规则了么？这只是意义的一种现代设置，人们完全可以设置更合理、更圆满、更具内驱力的现代意义。

不管怎么说，旧的、过时的，已经成为精神枷锁的那一类"意义"的确必须打破、拆除、消解，诸如"普天之下莫非王土""无产阶级专政下继续革命"等。但我们不能从此没有了意义，没有了精神的着落处，从此只能晕眩，并认为晕眩是唯一的合理存在；或者留在过去，永远只能以"父亲"的话作为旨归，做一个永远长不大的精神侏儒。

没有了意义的确认，就没有真假善恶美丑利害的判断；没有了精神规则，就没有了人与人间的互知相谐以及社会的整合；没有了终极的关怀，就没有了能得到自我承认的真正有力的内驱力。当然，新的意义世界必须是多元而不是新的专制，但多元仍须有序，无序的多元只能是混乱，只能是走向死亡的增熵。有序的多元是新的意义世界的基本形态。

文学是对意义进行勘探、研究、阐释和创设的最好武器。古今中外一切有大价值的文学莫不是意义的勘探者和创设者。文学中当然也有纯形式的一脉，但正如丰子恺先生所说，纯形式的艺术有如精神食粮中的甜食，而有内容的艺术乃是精神食粮中的咸食，咸食恐怕还是人类更主要的营养吧。文学史中还能看到有趣的另一脉，以纯形式的面目出现，而所行目的却是意义。凡社会转型、意义重寻的历史关头，便总能看到这一奇观。五四时期的白话文运动，醉翁之意不在语言上，而在思想革命上；20世纪80年代以来的中国形式先锋们，醉翁之意乃在从唯政治功利的铁幕中逃跑出去。而这一脉打形式旗号行内容之实的文学运动，最后通常以出现意义问题的大师作结。例如，19世纪末驶出的象征主义列车，接近终点时出现的是哲学诗人瓦雷里和宗教诗人艾略特；表现主义最根本的成就，也在于涌现了卡夫卡、奥尼尔等。

西方现代派文学潮流中很有意思的一件事是，最具形式探索意味的是法国新小说派，但它恰恰是文学成就最低的，至少我个人这样认为。按照通行的分类，西方现代派中直接以意义问题为旗号的主要有存在主义文学，但存在主义文学并不是一个可以与其他文学流派画等号的派别。它的意义实在要广泛得多，且不说存在乃是文学的根本主题，单看此后的诸种文学流变，如荒诞派、黑色幽默等，似乎以形式作旗号，实质乃是存在主义的直接继承。至于那些并不打什么旗号却影响巨大的作家，如索尔·贝娄、米兰·昆德拉等，也都可算作存在主义作家。

存在主义文学正是西方的"意义的先锋"，它实在是西方现代主义的精髓所在。而在中国，"形式的先锋"已打通路径，完成了冲出政治功利文学一统天下格局的胜利大逃亡，但我们的"意义的先锋"却一直没有得到充分的认识，我们对存在的根本问题一直不肯予以重视。而处于历史转型中的我们，却是多么需要直面自我对存在的反思，多么需要对新的意义世界的探索和创设呀。

"意义的先锋"，这将是一个无法躲避的所在。在"形式的先锋"取胜之后，"意义的先锋"势在必行！

（原载《现代与传统》1995年第4期）

第三种文学

一、在"洋化"与"古化"之外

先是洋化。

洋化的第一步是北洋化,学苏联。一部《这里的黎明静悄悄》,在中国便有好几种同构异质的仿制本;艾特玛托夫的草原味、异族味,一度萦绕在中国的作品里;连契诃夫的某些段落据说也能在我们的某些名篇中完整找到。

第二步当然就是西洋化了,海勒、塞林格、福克纳、贝克特、新小说派……逐一仿造过去,流行一个西方的塞林格,于是便有一批中国的"塞林格"。

西洋化的下一步轮到"拉洋化"。因为拉丁美洲与中国同属第三世界发展中国家,拉丁美洲既然"文学爆炸"了,我们也欲爆炸自己的文学,自然不可以不仿。博尔赫斯是"西洋化"与"拉洋化"的一个过渡阶段,因为博氏本人乃近乎拉丁美洲的西方人,喝过许多洋墨水;然后是马尔克斯,现实加魔幻的东西一时间在中国当代文学中又到处可见。其实,《三国演义》《水浒传》《红楼梦》原本也挺魔幻的,倒并不见得定要从"拉洋"那里觅得。

洋化之后是古化。

古化风似乎是从"寻根"开始的,但最后却与"寻根"的初衷完全相悖。"寻根"原是为了反思、批判,为了追索现状之不能令人满意的原委,但后来闹起了"文化热",演变为不问青红皂白的"弘扬",又由"弘扬"至仿古至高呼"孔子万岁"。

传统文化隔绝得太久,重提乃绝对必要,但重提却须选择和限制。我总觉得"弘扬"二字不见得妙,"弘扬"易引起"古化",而"古化"是不如

"化古"的。

为了重学传统文化，仿古亦是自然。仿新古，如"五四"，仿近古，如明清，都仿出了些好成绩来。但由仿古又延至翻古——为一切古人平反，儒释道法孙易不说，连神鬼迷信也翻出，就有些令人怅然。

总之，在一段历史空白之后的"学步西方"和"回归传统"乃势所必然，但太急太切太彻，也徒生病端。洋化风一来，倏地我们好像都换了一双洋眼睛，非洋不取，非洋不妙。一部小说，倘不十分像西方某部经典，不合西方某个流派，那么便不被选择，无由认定，这其实是缺乏自己的尺度的表现。古化风一刮，则我们忽又换了一双古眼睛，非古不取，非古不妙，不把老祖宗以及祖制祖法说得至善至美便算不得上乘之作。企图熔洋熔古而自成一统的做法，却很容易作为非驴非马的无名异物而被抛弃。

应该肯定，新时期以来，由打开国门和人道主义讨论而引发的向西方文化学习，由反思和寻根引发的向传统文化学习，都是我们的必经阶段。但时至今日，洋化、古化之风似不可再长，而化洋、化古，建构自己的、当下的思想和话语系统、文学和批评标准，应该提到议事日程上来了。

二、在道德与反道德之外

我总觉得中国当代文化中的反道德倾向是从高呼"造反有理"开始的。

"文革"时期"造反"之风盛行，反道德的种种，自不待言。改革开放以后，人们是想向西方学点什么，建设点什么的，如人道主义讨论、主体性问题讨论等，但似乎成就不大。整个中国文化的大走向依然是以"反"，以消解，以无序化为主的。文学中从爱情的解放（如《被爱情遗忘的角落》）到性的解放（如《废都》）这样一种不断升级的反道德趋势便可作一种例证。尤其将《查泰莱夫人的情人》与《废都》比较，更可看出后者反道德指向的面貌。《查泰莱夫人的情人》写性是建设性的，它试图建立一种性的生存本体论和艺术本体论；而《废都》写性则显然是一种逆反、背弃、无奈、玩弄的态度，这书的出版可说是当代反道德思潮的一次巨大成功。用快乐原则取代政治功利原则是新时期以来文学反道德思潮的一次胜利。文学走向审美（如追求形式主义美学的先锋派们），走向娱乐（如满足感官享受和宣泄需要的通俗文学，满足逃避责任之沉重的"痞子文学"等），使过去政治功利本位的文学遭受到了严峻的挑战。

"反道德"并非一贬义词，中国当代文化中的反道德倾向乃是一个历史的必然过程。我甚至心中窃想，"文革"内乱亦正是历史魔掌借了一个独特的由头而导演的一出必不可免的闹剧。因为中华民族欲从封建文明走向现代文明，必须反透，必须乱够，必须将封建文明的"铁屋子"彻底拆除，才可由大乱而达大治，建设现代文明的新大厦。也正是如此，"文革"后拨乱反正的希图在精神层面上并未真正实现，"反"风日涨，实乃历史魔掌还不肯罢休。

我不敢保证说封建文明的"铁屋子"目前已经反透、乱够、拆光，也不敢保证说历史的魔掌从此不会再借个什么题目又演一场别出心裁的闹剧，但是我想说，时近21世纪的中国文化，如果一味这样缺乏营建指向地"反"下去、"乱"下去，结果会是可怕的、危险的。缺乏道德规范的社会不可能是稳定的社会，缺乏道德标准的经济不可能是真正发达的经济，缺乏道德尺度的文明不会是真正的新文明。

超越旧道德与反道德而建构属于新文明的新道德，这伟大而困难的历史重任，文学应该分担多少呢？

三、在政治功利与审美娱乐之外

中国的人生哲学大约只有两种选择：入世与出世。

入世者，高中做官，修身齐家治国平天下。居庙堂之高则忧其民，处江湖之远则忧其君，进退皆忧，其原因是总以家国为本。

出世者，放浪形骸，闲云野鹤，采菊东篱下，悠然见南山。独来独往，无君无父，无民无子，飘然若仙，甚或出家戒荤戒色戒欲，斩断凡尘，于吟经打坐中与天合一。

读者也许要问，宋江、武松等难道不算一种选择吗？不算。宋江、武松等皆为入世者，只是路径不同，高中做官与造反夺权，正与反其实是一个东西。

中国的文学走向也只有两种选择——政治功利与审美娱乐，犹如一入世一出世。

为抗战服务，为"合作化"服务，为"大跃进"服务，为"文革"服务，为经济建设服务……此种大传单式的为一时一地的政策或政治走向服务的文学即政治功利文学。其实古今中外这类文学走向都是有力的一派，且自有它存在的理由，只是倘占了唯其独尊而排斥一切异己的位置时，才变得可怕和可笑起来。

无奈在我们这里，它确曾一度独尊过，所以"文革"后便有人来"反"它。从伤痕文学、反思文学、寻根文学，一直到高歌儒统和文化颓败主义者们的创作，此一路都可说是宋江、武松式的所在。当然，这一路在今天是合时势、顺民情的"反"，乃"替天行道"。

要紧的是从思维方式看，"反"并非反独尊，只是要求别这样独尊而那样独尊，所以"服务文学"与"反思文学"（且将此一路统归于这旗号下）的基本情结是同一个，均着眼于一时一地的社会或政治情绪，即社会本位是也，入世文学是也。

"文革"后的"出世文学"变成了一革命性创举。形式主义是吓人的大帽子，美是资产阶级臭东西，所以那些既不肯"服务"亦不肯正襟危坐来"反思"，偏要追求纯粹形式创造的举动乃是石破天惊的事。然"出世"毕竟是人之大需要，且又合老传统，所以当时一旦冲破，此后便如决堤洪水，一发而不可收。花样翻新的形式创新，玩笑文学、游戏人生的侃爷，"拳头加枕头"快活如神仙的娱乐通俗大潮，组合成文学的"出世大军"，将中国当代文学变得五颜六色、丰姿多彩。最近和两位朋友有一个"三人谈"，我将当代文学描绘为"正反逃"三部曲，"逃"指的就是这支"出世大军"，它乃是一次胜利大逃亡。

不过，现在的问题是，人生之选择是否只能在入世与出世间，文学之选择只能在政治功利与审美娱乐间，回答当然是：非也！

不入朝做官便逃遁山野，那是古人的事，今人大可以做科学家、发明家、艺术家、思想家、运动员、企业家等。文学亦然。在政治功利与审美娱乐之外，至少还有一种至关紧要、至为根本的关怀一向被我们排斥、忽略或遮蔽了，这就是生存终极之关怀、人文精神之关怀，这是比民族、国家、阶级、党派等群体关怀更为博大的每一个个体人的本位之关怀，总之是人类精神的本体之关怀。

持此一关怀的文学，便可谓政治功利和审美娱乐之外的第三种文学。

四、在理性与非理性之外

十多年前，我和我的一位朋友发生过一场争论。他说："20世纪文学就是写感觉。"我说："20世纪文学就是哲学。"那时我们都还年轻，刚刚走上文学创作之路，心中的想法都很朦胧，而对这些朦胧想法的表述更未见得准确，但此后我们的确按照各自的初衷走着各自的路。

他按照他的感觉进行了一种形式主义的探索，颇为成功。不过他好像还不是十分典型的写感觉者，他的兴趣和贡献首在形式，与他的路数接近（至少别人这么归纳）但更年轻的一辈，则的确将感觉写得更纯粹和圆熟。我则把小说写成了我心中的哲学。

事实证明我们都是对的。

写感觉是对写实的反叛，或者说，是用非理性对传统理性的反叛。

19世纪西方由批判现实主义走向自然主义，左拉、龚古尔兄弟们提出的向科学观察学习，对生活的一切细枝末节都作精确观察描写的主张，的确是源于一种很可怀疑的近代经典科学原则，或称归纳主义理性，而19世纪末至20世纪的自然科学、心理学、哲学已经对此提出了挑战。观察果能通达最高真理，解决一切问题吗？存在是不以人的意志为转移的一个绝对客观吗？

于是，生活由传统理性走向非理性。从绝对客观和至高真理导演出的"文革"阴影下走出来的中国人民，一时间全体高唱"跟着感觉走"，人们从生活中体会到了一种思维模式的衰败。生活跟着感觉走，文学还能不跟着感觉走吗？但是感觉毕竟是形而下的！感觉不是人之为人的基本特征。人之为人的基本特征之一是思考，是理性。人类永远不能放弃寻找更为合理的理性的追求，增熵是走向死亡，减熵才是生命的希望，构思和建设一个更为美好有序的世界是我们永恒的理想。对以太的怀疑和否定是革命性的，但如果没有爱因斯坦的相对论，20世纪的物理学将不可设想。哥白尼以来的宇宙解构思想是伟大的，但20世纪的天文学家们还是构想了神奇的宇宙大爆炸理论。那位除了脑袋，全身基本瘫痪的伟大科学家霍金，也还是顽强地创制了宇宙有限无边的新构想。

缺乏坚实思考基础的纯粹写感觉的文学固然有它存在的历史必然性，特别是有着重要的消解作用，但它绝不能取代一切，尤其是取代建构。寻找新的真实和新的普遍性是摆在人类思维和文学面前的一个重大而根本的任务，文学不可能逃避真实和普遍性，在写实与写感觉之外，在传统理性与非理性之外，必须有一种更具建设性意义的新的理性的文学。

"20世纪文学就是哲学"（恕我固执，继续沿用青年时代那个稚气的断语）乃是一个至关紧要的命题。20世纪人类思维的一个重要特征就是企图通过文学来寻找一种新的真实和新的普遍性，寻找一种艺术化的哲学，列举一串大师的名字便可兹证明：瓦雷里、艾略特、卡夫卡、萨特、加缪、黑塞、梅特林克、戈尔丁、卡内蒂、索尔·贝娄……

我把我心中的这第三种文学称之为"形上体验"的文学。

五、在现实主义与中国式后现代主义之外

我近来在几篇文章里都提到一个看法，西方近代以来的文艺思潮可分为两类：消解性思潮（启蒙时期的人文主义、批判现实主义、后现代主义）和营建性思潮（理性主义、浪漫主义、现代主义）。这当然是从思潮总体的价值指向来看的。

巴尔扎克的《人间喜剧》都说了些啥？描绘和嘲讽了几个人物，记录和描写了他那个时代的风俗，几种鼻子或几种衣服的皱褶，再加上财经界的状貌和常识，如此而已。他的价值指向呢，人们说他用封建贵族倒退复旧的心态和眼光来批判新生的资本主义，我倒觉得他对谁都不满。不满、愤愤不平是巴尔扎克的个性，也是整个批判现实主义的特点。因此，我要说批判现实主义的价值指向是消解性的。

人们曾想把营建性的意义加进现实主义中去，在现实主义的基础上增加

一种积极的价值指向，如苏联的"社会主义现实主义"和我国的"革命现实主义与革命浪漫主义相结合"，这种加法成效究竟如何，恐还待后人评断。但就文学本身发展来看，现实主义的本义还是想揭露点什么，拆掉点什么的。从社会层面上来看，它是想揭露某些弊病和黑暗；从本体层面上看，它是想把中世纪神圣的教堂连同新生资产阶级刚刚建立的某些幼稚的神圣建构统统拆除。这种拆除和不满根植于一种平民意识。

后现代主义被认为是文化工业，即文化大众化时代的产物，可见也是诞生于一种平民意识，因此后现代主义的"消解深度模式""文化COPY化"等与批判现实主义在价值指向上是一脉相承的。只是眼下细究起西方作品来，究竟哪些是属于后现代主义，恐怕还难断定。有论者将贝克特、海勒也包括进去，我却始终不敢苟同。

不过这不甚要紧，要紧的是咱们中国新时期以来的文学，似乎也经历了一个由批判现实主义到后现代主义的连续发展阶段，中间却独缺一个真正的现代主义。例如伤痕文学就可看作是批判现实主义，而新时期先锋文学，有评家把其完全归入后现代主义，我以为从价值指向上看，并无不当。

这就奇怪了，西方是由现实主义而现代主义而后现代主义的，怎么咱们中国就来了个飞跃？

其实从思潮的历史意义上看，一点也不奇怪。且不去管咱们中国文学的发展是否一定要套用西方概念，我们只把它们当作借来的武器，稍一想便可了然。从"文革"走出来的中国文学，当务之急就是批判和拆解一种僵化模式，这种僵化模式是由当代政治变异与古老封建传统相结合而产生的一种相当顽固的东西。这批判和拆解思潮之势头，非要相当强烈而汹涌，非有相当持续和深入不可，而批判和消解的武器，管它西方东方、早中晚期，拿来能用上便可。所以，伤痕文学之借批判现实主义也好，先锋文学之借后现代主义也好，都乃顺理成章的事。至于理性主义、浪漫主义和现代主义不拿，那是因为这些营建性武器暂不合用。

按说十几年的批判消解性思潮为时并不太长，尤其与西方走进现代文明的历程来比。但是中国没有必要也不可能照着西方的老路亦步亦趋地踱，而且今日中国所面对的国际环境、国内状况以及转瞬即逝的天赐良机，也不容许我们一味地，尤其是缺乏营建指向地批判和消解下去。跨向21世纪的中国，一种营建性的思潮亟待生出，那些营建性的武器自必将在当拿之列。

"上帝死了"和重建"上帝"是每一个民族在走向现代文明时必不可免要遇到的根本性问题，传统必须打破，但又存在不能承受之轻。西方人曾试图通过理性主义、浪漫主义和现代主义来重建"上帝"。一切必须放到理性的天平上重新衡量，这是理性"上帝"的声音；普罗米修斯的激情之火，则是弥补理性上帝之一半缺失的浪漫之神；现代主义的基本情结便是让艺术成为人们今天的宗教，20世纪上半叶中国的蔡元培高呼"以美育代宗教"恐正是一种典型的现代主义口号。

今天中国之重建"上帝"，我想不会把理性主义、浪漫主义、现代主义分别单独拿来，而是会和中国的现实、特点相结合，熔铸出另一番天地，这另一番天地自必在现实主义和后现代主义之外。

（原载《当代人》1995年第3期）

第三种批评：意义的先锋

客：近来不少人在议论"第三种批评"这个新词，但大都十分迷惑，不知这种批评究竟主张些什么，我见你写了好多这方面的文字，你能否做一点解释？

主："第三种批评"不是一种主张，而是多种主张；它也不是由一个人或一个意见非常统一的群体提出来的，而是由对文学趋势的看法有某些共同点的一群人倪出来的。更准确地说，是1994年10月，中国社科院文学所在北京召开的"世纪之交的文学选择"研讨会上，我们一伙朋友在聊天时激发出来的。

客：开完会后各自回家，各自按自己的理解举此旗帜做文章，所以把大家搞糊涂了，是不是？

主：是这样。这不是坏事，这现象本身就很有意味。在我看来，所谓"三"，就是"多"。也就是说，不是"一"，也不是"二"；不是唯一，也不是对立；不是非此即彼，而是多元。我们过去喜欢讲"一"，也讲"二"，就是不讲"多"，这是一种思维定势，现在应该打破这种思维定势。"第三种批评"可以从很多角度来看待。例如在我自己的文章中，就曾把"洋化"与"古化"、道德与反道德、理性与非理性、政治功利与审美娱乐、现实主义与中国式后现代主义等种种二元对立之外的新文学看作"第三种文学"。至于谈论这个话题的众多批评家们所持的角度，那就更是纷纭复杂了。

客：这的确是一种思维方式上的进步。那么，你个人的"第三种批评"观有没有一个聚焦点呢？

主：在我眼里，"第三种批评"乃是一种"意义的先锋"，这可以从一个纵坐标和一个横坐标上来进行分析。从纵坐标来看，唯政治功利的文学已经被历史和实践证明是狭隘的、行不通的；"形式的先锋"的文学玩叙述、写感觉，但纯粹的娱乐与审美，我不相信就是文学的全部。我始终坚持，文学必须是具有意义的，它不是过去那种唯政治功利的意义，而是一种超越的、存在层面上的意义。我的文学观是：文学是一种从体验方式入手，以存在方式为对象的研究。意义问题乃是存在方式的核心部分，文学无论如何没法回避。尤其当下中国，文明转型，神位空缺，价值失落，心灵悬浮，精神晕眩，意义世界亟待重寻，精神规则亟待新构，文学能摆脱它的责任吗？

客：面对市场文明带来的种种问题，现在有些作品与批评也讲精神，但却采取一种退守的姿态，一种存天理灭人欲的姿态，你提倡意义的先锋、精神的新构，是否也是为了区别这一现象？

主：一点不错。这就关系到横坐标了。从横坐标来看，目前文学思潮大致有两个话语圈：中国式后现代主义与"人文精神论"。我高度评价中国式后现代主义对唯政治功利的消解作用，但反对它的一味逃亡；至于"人文精神论"，"意义的先锋"始终追寻的就是人文精神，但它不能苟同于时下这一话语圈中一些作品与批评对于市场文明的单纯仇视态度。对于当下中国来说，市场文明无论如何是一次根本性的进步，而且实际上还处在萌芽状态，人文精神的追寻者们是呵护它、营构它，还是急欲把它掐死，回到传统文明的老路上去？"意义的先锋"认为绝不能倒退，只能往前走，去探险，去创造，探索新的意义世界，重建新的精神规则。我在20世纪80年代末就提出过"个性文学"（后发展成"第三种文学"）的主张，但那时无人问津，现在的情况比较明显些了，但我以为还没有到时候，这个问题还会变得越来越重要。

（原载《广州文艺》1997年第3期）

为诗即是为度

"第三种批评"的话题,自1994年年底提出,迄今已两年有余。反响不巨,但不绝如缕,时时还在谈,闻者主要是迷惑,不知这"第三"究竟为何物。这是当然,"第三种批评"的持论者各有各的"第三",各有各的思考基点和理论主张,并无统一的行动纲领,但一致性还是有的。我想,最根本的一致性乃是"建设"二字。一个世纪以来的中国文学,承担的始终是反叛、破坏、否定、解构、逃亡的使命,战绩是辉煌的,然缺陷也愈益显出来了。只有破坏没有营建的结果是,老庙拆了又盖起来了,一切如旧,循环往复,无有穷期。也许有片瓦只砖的不同,但换汤不换药,除了更精致、更结实以外,内里是完全一样的。

今日文学需要建设的领域很多,我自己就列出过"洋化"与"古化"之外等六七种视角。但我越来越觉得,"第三种批评"的至高使命应当是:重新要回文学的真理性来!

百年来的中国文学,所敏感的一直是社会性情绪,而非本体性情绪,所以,它一直是权力者的工具或反叛者的号角。当然,其间也时时有所逃亡。20世纪30年代的"鸳鸯蝴蝶派",80年代以来的"形式的先锋"(中国式后现代主义),以及纯消遣娱乐的"拳与枕"文学。特别是80年代以来的这次胜利大逃亡,已充分显示出人们对唯政治功利文学的厌倦和不信任。但是,人们在倒洗澡水的时候把孩子也倒掉了,在逃离唯政治功利文学的时候把文学的真理性也彻底抛弃了。

西方近代以来的一些成见,如康德所谓知识真理与感性审美的二分,被我们特别机械地接了过来,死抱住不放。而其实,今天西方知识与艺术的对立,早已被技术理性与人文关怀(人文学术和文学艺术统一于此一关怀)的新区划所取代。人们越来越认识到，存在的真理不能靠技术理性的解剖，而只能在审美文化的光照下才有真正的敞露。

事实上，文学固然不应该是唯政治功利的，但也不见得就只能是唯形式和纯消遣的。或者说，文学既可以是政治的，也可以是形式的和消遣的，更可以是真理的，且最重要的文学一定是真理的。我喜欢海德格尔的一句话："为诗即是为度。"海氏以为，神为人间立法，诗人是神和人之间的信使，诗人首先感应到神性，承接住神为人间制定的尺度，然后交由理论家、政治家明确化并应用于人类生活。所以，艺术开启真理，敞露存在。如果我们别把事情弄得那么玄妙的话，将那"神性"看作由历史进程带来的蕴藏在人类生活中的某种普遍的意愿和趋势，那么诗人的确是最先感应到这种历史人性的。诗人承接住这种历史人性，创造性地为不同的人类文明设置某种相应的精神规则，无疑是其至为神圣的使命。不过，我不赞同那种接力赛的说法。我以为艺术家与哲学家、宗教家、道德家是站在同一平面上来承接"神性"的。艺术家从体验方式入手，哲学家从思维方式入手，宗教家与道德家从行为方式入手，要勘探的都是生存方式，要营构的都是精神规则，要发现的都是存在的真理。

艺术的真理自然有别于学术的真理，但并非不是思考。真正的艺术家是用整个身心来思考的。正如伽达默尔所云，艺术"能把握我们整个存在"。艺术真理，或曰真理的艺术，绝非将艺术作手段，用艺术传达真理，特别当艺术关注和表达的是存在，是生存的终极时，艺术本身就成为意义，成为生存的本体。总之，为诗即是为度！文学正是立人之学，文学是帮助每一个个人站立起来的最重要的事业！

我们今天正在经历一个文明转型的时代，旧"神性"已然隐去，传统的精神规则正在日渐消泯，而文明进程带来的蕴藏在生活世界中的新"神性"在逐步彰显。在这样一个历史时刻，为度之诗怎能够不最为敏感、最为勇敢地去承接"神性"，去创造性地营构属于新文明的精神规则呢？它怎么敢不恪尽职守呢？

创造性的营构，不是哀叹"人文精神"的失落，更不是回到排他性极强、专制味极浓的准宗教、类宗教乃至迷信那里去。我们还从未有过真正意义上的属于新文明的"人文精神",我们需要的仅仅是吸纳、扬弃和多元地发展。

文学,至少文学中的为度之诗,必须也必然是我们新文明中的意义的先锋,而我眼中的"第三种批评"亦正是这种意义的先锋。

(原载《华南师范大学学报》1997年第2期)

文学作为生存本体的言说

——百年来中国文学的描述、反思及其前路之一种

一、文学作为启蒙呐喊、政治宣传与非意义逃亡

20世纪中国文学,从主潮上来说,我以为是经历了启蒙呐喊、政治宣传与非意义逃亡的三部曲。

从辛亥革命前后、新文化运动,到30年代,中国文学发出的最响亮的声音无疑是关于启蒙的呐喊。梁启超发出的"小说界革命"的呐喊,周作人发出的"人的文学"的呐喊,鲁迅发出的"救救孩子"、改造"国民性"的呐喊,郭沫若发出的让中华民族"涅槃"的呐喊,曹禺发出的让"雷雨"把封建老屋子捣个稀烂的呐喊……所有这些声音,在当时都是惊心动魄、震撼人心的。它们之所以有如此的力量,是因为那是一批先觉者,站在茫茫旷野上,对着天穹下昏睡的人群发出的急切的近乎凄厉的疾呼。所以,在我看来,启蒙呐喊是一种"旷野艺术"。

20世纪30年代末,中国文学的主潮,走上了民族政治的宣传之路。关于民族政治宣传的文学,成了那个时候最重要的声音。那时,抵抗侵略的确是整个国家第一位的事,文学的兴奋点在于承担起抗敌的宣传责任,成为冲锋的号角与鼓手,实在也是情理之中的事。那时最打动人,至今也还流传着并融入民族记忆的文学,主要是歌与诗,其他大部分的作品都因为是即时的战斗传单而成了过眼烟云。接下来,中国文学又成为了关于阶级政治的政治宣传了。"十七年"和"文革"时期,阶级政治被放置在中国社会问题的首位。作为阶级政治宣传的文学,一开始还因为某种真诚的激情而出现了些许至今看来尚属优秀的作品,但越到后来便越显得可笑可悲起来。文学不管是作为民族

政治，还是作为阶级政治的宣传，其形态都是面对群情激奋的人们，发出高强度甚或夸饰的呼号。因此，作为政治宣传的文学，我认为可以称作一种"广场艺术"。

20世纪最后20年的中国文学，人们通常以日趋丰富、逐渐多元予以描述，这当然是对的。但在我看来，作为主潮，这一阶段还是有一个最为突出的特征的，这一特征便是"逃亡"。我在一系列文章中都提到这一说法：文学从政治宣传的话语栅栏中逃出来。这里所表现出来的心态与策略是此前未有过的，心态是无奈的，策略是消解。启蒙呐喊是站在现代性启蒙立场上对封建传统义正词严的批判，而八九十年代的消解性文学潮流不是批判，而是一种溃散。消解甚至也不是今天人们说得很多的颠覆，消解并没有颠覆什么，消解只是取了"你玩你的，我不跟你玩"的躲避姿态。这一消解性创作与批评潮流的主要代表，首先是被人们称作中国式后现代主义的先锋文学，其次是稍后热起来的新写实小说，再次是进入90年代之后的"痞子"文学，以及种种书写身体、欲望、暗角的私人化写作。还有80年代以来的商业主义文学之潮，包括通俗文学，也包括以纯文学的面貌出现，实则是媚俗或媚雅的种种商业性写作路数（商业主义文学之潮对于这一"逃亡"其实具有更基础的意义）……所有这些潮流一波接一波，从80年代到90年代，共同构成了20世纪末消解之潮的胜利大逃亡局面，其效果有目共睹。中国式后现代主义的先锋文学（我称之为"形式的先锋"）以形式技巧的多变叛离过去文学对社会性内容表述的专注，新写实小说以凡庸琐屑消解宏大叙事，"痞子"文学以痞味的调侃解构了国家大事与英雄带给人的庄严感、崇高感，身体书写则以欲望的释放代替了对激越的社会性情感的浪漫主义抒发……所有这一切都使文学的正面感、居高感、神圣感变得滑稽可笑，使文学失去了以往的重量。这是一场消解既定话语形态的文学逃亡，即非意义逃亡，或者说，这是一场卓有成效的祛魅运动。尽管20世纪末的这场文学逃亡是一种非意义化的过程，但从无意识的症候阅读角度看，其社会政治意义是显而易见的。我认为，八九十年代的非意义逃亡文学可以称为"露台艺术"，它是在路边、街头或公园露台上进行的表演，博得熙来攘往的观众的惊讶与大笑，解除正统惯性对其的禁锢。

"旷野艺术""广场艺术"和"露台艺术"，三者在形态、策略和氛围上虽然有着不少的差异，但它们的一致性也明显可见，这一致性便在于这三类文学都有着社会性、广布性和单向性的共同特征。

所谓社会性，简单地说，就是从社会这个整体性角度出发，对社会问题的关注，对社会性情绪的表达以及对社会进程的参与。这种文学的社会性是既相对于消遣性或纯粹的艺术性，也相对于更内在层面上的生存本体性而言的。

文学的启蒙呐喊，当然还不是直接的政治宣传，但它显然是一场社会文化运动，是一场伴随着社会政治革命而发生在社会文化层面的整体性观念变革运动。尽管周作人提倡"人的文学"，鲁迅也呼吁要"张个性，强国民"，但他们的视角仍是社会整体性的，关注的焦点仍是社会问题，表达的仍是社会性情绪，其旨归也仍是社会整体变革。也就是说，他们的意向不是个人价值的重铸，不是个人精神的升华或完善，不是个体人的生存本体性问题的解决。

文学作为政治宣传，不管是作为民族政治的宣传，还是作为阶级政治的宣传，其社会性指向毋庸赘言。如果时代不是专横地将其定为一尊，这种社会性指向毫无疑问具有其自身价值，但遗憾的是，那段历史恰恰没有这个"如果"，终至于作为政治宣传的文学走向了自己的反面。

人们也许会对"非意义逃亡"之潮的社会意味有疑义，特别是对"形式的先锋"的社会意味表示不解。超脱政治功利内容，回到形式，回到艺术，回到审美，难道不是对文学的社会性关切的远离吗？这一点，德国法兰克福学派的社会评论家们曾作过非常充分的说明。法兰克福学派的社会评论家们认为，西方现代文学的形式革命、形式幻变、形式自律有着非常强烈的社会意味，这一西方现代文学的形式革命运动是对西方通俗文艺、大众文化，乃至整个资本主义文化生产方式的抵抗与拒否。他们之中的绝对者如马尔库塞甚至认为，真正的艺术是拒绝交流的，只有拒绝交流才能拒否作者与读者打成一片的大众文化。[①]20世纪八九十年代的先锋文学要抵抗与拒否的主要不是大众文化，而是作为政治宣传的文学，但形式幻变、拒绝交流这些策略却是从西方的形式革命运动那里借来的。过度的形式幻变只能带来拒绝交流，而拒绝交流只能是一种抵抗与拒否姿态的表演，这种姿态的表演就只能表达着一种社会意味，而不是

---

① 参见杨小滨：《否定的美学》，上海三联书店1999年版，第五章。

真正的纯艺术，不可能有真正达至艺术沟通、艺术领会和艺术享受。形式表演的社会意味是重要的，这种重要性就在它的社会关切上。而新写实小说、"痞子"文学、私人化写作等，由于具有较为明显的消解态势，它们的社会性意味则更容易透视出来。它们是作为社会问题的言说，而不是作为生存本体的言说，也很容易看得清楚。

这种文学的社会性特征，必然会带来广布性和单向性的形态性、方法性特征。所谓广布性，就是指这种文学的基本形态，它是居高而往下流布的，从中心向四周扩散的；所谓单向性，当然是说不重视接受方面的回流、反馈，主要的兴趣只在于以某种特别的姿态引起在场者的惊异，只在于这种引起惊异的效果。

表达社会性情绪，关注社会问题，参与社会进程，以广布和单向强入的方式实现社会关切，无疑是适应20世纪处于现代性转向初期的中国的实情的。但是，这份关切的一统性、强烈的排他性，以及由非意义逃亡带来的精神虚无状态，也产生了相当不妙的后果：它阻碍了文学对于更为根本的生存本体性问题和生存本体性情绪的关注与表达，阻碍了文学对传统具有终极意义的价值观念的反思，阻碍了文学对现代具有终极意义的价值观念的建设，从而使文学在重大的文明转型时刻发出更深沉、更深刻的声音的可能遭到很大程度的抑制。

二、文学作为生存本体的言说：隐在与偏差

显然，20世纪中国文学的最大缺失在于其对生存本体的关切上。在这百年间，文学作为生存本体的言说，总体上是未被清醒地意识到的。少数作家对生存本体性倾向的追求，则始终是隐在的，处于微妙的边缘状态。而一些似乎有着生存本体性倾向，又闹出了些响动的创作与批评现象，则又往往显现出危险的、令人担忧的偏差。

近代以来，如王国维的研究文字，显然有着稀罕和深刻的生存本体性思索。在现代文学中，林语堂随笔与小说中有着中西调和味道的关于新道家的求索，丰子恺的那些有关宗教、星辰、孩子与艺术的书写，周作人散文里所散发出来的个人主义思绪，鲁迅的散文诗集《野草》等都是有着或多或少生存本体

言说气息的。新时期以来，一些受到西方审美现代性（如存在主义与现象学）影响，受到中外各种宗教影响的创作与批评，也显现出某种生存本体言说的倾向，有的还一直在默默中执着探索。但这些作家或理论家，有的被长期忽视；有的虽受到关注，但其本体性言说意味没有引起足够的重视。这与西方现代文学中由许多不同源泉发出，并形成种种不同流向的生存本体性关切之潮比较起来，实在是有着非常大的不同。

生存本体言说的被漠视或曰隐在，显然是由于转型中国社会的文化浮躁所致；此外，一段时期内的社会固化话语的完全笼罩和排斥一切，也曾是重要原因。新时期以来，社会稳定给文学的生存本体言说提供了某种条件，但是，整个社会的文化浮躁依然严重，而更成问题的是，一些似乎有着生存本体言说倾向、打出精神拯救旗号的创作和批评，实际上只是"社会文学"同质异貌的变形。要么是退守传统农业文明之"人文精神"的文化保守主义；要么是在"私人化写作"观念的掩护下，用身体主义置换价值重建的世俗主义。这些明显是在旧观念支配下的精神言说之潮，也在很大程度上遮蔽和抑制了真正具有创造性、建设性的文学的生存本体言说。

例如，某些被称为"道德理想主义"的创作就是典型的例子。这种创作鼓吹一种极端的、排他的宗教信仰，作者号召全世界的人都来信仰他的宗教，以此构成一种新的崇拜，试图抵抗当今物欲横流的世俗世界。这一创作倾向的基本思维方式可以从作者主张的一个公式中推出：凡出过国的（除他自己之外）都是汉奸，凡不用汉语写出的都不是美文，凡追求现实权益的都是无聊庸俗的物欲主义者，凡不信他的宗教的都将堕入万劫不复的地狱……①从这里，我们很容易看出这种被人们错误地称为"道德理想主义"的创作倾向的极端性、排他性，从而联想到西方中世纪的宗教专制。

每一个人的宗教信仰、泛宗教情感，包括对中国人来说尤为重要的属于人生哲学、人生境界性质的关于"圣"的情感，都是非常令人尊敬与尊重的。但是，一种具有强烈排他性质和自我唯一色彩的宗教却肯定是危险的。我想，虽没有经过西方中世纪的宗教专制，但有数千年封建专制经验，并经过"文

---

① 参见张承志：《无援的思想》，《花城》1994年第1期。

革"狂热洗礼的中国人,都会有这样的认同。用这样一种极端排他的"宗教"作为精神旗帜,以抵御物质主义的侵袭,毫无疑问只是一种思维方式上的倒行逆施。

我之所以一再强调"道德理想主义"是对这种创作倾向的错误称谓,是因为这样的张冠李戴模糊、玷污了"道德理想主义"这个概念。许多批评家不是去批评这种创作倾向,而是一般地批评"道德理想主义",这是一个极大的误区。有的批评者认为,道德理想主义不能"救世",只有社会体制的改革才能"救世";有的批评者则认为,注重个人修养的本体性道德理想主义不能"救世",只有弱伦理、制度性或契约性的公共伦理(功利伦理、权利伦理)才可以"救世"。我以为,说社会体制变革是"救世"的途径之一是对的,说制度性或契约性的公共伦理建设是"救世"的途径之一也是对的,说注重个人修养的本体性道德理想主义不是"救世"的唯一途径当然也是对的,但如果说,注重个人修养的本体性道德理想主义根本就不可以成为"救世"的途径之一,则是错误的。事实上,社会体制的变革、公共伦理的建设以及生存本体性道德理想主义的高扬都是当代中国现代性转换不可或缺的任务,少了任何一个环节,都是不利于这种转换的。而且,我们也难以想象现代社会是没有任何道德良心自觉、自律的,一个无爱无亲无友无信的世界难道是一个人可以居住的世界吗?再有,这里所谈的道德理想主义,不是指完全传统的道德或那种极端、排他的精神倾向。我们所说的道德理想主义是一种既经过现代性洗礼,又与传统衔接,在现代性与传统性整合基础上达成的多元的、对话的、宽容的、具有个人选择自由的现代德性伦理共识。这样的现代道德理想主义在思维方式上,不是传统形而上学的,而是现代生存本体性的。

另一个比较复杂也更让人困惑的例子是20世纪年代初的那场关于"人文精神"的讨论。这是一个批评思潮,参与这一潮流的批评家、作家甚多,发言的角度、见解纷繁,我们没有可能对所有观点下一个笼统的结论。但从总体上说,由于当时的讨论还处于一个初始的振荡阶段,也由于这样一种运动式的讨论更多是情绪性的宣泄,因而它并没有也不可能形成更为深层的精神对话以及生存本体性的心灵碰撞或共振,而更多呈现为一种普泛的社会文化思绪之流。

此外,这场讨论中出现了一个有趣的现象,一些论者的价值指向与20世纪初的新文化运动的价值指向正正相反。处于中国现代性转换初期的新文化运动，今天看来也许确有过激的偏颇，对于这种偏颇的反思是必要的，但设身处地于那个时代，我们对当时人们的思想情状是可以理解的。可到了20世纪八九十年代，再次遭遇中国现代性转换的又一开端时，一些论者是否必须一反新文化运动之启蒙指向，而惊恐于这一现代性转换呢？在一些论者对"人文精神""失落"了的喟叹声中，我似乎能听出我们过去曾有过非常"完美"的"人文精神"，而如今被这一现代性转换搞乱了、搞糟了的意思，这是让人很不可思议的。[①]直面现代性的负面影响，引先发现代化国家的前车之鉴，汲取传统文化中丰富的有益因素，这些都是势所必然的。但更为关键的，不是指责其失落，而是积极构建，在对现代与传统、本土与世界的多方面思想资源的整合中构建现代文明意义上的能与中国文化相融的新的精神规则和人文精神。九斤老太式今不如昔的惊恐心态与退行取向，只会搅乱我们的思维，遮蔽真正的心灵构建。

与"人文精神"讨论相关的"传统文化热"，无疑也是有着精神寻索意味的。"传统文化热"有着更广阔的背景，而且从80年代中期至今一直持续。从文学上看，自80年代初的伤痕文学、反思文学这类追问之后的寻根文学、历史小说以及文化散文的兴起，都是应着传统文化之潮而来的文学现象；从学术上说，国学热、新儒学运动，则是应着传统文化之潮而来的学术和思想文化现象。但仅就文学而言，目前较受关注的创作，大都还只是社会文化层面的言说，而不是关乎生存本体的言说。即使"传统文化热"中的哲学探索，例如新儒学的主流声音，兴趣趋向似乎也多半在社会文化层面，而不在生存本体层面。

近年来讲得颇多的"私人化写作"（学界多数用的是"个人化写作"，但我认为"个人化写作"这个概念不合逻辑，只有用"私人化写作"才是较为准确的），在一些批评家笔下似乎是具有价值论意味的，这也是一个需要加以辨析的问题。"私人化写作"主要是关于人的身体、欲望，以及欲望在身体所引起的感觉的书写。一般来说，这种身体的欲望和欲望在身体引起的感觉是具

---

① 参见王晓明编：《人文精神寻思录》，文汇出版社1996年版。

有隐私性的,或者说是非常私人化的东西。因为传统的封闭性,所以人们往往羞于公开谈论这类话题或描述这类情景,尤其中国人是向来忌讳欲望言说的。其实,在中国古典小说中并不缺少欲望书写,较为缺乏的是欲望在身体上,尤其是在女性身体上所引起的快感的书写。在这一点上,作为一种题材的突破与开拓的"私人化写作",是明显有功的。如果一个社会长久地性禁锢,扼杀个人正常的身体欲望,弃绝个人的身体价值,那么,作为一个恢复个人价值系统的基本层面,这类书写便是有着历史性、社会性的文化意味的。但倘若这个社会正在进行巨大的文明形态转换,价值系统较为混乱,欲望迅速膨胀,那么,这类身体书写、欲望书写的文化意味便很快成为历史。可见,"私人化写作"无论是否具有文化意味,它都不是那种终极性的、关乎价值系统整体结构的、生存本体性的写作。而且,对于亟待从本体角度重构价值系统的今天来说,这类书写非常需要放到适当的位置来予以考虑。

三、生存本体的言说:本体性情感体验的言说

文学作为生存本体的言说,具体指的是,文学是作为个体人生存的、本体性情感体验的言说而存在的。

我始终相信,文学不是别的,它仅仅是关于人的情感体验的言说。文学言说区别于一切非文学言说之处,就在于前者是与情感体验紧密相关的。俄国形式主义代表人物什克洛夫斯基认为,文学性之"性",就在于反常化程序,亦即形式;结构主义者和解构主义者们则认为文学就是与任何他事他物都无关的语言符号网络的自组织运动,或这种语言符号网络的自游戏活动。然而我相信,语言、符号、形式虽然具有自组织性,但它们的指涉并非确定而是游移的。语言、符号、形式的重要性,正如卡西尔所指出的那样,就在于其凝聚和组织了人的情感。也许一定的语言符号形式并非总是凝聚和组织一定的情感,但在某种语境下,某种语言符号形式总是要凝聚与组织某种人的情感的。是否有一种不凝聚与组织任何情感的语言符号形式呢?我想是不会有的。那种黄金分割法般纯美的形式,所涉及的仍然是人与大自然相谐的情感;那种被解构主义者们称为语言狂欢的写作游戏,所涉及的也仍然是人类某一特定历史时期的

精神消解情绪。

所以，文学就是情感体验的言说。但情感体验的言说也有两种：其一是社会性情感体验的言说，其二是本体性情感体验的言说。

所谓社会性情感的言说，指的是一部文学作品所传达、引起读者共鸣的情感，是某一历史时期或社会问题所激发出来的社会情感。关于阶级矛盾、政治斗争的作品（如《白毛女》《红色娘子军》《青春之歌》），所言说的便是社会性情感体验。关于民族冲突或战争的作品（如《铁道游击队》《烈火金钢》），也是社会性情感体验的言说。关于社会变革或改革的作品（如《创业史》《沉重的翅膀》），同样是社会性情感体验的言说。关于社会历史文化的作品（如《爸爸爸》《白鹿原》《废都》《曾国藩》），还是社会性情感体验的言说。

所谓本体性情感体验的言说，即个体人的生存本体体验的言说，关涉的是个体人生存的终极意义，是个体人的生存整体问题、价值结构问题和人生境界问题。写出由这一终极性问题而激发出来的情感体验，并切中读者本体性情感体验之心弦，便成为本体性情感体验的言说。就世界文学来说，20世纪之前，莎士比亚某些极具人性深度的剧作、班扬的《天路历程》、雨果关于人道主义的抒写、狄更斯关于人类之爱的描述、歌德关于生存之辩证过程研究的《浮士德》、托尔斯泰和陀思妥耶夫斯基极富哲学意味与宗教意味的作品，都具有本体性情感言说的倾向；散文与诗歌中，帕斯卡尔、蒙田、卢梭、克尔凯郭尔、荷尔德林、诺瓦利斯、尼采、爱默生、梭罗、弥尔顿、华兹华斯等人的创作，在这一倾向上则更为明显。20世纪以来，这一倾向在西方文学中得到了特别的加强，卡夫卡、黑塞、里尔克、萨特、加缪、贝克特、瓦雷里、普鲁斯特、米兰·昆德拉、海明威、索尔·贝娄、艾略特、劳伦斯、梅特林克等的作品，以及海德格尔、狄尔泰、柏格森、罗兰·巴特等的随笔式哲学著述，都是本体性情感体验的言说。就中国文学来说，古代的庄子、陶渊明、李白的作品以及《西游记》《红楼梦》等都是具有本体性情感体验言说倾向的。而20世纪以来的中国文学与西方恰恰相反，这一言说倾向甚为稀罕。

将文学的社会言说与本体言说区分开来，并不是对两个部分的切分，而仅仅指两个互逆的向度。文学的社会性情感言说不可能不关涉人的本体性情感;文学的本体性情感体验的言说,常常也会表现为某一历史时段中被特别关注的社会问题与社会情感涌流,而文学的本体书写本身更经常建立在社会言说的基础之上,通过文学的社会言说的基础层面发挥出来。然而,二者的向度仍然是不同的。社会性情感的向度是社会的整体性,一个社会的结构、组织、关系网络的矛盾冲突问题突显出来,被激发出某种情感起伏、情绪涌流;所谓本体性情感的向度是个体人的生存终极意义,具有终级性意味的生存整体、价值结构,在某一生存境遇中形成的矛盾冲突问题突显出来,被激发出相应的情感起伏与体验潜流。

我非常认同吉尔·德勒兹"哲学已在非哲学之中"的理念。我以为,后现代人类的哲学尤其应在文学之中。文学是最具有真正哲学精神的言说,因为文学的本质就是差异性、多样性、丰富性,同时文学又是最可以从差异性、多样性、丰富性中显现由对话形成的多元普遍性言说。①我们没有必要说"哲学已死",只要把具有工具性指向的规范性和已然被科学取而代之的传统形而上学请出"哲学"这一名号之外(我以为这种"请出"是没有疑问的),我们便可以毫不犹豫地宣称:作为生存本体言说的文学就是哲学,而作为生存本体言说的哲学也就是文学。说到底,作为人学的文学与作为人学的哲学,都是关于人的生存本体性情感体验的言说。这种言说,无非都是对于生存本体的觉与悟,也许有的言说更接近觉(觉受)一些,有的言说更接近悟(领悟)一些,然而二者终为一体。在这里,要生生将哲学与文学撕裂,实在非常可笑,非常容易搞乱人的头脑。在百多年来哲学与文学的言说中,这已是不争的事实。属于生存本体论性质的哲学,如意志哲学、生命哲学、存在主义的著述,几乎都是杰出的文学。尼采的生存本体论色彩,不用多说;海德格尔晦涩风格的书写,完全是现代主义色彩的散文;而真正具有现代主义精神的文学作品,实际上都是文学中的哲学言说。当然,由于历史造成的长期割裂,作为生存本体言说的哲学与文学的接近和融合,还需要更有力的推进。生存本体言说的哲学要作为文学,它就应该更清醒地意识到,哲学不是死板的教条,它须臾离不开充满生命的体验。哲学不是天经地义的规范,不是工具性的科学结论,哲学只是

---

① 参见欧阳向英:《后现代语境中的哲学合法性问题》,《哲学研究》2000年第8期。

对话中的个人见解、交谈中的个人风格。而生存本体言说的文学要作为哲学，则应该更清醒地意识到，在充满生命的、丰富的感性体验之中，必须有着更深沉、更整体的领悟、悟解，亦即本体之思。

也许人们还要问，当你用"本体"这一说法将文学与哲学连成一体时，你有没有意识到，在今天的思想背景下，"本体论"已经作为一元观、决定论、中心性、本质主义、基础主义等的代名词，被现代哲学解构得一塌糊涂了？我的回答是：如果在解构了一元观、决定论、中心性意味上的本体论的同时，不想掉进虚无主义泥淖中的话，那么我们就不可以抛弃充满丰富性、有机性的生存本体论、人学本体论，不可以抛弃本体性情感体验的言说。在这种文学、哲学（包括宗教）不分的言说中，深藏着我们的生存之根、生命之根。这一生存之根、生命之根，在工具理性侵蚀一切、虚无主义弥漫的当下，实在是比任何时代都显得更为重要。

四、作为生存本体的言说：文学是对话与交谈

我之所谓本体言说，不是宇宙本体论执意要求的那种唯一与独断，而是生存本体论言说必然具有的对话与交谈，以及在这种对话与交谈中形成的，蕴含在存异的溶质中的，有条件限度的共觉与共识。

宇宙本体论，即形而上学，是人类一种不成熟的思维形态。在古代，那些被好奇心与惊奇感迷住了的哲人一心想要找到宇宙的本原与始基，试图一劳永逸地解决这个世界上的全部问题。那时人们还没有什么关于自身和主体的意识，心向是纯然外在的，不是外在的自然之谜，便是外在的神祇之秘。因此，宇宙本体论所要探讨的本原与始基，只能被看作是唯一、绝对与永恒的真理，这显然与早期人类拼命寻找一种唯一的主宰、唯一的神系出同源。后来，人们才意识到，自身、主体对于那外在、唯一、绝对与永恒的本原和始基的严重的制约性，于是发生了哲学上的认识论转向，并逐渐导引出自然科学乃至社会科学的勃兴。从人类思维的发展来看，科学实在是作为宇宙本体论的儿子出现的。今天，科学儿子已然把形而上学父亲送进了坟墓，但我们仍然可以看到形而上学父亲的阴影浮荡。阴影的意思之一是，人类的形而上学思维已成惯性，

宇宙本体论的探究已成偏执，一直持续到19世纪黑格尔的出现，人们才发现这样一种漂亮而无用的思维大全，乃是人类思维的极大误区。阴影的意思之二是，今天人们仍用对待宇宙本体论的传统态度对待科学，以为科学也是那种放之四海而皆准的终极真理，人们甚至以虔诚的信仰态度来对待自然科学或社会科学的某些学说。但不管怎么说，至少在有见地的知识界人士那里，宇宙本体论的一元观、形而上学的中心性与本质主义已成明日黄花，特别是在前风行世界的解构主义潮流冲刷下，这一观念的变化更为普遍。

如同人们在中世纪之后关于上帝的观念逐渐淡漠和变化一样，今天人们关于宇宙本体论的信念也在日趋瓦解；也如同"上帝之死"带来了虚无化一样，"宇宙本体论之死"在思维的深层也带来了更为彻底的虚无主义。这是一个与一元观同样可怕的危机。当人们不仅失去了全能上帝的唯一主宰，而且也失去了人类一向以为是自己本质的思维终极真理这一最后依傍时，人们就完全陷入了怎样都行而实际上怎样都未必行的沼泽。于是，对于生存本体论探究的渴求出现了，而这种探究又是可能的。生存本体论不同于宇宙本体论，生存是有限度，有边缘，有终极问题的。生存本体论不是那种企图一手遮天的、追求绝对永恒的野心和梦幻。

生存论思考的倾向古已有之。中国哲学总体上便是生存论倾向的，尤其是道家哲学、禅宗思想和所谓第二期儒学中的心学一脉，更是有着非常丰富的生存论思想；古希腊晚期的哲学，如伊壁鸠鲁等学派，也是有着明显的生存论倾向的；此外，东西方各种宗教哲学，如果不是就其总体上的神学指向，而是就其具体的实事指向而言，也都或多或少有着生存论思考的因子。而人类历史上蕴藏着生存论思想的文学作品，更是不胜枚举。近一两个世纪以来，那些关于自我、生命、意志、直觉的哲学，以及现象学与存在主义，乃至于诸如精神分析这样的心理学学说，则可以说是有了自觉意识的种种不同的生存本体论探究。尽管这些探究多半还没能摆脱宇宙本体论的外在模式，例如叔本华的"生存意志"、尼采的"权力意志"、海德格尔的"存在"等。相当一部分有分量的属于审美现代性思潮的文学创作，如不少浪漫主义与现代主义的作家作品，也显然是这种生存本体论的探究。

宇宙本体论探究与生存本体论探究最根本的差异在于：宇宙本体论探究

的思维目标是作为无限宇宙的唯一本原或始基的绝对永恒真理；而生存本体论探究的思维目标则是各个个体人的生存终极意义，涉及的是生存整体、价值结构、人生境界等问题，这些注定不可能是唯一的绝对永恒真理。每一个个体的人，每一个生存本体问题的言说者，在自己的生存意义、价值结构这类认定上都不可能离开自己生存于其间的自然环境、社会历史环境、文化心理积淀，以及个人成长的微观环境和特殊过程，所有因素都会影响到他的意义认定。因此，生存本体论的探究本质上必然是异彩纷呈的。从横向看，人类各民族、国家、地域间价值思想异中有同、同中有异；从纵向看，人类历史上价值思想的变化也不呈现为技术与科学那样的替代性进步。就近一两百年来各国思想家的生存本体理论建树来说，不管是关于自我的哲学，还是生命哲学、意志哲学、存在哲学、精神分析，都不过是为人类生存本体思想的合唱增加一个声部而已。因此，在异彩纷呈的生存本体言说之间，存在的只能是对话关系。各文化形态的价值思想之间，不宜扩张侵犯，只宜对话；各文明史阶段的价值思想之间，不宜革命和取代，只宜对话；各不同情性的个人之间，不宜一统，只宜对话。

对话将保证差异。在生存本体论探究中，价值差异性是绝对的，价值普遍性是相对的。这种绝对的差异将保证生存本体论的探究不落入传统形而上学的唯一性、中心性窠臼。对话将导引出人类的文化与文化之间、个人与个人之间更广泛、更容易的理解。理解将保证共生，而不是划一。在差异的基础上，对话将促成共觉与共识，保证必要的价值普遍性。必要的价值普遍性使人类的价值思想在文明进程中，不断展开、丰富、完善。如果说对话是生存本体论探究的方法论本质，那么交谈便是生存本体论探究的基本形式。作为形而上学的宇宙本体论和作为技术基础的科学理论，其言说本质是工具指向的，言说形式的要求自然是越条理化越好，越概念化越好，越体系化越好，越规范化越好，越教义化越好，越不容置疑越好，越放之四海而皆准越好，总之是离感性、个性、生命本身越远越好。而生存本体论的探究，其言说本质是生命指向的，言说形式则自然离生命本身越近越好，充满不定性、有机性，言说过程也充满偶然性。这一言说应该是自然的、混沌的、随机的、变化的、闪烁的、隐喻的、悟解的、讨论的和允许歧义的……这样的言说其实就是谈话，就是与朋友聊天，就是日常性的自由交谈。这种生存本体论的著述因而也就是移到纸上的日常性的自由交谈。

日常性的自由交谈是原初未分的，没有知识类别的区分，也没有感性言说与理性言说的区分。它谈论一切，但一切的旨归都在于谈话者的生存感受、生命体验及其价值判断。对于生命与生存本身来说，它是原初的。对于书面著述来说，它也是原初未分的。尽管德里达提出声音语言并不比文字语言优先，但我仍不能想象书面写作可以早于日常交谈。无论如何，书面的东西更为确定，但却离我们的生命更远。人类早期的书面著述也比后来的书面著述更为原初未分，这应该是有目共睹的。早期人类显然比后来的人类离生命与生存本身更近。中国文史哲不分的传统延续了很长时间，今天人们会认为那是落后、朴素、不科学的，然而我认为那实在离生命与生存本身更近。

日常性的自由交谈是非机械记忆和非机械复制的。近代人类的机械文明催生了巴尔扎克、黑格尔这样的机械性文化大师。小说本来就是谈话，是天然的自由交谈，可到了巴尔扎克这里，小说却变成了冗长累赘的照实描绘。机械时代的人们以为人类可以单向度地无限接近对自然与世界的认识，巴尔扎克式的小说便是这种观念的产物。巴尔扎克说他要做时代的书记官，他想将他的时代完整地、无限细致地记录下来。哲学原本也是天然的自由交谈，可到了黑格尔这里，他却以自己的臆断为无限宇宙塑造了一个简约、划一、体制化的砂模，这一砂模具有机械性的精致，然而与无限宇宙的丰富性比来，却只能是一只漂亮的小玩具。今天，更具机械性魅力的艺术，如摄影、影视早已取代了巴尔扎克式的小说；更具工具性的理论形态，如实证性的科学理论和科学性的语言分析哲学，也早已使人们认识到黑格尔的砂模的漂亮与无用。因此，真正的、本义上的文学与哲学，还是回到日常性的自由交谈去吧。

日常性的自由交谈是充满个性的，充满独特意趣和风格的。个性显现了言谈的真正自由，个性也显现了交谈者之间绝对的价值差异性。然而，不断的交谈和对话，又使得相对而必需的价值普遍性得以浮现。以自由交谈为形式的生存本体言说，还保证了言说者的平等姿态和可商榷姿态。我们可以越来越清晰地意识到，语言的强制性带给人们的可怕威胁。不管是中世纪宗教语言的强制性，还是现代意识形态语言的强制性；不管是科学语言的强制性，还是传媒语言的强制性；不管是暴力性语言的强制性，还是颂歌性语言的强制性，在这种语言强制的汪洋大海中，文学与哲学自由交谈式的人文言说，实在是和平恬静又生机盎然的一座小岛。

总之，人类的生存本体言说，不管是文学，还是哲学，都应然也只能是这种日常性的自由交谈。

书面自由交谈比之口头自由交谈还是有些不同。不过我想，这不同一定只是张力的不同，书面自由交谈具有更大的张力。也就是说，书面自由交谈，感性的力量更为深刻，而理性（不是工具理性而是价值理性）的力量也更具穿透力，但是它也不可避免地要损耗与蒸发掉口头自由交谈的思想灵动性与涌流性。今天，我们应该更能有意识地区分本体言说与非本体言说，让非本体言说更工具些，让本体言说更日常些、更自由些。当然，日常性的自由交谈指的只是生存本体言说的态度与方式，并不是说一切世俗的、芜杂的、琐屑的、无聊的谈话，都可以作为生存本体的言说。生存本体言说是关于生存终极意义的言说，对这一问题的言说，不能采用传统形而上学的言说形式，也不能采用科学实证的言说形式，而只应采用类日常性自由交谈的言说形式。在这样一种形式面前，文学与哲学是无法区分的。从近年来国内外人文写作的状况看，我们能见出这种自由交谈性本体言说的趋势。如国内外许多哲学性写作都在尽力避免概念化，尽力采用新创的中性词，并对此进行散文随笔化；又如文学写作的超文本化，不少作品打破小说、散文、诗歌、纪实、理论等等的文体界限，而呈现为一种综合性言说；再如，哲学与非哲学范畴的日益消泯……

我想，随着人类生活的工具性向度极度伸展，人们太需要回到生存本身、生命本身，太需要日常性的自由交谈，太需要生存的本体言说了。

（原载《学术研究》2002年第3期，人大复印报刊资料《中国现代、当代文学研究》2003年第1期转载）

体验的哥白尼

——兼论本体体验：从现代到后现代

一

从艺术上说，我不很喜欢卡夫卡的叙述风格，可从精神上讲，卡夫卡却对我极为重要。作为现代主义的经典作家，卡夫卡在文学史上的重要性，也许主要在于他那"能引起人愤怒的明了性"（卢卡契语）的独特隐喻与象征，还有其现代主义的创作方法以及捕捉潜意识的小说形式。而对我来说，卡夫卡的重要之处则完全在于，他是一个醉心于本体体验的作家。应该说，卡夫卡是较早有意识地将本体体验放到现代文学议事日程上来的作家之一，是较早具有生存哲思意味的现代主义作家之一。

我在拙文《文学作为生存本体的言说》（《学术研究》2002年第3期）中写道，如果说文学是情感体验的言说的话，那么，这种情感体验的言说大致有两个方面：一是社会性情感体验的言说，二是本体性情感体验的言说。这里所说的本体，不是宇宙本体论意义上的本体，不是康德"物自体"意义上的本体，而是生存本体论意义上的本体。生存本体关乎的是生存整体、价值结构、人生境界等。很显然，19世纪的现实主义文学要把握的主要是社会体验，而20世纪以来的现代主义文学，特别是卡夫卡、贝克特一类的作家，要把握的主要是本体体验。

20世纪以来的文学，尤其是今天的文学，必须将相当一部分功能让位给大众传媒，让位给更有消遣性、娱乐性，对大众更有直接影响力的影视艺术。真正具有探索性、先锋性的高雅文学本身必然，也必须走向精神史的深处。卡夫卡正是这样的前驱之一。关于精神史，人们一直认为那只是思想与宗教的历史,他们有意或无意地忽视了本体体验,认为这是感性的不值一提的东西。这显然是数千年来,柏拉图的概念至上、理念至上的西方实体本体论之形而上学所导致的偏见。其实,本体体验是精神史中极重要,甚至是更根本的一部分。正是在本体体验史、精神史的意义上,卡夫卡显得尤为重要。

二

关于卡夫卡,人们已经说得太多,似乎不该再说了。可我还是要说,因为他对我太重要了。其实不只是对我重要,而是对今天如何理解文学,对文学的未来也相当重要。

还是来谈《城堡》吧。历来对《城堡》主题的解读多种多样,概括起来,大致有四:一是社会政治批判说,认为《城堡》尖锐批判了卡夫卡所生活的那个国家和时代的官僚政治的荒诞性;二是个人生活体验说,认为《城堡》乃是卡夫卡的心理自传,是他一辈子作为一个边缘人的生活的夸张写照,是用噩梦般的方式表达出来的折射性写照;三是宗教主题说,认为"城堡"隐喻的是心之所能见、身之不能往的天国;四是哲学主题说,认为"城堡"有如道家之所谓"道",杳杳渺渺,什么都不是,同时又是一切,云云。[①]我认为,说《城堡》描绘了官僚政治的荒诞性,那是不假,但官僚政治荒诞性的描绘在小说中只是隐喻的喻体,卡夫卡的"图像文字"要说的绝不是这个。说"城堡"象征天国,可我们看不出卡夫卡有那么关心天国,既看不出他有那么向往天国,也看不出他有那么憎恶天国。一个作家的写作,总是要以他的个人生活体验为基础的。卡夫卡的确在家庭生活、宗教生活、事业与职业问题等各方面都处于一个尴尬境地,他对"总走不进"或"总达不到"确有切实的形而下体验。但是,卡夫卡是个哲学家!一个哲学家的思想自然总与他的个人生活体验有关,然却绝不是他的个人生活体验本身。一个哲学家,在他的个人生活体验的地基上,关心的一定是放之四海、达诸万世的问题,他建筑的一定是"普遍",哪怕是在一颗露珠里所反射出来的太

---

① 参见杨国华:《现代派文学概说》,华东师范大学出版社1989版。

阳光那样的"普遍"。有一个例证，可以证明羸弱的卡夫卡绝不是个只孜孜于关切和记载个人生活体验的自传作家，而是一个有着非凡洞察力和预见力的思想家：有一次，他读到俄国革命的相关材料时写道，俄国想在世界上建立完美的社会，这是一件宗教事务。我想，他已经预见到世纪末的那个结局了。其实，一切真正的作家，都不是只孜孜于关切和如实记载个人生活体验的人，一切真正的作家所关切和书写的都是溶解在有机的血肉中的"普遍"。总用作家的个人生活来解释作品的批评家，是在极端地轻视作家非凡的工作，也轻视批评家自己的工作。

我说卡夫卡是哲学家，并不意味着我同意说"城堡"象征的是"道"。"道"是可求、可证、可悟、可达的。朝闻道，夕可死矣。大彻大悟，立地即可成佛。这是东方思想。严谨地说，"道"于个人来说，虽不可至达，却永远可求、可证、可悟，这与《城堡》的向度是全然不同的。而且，说"城堡"象征的是"道"，那《城堡》也就没有什么价值了。我说卡夫卡是哲学家，指的是他是个哲学文学家，是个一生都在关切与表达本体体验的作家。

三

更具体地说，卡夫卡是个可以和哥白尼、伽利略、布鲁诺、爱因斯坦、康德、洛克、孟德斯鸠等名字关联在一起的思想着的体验家。这一串名字所意味着的都是向绝对"中心"的挑战。

哥白尼用他的"日心说"挑战了托勒密的"地心说"，挑战了基督教教会意识形态的"科学"基础，动摇了基督教教会教皇的绝对"中心"地位。伽利略、布鲁诺证明或发展了这一思想，为我们勾勒了宇宙无绝对"中心"的图景。爱因斯坦挑战了宇宙万物运动的绝对尺度——以太。爱因斯坦之前的科学家们的"宇宙风洞"实验已经证明了"以太"这一宇宙万物运动的绝对尺度不存在。爱因斯坦则以他的相对论，建设性地取代了传统的"以太"假说，使宇宙万物运动的绝对尺度观念完全破产。康德挑战了符合论观念笼罩下的作为人类认识对象的绝对性的"实在"。康德建设性地用先验范畴与其所可能认识的现象，将"物自体"赶到了神秘的不可知中去。于是，那种人类必须符合的对象，绝对"实在"从根本上被放逐了。洛克、孟德斯鸠用"三权分立"学说，挑战了人类的专制政治传统，挑战了人们政治生活中的绝对"中心"观念。

哥白尼、伽利略、布鲁诺面对的是宇宙空间，爱因斯坦面对的是物质运动，康德面对的是人类认识，洛克、孟德斯鸠面对的是社会制度结构……而卡夫卡，他面对着的是人的内心世界。潜藏在人的精神世界里，构成一种情结性的本体体验的观念，是最根深蒂固的。它不动声色地蹲伏在那里，却制约着人的一切行为。它是那样的顽固，具有可怕的稳定性和滞后性，哪怕世界外部发生了翻天覆地的变化，人的体验中的精神倾向和精神结构，却很可能一如既往。人们虽认识到宇宙无绝对"中心"，却未必能改变政治的绝对"中心"观念和状态；人们即使改变了政治生活中的绝对"中心"观念与状态，却未必能去除人内心体验中的绝对"中心"倾向。而不从内心的精神世界中根本去除绝对"中心"倾向，人们实际上是无法彻底地改变政治生活和认识领域中的绝对"中心"状态的。人们习惯于在任何地方都要寻个"第一"，习惯于理清"鸡生蛋，还是蛋生鸡"的关系等，便可资明证。于是，卡夫卡来做这件工作了，他用他的寓言小说挑战了人的内心世界本体体验域中绝对"中心"的桎梏。

内心世界本体体验域中的绝对"中心"状态，体现为对生存终极的确认与追求。而卡夫卡认为，生存终极是不存在的，生存的终极理想、终极意义、终极本原都是不存在的。在卡夫卡的小说里，尤其是在他的《城堡》中，"终极""中心"都是永不可抵达的：不管是早晨，还是黄昏；不管是照着目标直走，还是拐弯抹角、找关系、托人情，甚至利用情欲的诱饵；不管是一时的努力，还是一生的追求，反正那是永远无可奈何、无能为力的。同时，在卡夫卡那里，通达生存终极的理性之路也是不存在的，一切都是偶然、悖谬的。你所担任的角色，你所追求的目标，你与所有人的关系，一切都在恍惚和不可理喻之中。

总之，卡夫卡在他的小说里，用强烈的无可奈何感与悖谬感，钻入我们的内心深处，粉碎、解构了我们本体体验域中那个绝对的"中心"情结。这个工作与哥白尼等的工作，应该说同样重要，意义同样深远。

四

　　人的精神世界，尤其是本体体验，是一个非常重要的领域。比之宇宙空间、物质运动、理性认识、社会政治生活，本体体验域甚至带有更根本的意味。典型的本体体验以一种情结的样态，不仅存在于个人的内心，而且普遍地存在于社会、民族，乃至整个人类的内心并构成以哲学心态为核心的文化心态样式与趋向，由此制约着其整体的历史流向。真正的解放必须是植根于人的内心的，而且绝不仅仅只是理性层面上的观念问题。

　　卡夫卡的意义就在于，他的小说给我们带来的解放，触及了人类生活的最深层次。涉及本体体验的作品贯穿于古今中外的文学创作中。古代的神话不用说了，中国的庄子、陶渊明、李白、苏东坡，西方的但丁、雨果、歌德、托尔斯泰等的作品，都有对本体体验的关切，而陀思妥耶夫斯基则更是卡夫卡等的直接前驱。但有史以来，文学确乎更多地关切社会性情感体验，19世纪的现实主义思潮更把文学的社会体验关切推至了极端。所以我要说，卡夫卡等现代主义作家是更为聚焦地把本体体验域中至关重要的当代问题放到了现代文学的议事日程上来，以至于文学重又获取了由它的源头——神话所开启的真正本质：生存领会。在大众传媒高度发达的今天，文学回归生存本体的言说，意义便更为重大了。

　　事实上，现代主义文学的根本性特征正是"本体体验"。那种把现代主义文学的根本特征看成是资产阶级的没落、颓废之表征的观点，今天当然已十分可笑；而把现代主义文学的根本特征归结为形式意味上的象征、隐喻、变形、怪诞等"反传统"的变化，则应该说太过浅薄。在通行的看法中，艺术形式的变形、怪诞等已成为现代主义以及后现代主义文学的标准样式，似乎不怪便不先锋，没有表面叙述上的费解便算不得探索性的作品。可是，"先锋"的"先锋"陀思妥耶夫斯基，还有加缪、萨特、卡内蒂，以及晚近的米兰·昆德拉等都没有表面形式上的变形、怪诞，没有表面叙述上的费解，却同样能让人从本质上体验到强烈的荒谬感。极善于艺术抽象的海明威形式上也一点不怪，瓦雷里、梅特林克也算不得怪，即使贝克特，如果仔细看，其实也是对本体体验相当平直的叙述。而象征与隐喻等，在一般称为浪漫主义的作家，如麦尔维尔、霍桑等那里则已非常充沛。问题的根本绝不在于形式。有意味的形式的意义根本上在于它的所指，在于所表达的是什么意味。现代主义文学的所指的重要性不在于什么阶级的什么意识与情绪，而在于它特别聚焦于本体体验，更在于卡夫卡等所致力的本体体验域中的反中心、非理性的精神倾向，这才是现代主义文学区别于其他文学的根本不同。

五

正如我不同意许多人把现代主义文学的特征归结为形式上的变化一样，我也不同意许多人把后现代主义文学的特征归结为：反中心、非理性、破碎化、削平深度。后现代主义文学是什么？它与现代主义文学的关联和区别究竟在哪里？这是时下答案最混乱的一个问题。有朋友认为，后现代主义文学的特征是思想上的非理性、艺术上的反传统、内容上的荒诞性。那么，这样的后现代主义文学与现代主义文学还有区别么？那"后"又"后"在哪里呢？有朋友认为，后现代主义文学恰是反现代主义文学的，与现代主义文学完全不同。那么，这不同又在何处？在反中心、非理性、破碎化、削平深度等吗？我们在卡夫卡那里已经看到了反中心、非理性的极为典型和卓越的表现，后现代主义文学如果也是反中心、非理性的，那么"后"与"不后"就没有什么不同了。我们在席勒那里已经读到了关于世界破碎的著名论述，破碎是社会意义上的现代性的最一般特征，怎么可能要等到后现代主义文学才会有表达？至于削平深度一类的说法就更为可疑，在大众传媒、通俗文艺高度发达的今天，如果时尚是将高雅文学与通俗文学、探索性与非探索性文学的界限抹平的话，那么这种文学时尚就绝对不会是真正具有探索性、先锋性的高雅文学的特征。

时下，文学艺术意义上的现代主义、后现代主义与社会发展、文明进程意义上的现代主义（一般只称为现代性）、后现代主义，十分奇怪地纠缠在一起，混淆、混乱到了荒唐的地步，真个变成"荒诞派理论"了。有的论述把启蒙理想、主体性和理性至上等现代社会的现代性特征等同于现代主义文学的特征，以此来区别于后现代主义文学的反启蒙、非理性、消弭主体的特征。其实，现代性（主义）社会与现代主义文学是风马牛不相及的两码事；后现代主义社会与后现代主义文学的关系相对密切一些,但也绝不可混淆。

我们有必要用一种相对统一的逻辑把这些澄清一下。如果我们以"情感体验"的线索来进行梳理的话,那便很容易看出,作为现代性社会中的审美现代性思潮,浪漫主义文学、现代主义文学、后现代主义文学是一个完整的文学运动,是以情感体验对抗、制衡科学理性的一种持之以恒的不懈努力。在浪漫主义文学那里,本体体验与社会体验还未发生较清晰的分化。到了现代主义文学这里,由于文学功能的重新定位,在探索的、先锋的高雅文学中,本体体验开始突显出来。至于探索的、先锋的、高雅的后现代主义文学,其根本绝对还是本体体验,甚至将更是本体体验,这是出于文学功能朝着更本质处进一步紧缩的原因。因此,后现代主义文学与现代主义文学的关联处正在于"本体体验",它们关注和表达的中心,都是"本体体验"。而后现代主义文学之区别于现代主义文学,应该是在本体体验域中至关重要的当代问题的言说内容、旨趣和向度上。后现代主义文学一开始表现为对现代主义文学之反中心、非理性倾向的极致推进,以一种独特的游戏形成一种强力的消解,这不奇怪,这甚至就是现代主义的题中应有之意。与后结构主义相对应的结构主义,同文学的现代主义并不是一码事。称由后结构主义推动而形成的那个消解性的文学运动为后现代主义,只能说是对现代主义文学的一种继续和更为偏激的强化。而真正成熟的后现代主义文学,一定是建设性的,它必将对本体体验域中至关重要的当代问题提出建设性的解决方案。

六

的确,卡夫卡挑战了本体体验域中的"绝对中心"观念,但是卡夫卡的挑战是否定性的挑战,而非建设性的挑战。他没有表达出任何新的体验,甚至没有提出任何新的思路来取代本体体验域中的"绝对中心"观念。否定性地反中心、非理性是不彻底的,绝不能彻底解决本体体验域中这一根本性的人类问题。没有建设就不会有取代,就不可能真正清除本体体验域中的"绝对中心"观念。所以,真正成熟的后现代主义文学,一定是整合性、创造性、建设性的。建设性后现代主义文学与大卫格里芬等提出的建设性后现代主义当然不是一回事，但在整合性、创造性、建设性这一基本倾向上确乎有一致的地方。建设性后现代主义文学应整合人类社会四五百年以来的审美现代性传统，以及现代之前人类文学悠久传统中优秀的成分，创造性、建设性地表达新的生存本体思路和本体体验。这种新的生存本体思路和本体体验在性质上一定是多元而有序的。

　　自20世纪80年代中期以来，我在进行创作实践的同时，陆续提出了"第三种文学""第三种批评"，即与"形式的先锋"相对应的"意义的先锋"，与"社会体验"文学相对应的"本体体验"文学，或曰作为生存本体言说的文学的创作与批评主张。建设性后现代主义文学是这一文学主张的继续与发展。同时，我在我的长篇小说"精神隧道三部曲"之三《心界》中对建设性后现代主义文学进行了一点初步的尝试与实验。我相信，这是一项非常艰辛，但对于人类的精神生活却十分重要且必要的工作。

（原载《国外文学》2003年第4期）

论文学的知识分子间性

——与"文学终结论"商榷

一、文学死了？

自从尼采喊出"上帝死了"这样的句式之后，便见有众多仿效者，如"人死了""作者死了"等。"文学死了"，自然也是这样一种仿效。不过，这却不是我喊出来的，只是我综合了近年来的诸多流行看法，照老套子也来套一回罢了。

说"文学死了"，第一类突出的观点是认为现代影视终结了文学。影视以其无与伦比的形象性、逼真性、直观性，获得了非文学所可比拟的感染力，俘获了动辄以亿计的观众，迫使文学跌入边缘，走向黄昏。[①]第二类观点是"文学泛化论"。这种观点看上去客气一些，认为文学已然完成了它的霸业，却并非消失，而是蔓延开来，变成了无所不在的"文学性"，渗透在包括影视、广告等一切文化类型中。但在后现代社会里，文化的中心是科学，艺术的中心是影视。所以，作为一种科学学科的文学研究，疆域扩大了，重要性加强了；而作为艺术门类的文学创作，却仍然边缘化。[②]

类似的观点国外早就有了，2001年国内学术刊物发表过J.希利斯·米勒的《全球化时代文学研究还会继续存在吗？》一文。"文学死了""文学终结了"主要是指文学边缘化了。但问题在于，什么是中心，什么是边缘？是否为政治服务，被用来向尽可能广泛的民众开展宣传，便是中心？是否作为娱乐、消遣或被大众购买的文化消费品，便是中心？这就又回到"文学何为""文学

---

① 参见朱国华：《电影：文学的终结者？》，《文学评论》2003年第2期。
② 参见余虹：《文学的终结与文学性蔓延》，《文艺研究》2002年第6期。

是什么"的老问题上来了。在这后现代，凡做研究，碰上"是"字，便是个麻烦事，尤其是面对像"文学""哲学""宗教"这一类从来莫衷一是的概念。我既不是个逻辑实证主义者，也不是个消解的后现代主义者；我既不是个老牌的本质主义者，也不是反本质主义者。对于"文学"这个词，我还是想从我认定的角度，说说心中所认为的"是"。

老百姓与文艺消费品经销商，包括为其立言的学者们说：文学是娱乐（消遣、放松、宣泄、审美等）。统治者与政治家，包括为其立言的学者们说：文学是教育（教化、宣传等）。还有聪明人会说：文学是寓教于乐。文学如果是娱乐，那么影视艺术的娱乐性当然比文学强，文学确实边缘了。如果文学是教育或寓教于乐，那么影视艺术的直观性、广泛性比文学强，文学也是边缘了。但我要说，真正的文学不是娱乐，不是教育，也不是寓教于乐。文学只是交谈，是个人与个人、主体与主体之间的心灵对话、精神会通和心界融合。①

心灵的交谈、对话、会通、融合为了什么？我认为是为了领会生存。想想古代神话对于古代人类意味着什么吧。它意味着的是把握生存的最高精神方式，是信仰。想想数千年以来，我们的祖先为什么要读文学吧。人们读孔子、老子、庄子、屈原、陶渊明、李白、杜甫、《三国演义》、《西游记》、《红楼梦》，读荷马、柏拉图、莎士比亚、但丁、卢梭、雨果、歌德、托尔斯泰、陀思妥耶夫斯基、尼采，难道不主要是为了体验性地领会生存，从而强有力地把握生存的意义吗？不错，今天有了科学。可科学真能帮我们领会生存的意义，构建生存的价值吗？当然，影视艺术在一定程度上也能帮助我们领会生存。不过，影视艺术给我们的感觉绝对不是交谈、对话。因此，它能在哪一个层次上帮助人们领会生存，主要是帮助哪一类人群领会生存，就是可想而知的事了。

二、文学的知识分子间性

文化的传播形态，我认为有三种：其一，以各种尽可能直观、普泛化的

---

① 参见金岱：《文学作为生存本体的言说》，《学术研究》2002年第3期。

媒介为手段，面对尽可能广众的大众的传播，包括娱乐性的大众艺术、新闻、自然与社会科学知识的普及、政策政令的宣传等，是为大众文化传播。其二，以学科知识与理论为形式，面对本专业内的同行或学生的传播，包括所有科学学科的知识与理论，是为学术与教育文化传播，也可以称之为科学文化传播。其三，以对话、交流与领会为形式和目的，面对一切知识分子的传播（既不是面对大众，也不是面对本专业同行的传播，而是知识分子场域内的传播），包括高雅文学、高雅艺术以及历史、哲学、宗教思想等，是为精神文化传播，或曰人文文化传播。

精神文化并非不可以或不应该向大众传播，也并非全不通过教育进行传播，而是说精神文化首先是知识分子主体间的对话与交流，是无学科与专业之分的知识分子主体间都必须关注、关怀的问题的对话与交流。对典雅文化的持续探寻，对社会问题的强烈关注，对心灵渴求的深刻关怀，对生存意义与价值的不懈追问，这永远是知识分子这个概念的题中应有之意，永远是知识分子的绝对使命，永远是人类不可或缺的文化向度。它在任何时候都不应成为唯一的中心，但也在任何时候都不会沦为边缘。

高雅文学作为一种精神文化，作为一种艺术的言说方式，作为人与人、主体与主体之间的交谈、对话、会通、融合，它因此必定具有这样的根本特征：知识分子间性。文学若不丢失知识分子间性，那么它就永无什么中心与边缘的问题。它从来不是中心，也永远不会边缘。

三、文学向来的读者

在神话、故事、民歌的口头流传时期，文学当然谈不上什么知识分子间性，那时也谈不上知识分子与非知识分子的区别。而且，口头文学实在还是粗糙的，也没有高雅与不高雅之分。当文字出现后，这世界上分成识字与不识字的两类人，"士"出现了，文人出现了，知识分子出现了，书面文学的知识分子间性也就出现了。

我国古代并没有与史学、哲学、宗教学等相对应的学科，文史哲宗根本是不分的。那时的文学乃是文章之学。文章就是以语言符号的特定形式传达文明与教化。所以，文明、文化、文人、文章，说的都是一回事。文人写文章，首先是为了文人间对话交流，切磋思想体验，然后才是为了教化人民，使其得文化，使其近文明。文，乃文化，乃文明，乃化育人民，使其文明，摆脱兽之性，而升华为人之性。这是高扬人性的中国文化的最显著特点。这样，"文"的根本特征，当然首先是知识分子间性了。

至于诗歌，在古人那里，首先也是为了文人间的应对唱和，是为了言志抒怀，是写给与自己有同样心曲的朋友看的。陶渊明、王维、李白、杜甫、李商隐，这些伟大诗人之所以千载流传，根本原因是他们写出了千年不变的中国文人心声，其作品是文人精神结构、理想境界的体现。

作为诗之余的词，起初确有像"凡有井水处，皆能歌柳词"那样的艳俗之词，但当词成为一种严肃的艺术后，出现了苏东坡、辛弃疾、李清照这样的词人后，词也成了文人间抒怀咏志、慨叹人生的载体了，也便有了知识分子间性。即使是柳永的词，虽然唱的人多，但真能理解其中蕴涵的恐怕也是那时的文人。词之余的曲，该是最俚俗的一种文类了，可关汉卿、马致远等同样使曲成为了伟大的艺术，拥有了知识分子间性。

小说的口头阶段，从讲故事到说书，发展得丰富而兴盛，的确具有更多的大众性。同时，印刷术的出现、识字的普及，使大众性成了小说的根本特征，似乎小说必然就是大众的，读的人少了，文学也就消亡了。可是，当出现了《三国演义》《西游记》《儒林外史》《红楼梦》这样一些伟大小说后，小说的知识分子间性就显现出来了。这些小说的经典性，不是由读者的数量，而是由知识分子的趣味和认识而被确定下来的。从读者的数量看，《三国演义》不一定比得上《七侠五义》《杨家将》等。例如《红楼梦》，真的有很多人从头到尾都读过吗？相比于对《红楼梦》进行文字阅读的读者数量，从折子戏、图画书、电影、电视剧中认识、领略《红楼梦》的人应该更多吧？一部作品的价值和它被什么艺术形式传播以及它传播的广度，并没有必然联系。《红楼梦》被各种直观的艺术形式传播着，但它本身并不是通俗艺术，它首先具有的是知识分子间性，是知识分子们永不厌倦地谈论它。这好比柏拉图天下无人不知，但真读过柏拉图的人又有几个？我看过一个说法，每一个时代真正读过柏拉图的人不足十人。再如庄子寓言，不也是这样吗？世界上无人不知庄子，但真正读过的没有几个。庄子的寓言本来就不是给大众消遣的,那是知识分子间的事。有些寓言至少也是知识分子与君王之间的事。

20世纪初的新文化运动,文学是极重要的领域。虽然它是从白话文革命开始,但最终所形成的却是知识分子间的启蒙话语。那时的作家想向大众呐喊,但无论是诗歌、散文,还是小说、戏剧,几乎都不属于通俗文学范畴,它们基本上是知识分子间的对话。五四新文化运动事实上是一个知识分子文化运动,形成的是一种现代中国知识分子的文化传统。

世界上其他国家或民族的文学发展,我想大概也都如此。西方现代文学我以为值得特别一提。西方现代文学,在西方现代人文语境下,完全是一种精神著作,是一种知识分子话语。与浪漫主义哲学联系在一起的浪漫主义文学,以及其后作为这一运动的发展的现代主义文学、后现代主义文学,是一个完整的具有审美现代性的知识分子文化运动。即使19世纪的现实主义小说,也是在历史主义思潮影响下,作家想成为时代的书记官的一种思想努力。这些文学思潮和作品,与消遣的、娱乐的大众文学都是没有关系的。西方现代小说更具有说服力。小说,这一在中国的传统观念中分外大众的文类,在西方现代却是最重要的精神言说方式。米兰·昆德拉认为,西方近现代以来最伟大的思想都藏在小说里。他说:"欧洲文明的珍贵遗产——独立思想,个人创见和神圣的隐私生活都受到威胁。对我来说,'个人主义'这欧洲文明的精髓只能珍藏在小说历史的宝匣里……"①这一说法也许有一点小说家自卖自夸的味道,但小说是西方近现代以来最重要的精神形式、最重要的知识分子话语类型却是确定无疑的。

在中国,小说由于有"说书"的前身和作为"革命工具"的经历,所以,其大众性在人们头脑里根深蒂固。其实,小说本就是一种散文。我同意米兰·昆德拉的说法,长篇小说乃是"长篇散文",也就是说,小说并非解乏的故事。究其实,属于高雅文学的小说创作,作为知识分子的语言符号产品,必然是一种知识分子言说,具有当然的知识分子间性。

---

① 米兰·昆德拉著,韩少功、韩刚译:《生命中不能承受之轻》,作家出版社1995年版,第336页。

四、文学今天的读者

文学今天的读者，并不取决于今天更具大众性的传媒有多么发达，而取决于今天我们这个时代是否还存在知识分子。"知识分子是语言符号产品的生产者"（布尔迪厄语），同时也是语言符号产品的主要接受者。通过语言符号，进行体验、领会、思考与言说，这是知识分子的根本性特征。只要有知识分子便会有文学的读者，文学是知识分子场域内的大事，同时也是人类精神的大事。当然，如果我们这个时代没有了知识分子，那就另当别论了。如果知识分子死了，那么文学就真的死了。

从整个人类范围来看，发达国家和一些发展得较好的发展中国家，随着识字的普及乃至于大学教育的普及，知识分子与非知识分子的界限似乎有些模糊了。以能否识字、写文章为界限，作为判定是否士人、文人、知识分子的标准，今天显然是行不通了。在中国的传统里，文章写得好坏，直接关联着你的受教育程度、文化水平和文明程度。而在今天通行的学校教育中，不仅所学的范围要宽阔得多了，而且文章写作（语文教学）所包含的人文教化内容几乎已完全抽空，而成了纯粹工具性的、普及性的阅读能力与规范写作能力的教育。那么，在人类中，是否还需要一部分人与各种利益的当前性保持相对的独立与超越呢？这样一部分人懂得更多的历史，更多地思考未来，他们因此得以超越一切当前性并有更多独立意识与批判精神。这部分人其实就是知识分子，知识分子其实就名为超越和独立。今天的社会还需要知识分子吗？回答显然是肯定的。于是，我们有必要重新为今天的知识分子划界。

这项工作也许可以从这里开始：凡受过大学教育的，都权且称之为知识分子。然后，我们来给知识分子分分类。我想大致可以分为两类：其一为专业与技术知识分子，其二为社会或精神知识分子。各门学科的专家、学者、作家、艺术家以及一切受过专业教育并从事技术工作的人员（如工程师、医生、律师、会计、教师、公务员、企业白领等），总之受过大学教育而又非重要权力拥有者和较大财富拥有者，都可以称为专业与技术知识分子。而在一切专业与技术知识分子中，不分专业界限，不计身份地位，有着强烈的社会问题关注和热切的人类心灵关怀，并在职业内外投身于社会问题、人类心灵问题的讨论与解决的人，则可称为社会或精神知识分子。社会或精神知识分子，既不是那种由俄国发端而被法兰克福学派发展至极端的、与权力和大众极端对立的知识分子，也不是那种从葛兰西"有机知识分子"发展而来的、权力者与财富者也可位列其中的"公众知识分子"。社会或精神知识分子与权力、财富和大众的关系，乃是独立与超越的关系。他们最主要的特征是独立思考、独立判断，永远保持批判精神（但"批判"与"否定"并非等义词）。对于权力、财富和大众，认为"是"则说"是"，认为"否"则说"否"，但必须从超越处来观照一切当前性。

第一类知识分子是就社会分工而言的，第二类知识分子是就其心向、思想与行为特征而言的。第二类知识分子类似于雅斯贝尔斯所谓的"精神贵族"。这两类知识分子不是并列关系，而是包含关系：专业与技术知识分子不一定是社会或精神知识分子，社会或精神知识分子却必然是专业与技术知识分子。我们要判定今天的文学有没有死，要看的便是社会或精神知识分子今天有没有死。回答是否定的。不过必须承认，今天中国的专业与技术知识分子无疑是越来越多了，社会或精神知识分子似乎越来越少了，或者说是越来越疲弱了。20世纪中叶的二十几年间，中国知识分子或主动，或被迫地按照权力逻辑行事。80年代中国社会或精神知识分子的矫健身影展示了一阵，而进入90年代以后，社会或精神知识分子好像又隐去了。90年代以来，中国知识分子越来越饭碗化，而非问题化；越来越学术化，而非思想化；越来越身体化、感官化，而非心灵化、超越化；越来越多按照商业逻辑行事，而失去了应有的理路与立场……但这是一种非常态、不正常、不应该的现象，它并不代表人类生活的必然趋势。财富、权力和知识分子在一个健全的社会和时代都是不可或缺的。我相信，中国的社会或精神知识分子没有消失，中国文学也没有进入黄昏。

五、文学生活在什么时间里？

有一个通行的说法认为，今天的人们竞争激烈，工作繁重，在闲暇的时间里最需要的是休闲娱乐，因此更直观、更轻松、更有审美娱乐效果的影视剧当然要把文学挤到一边去了。

可是我们太喜欢把事情"一分为二"了，劳逸、工娱就是这样的"一分为二"。但事情真的只要这么简单地二分就行了吗？仔细想想，我们很容易就能发现，现代人的闲暇时间里绝不仅仅只有娱乐。现代人（主要是城市人群）在工作之余，有几项同样重要的内容：运动、交流、学习、修养、娱乐。运动当然可以放松大脑的，但却是全身的另一种紧张。保健专家们都主张有氧运动，有氧运动更是身体的另一种紧张。运动从目的到形式，与娱乐都不好看作是一回事。社交是不可或缺的，人际交流是信息获取、知识增长、能力强化、情感满足、心灵舒缓等的重要渠道。学习的重要性更是不言而喻，工作之余人们还要进行专业理论知识与技能的学习、健康知识的学习、心理调适与人生领悟之道的学习等。还有精神修养、境界修持，人的全面发展与整体素质的提高，同样非常重要，而对于知识分子来说，精神修养、境界修养简直是必不可少的日课。这一切都不能等义于轻松的娱乐。而文学阅读，便兼具了交流、学习与修养的种种功能。

文学阅读是心灵的交谈与对话，文学阅读是生活知识与生存之道的学习，文学阅读更是情感熏陶、精神修养、境界修持。总之，文学是求索与参与人类心灵问题的一种方式。这里主要指的是高雅文学，高雅文学是一种深度的心灵交谈。当然，这里更主要指的是知识分子对高雅文学的阅读（其实也包括写作，高雅文学读者中的一部分人也是作者）。因此，今天的高雅文学主要生活在知识分子的闲暇时间里。西方人的闲暇时间，很大一部分是在教堂里度过的，那是他们满足心灵需要的一种重要方式。对于没有宗教信仰的大部分中国人来说，文学的阅读与写作同样是满足心灵需要的一种重要方式。高雅文学与宗教、哲学所取的途径不同，但其功能和要解决的问题往往是相通的。

今天人类的生活如果真的除了吃饭、睡觉、工作和娱乐（其实是消费）以外没有其他内容，那么现代人就真的成了马尔库塞所说的"单向度的人"或"平面的人"。而越是这样，知识分子就越有必要使自己成为有深度、有层次、有素质、多向度、丰富、完整的人，以使自己担负起抵抗现代性社会痼疾的神圣使命。正因如此，在知识分子场域内，高雅文学的阅读和写作就成了一项意义重大的事业。也许人们要说，在现代社会里，财富与权力并不临幸有素养的人。但是幸福临幸谁与财富、权力临幸谁，却是很不相同的事。

六、语言符号与声景符号

现在是传媒时代,现在是声景时代。人们也许还会说,正如竹简时代会过去,印刷时代也已过去,与现代传媒结合在一起的声景符号,已经取代了语言符号的很大一部分功能,影视剧难道就不能带给人们以交流、学习、修养吗?

声景符号与语言符号的结合在某些方面的确大大丰富了语言符号的表达功能,但却没有理由和证据说声景符号取代了语言符号的功能。影视的发达曾一度使以印刷文本为载体的语言符号显得笨拙和陈旧,但互联网的出现,使语言符号的载体产生了革命性的变革。随着电脑屏幕损害视力问题的技术性解决,在电脑屏幕上阅读语言文字将是人类信息和思想传递的主要方式。尽管电脑文本可以增加图像和声音,但那永远会是语言符号的附属。

影视剧当然在一定程度上也能带给人们以交流、学习、修养,但语言艺术与影视艺术仍然有质的不同。其一,从创作上讲,文学总是独语,是个人的想象、个人的创造,而影视剧是集体的想象、集体的创造。这二者之间有质的不同。从接受上讲,文学阅读是读者个人与作者个人之间的交谈与对话,而影视剧却是制作团队向众人的传达,属大众传播。个人间交谈与大众传播,这也是有质的不同的。其二,影视剧必须是产业,必须有经济的投入,必须有经济的收益,它是典型的商品,必须具有市场性。文学却不一定是产业,不一定要成为大面积流通的商品。文学不一定有太大的经济投入,也不一定有及时的经济回报。随着制作门槛的降低,文学越来越有希望成为超越者。文学可以在小众中流传,也可以为未来写作。几乎一切伟大的艺术作品和思想著作,都是在后人的不断发掘和解读中逐渐向更广泛的人群传播的。人类文化最深刻的本质就是其向后世的超越、代际承传与历史承传。所以,文学的历史性传播、超越性本质与影视的大众性传播、当前性本质,也存在根本性差异。其三,影视更多是直观、感性和形象的,具有更多的娱乐性;而文学则总是感性与理性间杂的交谈,其感性与理性之间的巨大张力,是其他艺术难以比拟的。高雅文学更应该是文史哲宗不分的人文事业,具有更多的人文性。就此,娱乐性与人文性亦是有质的不同的。其四,由语言符号所引发的想象性形象与所有直观性形象，在能指的多样性方面并无截然的界限，一些抽象的直观形象艺术（如抽象绘画、雕塑、艺术电影等）在能指的多样方面已经显示出巨大的潜力。但是，文学形象的自我性、创造性（由语言符号所引发的想象的绝对个人的创造性生成）、内在性、自由性（如对意识的无序流动，内心独白的非现实性，非逻辑性的挥洒自如的叙述）、深厚性、深刻性，乃至系统性、完整性（生存本体体验的有力呈现），却无论如何是影视剧所无法比拟的。其五，由于具有完全自我、绝对个人的创造性生成这一特性，文学应该说是最有发现性、基础性的艺术，高雅文学可以说是影视甚至一切艺术的"基础理论"。在影视出现之前，由文学引至的戏剧、美术、音乐、舞蹈等的艺术联想或改编，已不胜枚举；影视出现后，将文学作品搬上银屏，就更是一种惯例。

影视剧一方面不断产生自文学，另一方面又不容易穷尽文学，特别是高雅文学的意蕴与韵味。伟大的文学作品在不同的时代以不同面目反复被搬上银屏，这也是由文学的个人性、超越性、人文性等的特征所决定的。因此，文学的发现性、基础性不是指它将作为脚本性的书写存在着，而是指文学作为始终自足的艺术的不可替代性和不可或缺性。所以，文学的发现性、基础性与影视剧的传播性、应用性之间，不是替代关系，而是张力关系。文学将永远承担它的发现性、基础性工作，而影视将更好地完成它的传播性、应用性工作。失去了文学，影视剧就失去了个人内在想象之创造性的源头活水；而影视剧的发达，也会给文学带来普及的益处。毕竟，知识分子的精神发现和精神工作是需要普及的。

七、文化三足与今日文学

现代社会的文化，从某一角度上看，可以一分为三：通俗文化、严肃文化、高雅文化。通俗文化是完全的商业文化，具有当前性、消费性、消遣性、娱乐性。严肃文化，有人称之为主导文化，我以为称之为严肃文化更客观和恰如其分。严肃文化更多地具有当代性、主导性、宣传性、激励性。严肃文化往往也具有一定的商业性。高雅文化，更多地具有人文性、探索性、独立性、超越性、前瞻性。在一个完善的现代社会里，这三种文化缺一不可，且任何一种文化都不应成为中心，也没有任何一种文化必须或必然成为边缘。这三种文化乃是鼎立于现代社会文化的三足，任何一足跛了，平衡就被打破，社会文化就会出问题，出毛病。

高雅文学是高雅文化的重要组成部分。一方面，从理论上说，高雅文学不应该边缘化；另一方面，高雅文学如果真的出现了事实上的边缘化趋势，那就肯定是社会文化的整体格局出了问题。中国的高雅文学的确是有问题的，而且一直都存在问题。我以为，问题主要有二：

其一，对文学质的规定性的普遍认识一直有误。我们一直把文学性等同于寓教于乐，这实际上还是把文学当作娱乐。如此，读者对文学普遍的阅读期待，就不是人文性，而是娱乐性。因此，文学要么为大众提供娱乐，要么成为寓教于乐的宣传手段。文学最本质的人文性、探索、独立性、超越性一直被悬置，以至于中国读者养成了拒斥文学的人文性、探索性、独立性、超越性的成习。人们根本上缺乏高雅文学乃至高雅文化的素养与内在需要，甚至知识分子自身也因观念的长期桎梏而有此成习。

其二，问题的更深一个层次是，我国现代社会的知识分子场域还没有发育成熟。传统社会的士人是一个明确的阶层和群体，但进入现代社会以来，商业、政治、文化始终处于世俗化的过程之中，旧的士人场域被打破了，而新的知识分子场域还没有完全形成。中国知识分子的探索性、独立性、超越性没有从根本上成为整个社会都认定、认同的价值目标和准则。因此，在我国，与权力、财富构成恰当比例关系的知识分子不是已经死了，而是还没有真正长大；现代的具有知识分子间性的文学，不是已然黄昏，而是还在黎明。

（原载《学术研究》2005年第4期，《新华文摘》2005年第14期转载，人大复印报刊资料《文艺理论》2005年第10期转载，收入《中国学术年鉴·2005》）

20世纪90年代文学的消解之潮

20世纪中国文学思想，不能说是与外界隔离的，事实上它对国际文学与文化思想吸纳很多，但却鲜有释放，并未形成内外双向交流。所以，从某种程度上说，它仍有它自行其是的逻辑，有它特殊的发展线索。20世纪中国文学可以分为三个阶段：第一个阶段是启蒙文学阶段，第二个阶段是政治文学阶段，第三个阶段是消解性文学阶段。启蒙文学阶段应该没有异议。政治文学阶段又可分为救亡文学与解放文学或革命文学两个部分，前者是民族政治，后者是阶级政治，这样说细了，相信人们是可以有共识的。唯被我称为消解性文学的最后一个阶段，人们很可能要发出疑问。

20世纪70年代末、80年代初开始的文学阶段确实是流向纷呈，其实也可以称为多元化文学阶段。但我觉得，在这一阶段，多元化还只是在形成之中，还不能说是这一阶段中国文学的总体特征。而这一阶段虽然流向众多，有的流向甚至也颇为盛大，但就其最突出的现象而言还应该说是消解性文学的一脉。至少，当把这阶段看作20世纪中国文学的结尾段时，我们完全可以把消解性作为这一阶段的突出特征来言说（如果我们把这一阶段看作新世纪的开端，那又另当别论）。

最近听到一个段子："说真话领导不喜欢，说假话群众不喜欢，说痞话大家都喜欢。"我于是联想起当代文学，乃至整个当代文化景观中持续了好多年的"痞味"，这"痞味"实在是有着真切而深厚的现实基础的，而且很可能是最为聪明与适时的一种言说策略了。这一策略后来又有了国际性的后现代语境的烘托，似乎有了更为坚实的理论依据，于是更加理直气壮，蔚为大观起来。不过，国际性的后现代语境与当下中国的实情之间，恐怕需要有某种厘清，否则我们的当代文化容易出偏。

自从索绪尔发明了语言与言语、能指与所指、历时与共时等一系列概念，使现实世界与语言世界分离开来之后，我们的语言便在一个自足的世界里，循着一条独特的轨道迅速飞奔起来。开头，结构主义还只是认为，语言世界与现实世界不可以直接对应，语言世界有自己的构成法则，语言世界可以依循自己的构成法则构拟一些与现实世界具有对应可能性的结构，为现实世界创设意义。但到了后结构主义，他们认为语言的这种构拟的功能也是一种虚妄的神话，语言根本不应该依据任何中心、任何等级、任何秩序观念构拟什么与现实世界有对应可能性的东西，它也不能创设任何意义。事实上语言什么也不是，语言只是一种"播撒"在文本中的"踪迹"，似是而非，似有似无……

这样，语言就在与现实无涉的、完全自足的世界里，变成了一种偶然的、瞬间的、欢愉的、只留下一点痕迹的游戏。语言不再具有什么意义了，只是一种自我的狂欢而已。作品，不，不应该再叫作品，而只能叫文本，文本不再具有指导和帮助人们生活与行动的普遍性，当然更不具有放之万世而皆准的永恒性，同时庄严、崇高、净化、激奋等，都变成了笑话。文本只是一种供作者和读者享乐的欢欣。作者自然也死去了，他写了便写了，什么也没说，没有传达任何意思；读者呢，完全可以根据作者所留下的"踪迹"，依照解释的无限可能性尽兴进行与作者完全无涉的误读。而创作，不，不能叫创作，只能叫写作，写作本身则成为一种零度的、中性的、无指涉的平面运作。它是一种为享乐而享乐的，或者说以感性享乐为中心，尤其是以性的感性享乐为中心的人类自娱活动。据说这样子，读者和批评家倒是变得重要起来了。不过，读者和批评家似乎也只是在作者留下的"踪迹"上继续他们的自娱自乐的、与意义无涉的游戏而已，同时"播撒"的也只能是游戏后残留的杂乱的"踪迹"……

这些说法听上去极端，甚至荒唐，可它确有产生它的历史语境，而且确有它的独特价值。

从后结构主义泛化出去的整个后现代主义思潮，从心态上来说，我以为是现代市场文明被普遍接受后，西方中产阶级的一种自得情绪的表征；从意义上说（尽管后现代主义要取消意义，可我认为它们仍然是非常有意义的！），则是西方中产阶级知识分子借了现代市场文明被普遍接受的时机，向"上帝死了"之后的准上帝——西方理性霸权，发起的又一次猛烈的进攻。文学和哲学上的浪漫主义，文学与心理学、人类学、语言学、结构主义思潮等结合形成的现代主义其实都是这类进攻。当然，这次后现代主义的进攻采用的是一种快快乐乐的消解式（许多人喜欢用"颠覆"这个词，但我以为"消解"这个词才是最恰如其分的）策略。

在中国，20世纪80年代中期出现的先锋文学浪潮，之所以被人称为后现代主义文学潮流，其实就因为它与西方的后现代主义有一种异质同构的性质，它们在消解的策略上有着相似之处，但它们所消解的对象却根本不同。那时中国文学界可以说还没有完全输入后现代主义的信息，更不可能有后现代主义意识，整个中国的社会环境与文化语境都还没有提供出现后现代主义的可能。所以，中国先锋文学所消解的对象与西方后现代主义所消解的对象自然是不同的，但他们在策略上又确有英雄所见略同的地方。

中国当代的先锋文学矛头所指，主要是政治功利文学。近世中国文学，从梁启超的"小说界革命"始，直至为无产阶级专政服务的文学，其政治宣传功能日益固化和狭隘，且发展到极端荒诞的地步。改革开放后，人们开始反思，但由于思维方式的惰性，大多数的反思依然是围绕着政治兴奋点的反思。然到了20世纪80年代中期，文学界开始出现了回到文学自身、关注形式的倾向，这应以"意识流"的讨论为标志，紧接着就是先锋文学的兴起。这一倾向是一种机智的偏离政治功利的策略。他们采取了"你说你的，我玩我的，我不跟你玩"的态度，相当有力地解放了文学的视野，改变了当代的文学意识，拓宽了文学实践的领域，其意义在当代文学史上无疑是重大的，我把这一当代文学的形式革命称之为"逃亡"。这种"逃亡"的另一支是新写实小说。新写实小说稍晚于先锋文学崛起，路径不一，但向度是基本一致的。新写实小说采取了对庸碌、琐屑、无奈等的叙述，同样有力地消解了政治神圣，及至抹平了一切的崇高和稍有超越性的意义。这类"逃亡"至90年代初，因为其他一些更强烈、更广泛的因素的刺激，日益波澜壮阔起来。从充满调侃的《围城》的重提，到"痞子"式的市民文学的兴起，到通俗文学的洪流，再到已然有后现代意识的、同样带上了"痞"味的游戏性写作，乃至于诸多大众文化形态，形成了一个对极左思潮的消解运动，一次"胜利大逃亡"。

因此，80年代的先锋文学从表面上看是一种形式运动，但其实是一种与政治功利的分裂，实际上仍是政治性的文学现象，是文学上的政治性事件。当时的先锋文学具有相当的轰动效应，但那轰动的并不是新形式本身，而是它的"逃亡"姿态。这样，当我们用西方后现代主义理论来审视中国当代文学和文化现象时，就需要慎之又慎，其间有相适宜的一面，也有不相适宜的一面。相适宜的一面是，当代文化的确承载着消解的任务，且这种消解任务的意义也的确重大。带"痞"味的形式化、平面化、市民化、世俗化倾向，作为一种策略，对于消解那种盲从盲信的神圣性、崇高感，无疑是有着积极意义的。20世纪80年代中期至90年代初，这种意义非常明显，现在这种意义也仍然存在。然而，不相宜的一面也不可小视。作为一个后发展的市场社会，事实上我们处于百废待兴的局面，既亟待消解，更面临着营建。作为一个向现代化转型的民族，我们需要对传统进行解构，同时也需要与传统、世界接轨的新的整合。例如，我们还从未建立起真正的理性精神，从未建立起真正的实证的科学态度，若一味"痞"去，一味消解，我们经验域的现实生活和实践将从何获得信念？事实上，西方社会在向现代化转型之初，就建立了他们的精神基石。他们不仅建立了经验域的以理性和实证为基础的科学态度，还建立了自由、平等、博爱的社会理想，更建立了以个人本位为实质的人道主义精神。这些现代性精神核心，相对于传统社会来说，无疑是伟大的进步。尽管今天人们已经看到了现代性理想的许多不足，但这些现代性精神核心仍将作为未来发展的历史基础和宝贵财富而存在。几百年来，西方社会各种对于现代性的批判和消解，如浪漫主义、审美现代主义、后现代主义等，其实都是为了弥补现代性理想和方式的不足，而不是为了抛弃它。

  今天中国，如果不思建设既能与世界接轨，又能与民族特点相融的精神基石，只是邯郸学步，一味消解，一味"痞"去，这难道不是一件很危险的事吗？这就像一个已获新生却还病弱的身体，泻火去毒当是需要，但补虚扶正、培元固本，更是当务之急。若不辨证施治，只一味泻火，弄不好，整个民族精神就要演变成瓦解、崩溃之势。况且，批判和消解相对是容易的，而真正的建设才是困难的，尤其是精神的建设。没有真正的精神建设，只有一味的消解，结果必然是精神虚无，而紧接着精神虚无的，往往就会是沉渣泛起。毫无疑问，今天我们要做的应是一种完整的意义重构，营建一种开放的、多元的、超越（现实政治、经济）的、具有高度整合性的、与市场文明和民族个性都相适应的精神界域，一种有中国特色的、后发展式的现代性精神理想。

新世纪已经来到了，让消解的潮流随着20世纪文学的过去而过去吧，新世纪应该开始真正而切实的精神营建。

（原载《文艺研究》2001年第1期）

当代长篇小说的文化流向

新世纪，在我看来，与新时期这个词可以是等义的。

对于大部分的当代中国人来说，真正的新生活是从20世纪70年代末、80年代初开始的，而对于与生活世界紧密相关的文学来说，取那个时间点作为一块界碑，也应该是合适的。现在我们都非常警惕将文学的分期与政治的分期混为一谈，可是有时候我们是无可奈何的。当政治生活成了人们唯一的生活形式时，一切便都和政治绑在了一起，分期自然也不容易例外。20世纪最后20年，作为一个特殊的时段，对于政治，对于人们的生活，对于文学，事实上没法不具有某种一致性。但可以想象，随着人们的生活形式日趋多元化，这种一致性会逐渐改变，各个领域的历史将自行展开，分期的特殊性也将会是不可避免的了。

不过，我们将"新时期"等同于"新世纪"却也不能不说是一个特别的视角。看事物总是可以从不同方向来看的。如果我们把20世纪最后20年的中国文学看作是整个20世纪中国文学的结尾段，看作是循着启蒙文学、政治文学这一轨迹而产生的必然过程，那么，消解性就是这一结尾段最重要的特征；但当我们把这20年的文学看作是新世纪文学的开端，看作是一个与21世纪连成一气的热身阶段时，我们便可以发现，这里面还有许多具有未来学意义的特征和流向，这些特征和流向有的已成一定气势，顺流而下，必成大川；有的还只是如晨星一般的端倪，还需更勇猛、更阔大地开拓。总之，从文化解读的角度看，20世纪80年代后的中国文学，或曰新时期文学，或曰世纪之交文学，大体上有如下四种基本特征和流向：其一，反思与追问；其二，消解与逃亡；其三，多元的现实关注；其四，寻找精神家园。这四个流向不仅显现在创作中，也显现在批评中。单就文学创作而言，它也显现在各种不同的文体之中，但因为它们都突出地表现在文学最综合的渠道——长篇小说创作中，因而便显出其流势的力量来。

一、反思与追问

从时间序列来看，新时期以来最早出现的文学叙述是反思与追问的一脉。

反思文学，有狭义和广义之分。狭义的反思文学，专指新时期以来，所谓伤痕文学、反思文学、改革文学等这个系列中的某一环节；而广义的反思文学，在我看来，则是指新时期以来的伤痕文学、反思文学、寻根文学，乃至于其后蔚为大观的历史叙述这一具有不断追问性质的总流向。这一流向的基本特征是：回眸溯流，探源究底，试图找出当代中国问题的历史来由。

"文革"戛然而止，作为社会的感应神经，文学首先显现出来的便是"喊痛"，人们心中压抑多时的创痛忽然爆出，起初哪怕只是几声呻吟也是可以振聋发聩的。这就是所谓伤痕文学，伤痕文学便是"喊痛"，这"喊痛"乃是当代文学整个反思与追问流向的源头。"喊痛"中已经包含了反思，已然有着痛定思痛的成分。紧接下来的反思文学，尽管反思的成分增加了，但"喊痛"的呻吟声仍然清晰可闻。就长篇小说而言，较早出现的一些作品，都具有这方面的特点。它们都较为直接地以各类政治运动为题材，揭开悲剧带来的伤痛创面，观察和思考其直接的政治或社会原因。

在这类题材的作品中，有一股特别活跃的涌流，即所谓知青文学。知青文学的作者们从"文革"中走出，在新时期里他们还正年轻，身上还翻滚着青春的热血。他们年轻的记忆、观察和思考都具有自己的特点，而且这些作品具有广众的与作者同龄的读者群，因此，这类反思或深或浅的作品，往往具有特别的反响。知青文学（尤其是早期的作品）中有一种需要特别注意的倾向——"革命浪漫主义"倾向。一些知青小说把知青生活描绘成田园诗般，甚至写成悲壮的英雄赞歌，这些作品以一种耀眼的粉饰和涂抹，完全遮蔽了知青生活的本来面目，它们用属于人生意义性质的青春激情抒写，取代了对于历史真诚、严肃的沉思，这类作品实在不应该算作反思性作品。事实上，这类作品所显现出来的，正是作者们无法摆脱"文革"式传统思维模式的悲哀。

反思的对象最早只是对准"四人帮"，后来逐渐深入到一些政策、路线、制度层面，但这样的反思路径显然不容易真正深入，而且，反思需要触及的也确实不只是当代政治的问题。所以，文学反思的进一步发展，便导引出了对时间上更远一些的传统追问了，这就是所谓"寻根"。"寻根"已然不再"喊痛"，也多半不以"文革""反右"等现实政治生活为题材，而是将目光投向某些特殊的地域或某段历史，但应该说"寻根"的出发之处还是当下，是现实的中国社会问题，是因为这些问题的求解而发出的反身追问。然而，"寻根"的结果却是得出了几乎断然相反的两种看法。一种看法认为，今日中国的问题仍是中国长久封建文化的遗患，仍是启蒙还没有真正开展的问题。这一路显然是接着五四新文化运动往下讲的，但时隔大半个世纪的这种继续，在深度和广度上比起20世纪初到底有多少掘进？这还要视具体作品而定。大体上来说，不知是由于作品本身，还是由于一般对这些作品的认识，这种掘进势头是有限的。另一种看法则认为，今日中国之问题，恰是断裂了中国传统文化，或曰丢失了宝贵的中国历史文化的传统的结果，这类作品中的极端例子，几乎就是在说，自戊戌变法以来的一切现代中国人试图改变传统的行动都是搞错了。这种说法乍看去很有些新鲜，所以受欢迎的程度很高。但是对于当代中国的现代性进展，特别是对于当代中国的政治、文化的现代性进展是利是弊，恐怕还需深加考究。

寻根小说的题材虽然也有多样，但大体上还在20世纪之内或离20世纪不远。而追问的进一步展开，则形成了历史小说的繁荣。历史小说的繁荣也许原因要较前更复杂些，例如加进了市场因素，加进了中国人偏好历史故事的原因，但在这一历史小说潮中，那些严肃的、上乘的历史叙述，我以为其视点仍在追问，一种更宏大的追问。当代历史叙述，由于所触及的问题和所涉足的层面日趋多元，而呈现出更为纷繁复杂的文化意味来。

二、消解与逃亡

消解与逃亡作为20世纪中国文学结尾段的主要特征，我已在前文谈过，但具体来说，它还有三个不同的分流，各自从不同的角度，以不同的方式和风格分别体现出这种消解与逃亡的文化意味。

其一是中国式的后现代主义，或曰"形式的先锋"，此一脉以形式革命、回到审美吹响了从政治功利文学传统藩篱逃亡的号角，以多样的消解策略颠覆了文学痴迷于社会政治意义的旧轨。

其二是新写实小说。新写实小说在写作方法上并没有什么新鲜之处，它们只是对19世纪西方真正的现实主义或自然主义的重新学习，所谓零度写作就是真正的现实主义，不是结合了什么的现实主义或冠以什么主义的现实主义。新写实小说的突出意义其实也是在文学逃亡上。此一脉将目光投向了凡人琐事的叙述，但不是那种从凡人琐事中看出光彩夺目的社会政治意义的做法；而恰相反，看出的是真正的琐屑、无聊、平庸、无意义，它们要用这些拆解过去文学的社会政治意义的大厦。从某种意义上说，新写实小说并不是零度写作，而是负值写作，因为它更多是在用一种反讽的、猎丑的、玩笑的态度去写出无聊生活的无奈与可笑来。这在越写越长的那种新写实小说中体现得特别明显。

其三是通俗文学的一脉。通俗文学最早繁盛于20世纪80年代中期，主要是长篇小说。表面上看，通俗文学之潮起并不是针对着政治功利文学来的，而是应着读者与市场的渴求出现的，但当代通俗文学实际上成了解构政治功利文学一统局面最重要、最强有力的力量。在一本本通俗长篇小说的畅销中，在一个个通俗文学作家的旋风中，在文学成为百分之百的商品进入市场流通之后，文学不再只有政策宣传的作用，而成为普通大众日常娱乐与消遣的消费品。文学这一巨大的流势，无疑要付出代价。文学的崇高性、作家的精神性、创作本应具有的意义也同时被冲刷得七零八落，但其革命性是不可小视的，它给当代中国文学、中国文化带来的大众化、世俗化、民主化，亦即文化现代性的转向，贡献实在是显而易见的。并且，它没有我们的"先锋文学"中那种"皇帝的新装"的现象，也没有某些新写实作品中病态的东西。

总之，当代长篇小说中消解与逃亡的流向，对于解构文学的政治功能的单一性，无疑是意义重大的。但长篇小说往往将文学中此一潮涌推至极处，而事情一到极端便可能出现毛病，消解与逃亡走到了极端处，便很有可能从反面巩固了政治功利文学传统，因为这似乎可以表明，文学一旦失去了社会政治意义，便什么意义也不存在了，可事实果真如此吗？

三、多元的现实关注

重又提到"现实"这个词是应该让人觉得奇怪的。就今天人们对人类思维的认识水平来说，纯粹的"现实"是不可能的。一切的"现实主义"，一切的"真实再现"，一切的"零度写作"，统统是骗人的鬼话。任何"现实"都是从某一特定视角出发所进行的特别叙述与解释。"十七年"间绝大部分"现实主义"作品和"文革"后的"改革文学"作品应该说都是政治家眼中的"现实"；"新写实"作品则是一群试图逃离政治家眼光，而取用反讽、猎丑、调侃和零碎化眼光的文人们眼中的"现实"……然而我们还是再一次地谈到了"现实"，因为随着"追问"与"逃亡"，"现实"已经越来越变成了多种多样人们眼中的"现实"了。

当代长篇小说所关注的现实，已经有了企业家眼中的现实、商人眼中的现实、金融家眼中的现实、在市场大海里浮游的各式各样的人（如"下海"知识分子、一般打工者等）眼中的现实、真正城市市民眼中的现实——所有这些，便成为近年来颇有起色的新都市文学的景观。今天这些写商人、打工者、市民的小说与以往所谓的"现实主义"作品最大的不一样也许在于，它不再有那么多政治家的布局在里面了，而是从社会生活的角度看待生活本身，这里面真正包含了某种现实。而比较真实地从正在经历转制的大企业的底层工人眼中出发的叙述，则成为所谓的"现实主义冲击波"，尽管这种"冲击"是有限的。

视角的日益多元逐渐消解了中心，而一些有意识地发自边缘的，已成气候，甚至已成流派的创作力量，更显出特别的生气和强劲的势头。

例如，留学生文学。留学生文学，主要是长篇小说，绝大部分是现实的叙述，是留学生自己写出的留学生视域中的现实。这些作品用中国人的眼光看外国，又用了外国经验反观中国，更站在中华生存圈的边缘处往中心审视，于是，这样一种边缘的创作越来越受到关注。

另一种近年崛起的边缘创作是女性文学。说女性文学是边缘创作似乎总觉得不那么对头，20世纪中国文学中女作家并不少，而且有非常杰出的代表。此外，1949年以来中国男女平权的发展，取得了一定程度的成功。可是很长一段时间里，不管是在女作家的作品，还是政治生活或文学活动中，我们都不容易看到真正的女性眼光。现在，女性眼光出现了，而且是有意识地从边缘处发出对男性中心的挑战，成为一个耀眼的焦点。在这一片光晕下，长篇小说不能说是特别突出，但也有了一定的分量。

在新时期儿童文学的创作中，儿童眼光也有了长足的进展。我们的儿童一向被看得很重，例如说他们是"祖国的未来""革命的接班人"之类，但细想一下，这些说法显然都包含了大量从成人角度出发的工具性，而儿童自己是怎么想、怎么看的呢？不知道。因而，儿童文学中的长篇小说创作是特别困难的，成人为儿童写作，写小一点的东西，也许还能于短暂中抓住儿童的眼光和感觉；但写长了，狐狸尾巴总是很难藏得住，有时免不了会露出来。所以，长篇小说在这方面的长进，那是真正了不起的长进。

四、寻找精神家园

在反思与追问、消解与逃亡以及多种多样关注现实的视角分离了以往的中心之后，文学的唯政治功利意义被抛弃了，然而，文学本身的价值与意义也成了问题。当我们国家正在从传统模式向现代市场化的社会形态转型之际，当人类享受了现代性的种种益处同时也饱吃了其种种苦头，纷纷寻找更圆满的后现代方案之际，我们的文学是否理应成为一种虚无呢？英国的李维斯在半个多世纪前说，当一个社会宗教和哲学失去了它的力量，文学就成为这个社会价值的支柱。这样的自信，今天中国文学界大概是不可能有的。但是，还是有人在努力通过文学的渠道寻找精神家园的。

在创作中，一个比较突出的例证是近年来颇有些热闹的宗教叙事。伊斯兰教性质的、基督教性质的、佛教性质的故事都有人在讲，也有人在听。这应该说是一件好事，多元的精神寻觅，对于转型期国人的心灵需求无疑提供了多样的选择，对于与现代世俗社会形成一定的张力也是有所裨益的。但这里也存在一些陷阱，这些作品打着精神拯救的旗号，事实上却是非常狭隘的，存在唯我论的、偶像崇拜的、专制气质的精神激进主义。精神激进主义的危险在于，它与我们民族传统中最需要清算的思维模式和深层文化心理具有某种显而易见的同构关系。现在的精神激进主义，站在市场文明的对立面，以精神救赎的面目出现，其实不过是换一套戏法重蹈覆辙罢了。不管怎么说，精神激进主义的可怕，一点不亚于世俗主义带来的物欲横流。

此外，一说到精神家园的寻找，便只想起宗教，而且想起的多半是宗教的传统模式，似乎非宗教一途不可，这显然也是一个误区。这一误区与人们普遍认为文学只能与神秘主义挂钩有关。然而，在我看来，中国的传统中的宗教概念是泛化的，它们并非本义上的宗教。更为重要的是，在中国的现代化进程中，人的现代化还没有真正提到议事日程上来，大量的伦理理性和价值理性的课还没有补上，不说别的，就是从早期文艺复兴，到莎士比亚、雨果这样的基本人道主义的课我们都还没有真正补上。这一课不认真补上，就急于从传统宗教（还不是后现代意义上的宗教）来作心理满足，不能说不是一件必须警惕的事情。尽管现在人们已经在用后现代性批判现代性了，但现代性中关于人的一课，如果不真正补上，对于我们的传统来说，那才是真的可怕与危险！进入21世纪后，我们可以日益清楚地看到我们是如何在后现代的国际语境下补现代化的课的。在这急速转型、不断跨越的社会变革中，文学应该承担怎样的精神责任，将会成为一个重大课题。

总而言之，世纪之交的中国文学，特别是长篇小说，有这样的种种流向，有这样一张从文化解读视域勾勒出的地形图。在这张地形图上，我们可以发现，一些流向已趋近完成它们的历史使命，一些流向已掀起高潮、蔚为大观，一些流向还方兴未艾。我们还可以发现，一些流向已成坦川，而另一些流向却还在经历曲折迷途。总体上说，在新世纪里，在日新月异的传播和文化背景中，我们的文学之路还将走下去，但文学的定义需不断更新；长篇小说之林还将繁盛，但需有更大的发现和创造。

（原载《粤海风》2000年第4期，人大复印报刊资料《现当代文学文摘卡》2001年第1期转载）

从"内转"到"外突",还是从"外突"到"内转"

时下不少朋友都在谈论当代文学的"向内转"与"向外突"问题。几乎一致的意见是,20世纪80年代中期我国当代文学开始向内转,远离政治,疏离社会,形式探索,叙述转换,热热闹闹地"回到文学自身";而到了90年代,尤其是90年代中期后,当代文学又开始"向外突",在一个新的高度要回了文学的社会历史内容,特别是开始注重文学的文化内涵和批评的文化视角。

这说法当然是有一些道理的,至少和西方20世纪文学的总体走向恰相吻合。自从英美新批评派将文学研究分为内部研究和外部研究后,文学似乎从此就有了"内""外"之别。按此说法,20世纪初西方文学确有一个向内转的局面,从早期象征派的形式探索到法国新小说派的叙述游戏,从俄国形式主义到英美新批评,再到结构主义,无论创作还是理论,都有一个向内转的、回到文学本体的趋势。而到了七八十年代之后,随着后现代主义思潮以及文化批评的兴起,西方文学又开始向外演变,文学不仅不再是纯形式、纯审美的问题,甚而至于"文学是什么""什么是文学"的问题都模糊起来了,高雅文学与通俗文学的层次分野、文学与人文学科其他文本的界限也愈益分不清楚了。

但西方是西方,中国是中国。中国的事情往往是,不管那事情表面上看起来怎样像西方,但其意味和实质却全然不是那回事,只是形式上有点类似而已。我们该向西方学的,实在不应是表面上、形式上的那些套套,而该是真正实质的东西。

依我看,80年代中期以来的当代文学转向,根本不是"向内转",而是"向外突"!当时"回到文学自身"的潮流,与20世纪西方的同一潮流完全不是一码事，在起因和效应上都完全不是一码事。西方的变化主要是文学自身演化的结果，而我们的当时是一种逃离政治功利的策略。关于八九十年代文学的"胜利大逃亡"，这些年来我在好多篇文章中都谈到过，以王蒙挑起的意识流小说争论为滥觞，紧随其后的中国式后现代主义的先锋文学，稍晚的新写实小说热潮，90年代初兴旺起来的"痞味"文学（后来也衍生到影视领域），通俗文学的流行，这一切都是"政治事件"。它们的轰动是因为它们摆出了与政治功利决裂的惹人注目的姿态，也正因如此，先锋文学与新写实小说在热闹一阵之后很快就沉寂了，而通俗文学则成了人们的家常便饭。只有到了90年代中期，我认为当代文学才开始了真正的"向内转"，才开始了真正地"回到文学自身"，至少是真正有了"向内转"和"回到文学自身"的可能性。这时，文学"逃亡"已告一段落，其引起的强烈反响已然疲软。20世纪末文学"逃亡"的功绩是重大的，且这种逃亡还不能说已经完全结束、不再需要，但毕竟其基本任务已经完成。

我这里所说的"向内转"和"回到文学自身"，不是指回到形式，不是指沉迷于新批评所谓的"内部研究"，我要说的仅仅是文学回到了或有可能回到它自身的生存位置。当文学成为了社会的诸种文化服务之一时，文学也就成为了现代性意义上的文学自身。

最为明显的例子是通俗文学。新时期之初人们突然喜好起通俗文学背后的那种对政治功利的逆反心理已经消失了，通俗文学已然成为了人们紧张工作之余消闲、轻松、调整身心的一种非常有效的文化产品了。

严肃文学也在一定程度上发生了这种变化。我所谓严肃文学，是指那种有别于通俗文学和高雅文学的，具有较多社会历史关怀的文学。今天的严肃文学也写政治，正面的反面的都写，纪实性或讽喻性的尤受欢迎。但这种政治书写，乃是自觉地为了满足读者的社会关怀和政治关心，因此它回到了文学自身。读者对文学叙述中的政治永远是关心的，而且往往特别关心。文学服务于读者的这种关心，那是文学的题中应有之意，和文学作为政治宣传是全然不同的事。

高雅文学则有可能（我觉得目前还只是有可能）回到真正具有先锋性的形式的或意义的探险上来。高雅文学中真正的"形式的先锋"有可能回到艺本体的追寻上来；高雅文学中真正的"意义的先锋"，则有可能回到人的本体的探寻，回到生存的终极关怀上来。它有可能服务于人们超越本能和社会政治局限的真正的精神层面上的需求。

有一点需要特别说明，文化批评时代的文学泛化，并不意味着文学的"向外突"，也就是说，并不意味着文学离开自己的位置。文学总要变化，总要变成这样子那样子，这是文学在主动地寻找自身，与过去被迫作附庸根本是两码事。

总而言之，新时期二十余年的当代文学发展轨迹，从文化意味上来说，不是先"向内转"再"向外突"，而是先"向外突"再"向内转"。希望从明年开始的新世纪文学，能够更持久、更正常、更成熟地回到文学自身，发展文学自身。

（原载《深圳特区报》，1999年10月6日；人大复印报刊资料《文艺理论》1999年第12期转载）

精神虚无与价值共识

20世纪80年代后半期以来，中国文学出现了颇为盛大的消解性思潮，后现代主义性的先锋写作、新写实小说、"痞子"文学、身体或欲望的书写等，构成了对过去那种唯政治功利文学的"胜利大逃亡"。消解作为一种针对唯政治功利文学模式的反拨策略，在特定时期所起的特定效应是应该充分肯定的，但其局限性和负面性也是明显的。消解由于不是正面批判，也不是积极超越，而是侧身而避，因此若不可收拾地演将下去，便很容易使我们的精神世界成为溃散、颓败的瓦砾场。其实，文学消解对于制度文化层面的作用十分有限，文学的本质在于精神文化层面，文学的真正作用也主要在于个人精神方面。因而，对于一种制度文化与精神文化高度合一，或者说，超越文化附庸于现实政治的社会文化形态的文学消解，其结果会是，制度文化层面的问题触动甚少，而精神文化却被虚无化了。

在一个现代社会里，现实政治与超越文化、制度文化与精神文化之间，是应该保持一定的区隔与距离的。精神文化或曰超越文化关乎的是终极价值问题，属于个人精神高度、生存本体建构的层面。如果出现精神文化层面的丧失和精神上的虚无主义，那么，对于整个社会来说，危机就会出现。尤其对于我们这样一个从未有过被普遍接受的宗教，更未有过宗教凌驾于政治之上的历史阶段，向来主要依靠哲学、文学、艺术和艺术化宗教来作为超越性精神载体的传统来说，文学消解所造成的精神虚无主义的危机就更其严重。眼下，这种危机事实上正在我们的生活中上演。

精神虚无主义的危险之一是导致欲望主义、经济主义和工具主义。

欲望问题，这是一个从传统社会向现代社会转型过程中至为敏感、特别关键的问题。欲望并非一个可怕的字眼，欲望就是人的种种需求。对于欲望的肯定，对于人的应有需求的肯定，相对于"存天理，灭人欲"的传统文化形态，相对于"狠斗私字一闪念"的"文革"式话语来说，意义无疑是十分巨大的。现代社会肯定欲望，意味着尊重和保障公民个体的应有权利，尤其是尊重与保障弱势阶层的应有权利。事实上，现代社会的确立，是一个欲望解放的过程，是一个公民个体权利得到充分保障的过程。直到今天，对于底层民众、妇女、儿童、老年人、残疾人、少数族裔等的欲望的肯定和权利的保障，仍是整个人类所面临的根本性问题。但是，欲望的解放必须同时伴随着对欲流秩序的构建，如果没有这种构建，如果欲望的解放是在一个传统的法律、伦理、文化秩序里实行，事情就会变得非常可怕起来。欲流会失序，亦即所谓人欲横流，一些权势人物就可能在欲望主义的旗帜掩护下，使社会风气迅速地腐化下去。他们不晓得，肯定欲望的基本前提是不损害他人和社会全体的权利。而他们之所以没有这种意识，没有心理障碍，精神虚无主义不能说没有一份责任。

经济意识的高涨，对于过去那种唯政治的社会生活形态来说，当然是极有意义的事，但是仅仅从政治决定论走向经济决定论，绝非是一种进步。政治决定论的思维认为，政治变革或社会控制等可以一了百了地解决一切问题；经济决定论的思维则认为，财富的增长、经济的发展可以一了百了地解决一切问题。这两种思维模式其实是异质同构的。人类社会是一个多层次多侧面的复杂的有机系统，任何单维决定的思想，都是对人类历史的简单化的、非常有害的认识；任何决定论，都很容易成为专制的观念基础。精神虚无主义导致了精神文化因素在社会有机系统中的缺席，事实上助长了经济主义的膨胀，这种膨胀有可能导致一系列严重的社会问题。

科学技术对于现代人类的意义无须多言，但科学技术所引致的工具主义危机也在日益凸显。工具主义意味着我们的思维方式陷入了马克斯·韦伯所谓的"工具理性"或者海德格尔所谓的"技术阱架"牢笼中，失却了对价值理性、终极意义与生存本体根本性问题的关切而产生严重的异化。海德格尔将此危机描绘为"自从上帝死了之后，人类便进入了漫长的黑暗时代"。这也许是危言耸听，但今天人们日益深入地检讨现代性问题，越来越急切地呼唤一个超越现代性的、更为有机的后现代社会，这就证明工具理性的威胁正在向人类生活逼近。在我们国家，工具主义会形成一种非常可怕的扼制力量，构成一种高度异化的工具化生存，使我们的生活变成一种纯粹的僵化的形式，掏空我们生活的内容，掏空民族的生命力，扼杀人的个性与创造性，消泯人与社会的存在意义。而我们的精神虚无主义则无疑在加剧这一危险境况。

精神虚无主义的危险之二是伦理规则的无序与道德精神的荒芜。

这种无序与荒芜在一个社会的文明转型时期是自然而然的事，问题在于是听任虚无还是抱持建构的态度。今天我们的社会科学工作者在积极探索功利伦理，即"底线伦理"这类理性伦理的问题，而文学因为批判道德主义的热度持续，既无力、无意关心功利伦理这样的理性伦理问题，又不关心非理性的属于美德伦理的良心问题，一味放逐本应为文学题中应有之意的本体性道德精神言说。像我们这样子的传统民族，和政治捆绑在一起的道德已日见力疲，但没有一种有力的宗教来关心国人的道德良心，又没有一种关于这方面的真正独立的、勇敢的文学与哲学的知识分子言说，那么，这个社会是不是非常危险？

有一种非常流行的说法，认为中国传统文化的劣根性之一是所谓道德主义，讲道德讲得太多了，所以今天要批判道德主义，少讲点道德，甚至不再讲什么道德。这是一个极为荒唐和有害的谬见。且不说我们一向既有儒家也有法家，亦不说历朝历代从不缺乏苛律酷刑，我们只需稍稍辨析一下所谓"人治首须治心"，便能看出关于道德的真正问题出在哪里。治心（即讲道德）的目的乃是治人，所以"人治首须治心"不是重视道德，恰恰相反，是轻视道德，甚至是蔑视道德。中国传统文化的劣根性之一，其实是德政不分，政为德本，以德辅政，以政役德，也就是说道德为统治者的统治服务。而实际上，道德，不管是功利伦理这样的理性伦理，还是关于良心与美德这样的非理性伦理，从根本上说，都是超越现实政治层面的，是属于人类共同生存中比现实政治要恒定、广远和根本得多的层面。所以，精神虚无主义否弃和悬置道德问题，文学不再关心人的良心，并不意味着对传统文化负面效应的批判，相反倒是构成了对传统文化中症结问题的遮蔽。

精神虚无主义的危险之三在于超政治、超伦理的生存终极问题的突现。

在一个现实政治与超越文化高度合一的时代过去之后，虚无主义把传统与现代、东方与西方的有关终极价值和生存本体问题的文化资源，以玩世的名义嘲笑和扫荡一空。因而，这个领域的空白就出现了，而填补这个空白的很可能是更为极端、更为可怕的精神现象，这类精神现象显然是危险的。

警惕和批评精神虚无主义，并不是要回到过去那种大一统的盲从里去，我们呼唤的只是重建精神规则。规则不是"存天理，灭人欲"那样的天理，也不是放之四海而皆准的不以任何人的意志为转移的所谓客观真理，精神规则仅仅意味着价值共识。重建精神规则的基本原则，我以为必须首先肯定价值多元，在价值多元的基础上，通过诠释学意义上的不同视域、多层次、多向度的长时间对话，逐渐达成相对普遍的价值共识。我以为我们的文学，必须参加到这一价值对话中去，当然，应该是以文学独特的审美身份，从文学独特的形式视角参加到这一对话中去。

（原载《文学评论》2001年第4期，人大复印报刊资料《文艺理论》2001年第10期转载）

女性写作与当前文学：关键词种种

一、第一本新时期女性主义文学批评"史"

我不是女性，且自小所受的习染，以及由此而形成的心灵倾向，是特别阳刚的那种。我小时候最爱看的电影是《攻克柏林》《甲午海战》一类，现在还特别爱看《巴顿将军》这样的影片，前些时候上演的电视剧《激情燃烧的岁月》也让我喜欢，不是怀旧的那种喜欢，是为其中的英雄气所动容的那种喜欢。但我对女性主义问题很感兴趣，思想上也是支持女性主义观念的。我甚至认为根本没有必要把"女权主义"这一明确的概念模糊化为"女性主义"，我以为女权是人权的一部分。我关心并支持女性主义，除了思维上一直就清醒地意识到的多元观念外，还因为我喜欢思考人类生存中的边缘群落、弱势群落问题。

女性是人类中的一半，但在相当长的人类文明史阶段，女性确属较弱势的一半。因此，女性问题成为问题，人类的性别问题成为问题，女性主义面对这一问题予以探讨，尝试调整，这是必需的。我常关心这类文献，特别是属于后殖民主义言说一部分的女性主义理论，包括国内的女性主义写作与批评。但我毕竟不是这方面问题的专家，常觉得不能较好把握这一思潮流向的总体概貌，尤其是新时期以来我国女性主义文学批评的总体概貌。

不久前读到陈志红的《反抗与困境：女性主义文学批评在中国》（中国美术学院出版社2002年版）一书，稍一翻，立刻感到正是一本我要找的中国新时期女性主义文学批评的总体"地图"。待读过后，更知初断未错，收益甚大。在我的视野中，这应是中国第一本新时期女性主义文学批评"史"。这里的"史"字我郑重地加上一个引号，那是因为《反抗与困境》一书并非一般意义上的史，而可说是史论或述评。再加之我一向以为当世文学是不好言史的，所以还是加上了引号。

该书从西方女性主义理论如何引进中国、如何与国内已有的女性思潮发生关系、如何本土化切入，将中国当代女性主义文学批评分为"建构式""兼容式""颠覆式"三大类，再论及当前女性主义文学批评面临的种种困惑和难点，最后为性别诗学的建设作了很有意味的探讨。总之，这本篇幅不大的书，从纵的流向走势、横的空间概貌以及纵横之间的"险峻"的"风景点"，给予了我们一个非常清晰的关于新时期女性主义文学批评的轮廓。

该书意义至少有四：其一，它的出版说明了中国当代女性主义文学批评已成一种相当的气候。其二，作为中国新时期女性主义文学批评发展轮廓的一种描述，该书虽说是一家之言，但因是初创，对其后的研究者必然有不小的影响。其三，该书可以作为西方当代理论思潮引入中国并被本土化的一个研究个案，对于与此相关的研究也会产生有启示意义的影响。其四，女性主义文学与批评作为20世纪90年代以来中国文学走势中的一个热点，它的许多问题，特别是不少关键词，其实是与当前的整体文学紧密相关的，女性主义文学与批评中的难点、热点同样也是当前文学的难点、热点。

读此书时，最让我感兴趣的正是与当前文学密切相关的一系列关键词，这些关键词引起了我要对它们进行再思索的欲望。

二、"个人化写作"还是"私密化写作"？

在《反抗与困境》一书中，陈志红对"女性写作""个人化写作""身体写作"等概念逐一作了梳理和辨析，对其由来和发展过程亦做了研究。将"女性写作""个人化写作"与"身体写作"这几个概念摆在一起，作为与90年代女性主义文学思潮紧密相关的关键词予以言说，这本身就是令人吃惊的。因为从字面的逻辑关系来看，这几个词的差异是很大的。可是的确，在90年代女性主义文学思潮的语境下，这几个概念的所指几乎就是等义的。这种既令人吃惊又确是事实的情形，原因是什么呢？在女性主义文学思潮影响下的创作本身是否产生了某种误区？批评家是否在概括创作现实时用词有含混或者偏差之处呢？也许两方面原因都有。但批评若要对创作有所帮助，则批评家似乎应先来检讨一下自己的武器。

例如，"个人化写作"一词到底是什么意思呢？"个人化"是相对"公共化"提出来的。很显然，这是从题材角度展开的讨论。这是说，文学创作的取材可以有"个人化"题材与"公共化"题材之分。在20世纪80年代中期之前的创作，"公共化"题材占了绝对的地位，80年代中期以后的创作则逐渐有了"个人化"题材的出现。倘我们如此进行陈述，则"个人化"与"公共化"的分野是可以会其大意的。所谓"公共化"的题材，是指那些可以在公众场合下高声谈论的社会、政治、经济、道德等的东西；所谓"个人化"的题材，是指那些素来只能在私心里揣度，至多也只能与极亲密的人在密室里窃窃私语的那类东西。

如果同意这样两种所指是切合近十几年来的创作实际，那么我们可以认为，为这样两种所指选用的词是不甚恰当的。"个人化"其实应换作"私密化"，"公共化"其实应换作"公众化"。用"公众化"题材指称那些能在大庭广众下高谈阔论的东西，用"私密化"题材指称那些长期只能在私心里揣度或在极亲密的人之间私语的东西，才是恰如其分的。以"公众化"与"私密化"这样的说法来描述创作实际，才能让我们更切实、更准确地看到90年代以来女性写作在题材上勇猛突破禁区的努力：女性用自己的笔，以文学的方式，使一向讳莫如深的女性性心理喷涌而出！

以性活动、性感受为文学题材，这并不新鲜，在中国古代已有《金瓶梅》《肉蒲团》这样的大制。但写女性的性感受，尤其是由女性来写女性自己的性感受，又尤其写得酣畅淋漓，这就无论如何是20世纪90年代的发展了。倘我们如此这般命名，如此这般认定90年代文学的某种进展，则"私密化写作"与"身体写作"就自然而然地联系了起来，"身体写作"与"私密化写作"的等义也就一点不奇怪了。从更深的层次看，题材上突破禁区，并不一定标志主题观念上有所新变。女性性感受的书写，可能是从非常传统的观念展开，也可能从全新的观念入手，但这之间的联系不是必然的。而"个人""公共"这样的词，主题观念的意味却太强了。

90年代初，我曾提出"个体本位文学"与"社会本位文学"互补的理论。当时我举例说明:《阿Q正传》是个体本位的,《骆驼祥子》是社会本位的。我的意思是指,文学写作的旨归存在两个互补的逆向向度:一种旨归在于个体的人的人格完善乃至于个体人的生存方式的探讨,因之为个体本位文学;一种旨归是为社会制度、体制、文化、习俗等的变化、更新,可称为社会本位文学。这是从创作的旨归,也就是从文学如何为文学的基本观念来做的划分。所以,个体本位文学的题材可以是非常公众化的,如《阿Q正传》之写辛亥革命;而社会本位文学的题材也可以非常私人化乃至私密化,如《骆驼祥子》只写点买车卖车的故事,又如有些当代女性的私密化写作是为了颠覆性别倾斜的文明体制。

在20世纪中国文学中,社会本位文学可以说占统治地位,尤其是1949—1976年的文学,当时为了对不同的社会制度进行抑扬,或批判或歌颂,把文学写作的焦点置于社会的变化之上是必然的。而新时期文学的注意力其实也还是主要在社会上,包括社会运行的体制机制以及历史文化传统等。所以,创作题材的突破与主题观念的新变是不能混淆的,应该小心地选用概念予以描述。如果不做小心的区别,就有可能用题材上的突破遮蔽了文学创作观念进展上的陈旧或偏颇。尤其对于这样一种喜欢把一切责任都归于社会环境、制度、体制以及历史传统的内在惰性,社会本位文学是那样自然而然,个体本位文学是那样不容易被接受。我们不应把指称题材突破的"私密化写作"混淆并取代真正的"个体本位文学"。

三、"身体写作"与"对身体问题的写作"

2002年10月在桂林召开的中国当代文学研究会年会上,"身体写作"成为讨论的焦点,人们不断就这一问题进行争论。意见大致有两种:一种认为90年代以来的"身体写作"让人不堪忍受,或认为越走越远,应该倡导更具社会意义、更富精神性的写作;一种意见则认为,90年代的"身体写作"是具有解放作用的,对于冲破文化传统中长期形成的性压抑具有特别的社会意义。

"身体写作"并非是女性写作中的特有现象,它在90年代以来的男性写作中也一样普遍。只是由于90年代的女性写作中显现出一种由女性自己说出的对性行为和性心理的无所顾忌,产生了不小的冲击力,所以"身体写作"这个词才似乎成了女性写作的专有名词。从世界文学的范围看,"身体写作"早已不成问题了,什么样的"身体写作"没有呢?即使在中国文学中,虽然它在社会接受上曾长期是一个问题,但在写作的事实上也早已不成问题了。"身体写作"有必要作为问题而争论吗?依我看,争论确实无大必要,但细加辨析却是必需的。

所谓"身体写作",我想大致有四类情况:

其一,从身体的角度写身体,目的在于激发读者的生理感受,最直接的效果是帮助成年人,特别是成年夫妇获得更活跃、更和谐的性生活。这一类小说和电影现在人们已不以为奇了。理性地看,这类东西只要受众控制严格,有关部门监督有力,作为纯商业性的文化产品,应该说是正当而且有社会需求的。

其二,从社会批判的角度来写身体,以写身体的方式来写社会问题。如以写性题材来揭示社会现实或社会文化对人性基础层面的压抑。这在社会的世俗化大潮中是绝对不可避免的,作为解放的力量,也确实有积极意义。

其三,从对心灵或人类生存的某些根本问题的关切的角度写身体。在这样的作品中,身体往往只是象征,目的在于通过身体象征揭示某种精神的或形而上的问题。如劳伦斯之写性,就在于讨论现代性与人的生命力之间的关系问题(许多主要以心灵问题为旨归的伟大作品或多或少地书写身体,也可属这类情况)。

其四,从性展示或窥淫癖者的角度,把性写得非常肮脏、变态,满足某种非正常、非道德的性心理。将人类的性活动看成肮脏的东西是典型的传统观念,持这种传统观念的人则有两种态度:一是把这肮脏的东西封闭起来,禁说、禁看,甚至尽量禁行;二是津津乐道地说那"见不得人的、肮脏的东西",且把这事说得越肮脏越满足。当然说法亦有两种:或是神秘地说(窥淫癖者),或是炫耀地说(放纵者)。这样的情况,在90年代某些被人看成是经典严肃文学作品中都能见到。

这么大致地分类后,我们便可得出两个基本观点:

第一,真正重要的不是写不写身体,写不写性,或者写到什么程度,真正重要的是以什么样的观念写。以传统观念写，不管是窥淫地写，还是炫耀地写，真正的文学批评都应该是反对的，至少是不将此当作好文学。

第二，商业化的"身体写作"其实与严格意义上的文学没有太大关系（从这里可以见出将娱乐性通俗文艺与严肃文艺或艺术文艺进行区别的必要性）。我以为真正严肃的"身体写作"应是"对身体问题的写作"。如对传统禁欲观念的突破，是关于某种历史文化对身体正常需要压抑问题的讨论；又如对"身体"所象征出来的生命力等的描述，是对人类生存根本问题的探究。这些都可能是重要的对身体问题的写作。重要或伟大的文学是从重要或伟大的关切入手来写身体的。

总而言之，书写身体并不是问题，对于真正的文学来说，以什么关切、从什么视角和层次来写，才是事情的关键。

四、"女性的写作""女性视角的写作"与"女性主义的写作"

《反抗与困境》一书向我们评述了从"女性文学"到"女性写作"概念变迁的过程，很有意思。文学作品的分类，似主要是从题材的角度来区划的，如历史小说、科幻文学、战争文学、都市文学等；也有从形式或创作方法的角度来区划的，如写实小说、先锋文学、意识流小说等；还有从主题的角度来区划的，如问题小说、哲理文学等；儿童文学则是从受众角度来确定的，即写给儿童看的文学，人们显然不会认为儿童文学是"以儿童为题材的文学"或"儿童写的文学"。是否唯独女性文学有点模糊呢？是否女性文学会被理解为"女性写的文学""以女性生活为题材的文学""写给女性看的文学"等多种含义呢？

我觉得，在约定俗成的作用下，似乎不会。人们多半是从作者角度来区划"女性文学"这一概念的，即"女性写的文学"。所以，用"女性写作"的概念来取代"女性文学"的概念，不一定必要。也许，"写作"概念因为可以作为动词，确定性显得强些，但它实际上无法取代"女性文学"。"女性文学"指称的是某类文学作、某种文学创作，而"女性写作"的指称却必然包括非文学创作（文学批评及理论），以及所有非文学的写作，含义是要广得多的。

其实，即使是"女性写作"一词，也是有种种不同意思的。至少有三种：女性的写作、女性视角的写作、自觉采用女性主义理论立场的写作。

女性的写作，不一定是女性视角的写作，更不一定是女性主义理论立场的写作。女性的写作完全可能由于惯性的力量或潜意识的作用，而用了男性的视角，更可能用的是传统的性别意识、性别观念，还有可能理智地采用超性别视角（尽管女性主义批评家们要认为超性别是不存在的，不过这样的批评很容易让人联想到当年人们认为"只有现实的阶级性而没有抽象的人性"的往事）。

女性视角的写作当然是较为女性的女性写作了，但是从女性视角来写作的却不一定非是女性。男性通过观察、经验、揣摩和移情等，从女性视角进行写作，不仅是可能的，而且也许能写得相当杰出。作家最重要的才华之一，就是善于从他者的视角进行写作，否则一个作家写什么，自己就得是什么了。

女性主义理论立场的写作，无疑是更女性的女性写作了，但也同样不能保证采用女性主义理论立场写作的一定是女性。难道女性主义批评家们不欢迎男性作家们采用女性主义理论立场来写作吗？

可见"女性写作"一词能保证的所指只有"女性的写作"这一项了。因此，西方和中国的女性主义批评家们号召女性写作，对于鼓励女性自己掌握更多的话语权来说当然是有意义的，但女性写作数量越多却不一定能保证女性意识越强。

所以，我倒是建议，女性主义文学批评家们放宽眼量，统一战线，更多地呼唤关注女性、关注性别问题的写作，号召男女一起关注人类的性别问题。说到底，性别问题是不好用"阶级斗争"那样的方式来解决的，性别问题是女性与男性共同的问题，是整个人类共同的问题，更关系到与全球化和后殖民主义联系在一起的，中心与边缘、强势与弱势等这样的当代人类面临的根本性思维方式和生存方式问题，还关系到整个人类文明史的过往与未来。

（原载《百花洲》2003年第4期）

为天地立心

——《西游记》与中国的第一次"西"化

一、紧箍咒与头痛病

近些日子老是头疼得厉害。一个难题萦绕在我脑中，挥不去，放不下，日也思，夜也想，寝食不安，现在这解答总算有个眉目了，然脑袋瓜子却疼了起来。那疼法正像个箍儿套在头上，脱不了，甩不掉，把个脑袋紧得如石头样沉重。且你越是拍，越是晃，越是想松开它，还就越是紧得慌，越是疼得难忍。真的，你就是用金箍棒来撬，也定然无济于事。

我的头上怎么也会有这金箍儿？我又没大闹天宫，又不随唐僧取经。从医学的角度来看，疼痛是一种信号、一种警告。如果不是感冒或别的什么疾病，那头疼八成就是用脑过度。你把脑袋用过分了，脑袋自然就要警告警告你。你若是再不听，脑袋就要生病，你就要完蛋。唐僧为什么要念动定心真言，叫那孙猴儿在地上打滚求饶，不也是一种警告、一个信号吗？

用脑过度是什么？按佛教的说法，就是识心太过。识心是什么？识心就是念头。某一类念头长时间集中于脑神经某一部位，此一部位脑神经负荷过重，岂有不出问题之理？欲出问题又岂有不以疼痛警而示之之理？

我们脑子里的念头大概是人类生命的最大奇观了。它一天到晚无有止歇，蹦蹦跳跳，灵动活络，攀援不定，刹那间天上地下海里，古今中外宇宙，没有不可以去的地方。念头这模样不就是孙猴儿的模样？孙悟空实在就是人之念头，用《西游记》里的话来说，就是"心猿"。筋斗云一瞬间十万八千里，不正如我们大脑的联想功能，小不留意，开一小差，那念头便一筋斗翻到九霄云外去了。念头（识心），也就是认识之心、智慧之心，属于我们今天所说的意识或理性的范畴。人的认识之心、智慧之心的发蒙、反叛、成熟正是人成长的必经之途。我以为,《西游记》要写的实在就是这人的认识之心、智慧之心的发育故事。当然,不仅是个体的,也是人类的。人们曾将这孙猴儿说成是农民起义的领袖,或是大自在的精神英雄,或是说书人与小说家于玩笑、游戏中戏拟出来的一个供人取乐的玩偶,尽管也稍带有一点哲理味。一千个读者就有一千个孙悟空,怎么读都不碍事,只是我呢,横竖读来,却总觉得这书实在写的只是一个"心"字。

二、唐僧肉与立地成佛

小时读西游,唐僧最是谜。之所以是谜,乃因:其一,如此神通广大的孙悟空干吗非要服那窝囊无用的唐僧管束?其二,皮松肉软的唐僧肉怎么吃了便可成佛,以至于那么多妖魔都不避艰险,非将那唐僧肉吃上嘴不可?唐僧其人,说来真个是不可理喻。他既无谋略,又无武功,更不识善恶好歹,实可谓百无一用!然无用是无用,却也有可爱之处。他面目端庄,气度清如止水,总能面带微笑,常怀静气平心。虽不才,却虔诚,无欲无念,一心西行,历经九九八十一难,向佛之心未曾有丝毫更改……

倘将唐僧此一特点与那孙猴儿两相比较,你很容易想起当年老人家的一句话:坚定正确的政治方向(唐僧),灵活机动的战略战术(孙悟空)。人生的这场战争,真的也就需要这样的两极。人有孙猴儿的一面,有识心,念头活,智慧争天,理智夺地,以至于成为万物之灵,甚而要人定胜天,成为"齐天大圣"。然而,人这东西再聪明再有智慧,也还是自然之子,他果真能违了自然吗?不能,丝毫不能。所以,人除了识心外,还得有个比识心更根本的"本心"。唐僧就是本心,《西游记》里说得再清楚不过。

佛教里,除了讲识心外,还讲个本心。何谓本心?宗教上自然有其一大套说法,但依我看,其实也简单,本心就是向佛之心,或者说,就是佛心,甚至就是佛本身。佛是什么?佛就是自然,道法自然,佛亦法自然。东方精神的根蒂就在这"自然"二字。宗教家当然要笑我。我于宗教全然外行。释道两教,典籍无数,更有那不立文字、直指人心的神秘所在。然,既然直指人心,既然我佛即我心，我心以为佛就是自然，大概也是不错的。所以，本心就是自然之心。闭上眼睛，只觉清清静静、虚虚无无、坦坦荡荡，无我无他，无人无天，一无挂碍，混沌一片，纯然自然，那就是本心。

本心当然是无用之心。尼采老先生说，黄金是最无用的，然黄金也是最尊贵的。本心正是黄金这样一种无用之心。佛家向来都讲，本心看似容易修来难，真修到本心，则成正果，也就是成佛，乃可齐天比地。不想下功夫修行，而又想成佛长生的人，总想走捷径。如何走？将别人的本心窃来。如何窃？吃唐僧肉呗。唐僧肉之所以好吃，俱因为唐僧便是本心，吃了唐僧肉，也就得了本心，就可以成佛。不过，唐僧肉绝没有一个妖魔吃到了嘴，本心这东西并非技术机密，偷是偷不来的。也正因为唐僧乃本心，那猴儿倘要乱来，识心太过，违了自然，本心当然要念动定心真言，叫你头疼，以示警告。

一部《西游记》，要说的关键就是人之本、识二心的关系，要演的就是这本、识二心的矛盾以及由此矛盾而生的故事。

三、"唐孙大军"与五位一体

"文革"时几乎每个单位都有个"千钧棒战斗队"。然从西游看，这类队伍本应叫做"唐僧战斗队"才是。因为唐僧才是这支西行取经队伍的主帅。只是在一路西行中，斗妖除魔，披荆斩棘，做一切实事的首功都归孙悟空，所以，想来那队伍叫"唐孙大军"似更为恰当。

唐僧做政委，孙悟空当司令员。或曰，唐僧是精神领袖，悟空为行政长官。事实也确如此，唐僧乃是我们心中终极关怀的象征，而悟空乃是我们人生中现实关怀的体现。人之一身，这两方面总不可或缺。如此说来，那八戒、沙僧呢？八戒最是鲜明，当然是人的食性大欲，好色贪吃，名扬四海，无须细说。沙僧乃是人之形体的符号，是"唐孙大军"的手和足。瞧他一路西行中，只是老老实实挑着担，最是服从命令听指挥，试想想我们一生中，最听意志调遣的不就是我们的手和足么？我们的心跳、血流、血压、各种新陈代谢等，我们实在没一样指挥得动的，甚而至于大小便，我们也拿它无可奈何。至于脑中的念头等大脑活动，我们已说过，也绝不是可以随便领导的。再就是白马了。

这白马按说在此书中本应是与那孙猴儿差不多重要的角色，且从书中各回题目来看，一再提到"意马"二字，意马与心猿相连互依，结果却并没有个平起平坐的份儿，甚至连八戒沙僧，也即欲和形的重要性还不如。此角儿本该比现在这样重要得多，因为它乃是人之情感的表征。这龙宫太子，一开始就是因为情爱上的失落而犯了天条；变了取经的脚力后，见那前妻与九头虫勾结窃宝做坏事，还要义愤填膺，挣脱缰绳，奔下海去助战一番，方解得心头之恨。情感这玩意儿，在人心中，本也是个极难对付的东西，所以，要给它套上辔头，拴上缰绳，由唐僧（本心）牵着、骑着、驯服着，还要有孙悟空（识心、理智）在一旁看管着。《西游记》注中说，弼马温就是"避马瘟"，民间传说，猴子可以防止马群发瘟病。所以，那孙猴儿本就是安来管马的。只是书中猴子管马的故事实在太少、太不出色，以至于我们现在感觉起来，仿佛情感这玩意儿，在书中是太老实，太委屈了点。我总觉得这是作者的才力有限，也表明了那个时代，人们对于情感一事其实是很不放在心上的。

　　本心（唐僧）牵制识心（悟空）并驾驭情感（白马），识心（悟空）管束情感（白马），同时一并治理欲望（八戒）和形体（沙僧），这便是"唐孙大军"的建制。终极关怀、认识或智慧、情感、欲望、形体，五位一体，其实就是一个人，一个完整的人。一部《西游记》，要讲的正是一个人在人生修行过程中，如何处理和协调好此五者的关系，共同克服人生之途上种种困难，最终拥有一个理想人格的故事。至少，我们今天完全可以这样来读它，把它读成一个有系统的哲学寓言。

　　曾见有评家说，西行四人的积极意义在于说明精诚团结的集体主义精神乃是克敌制胜的法宝这样一个哲理。这番解读自然也无不可，不过，我敢断言吴承恩本人，定是要将那五人（不是四人）写作一个人的。

四、齐天大圣与人定胜天

　　人类发育史与个体发育史是同构的。人一开始也是自然的乖孩子，他信天命、信鬼神、信图腾，或信老天的代用品（如无所不知、无所不能的上帝）。后来，少年期来了，人对大自然的信仰发生了危机，理性摆到桌面上来了，任什么都要通过人类理性来辨识斟酌，一切都要放到理性的天平上重新衡量，一如孩子大了便要用自己的脑瓜子想一想了。人类开始用理性的科学向大自然宣战，并且也的确取得了可观的战绩。于是，人定胜天的旗帜在人类的世界里树了起来。

远远看去，这"人定胜天"的旗帜与那孙猴儿花果山上"齐天大圣"的旗帜是不是颇有些相似处？完全是一码事！大闹天宫闹什么，不就是向大自然宣战么？玉帝是什么？玉帝便是老天，即大自然的总代表，天宫众臣，不都是些大自然景观么？从和事佬太白金星，到将孙悟空押上斩妖台的掌刑官南斗星及属下火部众神、雷部众神；从参加蟠桃盛宴的天上各极、地下各海各山神仙，到上天告状的龙王、净阎罗，孙大圣要战的几乎全是大自然！人类要战的，不也是大自然么？人的识心、理智或智慧也确是不简单，万物之灵嘛，不就"灵"在这一点上。所以，自然也便有些退避三舍的味道。好吧，承认你确可齐天，给你做个齐天大圣府，设上安静司、宁神司，让你待着，别识心太过，别任意胡来，搅乱了自然次序，你我都吃不了兜着走。

然而，招安纳降给予虚名，依然安不了这颗了不得的人心，它依然要胡作非为，只好又来个高压政策，太上老君的丹炉正是高压之一法。做过周天功夫的人都知道，放松宁神，呼气时将注意力放在丹田处，渐渐地，那地方就会发热，热到一定时，则须将注意力稍稍放开，使之保留一点微温，即以文火煨之。日久，丹田处自会产气，有时甚至有一气球感，然后这气将循经运动，据说如此就可以祛病延年。这套道家智慧，表面上看起来是为了养身，骨子里实乃为了修心。长生是人之大欲，从此入手，将人的那颗活蹦乱跳的识心拘在丹田处，不许胡来，久而久之，识心自然驯服。所以，《西游记》中太上老君的丹炉，其实就是人之丹田，即小腹中一点，将那孙猴儿放进炉里煅烧，也就是意守丹田，把识心拘住。这法子于识心果然有用？很难说。我以为，于身体健康也许有效，然于修心，问题就不那么简单。不信你试试，将注意力放在丹田处，要不了几秒钟，念头又不知去向了何方！那景象恰似孙悟空在丹炉里炼了一阵，踢倒丹炉，逃之夭夭。且由于在丹炉中待过一阵，注意力也算是得到了训练，反而变得更敏锐、更活跃。

招安逢迎不行，压制堵塞也不行，如何办？大自然拿出最后一招：放！

尽你的马跑，看你能跑多远。神通广大的孙悟空居然会跑不出如来的手掌心，奇怪吗？一点不奇怪。如来的手掌心就是大自然本身，你跑吧，跳吧，滚吧，飞吧！人的脑袋里那一点点智慧，还能跑得出大自然本身的手掌心？今日人类自以为了不起，创造了那么多不可思议的文明成果，然环境污染、核威胁、动植物的灭绝已到了不可再行远的最后限度了，这岂不正如孙大圣一个筋斗云翻到了天边，在那里撒了泡猴尿，污染了环境，却还在大自然的手掌心里！

五、为天地立心

一部《西游记》，嘻嘻哈哈，打打闹闹，荒诞不经，然而却向我们提出了一个极严肃、极重大、极深刻的问题：人类究竟如何看待认识和智慧？

在蒙昧时代，如原始社会和奴隶制、封建制等时期，人们曾长久地生活在大自然的重压下，生活在由自然的血缘关系衍生而来的社会结构和宗教制度的重压下，那时人们的认识与智慧虽然已发挥了非凡的功用，然却并没有被挑明，被正视，被真正看作人类的伟大之所在。天命高于一切，上帝高于一切，智慧和知识乃是奴仆，作为拥有认识和智慧的个体的人，也只能是天命或社会的奴仆。及至14、15世纪，启蒙时代的来临忽然向我们揭示了一种奇异的可能性，我们发现了于我们身内蕴藏着的伟力：理性。我们醒觉了，人类长心了，自立了！原来，我们无须臣服大自然、上帝或者天命，我们只要拿出理性，就可以肢解并窥探大自然的奥秘，并战而胜之，以为己用；我们只要拿出理性，就可以作出一切重要的判断，进行一切于我们有利的行动。

这一醒觉，无论东西方，起步都是基本同时的。《西游记》的成书年代是16世纪70年代。当时的西方，正是文艺复兴风起云涌，新兴资本主义微露曙光之时；而我国亦是商潮初涌，市场因素迅速滋长，人心极是活跃。孙悟空这个文学形象的出现，正是当时我国知识界、思想界探讨将人的精神从传统文明的桎梏里解放出来，并重新为天地立心的一个颇为成功的战例。在西方，笛卡尔首先阐明了人之"认识"；在中国，我以为，是孙悟空鲜明地显现了人之"认识"。无用唐僧与神通悟空的鲜明对比，正说明了当时人们对本心（信仰之心）的怀疑和批判。无所不知、无所不能、至神圣、至崇高的所在，不管是玉皇还是佛祖，人的识心（理智之心和智慧之心）都可以去摸一摸他们的老虎屁股，不见得有什么了不起。虔诚的信仰之心不见得值多少钱、有多大用，倒是现实的认识之心和智慧之心才真是救苦救难、昌盛人世、发达人类的可靠保证。不再迷信，不再盲从，不再做信仰的奴隶，个人依自己的理性成为自己命运的主宰，人类亦依自己的理性创造理想世界。掀翻至高无上的神殿圣座，长了心、有了头脑的人类从此敢想敢干敢当！这是中世纪以后人类精神的基本态势。

《西游记》当然没有这么彻底。那猴儿毕竟还是被戴上金箍儿，与唐僧等其他四人一道完成他们的修心之旅、人生之程。且在书中一切都是佛祖事先安排好的，天命与宿命依然是书中人物的根本境况。这当然是局限，致命的局限。这说明在此书的世界里，尽管理性开始觉醒，但天命与宿命的古屋并未动摇；这也说明当时中国知识界、思想界，虽然在呼唤个人理性，并开始意识到人自身的伟力，想为天地重新立心，但他们囿于现实，还没有意识到也不可能对整个传统信仰的观念体系发动进攻。他们所做的还只是一种关系的调整，调整旧精神大厦与新兴理性意识的关系，突出个人理性的作用。这里也可以看出近世中国精神的悲剧之所在，科学难以发达，民主难以实现，个性难以张扬，其深在的原因就在这旧的精神大厦之稳固，古老东方思维方式、生存方式的定势太强。

不过，尽管局限明显，但此书中本、识二心之力量与意义呈现有趣逆转之势，作者将认识之心的地位提到了空前的高度，已然是对个人理性精神的一种有力高扬，展现了一种新文化精神的萌芽，这在中国精神史上，无论如何也是一个极具革命意义的变化了。而且，若从整个人类精神史的长河看，近现代文明中的理性至上主义虽然是人类自觉的一个伟大阶段，然也不是没有任何危险和局限的。20世纪自然科学与精神科学的纵深发展，环境问题的日益突出，非理性思潮在更高一个层次上的回归，使人们意识到，人类在后理性时代，须重新审视人与自然、理性与终极关怀等诸种关系。在这一意义上，《西游记》隐藏在天命与宿命一类糟粕后面的，那样一种纯哲学意味上的本心、识心二元结构，那样一种轻本而不失本、重用而不妄用的独特的精神辩证关系，很可能是东方思维向未来人类提供的最重要的启示之一。

六、正果与奇果

"唐孙大军"修得正果,《西游记》则成了奇果。所谓奇,首先自然在作为艺术奇观而百世流传;还有一奇在于,此书日后的命运总让人觉得有些怪。

围绕《西游记》,有两个奇怪的悖论。

悖论之一,《西游记》显然是一部"全盘西化"之作,然国人却从不介意,反倒一直引以为豪,列作我国古典文学名著皇冠上的明珠之一。小说的结尾处,如来佛祖在解释设下取经一事的原因时,大大咧咧地指斥我们中国是蛮夷之邦,多贪多杀,罪孽深重,虽有孔丘立下仁义之说也无济于事,所以他老人家要送经以拯救之……这样的话拿到今天小说家的笔下来,也是危险得紧的言论呀!中国的第一次"西"化,即向近邻印度佛教学习,按胡适的话来说,是用了一千年的时间才消化成了"中国本位"的东西。但依我看,一千年时间消化下来的东西,可说是"国粹",却不可说是"中国本位"的东西。我们这次"西"化结下的硕果,大致有三:其一是禅宗,这是宗教方面的果实;其二是心学,这是哲学方面的果实;其三便是《西游记》了,这乃是文学方面的果实。三项果实中,至少有两项,让人看起来是"西"学本位的。看来,关键的还在一个"化"字,管它东化西还是西化东,你化我还是我化你,食而化之,有营养便足矣。中外东西的名目之争,实在无多大意思。倘说真有个本位与否的区别,则只在文明的进程上。文明先进则可作本位,地域民族之特性,当为文明的进程服务。

悖论之二,《西游记》是一部惊世骇俗、极具精神革命意义的伟大思想小说和寓言文学作品,但几百年来,国人何以只把它当作儿童读物、嬉笑之作,虽有些学人也在探其深意,然其思想上的革命意义却始终未得认可。我总觉得,若纵比,《西游记》的思想价值当与《庄子》同,它融通儒释道,然又并非是简单地谈禅释道的宗教文学。它特立独行地提出了个人理性这一现代文明的头号主题,具有强烈的反传统、反信仰的个人主义和理性主义倾向。若横比,它可以与英人的《天路历程》比。《天路历程》在西方被视为基督教著作中除《圣经》之外最重要的作品,且公认为提出了一种精神个人主义的价值主张。《天路历程》的故事在西方也可算作优秀的儿童文学，而思想价值并未被看轻。《西游记》却没有这么幸运。《西游记》到底是失败了还是成功了，吴承恩老先生今日九泉之下不知作何认定。

究竟是吴承恩本人的失误（过于杰出的艺术层面遮蔽了作品的思想层面），影响了《西游记》意义价值的实现；还是中国文化的惰性（国人观念僵化，老不开窍），掩盖了这宝藏深处的灿烂光辉呢？好在那孙猴儿所张扬的个人理性主义精神，即使没有在理性层面上，也在感性层面上濡染了一代又一代的中国孩子；同时，它的本心、识心二元结构及其独特的相互关系思想，也定会对又一次处于社会转型、文明裂变关口，亟待重建精神规则，重为国人乃至人类立心的当下和未来，做出极重要的贡献。

（原载《随笔》1996年第3期，人大复印报刊资料《中国古代、近代文学研究》1996年第9期转载）

命运独旅

一

我们每一个人从呱呱坠地的那一刻起，就开始了命运之海的孤独旅程。

真的，母腹乃是我们的港口，从那里我们滑向了自己的命运之海，然后我们便一个人在那海上搏风击浪，迎接人生之旅中的各种惊喜，遭遇人生之旅中的各种凶险，直至人生的终点。

我们当然也有亲人、朋友、同事、同志、民族同胞和阶级兄弟，乃至人类之爱，但从根本上来说，我们仍然是孤独的，只能是孤独的，我们每一个人都不得不独自接受自己特有的命运。没有两种命运是完全相同的。父母生下我们，养育我们，但却总要离我们而去；我们恋爱时，山盟海誓，不能同日生，但愿同时死，然我们都知道，这不过只是誓言而已，命运并不会如此安排，真要这样安排了，我们恐怕还要有意见呢，不是有一首歌唱道："你一定要比我晚死几天……"

我的视力已所剩无几，妻常忧郁地望着我的眼睛叹息道："要是我能把一只眼睛给你就好了。"我心下获得极大的安慰，但我仍须接受自己的命运。去年，妻突发阑尾炎，疼得在床上打滚，后来当然是开了一刀。当时我见她那痛苦的样子，真想替她来疼，替她来挨那一刀，可这当然无济于事。孩子面临考试，我总觉得现在的考试太严酷，也是总有想替他去考的感觉，这自然也只是感觉感觉而已，甚至这感觉都绝不能有一丝在孩子面前流露出来。

援手相助甚至抵命相助，那力量是伟大的，但我们自己的命运终究还得由我们自己来承担。

二

《老人与海》中的海便是命运之海。那海绝对是一个象征，而不是一种自然的背景，也不是如有些评家所云，是主人公与大自然搏斗的战场，它只是命运本身。

那些靠海发财的人们，"都把海洋叫做男性的El Mar，他们把海当做一个竞争者，或者当做一个地方，甚至当做一个敌人。但是老头儿总是把海当做一个女性（他把她唤做女性的La Mar），当做施宠或不施宠的一个女人，要是她做出了鲁莽的事或者顽皮的事儿呢，那是因为她情不自禁。月亮迷住了她像迷住了一个女人一样……"

对男人来说，女人的特点是什么？可爱，还有无常。女人通常比较情绪化，喜怒易变。我们的命运恰如此，它是可爱的，也是无常的，天有不测风云，人有旦夕祸福。有人说，老庄之道的"道"，就是女性阴道的"道"，确实与否且不去管它，至少是一种有趣的解读。女性阴道之"道"所意味的就是生殖力，即可能性。命运是什么？命运就是孕育了无限可能性的一个存在，道即可能的世界。

老头桑提亚哥不正是在可爱的、神秘莫测的、充满可能性的La Mar里于一千次落空后碰到了那条伟大的马林鱼，同时又遭遇了那些残忍贪婪的鲨鱼吗？

三

老头桑提亚哥为什么只能一个人出海？小孩曼诺林那么爱老头，为什么不能与他一块出海？

因为小孩儿曼诺林没法介入老头儿的命运之海，命运和命运之间有相关的一面，也有隔绝的一面，隔绝是绝对的，相关却只是相对的，老头儿命定得独自去履行自己的生之使命。这篇小说的第一句话就用到"独自"这个词——"他是个独自在湾流里的一只小船上打鱼的老头儿"，这绝非偶然。

小孩曼诺林是亲人、朋友以及人类之爱的象征，所有这些爱都集中到小孩一个形象身上了，这真是一种绝妙的写法。爱是温馨的，但只能是间接的。老头在海上，遇到十分艰难的状况时，会情不自禁地想起曼诺林，"要是小孩在这里就好了"。这正如我们在非常困难的时候，会不由自主地喊"妈呀""上帝呀"等一样，或者如我们期望着亲朋的有力支持一样。然而，最有力的支持也只是助力，危难的、痛苦的命运还是只能由我们自己面对。

命运之海的孤独旅程，这是一条生存公式。

四

这与我们传统文化上的一个特点正正相反。传统文化上的特点是，把个人对人群的依赖性看得高于个人与人群的间隔性。由此，也就把救世的功用看得高于个人自救的力量。这样一种文化氛围，当然是温情脉脉的，但同时也就可能是孱弱的、专制的、虚伪的。

五

如果一个人明白，从根本上说，他必须独自面对自己的命运，必须独自遭遇自己命运中的一切可能性，那么，他当然不会排斥与他人的合作或他人的救助，最后他必将微笑着站起来，自信、自立、奋发前行，他别无所靠，别无选择！

他首先要做的，就是寻找自己命运中的大目标。

马林鱼正是老头桑提亚哥的人生大目标。有评家把马林鱼看作老头的敌人，看作他与之搏斗的大自然的象征。其实不然，我们只要看看桑提亚哥是怎样歌赞马林鱼就可了然："现在他是孤单的一个人了……跟比他所看见过的，所听说过的鱼都要大的一条最大的鱼连在一起……"他从来也没有"见过一种东西"比这条鱼"更大，更好看，更沉着，更崇高的了"。"没有人配吃它，"老头说，"你把鱼弄死不仅仅是为了养活自己，卖去换东西吃。你弄死它是为了光荣，因为你是个打鱼的。它活着的时候你爱它，它死了你还是爱它，你既然爱它，把它弄死了就不是罪过。不然别的还有什么呢？"

马林鱼是桑提亚哥人生中一个至伟大、至崇高的目标，他弄死它，只是为了证明自己作为一名渔夫的光荣。

六

"我是个古怪的老头，"桑提亚哥说，"现在我一定要证实这句话。""他证明了一千次都落了空。现在他又要去证明了。每一次都是一个新的开端，他也决不去回想他过去这样做的时候。"

古怪的老头就是古怪的人类。人类就是这样古怪，活着就活着呗，吃喝拉撒睡，一切生物莫不如是。你说你高级点，无非加点衣食住行，也就够了。但不，人类却死活不肯这样悠闲地活着，人总要证明自己活着，总要给自己活着寻点意思，总要给自己的存在设定点意义。这就是人类自找苦吃的古怪之处了。

人向自己的目标进发，一千次都落了空，一千零一次还是落空。日后加缪关于西绪弗斯神话的叙述，与此乃是完全一样的故事。人所找到的意义的着落处，并不在那事情的结局，并不在那目标的实现，而仅仅在于当下，在向那目标进发的每一个当下。

因此，老头桑提亚哥"鼓起全身的力气，用他染了血的手把一杆锋利无边的鱼叉扎了进去。他向它扎去的时候并没有抱什么希望，但他抱有坚决的意志和狠毒无比的心肠"。

不抱希望的搏斗。全部的意义仅在那意志无比坚决，心肠无比狠毒的当下一击。这就是海明威为古怪的人类寻到的一种古怪到近乎荒诞，然而又是最切实际的实现生之意义的方式。

七

从终极的意义上来说，任何目标最终都是无法实现的，因为丧失是绝对的。你每活一天就丧失一天，你每行一步就丧失一步，最终你终将与你的奋斗同归于尽。

鲨鱼正意味着丧失，必要的丧失，无可避免的丧失。当然，如果你不捕获马林鱼的话，也许你就不会遇到这种丧失。你在你自己的命运之海中随波逐流，消消停停，你也许会体验到轻松，然后被那轻松或快或慢地销蚀掉。但是如果你一定要捕获马林鱼的话，你就一定会遭遇鲨鱼，遭遇这种障碍，这种丧失，必不可免的丧失。只是你在这种捕获和遭遇中体验到了一种沉甸甸的崇高和伟大，跟你捕获的马林鱼一样的崇高和伟大！

八

桑提亚哥年轻时应叫鲁滨孙。

笛福笔下的鲁滨孙是西方近现代文明最早、最具代表性的象征符号。那时他初出茅庐，充满自信，是一个坚信结局一定辉煌的孤独的奋斗者，一个乐观的个人主义者。

几百年过去了，他变得成熟了，发现了结局的渺茫虚幻，但他仍不想抛弃孤独奋斗的个人主义之乐，他变成了桑提亚哥，并且为自己重新设置了支点，不再依靠那辉煌结局的欺骗。

九

一个人在这世上与谁说话说得最多呢？当然是他自己。人最难对付的是他自己。他每天都得与自己对话、商量、谈判、说服、鼓励、恐吓、欺哄、安慰……

人如何在命运之海的孤独旅程中取胜并快乐？《老人与海》提供给我们的另一个方法论是：学会与自己对话。在与自己对话的时候，你得多说点好听的，得多多表扬自己，鼓励自己，别说泄气话，最好你还能经常给自己提供点令你感到振奋的图景。

老头总是梦见海滩上的狮子，小说的最后一句便是"老头正在梦见狮子"。他还常与自己谈论拳击、橄榄球比赛以及与别人比手劲的事——所有这一切都蕴含着力量。

孤独的人啊，你永远得这样，不断给自己打气！

十

人之生存意味着什么？

本体论：命运之海的孤独旅程；

方法论一：目标、奋斗、丧失——真正的取胜；

方法论二：好好与自己对话。

这是一部完整的哲学。至少我自己在这本短短的小说中读出了这样一部完整的人生哲学。

十一

然而，海明威是美国著名的"迷惘的一代"的代表人物。《永别了，武器》中的主人公在永别了武器之后也失去了一切可以着落的东西，他不知如何是好。

其实，我以为，海明威应是美国杰出的"走出迷惘"的代表。

真的，海明威的真正杰出之处，不在代表迷惘，而在走出迷惘。

在年轻的美国，精神的宗教力量有限，政治的宗教于世界大战中被炮火击得支离破碎，美国精神该如何办？人们的失落、迷惘、晕眩，该有一个怎样的支点来予以支撑？

作为美国精神的不懈探寻者，海明威最终在他关于如何面对死亡的《丧钟为谁而鸣》和关于如何面对失败的《老人与海》两部小说中，给出了他自己的一种解答。

这是最具美国特色的一种规则设置。当然，这绝不是唯一的一种设置，即使在美国。

十二

我们的时代，与海明威的时代有极大的相似性。

今天中国正处在一个由传统血缘文明或类血缘文明向现代市场文明转型

的时代,过去的一切价值准则都在被否定,被质疑,被挑战,被重估,人们精神上的失落、迷惘、晕眩无以复加。

我们将如何走出迷惘,医治晕眩?未来中国精神将有怎样的一些规则设置,怎样的一些最具现代性和最具民族特点的理想描述呢?

(原载《作品》1997年第1期)

下篇

文化批评与价值新探

文学的"科学研究"与"文化研究"

一、人文领域的科技革命

20世纪的科学技术瞬息万变、日新月异,闹得整个人类目不暇接、口味大增、欲壑难填,求新求变之心一发而不可收。这本来不是坏事,尤其对于人类的物质生活来说不是坏事,可心境是会影响一切的,如这种求新的难填欲壑、求变的焦渴心境影响到一切上去,事情就会有一些不妙起来。

20世纪的文学其实就很遭了一点这方面的殃。在文学研究上,20世纪最耀眼、最神气、最亮丽的风景线是什么?不就是形式语言结构的一脉么?尤其结构主义与解构主义又产生得较为晚近,我们的感觉就更其如是。这显然是文学领域内的一场科学技术革命!学问是自古就有的东西,而"科学"却是近代才兴起的事情。首先是自然科学,因为其所支持的现代技术大幅度地改变了世界面貌,而取得了霸主的地位。然后,它便向社会问题的研究领域扩张,十八九世纪以来,一切社会问题领域的学问都喜欢自称科学,以示自己是至高的真理。最后,它当然也不会放过人文领域的研究。可以说,整个20世纪就是科学向人文领域进军的过程,或者说是人文领域科学化的过程。

俄国形式主义正是"科学"向人文领域进军的一个重要标志,俄国形式主义的最高宗旨不就是要建立一门独立自主的科学么?文学研究过去与哲学、历史、宗教、社会、政治、民俗等的研究混为一谈,纠缠不清。要使文学研究成为一门科学,就必须剪断理清,找到文学研究确切而唯一的对象,找到文学研究的特殊方法,设立文学研究的运作规则,划定文学研究的国界。

英美新批评则是文学研究科学化的进一步努力。科学,说到底就是分科而学,其基础的思维方法就是形而上学(方法论意义上的),孤立、片面、静止地看待事物。新批评派显然认为，要使文学研究真正成为科学，就必须进一步割断文学与其他一切的联系，找到文学研究唯一的、不可动摇的本体。正如现代医学以人体解剖为其地基一样，文学研究也应该找到自己的地基，新批评认为这一地基只能是作品。作品解剖是文学研究的地基，所以廓清"意图谬见""动情谬见"什么的，把作者、读者以及环境等彻底抛开，使作品突现出来，文学研究自然就成为无可非议的科学了。

结构主义在科学化的方向上更加精进，更加深入，更加全面，也取得了更大的成功。结构主义沿着索绪尔的思路，将语言的能指与所指断然分开，使人类的语符世界与现实世界（实际上是人的非理性的感受系统）完全失去联系，成为一个自足的、整体的、自我演化发展的存在物；同时，将这独立的存在物作为唯一的研究对象，而且试图将这一对象作为一切科学的牢固地基。结构主义这一努力的宗旨是明确的，那就是要在研究中排除所有模糊的、偶然的、随机性的因素，以建立一种对现实世界清晰的、规则的、可计算操作的功能性构拟，并通过这种构拟去把握现实世界，即科学地、技术地把握现实世界。结构主义这一努力在结构主义文学研究的分支之一叙述学中得到最为确凿的例证。结构主义叙述学将叙述因素分解得如此细致，其最后和最大的受益者一定是电脑，电脑将能凭此飞快地创作出无数小说或影视剧本来。

解构主义不满于结构主义的秩序、等级、静止、呆板，似乎很要反一反科学主义的味道，但可惜他们只是沿着结构主义的路径，更远地往前滑行，使人类的语符世界变成了一个与任何其他事物完全无关、纯粹自我关涉、自足的游戏场地。这在本体论的层面上，应该说也是有一定意义的，但因为没有脱离科学主义的窠臼，便总让人觉得它似乎是在制造一台电子游戏机。

总之，20世纪科学向人文领域的泛化是不争的事实。这里，我不想讨论像文学这样的人文学科能否进行科学性的研究，并冠以"科学"的名目。我只是想说，对于文学而言，科学主义既是天使，也是魔鬼。

二、科学主义作为天使

20世纪文学上的科学主义一脉，贡献之一是帮助人们建立了文学的形式自觉。人类在任何领域的努力一开始总是混沌的，后来才会出现方式自觉的阶段，意识到不同的方式对于把握事物的不同意义。例如音乐，原始的音乐肯定只是我口唱我心的自然流露。到了近代，西方音乐忽然出现了一个形式自觉的时代，出现了巴赫这样的几乎是纯粹形式主义的大师，于是西方音乐便蓬勃发展起来。而中国虽然在古代是音乐大国，音乐甚至被提到了治国或亡国的高度，但可惜始终未出现一个足够有力的形式自觉阶段，所以才有了今天这样子的音乐小国处境。人类的文学，尤其是叙事文学的形式自觉到来得特别晚。20世纪之前的叙事文学，不管是主张再现的，还是主张表现的，兴奋点统统都在"写什么"上。正是科学主义潮流中技术至上的思想影响到文学，使叙事文学出现了一个足够盛大的形式自觉时代，这一功劳是不可低估的。

20世纪科学主义对文学的贡献之二在于，它使文学研究确实大大地规范化和丰富化了。这一方面的影响是由两个渠道通达的，一是科学主义通过现代教育体制施予的，另一个是科学思维的形而上学方法论直接施予的。科学主义使现代教育非比寻常地体制化、规范化和程序化了，并且使现代教育成为今日人类获取文化资本的必经之途，从而具有了一种特殊的霸权力量。文学研究在这种力量的促使下几乎完全地学院化了，文学研究在观念、方式、技术等所有方面都被规范在一些特有的模式中了。这一规范化使文学研究成为被普遍认可的社会存在，成为一种可大规模展开、可操作、可比较、可检测的人类事业。学院化必然带来学科化，这一点与科学思维的形而上学方式结合起来，使得文学成为一个能从各个维度解剖和深入摸索的客观对象，使得20世纪的文学研究在环境、作家、作品、读者等诸多向度上全面地展开。我记得，改革开放之初，人们开始离开"社会生活是文学艺术的唯一源泉"这一命题，讨论起文学的其他问题，有人便指斥这是反对毛泽东思想。其实那并不是反对，而是一种展开，文学的问题并不只有生活源泉的问题，文学的问题还有很多很多，生活源泉问题只是文学研究的问题之一，也永远是问题之一。

20世纪科学主义对文学的贡献之三，则是所谓语言学转向。语言的能指与所指的切分，人类语符世界的卓然独立，打破了文学与生活、语符世界与现实世界的简单对应关系，使得人们的注意点从那些多少年来争论不休的对应关系转到了语言世界的内部关联上，转到了作品内部、文本之间、文学文本与非文学文本的各种关联上，转到了语言世界复杂的网络关系上，为人类的思维自觉创造了一个全新的系统，展现了另一片广阔的天空。文学这个向来被认为是神秘的怪物，在这样一种创造和展现中，变得更容易把握了。

20世纪科学主义对文学的贡献之四，是反决定论的决定性胜利。19世纪以社会历史研究为主要特征的文学研究其实也是科学主义的，但那时的科学主义是早期决定论性质的科学主义，因此以社会历史研究为主要特征的文学研究是决定论的。一定的社会环境决定了一定的作家，一定的作家决定了一定的作品，一切就是这么线性地被决定了的。在20世纪，科学思维自己革了自己的命，逐渐走出早期科学思维中的决定论阴影。而人文社会科学中的科学主义思潮，如语言哲学、结构主义、解构主义，也成了科学主义内部的决定论的掘墓人（之所以说是在科学主义内部，乃因为在科学主义外部也有着强大的反决定论力量）。结构主义强调语言世界对现实世界的组织作用和意义给予功能，解构主义消解一切中心、等级、秩序的策略，使得决定论在思维领域上完全失去了立足之地（但决定论之后的相对主义与精神虚无问题没有得到更好的解决，这当然是另一码事）。在这个背景下，以决定论为根基的文学的社会历史研究，自然就被众声喧哗的反对和嘲笑声音淹没了，被人们淡忘了。

说到这里，我们就比较容易理解，为什么20世纪的文学研究以强烈的科学意识开始，却以颇有些非科学主义的解构主义而终结。事实上，20世纪科学主义思潮的发展不是导致了反科学主义，而是取得了对科学思维中决定论因素的决定性胜利，这也正是20世纪科学主义思潮的最大成就。

三、科学主义作为魔鬼

对于文学来说，科学主义是天使，可也是魔鬼。你有时甚至会觉得，科学主义是一个以天使面目出现的魔鬼，表面上它给文学带来了奇异、变幻和繁盛，然却从根基上破坏了文学之为文学的本然性。

19世纪已经在标榜自己是"科学"的社会历史研究，因其早期科学主义的决定论思维，使文学陷入了单向度的绝对化倾向。到了20世纪，尤其是到了20世纪中国文学中，文学研究和文学创作大多成了简单的政治宣传、政策宣讲传单（这当然与中国传统的文道观多少有点关系），其效果有目共睹，此处无须赘言。

俄国形式主义批评宣称文学研究的对象不是"文学"，而是"文学性"。可"文学性"是什么呢？"文学性"不就是文学这一事物区别于其他事物的基本属性么？如果说"文学性"是"文学"的内涵，那么"文学"就是"文学性"的外延，"文学"是由"文学性"组织起来的一个丰富多彩、复杂多变的世界。如果我们把"文学"这样一个外延拿掉了，那么剩下的"文学性"会是什么呢？所剩下的不过是一个虚幻的意向而已。更何况，文学性并不是先验地存在着的，而是在存在着的文学的发展中逐渐被定义的。所以，依我看，文学研究的对象不是"文学性"，而是"从文学性的角度去研究文学"。其实，俄国形式主义批评家们自己也是知道"文学性"是离不开"文学"的。什克洛夫斯基就很明白地指出过，艺术乃是用反常化的手段去强化人们的感受，艺术品不过是用反常化的形式强化了的可感物而已。但在20世纪的整体发展中，特别是到了中国的形式主义者们这里，"感受"却似乎被遗忘了，记着的只是反常化的形式。我国时下关于先锋小说的评判标准，不是看它们有没有写出从没人写出过的精神感受，而是看作品怪不怪，"怪"成了我们的先锋小说的象征性符号。这正是这一趋向的必然结果。

割裂"文学性"与文学，割裂内涵与外延，割裂形式与内容，取其一端，着力拓展，本也不全是坏事，但若不问缘由，不知底数，不思究竟，只是一味瞎跟，甚至执其一端而排除一切，则要闹出笑话来的。"割裂"一法在英美新批评派的文论家们那里被用得更为极端。他们将作品与环境、作者、读者一律割裂开来，试图把作品解剖作为文学研究的"生理学"基础，这种典型的科学主义做法，当然也有其好处。可到底说来，对人类精神的人文研究与对物质世界的科学研究不可等量齐观，在这里，科学方法的推用使文学最根本的心灵生动性荡然无存。医学解剖的对象是物质的人体，解剖的思维指导是器质性的实体因素分析，且这种器质性的分析具有显而易见的普遍性。但是，文学作品根本上不是物质性的，器质性的因素微乎其微（纸张和油墨等与文学作品基本无关），对文学作品进行器质性的实体因素分析完全没有可能，尽管文学作品中并非没有普遍性的因素可寻，但文艺的普遍性与科技的普遍性全然不同。

文学作品中的普遍性，并非简单的技术普遍性。幸好新批评派的文论家们并不像他们的初衷那样褊狭，他们学说中有价值的部分，远比他们的初衷要广阔和丰富得多。

　　结构主义在更大的范围里切分了人类的语言世界与现实世界，这一"割裂"是有着划时代意义的，几乎是一次新大陆的发现。它使人类明确意识到语言世界这个统一的网络，这个完整系统的内部关联、内在秩序和深层奥秘。然而，这一"割裂"的后果同样是严重的。今天，理论家们在纯粹的语言世界内部已经跑得太远了，人们似乎都已经忘记了语言世界与现实世界还是有关系的。割裂这种关系，本只是为了形而上学地、意识聚焦地去研究这一部分，可人们"割"出来后，却忘了把它放回去，就像给人开刀，把某一器官取出来，却又忘了把它放回体内一样。语言网络的内部关联、文本之内的关联、文本与非文本之间的关联，无疑是有趣和重要的。语言世界作为一个系统，确实有它的自组织性、自运动性、自延展性以及它自变化的内部动因，但这绝不意味着，语言世界从此就与现实世界没有了任何关联。比如，人身上有许多系统，血液系统、消化系统、神经系统等，所有这些系统都有自身的内部关联，同时系统与系统之间也都是有关联的。说穿了，这实在是个很简单的道理，可在某一阶段里，人们往往容易迷于其中，而忘了这么一个简单的道理。语言世界与现实世界（其实是人对外在世界的感受世界）作为两个不同的系统，尽管它们各自都有相对独立的内部关联与内部运动规律，但它们之间必也有着密切的相关性，这一相关性可称为"系统相关"。系统相关不是简单的、朴素的反映论或所谓辩证的、能动的反映论，而是在各个系统都有着自组织、自变化的运动规律的情况下，系统与系统之间也有着某种相互作用的关系。这种系统的相关是需要做深入研究的，例如语言世界如何组织现实世界，同时又如何依赖于现实世界；又如语言的能指与所指的滑动在两个系统的相互作用下，在各种不同的语境中如何组配意义；等等。

　　如果说，结构主义对于语言世界与现实世界的切分，并不是有意忘却现实世界，更多的是旨在简单化、技术化地处理语言与现实的关系（这种简单化、技术化的处理方式已经使无限丰富的人类精神世界受到了很大伤害），那么，解构主义则可以说是在有意地将语言世界剥离取出，肆意玩耍，而不知有归。解构主义把现实世界完全抛弃，在语言世界的网络里随心所欲地拆卸、游戏，几乎到了语言世界自我关涉这一轨道的尽头。解构主义对语言世界内部的传统秩序发动的颠覆性革命，不见得是有充足理由的，而且因为缺乏建设性，最终的成效也值得怀疑，但其力度和意义却是充分的，因为这样一次消解运动，十分有助于人类对自身认识能力局限的重新认知，对真理观念本体性的重新认知。不过同时，这样一种消解的策略，这样一种玩耍的姿态，这样一种虚无的观念，使得语言世界与现实世界发生了几乎是彻底的断裂，从而导致了人们对人类精神必要性的严重怀疑与伤害，这一得失恐怕还需善作权衡。

对于文学和文学研究来说，20世纪科学主义的泛化从总体上说使文学"物理学"化了。人们对待文学也像对待物质世界一样，无情地将之对象化、学科化。文学之于文学研究，成了纯然客观的对象性存在，创作与研究似乎失去了内在的心灵联系。文学研究中的古今、中外、史论、语言与文学、环境与文学、其他学科与文学、作品与读者、内容与形式、材料与结构等诸种关系和概念，全都被肢解开来，变成诸多学科专业。这种学科化再配以同样受到科学主义完全支配的现代教育体制，恶性循环演化出学科越分越细、各学科间老死不相往来、"专家"只知其一不知其二的结果来……如此，文学研究固然是知识化了，成了系统复杂、细致的知识系统，但文学的灵魂恐怕也在这知识的海洋里被淹没了，文学学习者的文学能力和才华也被这知识的海洋淹没了。然而，作为人文学科的文学，本该是与整个人文界域息息相通、最生气灌注、最怕肢解切割的事物。对应着这种将文学完全知识化、学科细分化的潮流，文学写作本身也在发生很大变化：文学研究的写作越来越技术化，文学创作的写作则越来越形式化、技巧化。我们可以看见，那些文学研究的论文越来越多的是材料的堆砌和归类，而文学作品越来越多的是叙述的游戏、言说的花招和技巧的翻新，不管是创作还是研究，思想都越来越稀薄，感受都越来越让人觉得陈旧和浮泛。

我相信，研究的技术化与创作的形式化，对于文学研究（包括文学教育）的学术生产性和文学创作的艺术生产性，都是大有好处的，体制化、普及化能简单重复地满足众多人的文学消遣需要和文学学术教育需要。但是，文学的生命力、文学的灵动性、文学的精微性、文学与生活世界的血肉联系、文学对人性的开掘和对存在的发现与创造，这一切都不能不说是有巨大的失落。总之，文学的人文性，事实上是遭到了严重的损害。文学的技术化与形式化的热望，导引出一种明显的情绪特征，这就是浮躁。科学技术的日新月异刺激着文学，弄得文学也想跟科学技术一样，通过技术与形式的翻新使自己飞速地进步。于是，我们看见，各色学术话语铺天盖地而来，各领风骚三五天的创作形式有如流行服饰，但文学却像个大海，任由你表面上波涛四起，浪花飞溅，那深处却始终寂然不动。其实文学的深处是不那么容易变化的，表面的话语和形式的翻新，并不能代表文学真正的进步，不意识到这一点，一味只关心表面的翻腾，对文学实在有害无益。

四、文化研究：从"决定论"到"相关论"

幸好，20世纪人类的文学研究不仅有科学主义一脉，还有人本主义的一脉，诸如意志哲学、生命哲学、精神分析、原型研究以及包括现象学、存在主义、解释学、接受美学在内的整个现象学运动，都相当有力地制衡了科学主义对人文领域的负面影响。不过，20世纪的各种人本主义思想多被看作只重视个体主体，而不关注相关关系的"主体哲学"，引起了不少诘问和争论，而盛极一时的存在主义也在20世纪下半叶被更关注关系的结构主义取而代之。另外，20世纪里不管是科学主义的一脉还是人本主义的一脉，都有只关心共时性问题，而不那么关心历时性问题，将社会历史问题悬置的倾向。尽管"西马"的一支在这方面还有所进展，但其声势和影响颇为有限（传统社会历史批评虽然在一些国家成为了占统治地位的官方正统理论，却因为走向了极端的政治功利，而在很长一段时间里基本失去了其学术意义）。这种情况作为一种对19世纪人文社会研究领域过于社会历史化的反拨无疑是意义重大的，但日子一长，这一环节的空缺还是会显示出来。

到了世纪之交，一种新的综合的需要便突现出来了！近年来在国内外出现的文化研究（文化批评）的思潮，也许正是对这一召唤的某种回应。

世纪之交的文化研究思潮，我想主要是一种更为统一、多元、务实的全球文化意识引起的，这一意识来源于全球经济一体化的迅速发展。地球变得越来越小，全球经济正在日益成形，全球文化的碰撞同时迅速升温，这一明显的碰撞升温现象正是全球文化要求有更多共识，要求更快融合的反映。正是在这样一种强化了的全球文化意识观照下，过去被人文科学和社会科学忽略了的人类文化的许多部分和环节现在都显现出来了，例如高新科技带来的传播革命问题，大众文化问题，高雅文化与大众文化的关系问题，知识经济时代的文化价值问题，由现代教育制度所导致的文化成为隐性资本后的社会资源分配问题，后殖民问题，女性问题，地域文化、种族文化、民族文化的关系问题，对话与对抗问题、符号世界与生活世界的关系问题等，都成为了文化研究所关注的对象。

  当全球性的文化逐渐被看作一个网络时，这些网络上的各个结点便逐一成为了问题。循着这些问题，文化研究展开了跨学科，甚至是非学科的研究。文化研究针对当前社会的切实问题，进行了交叉学科或学科界限模糊的综合研究。这样就打破了由自然科学泛化而带来的传统上人文领域学科切分、割裂的形而上学状态，使人文社会领域的研究具有了更充分、更本然的人文内涵。也正是因为直面问题，传统上那种高度学科化的，先验地设立对象和逻辑起点，先验地进行逻辑演绎，并找出最高实在的理论方式也受到了严峻挑战。在文化研究中，人们更重视的是切实的陈述。也许正由于此，有人认为，后现代社会的人文学科，是一个人文领域的实验时代。然而，从更核心的特征来说，它应是一个人文领域的对话时代。当解构主义打碎了逻各斯中心主义，废弃了实在与非实在的人为界限之后，那种从自然科学延伸而来的，寻找客观规律，确立客观真理的传统认识论和真理观，在人文学科尤其是在文学研究中，已然是站不住脚了。进入后现代形态的文化研究，主要是对更为统一的问题所进行的多角度的对话与交谈。而这种摒弃了旧的自然科学性的真理观的对话与交谈，则使人文研究更多地回到了自身，回到了人文性。

  文化研究打破了旧的自然科学性的真理观，也就更彻底地抛弃了决定论。文化研究与传统社会历史研究的最大区别正在于这种决定论与非决定论的区分。从表面上看，文化研究与传统社会历史研究似乎有些相似。文化研究不像结构主义与解构主义那样，只在语符世界里谈构拟、玩游戏；也不像人本主义那样，只关注脱离了世界关系的个体主体。文化研究不仅关注与语符世界相关的生活世界，也关注世界关系中的个体主体。但是，它又绝对不再是传统社会历史批评。传统社会历史批评是线性决定论的，有什么样的社会历史环境便会有什么样的作家，有什么样的作家便会有什么样的作品，如此单向度地决定而去，绝无逆转的可能。而文化研究不仅是互逆的，而且是多向互逆的。可以说，文化研究是用"相关论"置换了"决定论"的概念。在文化研究中，相关性存在于一切方面，既存在社会历史环境与作家、作品的相关，也存在社会文化接受心理与读者、作品的相关，同时还存在文学作品与非文学作品的相关、文学文本与非文学文本的相关、文学作品内部众多因素非线性的相关。总之，既存在语符世界与生活世界的相关，也存在语符世界内部的各种复杂相关，还存在生活世界中的创作、传播、解释等的多维相关。

我们有理由相信，当文学这样的人文学科，离开了旧的自然科学性的"科学研究"，进入了真正的"文化研究"及其相关论的多向度对话后，文学研究将更多元也更统一，更开放也更文学！

（原载《东方文化》2000年第3期，《中国社会科学文摘》2000年第5期转载）

论作为知识分子批评的文化批评

在世纪之交的烟云变幻中,尤其是在21世纪的曙光中,我日益清晰地看到了一种新的人文言说的可能,我以为可以称之为"作为知识分子批评的文化批评"。

这一新的批评可能,是从新时期以来的中国文学批评,西方当代文化研究思潮的引入,以及越来越密切的中西文化交融会通中生成和涌现出来的。因此我们有必要对近30年来中国文学的理论批评稍稍作一回眸。

一

近年"后"字风行,我虽向不善赶时髦,却也觉得这"后"字的确好用,想借来一试,将20世纪80年代的中国文学批评概而括之为"后政向批评"。

所谓政向批评者,政治风向批评是也。"风向"一词并无褒贬,只取象形而已,细究起来,便可体味。政向批评,从宏观、中观、微观看又可分为三个层次:一为意识形态向度批评,二为政治战略走向批评,三为政策动向批评。

20世纪50—70年代的中国文学批评,便是至为典型的政向批评:首先有着极为明确、强烈的意识形态倾向,同时坚定地为一定的政治战略服务,最后在操作层面上,可以说完全为一时一地的政策动向所左右,或者说是与政策同步。后政向批评则是弱政向批评,是逐渐减弱的政向批评,是极力摆脱,力图走出,且也确是逐渐走出政向批评的批评。但它却仍与政策变化相关,更为一定的政治战略所开启、所推动、所彰显;有时则以非意识形态的趋向呈现着意识形态性的影响和功能。所以其总体上还具政向批评的一统混沌性，虽然约莫也有几种支流，却毕竟在接受、范式、形态和功能等方面还未分化和多元，或是正在逐渐走向分化和多元的过程之中。这正是80年代中国文学理论批评的基本状貌和特征。

20世纪80年代中国文学的后政向批评，细察起来，则大略显示为五种流向。

其一，我且称之为"拿来"批评，即对西方（包括港台）文学创作及理论的译、介、评，这是80年代中国文学勃兴的基础之一，也是80年代批评最突出的成就之一，但人们多半忘了将其列入序列。

其二为反思性批评。反思性批评，是围绕着伤痕文学、反思文学、改革文学等文学创作思潮而显现出来的批评流向。反思性批评，其政向虽然与改革开放前中国文学批评之政向大为不同，却基本上仍是完全的政向批评。其与改革开放前中国文学批评的不同，仅在于政向之"向"的不同，而不是"政向"与"非政向"的不同。

其三为审美批评。审美批评，即为20世纪80年代中后期中国文学界兴起的审美转向、形式转向、文本转向、语言转向等在理论批评上的一种表现。当时，如火如荼的"方法论"热和对热衷于形式追求的先锋文学文本的评论潮流，是80年代最为抢眼的批评现象。审美批评的祈向，当然是文学的自律和文学研究的自律，亦无疑是与政向批评告别的重要努力。但在80年代的语境中，审美批评的功能却仍是某种具有政治意味的宣示与姿态，产生的依然是政向效应，亦即以非意识形态趋向产生的意识形态性的影响和功能。20世纪90年代以来我在一系列文章中，将这类动作称之为"逃亡"——从政治功利文学的栅栏中逃跑出去的一种逃亡。[①]因此，80年代的审美批评，既导引出对政向批评进行否定的审美转向，亦成为实际上具有政向意味的后政向批评。

其四为解构批评。解构批评的突显，当然是90年代的后现代话语热闹期

[①] 参见金岱：《"右手"与"左手"》，广东人民出版社1998年版；《千年之门》，花城出版社2004年版。

间的事，但其端倪在80年代中后期已开始。这就是围绕着新写实小说和新历史小说而展开的一系列评论现象。作为前驱的80年代解构文学，已经以其琐屑、无聊的生活流叙述，或者对历史的有意扭曲，显现出调侃、玩世、反讽等解构趣味。而围绕这些作品的评论，则有着针对所谓宏大叙事或正统叙事而展开的颠覆，同样是从政治功利栅栏的突围，是另一种逃亡，其功能亦是有着政向效应的后政向批评。

其五为新启蒙批评。从较早的意识形态领域里的人道主义问题讨论，到哲学界主体论观念在思想界引起的反响、西方存在主义（主要是萨特存在主义）思想的译介和流布，再到文学界文学主体性问题的论争，及至"新启蒙"概念的提出——20世纪七八十年代间中国思想界和文学界的这一流向，可以统称为新启蒙批评。新启蒙批评是正面面对近30年政向批评的，同时具有更多非政向批评的色彩（超政治的形而上学色彩）。它是80年代间在思想和精神的意味上最具批判（批判不是解构）和建设性意味的批评流向，也是远接20世纪初新文化运动旨归的，较具知识分子批评意味的批评流向。然而，新启蒙批评在总体上是漂浮的，远不够深入持久，且存在着批评文本与创作文本之间的间隔问题。

作为早期新启蒙批评的"人道主义"思潮，批评与创作曾至为紧密。但那时的"人道主义"，不过是针对阶级意识形态而出现的回到常识常情常态的一种思潮。由于近30年的阶级意识形态以"阶级性"遮蔽了人的一切其他属性（如生理性、民族性、人类性等），以"阶级情感"遮蔽了人的一切其他情感（如亲情、爱情、友情等），人道主义的批评与创作于是联手在一个粗浅的层次上唤回这些被遮蔽的很平常的东西。从根本上说，那时的"人道主义"还远不是现代性意义上的人道主义。直到哲学主体论问题的提出和存在主义思想的传播后，较深层次的现代性意义上的人道主义才进入人们的视野。但在此阶段，较深层次的新启蒙批评，其理论形态与当时已在生长的此一思想路径的创作实践之间没有衔接，这一方面的创作成果没有被关注。文本评论的环节也许因为更热衷于形式和新写实而对这一方面的创作非常冷淡。且在80年代末整个新启蒙批评又戛然而止，以至于在更广泛的读者中远没有产生像20世纪初新文化运动那样的影响。即使在思想界，真正现代性意义上的人道主义核心观念也没有得到深入的认识和发展,反而愈来愈模糊不清。

90年代后,"主体"很快就演变成了"身体"(不是一般较宽泛之感性意义上的"身体",而是仅仅作为欲望的"身体",尤其是作为性欲的"身体"。所谓"个人化"写作或"私人化"写作其实是"私密化"写作、"性欲化"写作。这就某种"主体论"在一定语境下的恰当表达而言,有着其解放的意义;但它却显然是更本质、更广泛,对中国文化也更重要意义上的"主体论"被遮蔽、被压抑的产物);萨特的人道主义的存在主义,则演变为海德格尔的神性的(不是有神论的)存在主义(海氏的存在主义虽然有着批判技术主义现代性的可赞赏成分,但从其观念格局看,却是一种前现代性的整体主义的存在主义,以至于其精神气息多少与法西斯专制主义有所相通);"人道主义"只是继续作为与"阶级性""阶级情感"相对应的人的一般属性和人的多方面情感的浅层概念而逐渐被人们淡忘,另外也作为"人类中心主义"等义词而被人们批判和反对。

新启蒙批评由政治战略所开启、推动、彰显,同时也因政策的变化而停滞(这"停滞"指的是作为热点的、有声势的批评流向的态势,而不是指执着于此一向度虽不引人注意却始终存在的思考和写作)。因此,80年代的新启蒙批评仍不是根本独立于政向批评的批评向度。

二

20世纪80年代的文学批评,是激情满怀、热火朝天、嘈杂混成的。其间虽也可分出诸种流向,也有着朝着非政向批评分立的努力,总体上却只显现为政向批评与摆脱政向批评两股力量的拉锯战,并呈现为后政向批评的功效。90年代的文学批评却突然间发生了巨大的变化,那些显性的批评潮流,一下子变得安静、平滑、务实,并且产生了相当彻底的非政向批评的分立。

20世纪90年代的批评主潮,我以为大体上可用"饭碗批评"命名之。所谓"饭碗批评"者,乃为"饭碗"的批评也。它颇为清楚地分为两类。

其一为学科批评。在90年代"回到岗位"的号召下,也在其后建立学术规范的努力中，批评离开了思想，回到了学术，回到了学科内部，越来越多地将焦点聚集在明确而狭窄的学科对象上，越来越热衷于学科内部的学术梳理性质的工作，越来越将人文话语推进到科学主义性质的、建制化的、分隔森严的研究上去，各人分块地，安心种自己的园。80年代那样的痛思"左"的误区，走向现代化的理想主义激情消失了。学科批评之形成的积极意义是显而易见的。它并不与政向批评抗争就脱离了政向批评而取得了分立，它有利于中国批评的专业化、科学化。而学术规范问题的讨论（如果不仅仅成为形式主义的僵化条框的话），也将极大地有利于中国学术场域的知识产权意识和规则的形成。学科批评对于自律的文学学术的成形、积累、发展，则更是功不可没。但我却总觉得，学科批评既是一种进步，也是一种遗憾。学科批评在走向专业化、科学化和规范化，获得了与政向批评分立的形态，具有了自我独立躯体的同时，批评的灵魂——思想——却退隐了，批判性和建设性的理想与激情也退隐了。批评的动机也许更多成了为学位、职称、获奖，乃至于学位点（硕士点和博士点）等"饭碗"的劳作。

其二是市场（媒体）批评。主要以广销营利为目的，以包装炒作为方式的批评话语，即为市场（媒体）批评。人们通常将此一批评话语称之为媒体批评。一方面，确实，大众媒体是此一批评话语的主要载体，但却不尽然，今天一些纯粹的学术刊物和思想文化刊物也同样在从事着市场性的、以包装炒作为方式的广销营利事业。另一方面，在大众媒体的承载中，不以广销营利为目的，却以包装炒作为方式的政向批评同时存在，且是今日政向批评的主要方式。因此，市场批评与媒体批评两个概念都无法涵盖这一所指，我于是只好权且用上"市场（媒体）批评"这一说法。从总的趋向看，市场（媒体）批评，是与政向批评分立的最重要、最有力的途径，对于批评话语多元化的努力，90年代市场（媒体）批评话语的成形和确立，是有着极大进步意义的。同时它也是文艺和文化进入产业化时代，进入批量生产的必然产物。这里，批评实际上成为大众文艺和大众文化产品的广告业，直接为大众的文艺与文化消费服务。然而，这也就意味着，在市场（媒体）批评中，思想的成分和对艺术关注的比重微乎其微了。在这样的情势下，文学及其批评，其精神效应、高雅的审美熏陶和人文熏陶功能、灵魂铸造或安妥等意义就一去不复返了。于是，90年代以来，文学一波甚于一波的欲望狂欢、感官狂欢，以及几岁孩童连篇累牍的长篇小说的出版发表，甚至被视为"天才的经典"的现象，也就一点不奇怪了。

90年代的文学批评，也有若干性质较为模糊的热点。这些热点，既有属于学科批评或市场（媒体）批评的部分，又有超出前者的部分。

"传统文化热"即为其中一例。应合海外现代新儒学思潮、国内学术界的国学热，承接80年代的"寻根"话语，面对90年代创作中至为热闹的历史叙述或传统文化叙述，同时也在经济全球化热浪的日益催逼下，"传统文化"成了90年代中国文学的理论批评话语最为强势，且持续不断的一个热点。并且它在对20世纪初新文化运动的检讨中，在对新文化运动断裂了中国文化传统的批评声浪中达到顶点，热至今天，甚至催生了"儿童读经热"。作为批评热点的"传统文化热"特别有趣，它既充分体现在学科批评或市场（媒体）批评中，又具超出二者的知识分子批评意味，然而在某一意义上，这一具知识分子批评意味的批评，又有着某种政向批评的回声效应。所以，对"传统文化热"的分析将非常复杂。一方面，"传统文化热"的某一入思处具有对"左"的僵化意识形态进行批判的意味；另一方面，在经济全球化的国际氛围下，作为对民族身份自我认同的努力，亦是一种必需。这两个方面都是具有独立性和明确的问题意识的。然而再有一方面呢，它又有与"左"的僵化意识形态暗合的趋势。在现在特有的中国语境下，它强调文化守成，形成与启蒙相对立的对传统文化进行全面认同与弘扬的过激民族主义趋向，这显然是"中体西用"思维格局在今天的体现，与某种以经济改革为用的"左"的政向，不能说没有关系。对于传统文化，是将传统与现代的关系等同于中西对立，站在"中"本位的立场（实际上是前现代的立场）反现代性，还是从超越现存现代性的角度汲取传统文化的营养以建设更完善的中国现代性，这是两种根本不同的思想维度。遗憾的是，90年代"传统文化热"的主要维度似乎趋向前者，而且越来越趋向前者。

"人文精神"的讨论也是一例。对"人文精神"问题的关注，如果是针对着在中国特有状况下实现市场经济（经济现代化）可能带来的价值观、道德观、信念或信仰等危机的焦虑和思索，无疑是极有意义的，也能显现为与现实社会发展保持张力的知识分子批评精神。但是，90年代"人文精神"讨论，尤其是其早期论争，则颇有点让人难以思议，让人不能不生出一点疑惑：为什么80年代，尤其在80年代的新启蒙批评中，中国知识分子们是那样渴望着现代化，更为深入和完整的现代化，可刚入90年代，面对市场经济在中国的切实展开，人们又突然转身，恐慌起市场经济，恐慌起现代化，激烈地举起具有拒否现代化和反现代性意味的所谓"人文精神"旗帜来了呢？这是否人们在市场经济切实到来时恐慌起自身地位的失落而呈现的某种症候呢？问题并不在面对市场经济的到来，要不要呼吁人文精神，而在于那种心态、入思和提问的角度。只有欢迎市场经济，真切地希望在更深入、更完整、更完善的现代化基调上提出重建精神规则、重建新的价值共识，或重建人文精神，我以为才是可能的，才是中国现实的真正需要。我始终认为，在中国特有的历史语境下，拥抱现代化与批判现代化，拥抱现代性与批判现代性，必须是一个同时而双重的态度与任务。因此，"人文精神"论者的反现代性姿态，在部分超出学科批评或市场（媒体）批评，具有知识分子批评意味的同时，似乎也有着隐在的某种仍带有"左"味的政向批评（经济改革而文化固守）色彩。

中国式消解性后现代主义，即90年代文坛上的解构热潮，是另外一例。承接80年代已出现的解构趋势，90年代文学创作上的痞味、玩世姿态及其感官狂欢等发展至极，批评界则借来了西方的后现代主义话语，对创作上的痞味、玩世姿态和感官狂欢等予以发挥，用以解构"左"的意识形态和文学的政治功利性正统地位，解构一些"人文精神"论者的前现代性的"崇高的道德理想主义"等。在当时的中国语境下，这也许可以说是一种与僵化意识形态保持距离的可能的策略。然而，中国式消解性后现代主义的痞味、玩世，它媚俗的世俗化倾向，使文学的本真精神受到了伤害；它非批判、非建设的策略取向，也使它在某种意义上离开了知识分子批评的要义所在。事实上，这一批评向度所支持的文艺或文化实践最后溶入的也正是消费主义的商业文化大潮；而它以"后现代"反"现代"的立场，在今天中国的特有语境下，是否有可能最终与以"前现代"反"现代"的立场殊途同归呢？

"新左派"思潮亦是一例。"新左派"思潮倡导重新面对社会现实，面对严峻的社会问题,如国内的腐败、来自国外的全球资本主义化,面对社会底层、贫弱大众,重新重视阶级分化,以及由此引起的重大社会困惑和社会冲突。这里当然具有知识分子批评的意味,有着与现实权力之间的张力意味。但问题的关键是,"新左派"将"工业化+集权"看作一种与一般现代性平行、只是路向不同的现代化方式,一种与前现代的封建专制完全没有关系的现代化方式,一种所谓反现代性的现代性,这会不会是一种危险,一种将"文革"甚至近代以来百多年间中国现代化追求最重要最根本之教训一笔勾销的危险呢?"新左派"将今天中国判断为已然完全现代化,今天中国与世界的主要矛盾完全一致,是更理想的社会与全球资本主义之间的矛盾,中国的所有问题尽数来自全球资本主义。这是否符合事实,是否会产生遮蔽当代中国问题之根源和关要处的危险呢?而且,"新左派"若与那种僵化的"老左派"的思维模式,与"以阶级斗争为纲"的思维模式、与"左"的僵化意识形态的政向批评的思维模式没有根本性质的分野,且没有特别的建设性和创造性思路的话,那对今天的中国社会现实、对今天中国的底层民众,会是一种福音吗?"新左派"对社会现实的严峻一面的关注令人尊敬,但对如此之现实的原因分析却令人疑虑。现在需要特别担心的还有,在提出对现实的判断后暂时还看不到有根本和切实的建设性意见的"新左派",是否会与从"传统文化热"滋生出来的激进民族主义思潮,以及与文学界某些极端甚至带有强烈专制意味的原教旨主义性的"崇高理想"派,日益混为一体,而成为今天中国文明转型过程中有可能带来悲剧性效果的潮流?一般认为,"新左派"的对立面是所谓"自由主义",但在我看来,所谓"自由主义"似乎是"新左派"为自己立论而假设的一个靶子。在中国的传统中,自由主义是最没有土壤的,而在中国的现实中,"自由主义"虽然也在并不多的人嘴里笔下说着写着(且远不充分明确),然在实际的社会生活中,自由主义那些基本的、粗浅的因素都远未实现,何来需要批判的中国自由主义?

总体上说,90年代文学批评的这几个热点,都有着知识分子批评的意味,又都似并不充分,并不真正独立、真正超越,显得面目模糊,性质暧昧、含混。它们要么高扬"理想",然这"理想"却总让人觉得与某种偏"左"的权力话语相关，且立场实际上多有前现代的意思；要么挥洒"现实"，而这"现实"的力量似又多来自市场与商业。那种较具独立性和超越性的充分的知识分子批评向度，仍然未见成形。例如某种不断超越启蒙话语的启蒙话语，即在首先拥抱现代化（性）的前提下，批判现代化（性），渴望着更深入、更完整、更完善的现代化（性），渴望着建设中国现代性的文化理想与理想的现代性文化的思想路径，在90年代以来始终是受到压抑、排斥和遮蔽的。

三

据说某校中文系一位做文化批评的博士生，以酒瓶盖为研究对象，写了一篇博士论文。大家对"酒瓶盖"论文颇觉有趣，于是师生朋友间调侃地把文化批评称作了"酒瓶盖"批评。

世纪之交的这些年，最突出的批评现象正是文化批评。

中国当代文化批评的兴起，既是国内社会问题和文化问题的催迫，也与西风西潮直接相关。在信息时代和全球化等的后（期）现代状况下，人类社会的问题愈益多样、复杂和突出，文化批评由是应运而生。世界上许多国家的许多文学批评家纷纷走向文化批评，其他人文学科的学者也都纷纷走向文化批评。然这也带来了争议。当下中国文学批评的擂台上，最显著的焦点之一便是"文学批评"与"文化批评"的争论。

持"文学批评"立场的论者指责当代文化批评过分越界，将批评的重心从文学文本、现象和活动移到了电影、电视、流行艺术、广告、时装、居室装修、城市规划、购物中心、街心花园、酒店、咖啡屋、健身房、广场等一切存在审美现象的大众文化和日常生活中去，实际上是消灭了文学和文学研究。他们满怀感慨和感伤地认为，80年代中后期以来，中国文学好不容易从政治功利的桎梏下挣脱了出来，赢得了文学自律的时代，转眼间文学又变得如此边缘、无足轻重，什么都不是了。他们坚持认为，文学批评的对象只能是文学，尽管可以从文化或审美意识形态等角度对文学进行研究，但不可以将文学批评的对象无限扩大，不可以将文本的内涵根本模糊，外延尽情泛化，以至于世界上没有任何事物不是文本；同时，由于专业的限制，文学批评工作者也没有理由与能力去对文学之外的一切日常审美领域和现象进行研究。①

持"文化批评"立场的论者则毫不客气地指出，在后（期）现代，文学的边缘乃至终结是铁定的事实，日常生活的审美已经成为当代人类审美活动和艺术活动的中心，文学研究若不认识到这种"文学性"泛化的状况与这种审美的日常生活化事实，重新规定文学批评的主导范式，则文学批评就会前景暗淡，死路一条。他们认为，应该通过研究对象的扩大，学科的越界、重组、联合，让狭隘的文学批评走向文化批评。②

显然，争论的焦点是在批评和研究的对象上。事实上，中国当代文化批评也主要是将关注点放在对象的扩大上：从文学文本，尤其是严肃文学与高雅文学文本上移开，致力于大众文化研究，致力于对一切日常生活的世俗或通俗审美现象和领域的急切投入（将文化批评戏称为"酒瓶盖批评"即显示出时下一般对文化批评的对象性体认）。然而，我认为，这样的文化批评现实，以及由此而引起的主要关乎研究对象和学科边界的争论，实际上显示了对国际性的当代文化批评体认的某种偏差。

国际性的当代文化批评，我以为应该从狭义和广义两个层面上去予以理解。其一是英国伯明翰学派的文化研究路径，关注的确乎主要是大众文化和日常生活的审美现象及领域。这其实是狭义的文化研究或文化批评的理解。其二是包括了后结构主义、后现代主义、后殖民主义、女权主义、新历史主义，以及法兰克福学派和伯明翰学派在内的，兴盛于20世纪较晚期的国际思想文化界的一种思潮。这应该说是广义的文化研究或文化批评。其实，就是伯明翰学派及其狭义的文化批评概念，我们也不能仅从研究对象的角度去予以理解。伯明翰学派的重要代表人物之一雷蒙德·威廉斯将文化定义为"生活方式"，就说明了他们关注的并非某一学科范围内的研究对象，而是问题，当代突出的、需要关注的社会文化问题。大众文化和日常生活审美现象，只不过是他们所关注的，并且认为必须关注的社会文化问题而已。所以，国际性的当代文化批评，

---

① 参见童庆炳、金元浦、陈太胜：《文学理论的"越界"问题》，《河北学刊》2004年第4期。

② 参见童庆炳、金元浦、陈太胜：《文学理论的"越界"问题》，《河北学刊》2004年第4期。

我以为，并非是一个新兴的学科，一个要取代旧学科的扩展了的新学科，而是一种新的人文言说思潮、一种新的话语方式。这一思潮与方式的核心要义，就在于不是科学主义地面对学科"对象"、研究"对象"，而是人文话语性质地面对"问题"，社会文化"问题"！

我们关于当代文化研究或文化批评的理论争论双方，以及当代文化批评实践，基本将注意的焦点放在了对象，而不是问题上，这不能不说是一个重要的误区。这实际上是没有摆脱科学主义的桎梏，没有抓住国际性当代文化研究发展的根本所在。关注大众文化和日常生活审美的文化批评实践，不能说有错，却显然体现出一种强烈的世俗化倾向、削平深度的倾向（即所谓某种"后现代"特征，而这特征是非常令人怀疑的）。这种世俗化倾向并不符合真正的后（期）现代精神，即非中心的精神，而只是重新定义中心，借此排斥文学，排斥严肃文学和高雅文学，实际上是排斥作为知识分子言说的文学，也就是排斥知识分子言说本身的立场和思路，排斥精神问题、价值问题和生存本体问题的深入思索、深刻表达和深切交谈在今天中国及人类生活中的存在位置。

其实，如果我们不是从对象，而是从问题上去理解当代文化批评的要义，那么大众文化问题、文学（尤其是严肃文学、高雅文学）问题、知识分子问题、价值或生存本体的重寻问题，乃是同样重大而急迫，同样是文化批评所必须面对的当代问题。从根本上说，以文学文本、现象和活动这一对象为焦点的作为学科研究的文学批评（包括从文化角度对文学对象进行严格意义上的文学批评）与以当代文化问题为焦点的文化批评，是两个虽然交叉却非常不同的领域。文学批评完全应该在它固有的领域内，以它自己的思维方式和理论形态，继续进行它自己的工作，它也必将在未来长期存在，且仍是重要的人文研究，根本毋庸担心。文化批评虽然是从文学批评中生发出来，与文学批评有许多交叉、互渗之处，且常常涉及文学文本、现象和活动，但这只是问题域中的某种关涉。文化批评甚至根本就不是学科体制内的所谓科学研究，它正在逐渐开展出自己的独特领域，开展出自己独特的思想空间、思想路径、思想方式和思想形态。

文化批评与文学批评，在实践中也许边界模糊，在理论上却无须争论，需要的只是在"对象"与"问题"这一两者不同的焦点分野上予以明确廓清。

四

通观近30年来的中国文学批评的流变，从80年代到90年代，再到世纪之交，批评的历史确实是在进步，但却不是线性的，而是在进步中也有退坡。

作为后政向批评的80年代批评，处于一种亟待分化却尚未分化的混沌中，批评从各个维度，如文学的自律、解构、新启蒙等极力摆脱过去过分极端的、唯一的政向批评桎梏，却没有能够完全摆脱。其中新启蒙批评是最具有知识分子批评意味，最具批判性和建设性，对于正处于文明转型的中国社会精神文化发展是最让人看到希望的一脉，却也是最多波折、最不深入、最不成功的一脉。90年代，批评忽然间平静地完成了分化，出现了在形态上基本与政向批评分立的学科批评和市场（媒体）批评，这无疑是中国文学批评向着多元化发展的重大进步。然而政向批评隐而不显，知识分子批评则被基本遮蔽，"饭碗"发达，思想却被漠视。即令似乎不太"饭碗"的那几个热点也性质暧昧含混。

近30年来的中国文学批评，毫无疑问有着巨大的进步，其进步之处在于：其一，突破了极端政治功利性的唯政向批评的桎梏，初步形成了批评的多元格局，特别是形成了与政向批评分立的学科批评与市场（媒体）批评两种确实可见、生机勃勃的批评形态，尽管这两种批评形态还需要更加独立和成熟。其二，出现了与政向批评多少有点分立的知识分子批评声音，尽管这种批评至今不成独立形态，声音微弱，甚至越来越微弱。显然，中国文学批评正在日益走向多元和繁荣。但是道路仍然曲折，问题仍然严峻。

近30年来中国文学批评的主要问题则在于：其一，作为过去唯一强势批评话语的政向批评，今天变得暧昧不明，它飞沫般地散见于学科批评和市场（媒体）批评，乃至于一些似乎是知识分子批评的批评里。一方面，丧失了本应具有的作为多元批评中一元的、自身独立的批评形态；另一方面，这种暧昧、含混和隐而不显，又影响和窒碍了其他各种批评形态的真正分立，影响和窒碍了批评的真正多元和繁荣。其二，更值得重视的问题则是，知识分子批评始终未能形成较为确切的形态，始终未能构成真正独立、真正超越的声音场，甚至还似乎越来越困难，声音越来越微弱。较多具有知识分子批评意味的、承接着20世纪初新文化运动,在80年代也曾活跃一时的启蒙话语(现代化与现代性吁求)路径,在90年代经济现代化纵深发展的情况下,却一直受到来自各个方面,如学科、市场、传统文化、西方后现代话语、"新左派"等的压抑,处于基本被遮蔽的状态,实在让人匪夷所思。这对于正在进行文明转型的中国精神文化发展,究竟意味着什么?

我们需要多元的、各自分立且相对清晰的批评形态,政向的、学科的、市场(媒体)的都不可少,知识分子批评亦不可少,在今天的语境下,甚至最不可少。知识分子批评不像政向批评那样具有当下规定性,却更具超越性;它不像市场(媒体)批评那样具有当下效益性,却更具批判性和建设性;它不像学科批评那样具有明确固定的对象性、专业性以及较为稳定普泛的操作性,却更具思想性和创造性。

知识分子批评首先是一种公民批评。所谓公民批评,即意味着既不是子民批评(不管是驯服的,还是反抗的子民批评),也不是权力话语批评。知识分子批评作为公民批评,在宪法和法律的规则中,从每一个公民的角度出发,发出尽可能不受言说者自身阶层和利益局限的声音。

知识分子批评是最具独立性的批评,独立是知识分子批评的本质之一,它不依从任何权威。"知识分子"这个概念就意味着独立、特立独行,知识分子必须,也只能特立独行。法国学者朱利安·班达是这样定义知识分子的:"知识分子是一小群才智出众,道德高超的哲学家—国王,他们构成人类的良心。……(他们是)特立独行的人,能向权势说真话的人,耿直、雄辩、极为勇敢及愤怒的个人,对他而言,不管世间权势如何庞大、壮观,都是可以批评,直截了当地责难的。"[①]

知识分子批评是知识分子场域内具有纯粹性的思想文化或精神文化传播,它既不属于大众文化传播,也不属于学术教育传播。[②]知识分子场域是中国的现代化亟须建设的一个场域。现实的权力场、经济场,具体且边界清晰的学科学术场,都已走向成熟,然缺乏了具有超越性、敏感性和预言性的知识分

---

① 转引自萨义德著,单德兴译:《知识分子论》,三联书店2002年版,第12、15页。
② 参见金岱:《论文学的知识分子间性》,《学术研究》2005年第4期。

子场域的制衡功能，对于中国的现代化将不是一件妙事。

知识分子批评面对的是问题。它不像政向批评那样面对现实境遇，也不像市场（媒体）批评那样面对现实的市场需求，它面对具有超越性的，已然出现可能将导致严峻后果的问题，或可能出现的问题。这些问题有可能暂时不被更广泛的人群关注，却可能是深远的，对社会或人类的未来走向具有重大影响。知识分子批评之面对问题，也区别于学科批评那样面对对象。作为科学研究的学科批评面对的是学科对象，这对象可能包含许多问题，却以对象为焦点处理问题。知识分子批评却以问题为焦点，这一问题焦点可能涉及多方面对象。

知识分子批评的形态与晚近涌现的国际性当代文化批评至为相合。当代文化批评的根本特征正是问题性和当代性。不像传统科学主义性质的学科研究那样以对象为焦点，而是以问题为焦点。例如，现代性问题、后现代主义问题、后殖民主义问题、女权主义问题、大众文化问题等等。

由是，当代文化批评的又一个特征是跨学科，不是一般性以边缘学科或交叉学科为对象，而是几乎完全性地打破学科界线，以问题为焦点综合面对多方面对象。当然，以问题而不是以对象为焦点的当代文化批评之所谓跨学科，并不意味着它可以任意切入社会科学乃至自然科学具体的对象性研究。例如面对制度文化问题，就不能好像90年代某些论述那样以人文话语的方式直接切入制度运作、制度创设的具体研究，文化批评讨论的必须只是制度文化，而不是制度本身。同理，讨论器物文化也不是像自然科学似的讨论器物本身。此外文化批评之所谓面对问题，是面对一个一个的问题，一如科学面对一个一个的对象一样，而不是面对自然、社会、人生，抽象、具体，形而上、形而下等无所不包的大一统问题。

当代文化批评的再一个特征是书写样式的不定，或曰跨文体、超文本写作。严格意义上的学术写作、社会评论性写作、文学创作性的思想随笔方式的写作，甚至叙事性写作，如某种历史写作、某种寓言或某种小说方式的写作等等样式，都可以是文化批评的写作样式。当代文化批评本质上就是非科学主义的批评，当代文化批评的写作也是非科学主义的写作。

作为当前国际性思潮的当代文化批评，也许本质上正是一种知识分子批评。

作为知识分子批评的文化批评，它直面问题，坚持知识分子立场，以独特的风格、独特的思路，提供独特而系统的思想，即独特风格的百家之说，作为知识分子间以及全社会多样言说主体间的思想交互。问题、立场、独立、超越、批判、思想、风格、跨学科、跨文体、超文本等，乃是作为知识分子批评的文化批评的关键词。

因此，作为知识分子批评的文化批评，当然可以将当代大众文化作为问题（而不是作为对象）来进行研究，且始终保持知识分子立场，以独立和批判的目光予以审视。这里并不是说，作为知识分子批评的文化批评，只能用像法兰克福学派一样的态度和思路来对待大众文化，但不管怎么说，毫无距离、完全认同，将大众文化作为对象进行客观的、技术性和工具性的研究，则肯定不是作为知识分子批评的文化批评的工作。

作为知识分子批评的文化批评，当然也可能面对文学文本，但它关注的是问题域中文学文本的内容和形式的文化意味。有人认为，文化批评不过是回到社会历史研究的老路上去，与传统社会历史研究并没有什么不同。然而在文学的审美转向和形式自律的努力之后，文化批评绝不会简单等同于社会历史研究。作为文化批评的法兰克福学派将文学和艺术的形式自律的文化意味和文化功能提到了极高的地位，就是明证。当然，我也不认为，文化批评只能面对文学文本的形式，而不可以考察其内容。

作为知识分子批评的文化批评，所面对的文本不仅是文学和艺术以及大众文化的文本，而可能是更为多样的文本，如社会文本、心理文本、精神文本等，但都不是作为对象的文本，而是问题域中的文本。作为知识分子批评的文化批评所面对的问题是非常多样的。就处于文明转型中的当代中国而言，民族身份自我认同（传统文化）问题、女性主义问题等当然都是重要的问题。但也许更为重大，却并没有被我们的当代文化批评纳入其项，首肯为题中应有之意，并在90年代一直被压抑、被遮蔽的问题，还是沿着启蒙话语的思想路径（包括理性主义、浪漫主义、现代主义等，也包括后现代主义的某些意见），在拥抱现代化（性）的前提下批判和完善现代化（性）的后期现代性研究，特别是在当代中国文明转型的伟大历史时期，重寻价值，重寻生活方式和精神规则，重建生活世界尤其是我们的生存本体（或可简明归结为生存本体问题）。

在今天中国，由文艺复兴和启蒙话语所开启的科学技术、工业产业、市场经济、法治国家、民主政治、人道主义的社会理想是否已然过时？现代性的负面及其根源究竟是什么？如何才能通过审美现代性制衡现代性的负面？如何才能从中国和东方的文化传统中提炼出能贡献给人类现代化（性）的营养或财富？如何才能在全球化的过程中形成能够和平与和谐地沟通共处的人类多元文化、多元信仰、多源流、多样态、多风格的生存本体建构？如何才能走向更深入、更完整、更完善的现代性文化——后期现代性文化，并从而走向更深入、更完整、更完善的现代社会——后期现代社会？作为知识分子批评的文化批评，应该面对和尽力回答这一系列问题，并在这回答中，走向建设性的后期现代主义的文化批评。

［原载《华南师范大学学报》（社会科学版）2006年第1期，《新华文摘》2006年12期《论点摘编》栏目转摘］

我世界：作为一种生存的本体论

一

有一天，我做了一个梦，梦见自己走进了一座迷宫。迷宫迷迷蒙蒙，混混沌沌，晦暗幽深，似是而非；好像无边无际，又显然局促逼仄；那道路自然更是曲曲折折，密密麻麻，错综复杂……开头，我还抱着一颗好奇的心，瞪着惊奇的眼，悠闲地走着，摸索着，探寻着，觉得是一场好玩的游戏。我费了很大的力气，找到了两个看上去像是门，像是出口的地方，然而都紧闭着，无法出入。我又继续游荡，摸索，探寻，继续我的游戏，可是我越来越觉得不安、紧张、急迫，越来越感到事情不妙起来。不，这不是一座迷宫，不是一场游戏，这是一个骗局，这是一座囚牢！我终于叫喊了起来。是的，我已经把所有的路径都摸遍了，并不是特别复杂，这里只有两个门，两个出入口，但全都紧闭着，没法打开，所有这些迷蒙、曲折，所谓的这种游戏，全都是骗局，这不是一座迷宫，这是一座囚牢，一座根本无法走出去的囚牢。

我想把这个发现告诉迷宫里的人，可是没有人愿意听我诉说，甚至我的叫喊在这些熙来攘往，车水马龙的人群中也显得特别可笑。人们按部就班，平和安详地过着自己的日子，行人在马路上或紧或慢地走着他们的路，汽车在快车道上河水般地流走，航船在江面上缓缓行驶，飞机在天空中呼啸着滑过，市场里人声鼎沸，工厂的车间里机器轰鸣，田地里农民哼着小调，抡着锄头，教室里孩子们齐声朗读，厨房里主妇蹲在地上摘菜，思想家在书房里阅读、踱步和书写，画家在树林边对着群山写生……没有人，没有任何人认为他们待在一座囚牢里有什么不对头的地方，当然也许他们不知道，但是他们肯定不愿意知道，知道了也不以为然。

一位母亲牵着她的估计是刚学说话不久的孩子过来了，母亲微笑着，孩子嬉笑着。正是傍晚，晚霞将天空涂抹得橙红橙红……快乐的母亲和我搭讪，告诉我说："这孩子就喜欢跑到外面来，不肯待在家里，一出来就高兴了，你看这家伙多开心。"母子俩在公园里的一片草地上坐了下来，孩子快活地在草地上打着滚，嚷着，笑着，躺在地上用脚蹬着天，母亲只是笑着看着，欣赏着。一会儿，那孩子忽然安静了，瞪着黑碌碌的圆眼睛，用胖乎乎的小指头指着天空问："妈妈，那是什么？""那是天——"做妈妈的回答说，很温柔地将那"天"字念得很重，拉得很长。"天外面是什么呢？"孩子仍然不放下他那指着天的，胖乎乎的小手。"天外面还是天。"妈妈很肯定地咧咧嘴笑着说，显然对自己的回答是满意的。"那天外面的天外面是什么呢？"孩子黑碌碌的圆眼睛还是不肯离开那遥远的天空。做妈妈的扑哧一下笑出声来了，极耐心地再一次回答说："天外面的天外面还是天嘛。""这么多的天，我们不是永远都走不出去了？"孩子不满意妈妈的回答，很有些失望的样子。"傻孩子，傻孩子。"做妈妈的大笑着，弯下腰来使劲亲了一下这可爱的傻孩子……

　　这时我醒了，也莫名地笑起来。那可爱的傻孩子形象很清晰地留在我的脑海中，那孩子胖乎乎的小手指向的永远走不出去的天外面的天外面的天，也深深地留在我的脑海中，一种可笑的、惶惑和恐惧的，不可思议同样也不可怀疑的内心体验笼罩了我，我打了个冷战，觉得脑子比任何时候都清澈。

　　事实上，的确是存在着一座原始囚牢，一副原始枷锁。有史以来，我们就一直被封闭，被束缚于这原始囚牢，原始枷锁中，普通的人麻木于这封闭，这束缚，不知超拔；思想者们则痛苦不堪地徘徊、求索、挣扎于这囚牢，这枷锁之中，无法超拔。如果能打破这囚牢，砸碎这枷锁，从囚牢中逃逸，从束缚中蜕壳，那么，一个开阔多了，丰富多了，自由多了，美妙多了的天地一定会在我们眼前展开。这原始囚牢，这原始枷锁，就是从人类童年时代起就一直留存于我们脑袋里的世界图景。

　　我们从来都以为，我们只有一个世界，只有一个宇宙，我们所有的人和物都生活或存在于这同一个世界，同一个宇宙里。而这样一个世界，这样一个宇宙，显然只能是一个有限整体。尽管哥白尼和伽利略的时代以来，人们对宇宙无限的认识日益加深，以至于已然成为常识，可事实上只要我们还以为只有一个世界、一个宇宙，那不管这世界、这宇宙在物理学或天文学的意义上多么无限，我们在精神上都无法体味到。人类三维的体验和思维方式，决定了我们无法想象和真正体味到一个世界的无限性。可是，为什么只能有一个世界、一个宇宙呢？

每一个我，不都是一个完全独特的我世界、我宇宙么？每一个存在者，不也都是一个完全独特的存在者世界，完全独特的存在者宇宙么？为什么不可以设想，无限的并不是世界和宇宙的疆域，而是世界和宇宙本身！也就是说，并不是只存在着一个唯一的世界，唯一的宇宙，而是存在着无限多的世界，无限多的宇宙！每一个我，都是一个我世界、我宇宙；每一个存在者，都是一个存在者世界、存在者宇宙。如果我们脑中的世界图景不是那种唯一世界的图景，而是无限多世界图景的话，那么，自古以来，一切将我归于世界或整体（如将人归于天，归于神，归于理念，归于上帝，归于绝对精神，归于物质，归于"被遮蔽的存在"等）与一切将世界归于我或某种个体（如将世界归于原子一类的个体实体事物，将世界归于我的感知、我的表象、我的意志、我的意欲，归于我的先验自我意识等）的无休止争论都可以从此罢休。如果我们的头脑中有这样一幅世界图景的话，那么，我们就将从"只有一个世界"的原始枷锁中蜕出，就会从原始囚牢中解放出来，我们将会发现，每一个我，乃至每一个物，都是一个朝向无限开放的独特而又大全的世界！

真的，只有一个世界的图景实在是可怕的，因为那无论如何都只能是一个有限整体，而在那样一个有限整体中，整体与个体、群体与个人，便只能要么处于一种永恒死寂的无人状态，要么处于一种永恒分裂的、战争的、非人的状态。

有人想用"我们"，用"世界"来取代"我"。在他们那里，整体抹杀了个体，群体消泯了个人。他们头脑中理想的世界图景是，世界本质上终究应该是一个无我无他、无物无欲、无限融和、绝对均匀的完全的大同，他们认为只要无我，也只有无我，才能换取世界的和谐与安宁。但残酷的事实是，当所有的个人，包括那些抱有如此乌托邦幻想的人自己，都变得不存在，或似乎不存在时，强权者却很容易就成为了唯一的个人，唯一的我！

有人想用"我"取代"我们"，取代"世界"。在他们的头脑中，世界是一个大盒子，在这个有限的时空里面，除了虚空，便是一个一个原子般的、孤立的个体。这些个体有如以一定体积占领一定空间的石块，因为时空的有限，它们各自所占的比例便大有讲究，你占得多了，我便占得少了，我占得多了，他便占得少了。如果石块仅只是石块，那倒也好办，可不幸的是，这都是一些有欲望，懂私利，且都具有强烈扩张野心的石块，所以生存便成为了这些石块之间抢占领地，扩张疆域的永恒战争。每一个这样的石块，都认为自己理所当然地是那种体积最大，扩张力量最强，理应占有最大空间的石块，他们怀着热切的梦想去拼杀，去侵吞，去占领。然而同样残酷的事实是，他们因此而陷入了永无休止的恶性征战，他们将永远无法摆脱无赖而可怕的，如坠深渊、如陷沼泽的挣扎感。他们每一个人都不可避免地在向整个世界宣战，他们与整个世界分裂、对立、冲突他们永无宁日！

然而，世界既不见得是个盒子，也不见得是个整块。如果我们头脑中的世界图景不是那种唯一世界，而是无限多世界，每一个我都是一个我世界的话，那我们体味到的，便会是既真正个体又确实大全，既完全独特又彻底开放，既丰富复杂又和谐圆融，既根本自由又浑然有序的一种全新的、奇特的感觉。真的，我们的生存，既不只是"世界"，也不只是"我"，而是"我世界"，无限多的"我世界"！

二

当我领悟到并不是只有一个唯一的世界，而是存在着无数多个世界，每一个我都是一个我世界时，我开始越来越清晰，也越来越畅快地感觉到自己头脑中那座原始囚牢，那副原始枷锁在逐渐崩塌，逐渐瓦解，而我心中的那个朋友，我的"自我"，则在悄悄地蜕壳而出。

是呀，我心里头的那位"自我"朋友，多年来一直昏睡不醒，后来总算醒了，这位老兄却又老觉得醒着比睡着还难受。它焦虑不安，犹豫徘徊，寻寻觅觅，四处碰壁，像是找不着栖身之所的游魂，又像是伸展不了腰肢的盆景，还像是飞不出笼中的小鸟，走不出围栏的猎狗，它不甘于昏睡，不甘于消泯，可也不愿意守在人的身体的那张皮肤里面，像守在城墙里一样，与他人为敌，与世界对立。它实际上是被囚禁在了我们身体的那张完整的皮肤里了,这张皮肤之外的一切都是敌人,敌人般的他者,敌人般的世界!这是一个人类有史以来最巨大、也最简单的,最顽固、也最易点破的秘密,现在它看破了这个秘密,于是欢快地冲出囚禁,蜕壳而出了……

不,不,不!为什么只有我的手,我的臂,我的腿,我的脚是我?为什么只有我的眼,我的耳,我的鼻,我的舌,我的胸,我的背,我的肚腹,我的臀部,我的生殖器是我?为什么只有我的感觉,我的情感,我的意志,我的想象,我的念头,我的思想,那统统都是我?甚而至于,为什么连我的头发,我的指甲,我的须毛,都还是我?而为什么我的父母,我的兄弟,我的姐妹,我的丈夫,我的妻子,我的儿女,我的子孙,我的家,我的朋友,我的同事,我的单位,我的集体,我的家乡,我的田野,我的城市,我的祖国,我的同类,我的有生命的同属,我的星球,我的宇宙,我的最最邈远的宇宙,这所有的一切统统都不是我呢?

凭什么人类要将他身体的那张皮肤作为"我"和他的"世界"的决然断然的分界呢?凭什么人类要将"人"与"环境"割裂,凭什么要让"主体"与"客体"对立呢?凭什么?!

不,不,不!我和我的世界,我的宇宙绝不能分开,每一个我,都是一个从某一唯一而独特的原点出发的,由某一唯一而独特的向度构成的一个完整的世界,完整的宇宙!每一个我都是和整个世界,整个宇宙一样大的我!我们通常所说的"大我",不是"我们",也不是有史以来一直被囚禁在我们身体的那张皮肤里的"小我",而是我世界,我宇宙!从亘古的囚禁中蜕壳而出,与世界结为一体的我的那个"自我"朋友似乎完全清醒了,而且感到从未有过的自由、得体、愉快和安宁。

现在,我走到街上,看见一棵树,感到非常新鲜,非常奇妙地对自己说:这其实就是我呀,这不是一棵树,没有任何别的人会与我一模一样地看见、拥有这棵树,任何别的人与这棵树的关系和我与这棵树的关系都不会一模一样。我看见树上的一只小鸟,便充满新鲜和奇妙感地想,这也其实就是我呀,这不是一只鸟,没有任何别的人会与我一模一样地看见、拥有这只鸟,任何别的人与这只鸟的关系都不会和我与这只鸟的关系一模一样。小鸟扑棱一

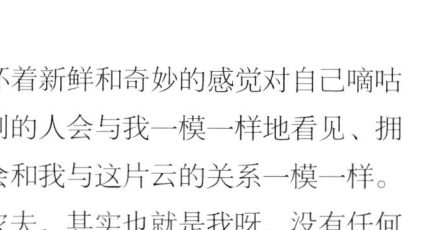

下振翅飞上了天空,我望见一片云,同样满怀着新鲜和奇妙的感觉对自己嘀咕道,这不是一片云,这就是我呀,没有任何别的人会与我一模一样地看见、拥有这片云,任何别的人与这片云的关系都不会和我与这片云的关系一模一样。云影下面,田野旁的大道上行色匆匆的那个农夫,其实也就是我呀,没有任何别的人会像我一模一样地看见、拥有这个农夫,任何别的人与这个农夫的关系都不会和我与这个农夫的关系一模一样。我看见每一座山峰,每一条河流,每一株小草,每一朵鲜花,每一辆汽车,每一艘船只,每一栋房屋,每一颗星星,每一个男人或女人,每一个老人或孩子,每一个富人或穷人,每一个有不同肤色、不同形貌、操不同语言的人,每一个有不同观点、属不同党派的人,我都满怀着新鲜感和奇妙感地对自己说,这其实就是我呀!

　　这个世界,这个宇宙,没有什么不是我,我存在着,从我这个独特而唯一的向度切入的我世界就存在着;我消失了,从我这个独特而唯一的向度切入的我世界也就消失了。出生一个人,出生的不只是一个人,而是一个世界;死去一个人,死去的不只是一个人,而是一个世界。是的,一切都是我,整个世界、整个宇宙都是我,都是一个独特而唯一的我,一个个别、具体、偶然的我,一个不可重复、不可克隆的我,一个不可完全消泯到任何共同体、任何同一性中的我!我也是一切,也是整个世界、整个宇宙。一切的一切,都是"我"的题中应有之意,都是我的生命的本然性存在,都是我的血肉、我的细胞、我的灵魂的因子,都是我的责任、我的使命,都是我的自我实现的疆域、自我创造的田园!

　　每一个我世界因此都是有限无边的。

　　它的有限,就在于它的向度。从某一向度出发的我世界,具有由这一向度规定的特殊性,从任何别一向度出发的他者的我世界,对此一我世界都不可全知,不可彻知(这里,不可知的不是康德的"物自体",而是他者的我世界)。

　　它的无边则是因为它是朝向整个存在开放着的。一切存在着的,没有不是任何一个我世界的生命本义。每一个我世界因此便首先是个体的,同时也是整体的,它是整体的个体,一种个体整体主义。它首先是个体的,因为它是独特而唯一的;它是整体的,因为它包括存在者整体,它从它那独特而唯一的向度切入了存在者整体。

不是说我世界里将不会再有敌人，不，我世界里一样会有虫蛇虎豹，会有阴险毒辣，会有侵略者，会有掠夺者，会有欺压者，会有艰难，会有障碍，会有垃圾，会有……然而，倘若我们像看待我们的身体那样去看待整个世界、整个宇宙，倘若我们真正意识到"我"的边界不是我的身体的那张完整的皮肤，而我与世界、与宇宙本为一体的话，那么，我们就会像疗救、保护我们的生命一样地，像攻击或割除我们身体里的病患一样地充满自爱、顾及整体，小心翼翼地去攻击或割除我世界中的病患，去疗救与保卫我世界！我世界的观念，与将整个世界、整个宇宙看作"我"之外的异己、对手、敌人的态度是根本不一样的。但我世界仍然首先是"我"，一个独特而唯一的大我，一个不可以消泯到任何共同体，不可以与任何他者完全同一的独特而唯一的大我。

三

如果将一个我世界拿来透视一下的话，我们会发现它有着非常缜密的内部结构，也有着非常有趣的外部关联。

我世界的基本构成是两个互逆的向度：此我与彼我。此时此地此状此身此心此在之我，是为此我，此我之向，此向之我，向此之我。彼时彼地彼状彼身彼心彼在之我，是为彼我，彼我之向，彼向之我，向彼之我。

每一个我世界都是此我与彼我的双向逆运，动态平衡。我世界存在着，也就意味着此我与彼我基本平衡着；此我与彼我基本平衡着，也就是我世界存在着。当我们意识到宇宙间任何一个存在者都是我，我们把某人某物某事叫做"我"的时候，我们其实是在说彼我，向彼之我。向彼之我仍然是我，我们千万不能忘记。当我们说我需要，我欲望，我希望，我有权，我能够等等的时候，我们则其实是在说此我，向此之我。朝向此我，就是自为。人必须自为，人也有权自为，人天生具有生存、追求幸福和自由创造他的我世界的权力。朝向此我必反身投向彼我，此我与彼我永远相伴而生，它们是一个循环着的生命系统的两端。朝向此我与反身投向彼我共同构成了我世界生存的基本状态，并决定着我世界之营建与创造的成功度。而投向彼我，也就意味着为他。为他是超越自己的我世界，进入他人的我世界，从他人的此我出发，漂亮地成为他人的彼我。不是只存在着一个我世界，而是存在着无数的我世界，每一个我，都是一个我世界，因此，别人被结构在我的我世界中，我也被结构在别人的我世界中，他人是我的彼我，我也是他人的彼我。投向彼我，就是成为他人的彼我；漂亮地投向彼我，也就意味着漂亮地成为他人的彼我。

意识到我的我世界，也就意味着意识到他人的我世界，营建和创造自己的我世界，也就意味着努力走进他人的我世界，了解和理解他人的我世界，捍卫他人朝向此我，亦即自为的权力，欣赏他人营建和创造我世界的独特魅力。反过来说，为他也就是投向彼我，是我世界之营建与创造的基本向度之一。人类有史以来的最大误区就是，不懂为他即是我世界中的彼我之向，是我世界本然性的营建与创造。人们将为他看作"我"之外的事，又把自为与只顾一己之私，甚至损人利己的利己主义混为一谈。其根本原因就在于人们将"我"的边界定义为我们身体的那张皮肤了。其实，自为绝不是只顾一己之私或"损人利己"的同义词。自为是人生存的根本机制、根本动力、根本属性。实际上，自为也是一切生物的根本机制、根本动力、根本属性，生物之为生物，不就是有需要，并通过自为而满足需要，以获得生存、生长和繁衍么？生物进化的程度越高，自为的能力越强，人是迄今我们所知道的生物进化的最高阶段，因此，人是最具自为能力的，人就是自为。自为因此也就成为人类道德的基本前提，你不自为，让谁来为你？人首先得自为，别人才可为你，而且，只有确立了自为的意义，为他才具有意义。而自为也就意味着为他，自为与为他是一体的逆向，循环的两端。为他与自为一样，是"我"之内的事，而不是"我"之外的事，是与向此之我价值同一的向彼之我。但为他却绝不是与他者同一。人类以往的思维方式，由于错误地设置了"我"的边界，以至于使"我"与"他"无法整合，不得已只好虚拟出一个乌托邦，认定世界的本原是同一，世界的未来理想则是大同，"我"与"他"都应该消泯在无差别之中。孔子"己所不欲，勿施于人""己欲立而立人，己欲达而达人"之推己及人的哲学，作为一种起码的道德观念，当然是对的，在日常生活的层面上，它也基本上是合理的。但它不是全部，不能替代更深层次的道德，更不可以将其推为一种本体论，因为从根本处来说，这一观念的出发点，乃是将自己与他人看作完全一样，将人与人的无差别看作世界的根本，也就是将"同一性"看作存在的本原。孔子以及所有与孔子相类似的人的理想自然也就是"大同"，包括否定之否定后的"大同"，从"同一"到"大同"，不管经历了多少螺旋式的上升，逻辑起点与终点总是相吻合的。

意识到我世界，应意识到人与人的差别是根本，存在的本原是"差异性"。我的我世界与他人的我世界之间无疑是有着重合面的，所有的我世界，每一个我世界，都是有着重合面的。但每一个我世界之间的差异面却是绝对的，没有两个完全重合、完全同一的我世界。可是我世界能从差异走向和谐，从独特走向丰富，从"唯一"走向异中有同的"无限多"。每一个我世界是独特与美好的，所有的我世界也就会是丰富与和谐的。每一个我世界的营建与创造、独特与美好，也就是在为所有的我世界创造着条件；每一个以营建和创造整个我世界为己任，平衡地发展，发展地平衡着的，获得生存、幸福、自由的我世界，都是所有我世界的福音。因此，作为内部结构的朝向此我与反身投向彼我，是一体逆向、逆向一体的。同时，作为为他的投向彼我，又使它获得了既保持永远独立，又为所有的我世界创造着一份和谐的外部关联。当我们意识到自为与为他便是此我与彼我的一体逆向时，我们就会发现，我国传统的义利（或曰善与利）的对立，西方现代的权利与道德的分裂都将不复存在，它们将统一与融合在既独特又大全的我世界中。

我国传统里，君子言义，小人言利，义利水火不容。西方近现代伦理观，例如康德的义务论，同样将功利与道德决然二分，把道德看作似乎是来自上帝的某种先验的形式与约束，道德不仅与人们行为的结果无关，也与社会历史的变迁无关。这种观念不仅在道德上向中世纪妥协和退行，而且对日后人类的权利与道德的分裂产生了影响极坏的恶果。我世界观念不是任何一种类似于义务论的道德信仰。当然，我世界观念也不是功利主义的伦理观。洛克、休谟、穆勒等开创的西方功利主义伦理观，实际上是将每一个社会成员都看作个体实体，这种观念以所有个体实体获得最大利益的效果为行为准则，以此来厘清社会成员，或曰各个体实体的生命权、财产权、自由权等权利及其与这些权利相应的种种责任；厘清作为自由公民的行为边界和限度。功利主义的伦理观为现代社会伦理规范和现代法律奠定了基础，这当然大有意义，而且非常重要，但它本质上是一种建立在人类功利理性基础上的契约，是一种社会规约、一种公民守则。此后各种自由主义的伦理观，特别是在20世纪以来发展甚速、影响日广的权利伦理，包括那些立法伦理、契约伦理等，也都是这样一种社会规约、公民守则。西方现代伦理观念，从传统德性伦理走出之后，虽经历了功利伦理、义务伦理、权利伦理等几个阶段，但从观念基础来说，仍只有两种：一种是以信仰为基础的道德律令，它与传统德性伦理唯一不同的是承认了一个与自己完全割裂的功利世界及其规则的存在；另一种就是以个体实体的世界观为基础的伦理观念，这一伦理观念则是与人的内在精神相脱离的，纯粹外在的观念，它属于功利理性的界域、经验论的界域、制度的界域。而将每一个人、每一个存在者都看作个体整体的我世界观念，与其说是一种道德观念，还不如说是一种美学观念，它属于精神的界域、人文的界域，它是一种本体论，人学本体论、生存的本体论，它本质上是一种艺术。

制度的界域和精神的界域，是从不同角度，在不同层面上对问题的解决。制度的界域从经验论的、功利理性的角度解决的是社会规约的问题，而精神的界域却须从人文的角度、本体论的角度解决人的心灵的安妥问题，解决人对幸福和崇高等的体验问题。这两个界域的区分，不是像义务伦理那样的割裂，而是一种同构在不同层面上的连续性展开。近现代人类，从经验论的、功利理性的角度解决社会规约问题可以说已十分成功，但现代人类的心灵问题，无论西方还是东方，都还没有哪怕稍微理想一点的解决方案。人们要么简单地用功利理性的办法将人类精神界域的道德问题也一统归到制度界域予以解决，要么将道德与功利或权利决然二分，将精神界域的问题回归宗教，同样简单地用信仰来予以解决。对于有着统一宗教传统的西方人来说，这办法也许还差强人意，而对于向无严格意义上宗教传统的东方中国人来说，面对文明转型而带来的精神界域问题，就变成了一个巨大的难题，一个可怕而极其危险的深渊！华盛顿警告他的后继者不要忽视了上帝的意义，法律是不可能一了百了地解决一切问题的，西方人走上法庭要做的第一件事，就是以上帝的名义起誓，绝不说假话。但中国人呢，中国人普遍没有上帝，中国人凭什么起誓呢？也许，中国人唯一可以依凭的，便是他的"良心"。可以说，"良心"是我们中国人解决精神界域内道德问题的最普遍，亦最有效的方法。但"良心"并不来自经验、功利理性,也不来自信仰、上帝,它其实只是一种感受,一种体验,最确切地说,它实在是一种艺术,是一种美学的解决问题的方法!可是,我们的"良心"概念,是建立在传统的血缘或泛血缘文明基础之上的,而面对向现代市场文明转型的今日中国,面对充满利欲的一个一个自我,传统的"良心"概念显然是在日渐式微。

我们的"良心",必须新设,必须重铸。也许,我们能够通过这一新设和重铸,帮助我们灵肉统一地走向现代与后现代文明,走向世界,并向人类这一难题的解决提供一个来自东方的,又经过了现代转型的新维度。我世界本体论便可以说是一种对"良心"的新设、重铸,它是一种艺术、一种美学观念。是的,我世界是一幅画卷、一支交响乐、一座雕塑、一首诗、一部小说、一场电影、一台舞剧……我世界是一个艺术品!每一个人面对他的我世界时,他都本然地要用至美的眼光去投入他的精心创作。只要我们不再将"我"与"世界"生生割裂,只要我们的"自我"从我们的身体里蜕壳而出,与世界结为一个独特而唯一的整体,只要我们意识到整个世界、整个宇宙都是我,我便是我世界,那么,那种发自内心的艺术冲动,出自本能的艺术升华,来自天性的美的渴求,就会让我们将我们整个的我世界,将我们有限无边的全部生命,当作我们毕生的艺术创造!这里没有伦理规范,也没有道德律令,这些不是不需要,也不是不重要,但这些是经验论界域的事,是社会规约的任务,在心灵的、精神的、人文的界域,在我世界本体论这里,无须强制,只有天性!艺术是人类的天性,马斯洛论证的高峰体验,不仅是人至乐的状态,更是人类至美的境界。只要我们能够真正艺术地生活着,人类向美的天性本然地就会给我们带来最自然的善良、最生动的道德、最自由的人伦,没有人不想将他的我世界,他的有限无边的全部生命,创造成一个最独特,也最美好的艺术品。不是说我世界中不再有痛苦,不再有悲哀,不再有无奈,不再有残缺与遗憾,不再有矛盾与冲突,但一切的痛苦、悲哀、无奈、残缺、遗憾、矛盾、冲突,都是艺术的题中应有之意,艺术就是要将这一切展现为一个充满生命力的过程,导引为一种自我创设、自由创造的尽可能独特的艺术整合。这种生机勃勃的生命之流的自由抒写,难道不是任何一个生命的根本欲望么?没有我的世界,那种传统的世界图景,没有个体,只有整块;没有生命,只有划一。没有世界的我，那种所谓"现代"的世界图景，只有个体，没有大全。只有欲望，只有冲动，没有整合，没有升华。而我世界，这一新的世界图景，将我们每一个人带入自由的生存艺术创造之境、人间的天国之境！

也许，这是一种东方式的个体主义，但这却绝不是一种乌托邦。每一个人都是一个我世界，每一个我世界都是一个由自我创造的艺术构成，只要意识到，便是一种当下可以体味并实行的现实。

〔节选自金岱长篇哲学心态小说"精神隧道三部曲"之三《心界》（中国青年出版社2002年版），略有改动；亦曾刊于《东方文化》2002年第5期〕

道德公式：在绝对的X之上还有一个绝对的X

《三国演义》中，红脸关公千里走单骑，过五关斩六将，其忠勇、其神威、其畅快，自是百世流芳；然关羽能有幸成此壮举，其实全赖曹操，曹操居然将此瓮中之人，将此敌方之大将放脱了手，岂不是更加异乎寻常！书中道得明白，曹操放关羽乃因为此公是天下闻名的忠义之人。曹操欲治国，必以忠义治之，杀忠义之人而毁其精神规则，日后何以治国！不过，放走关羽如此神威之将，日后亦保不了被他打败，甚至被他砍去脑袋，其实也是危险得紧的事呀！曹操心里如何权衡不得而知，反正到底是精神规则占了上风。

一部《三国演义》，"忠义"二字实在厉害得很。千里走单骑的关羽，后来还碰到胡班，胡班冒杀身之险放走关羽，也是为了忠义。再后来，关羽于华容道放了曹操亦是为了忠义——报恩也是一种忠义。再再后来，关羽被吴所害后，刘备似顿然失了理性，竟放弃大好伐魏机会转而攻吴，并声言兄弟之仇不报，纵有千里江山又有甚意思。此举虽看似荒唐，实乃体现了刘备宁要忠义，不要皇位的壮心，结局虽然惨败，但于张扬忠义这传统精神规则，其意义实在深而远之矣！《三国演义》既是中国智慧大典，亦是中国道德法典。这法典的基本原则就是"忠义"二字（忠由孝衍生而来，义中则含了节，"忠孝节义"缩为"忠义"二字，既简便，亦更具社会性）。倘将此基本原则以公式示之，可表述为：在绝对紧要的霸业之上，还有一个绝对紧要的忠义。

这个公式自然是出自雨果的《九三年》。在这部个人最后的长篇小说中，雨果为他自己的全部思想，也为古典人道主义列出了一个简捷而经典的公式："在绝对正确的革命之上，还有一个绝对正确的人道主义。"《九三年》中，共和军在攻占一个叛军的碉堡时，发现碉堡里有三个孩子。此时，叛军已全部逃走，碉堡几乎被大火吞没。碉堡异常坚固，铁门紧锁，共和军如要打开铁门，只能用炮弹炸开。共和军官兵眼见三个孩子将被大火活活烧死，焦急万分。指挥官郭文发怒吼道："叛军头目朗德纳克就是从这里逃走的！"令人意外的是，一个奇特的声音接着响了起来："他也从这里回来了。"这正是朗德纳克的声音。一个白发苍苍的脑袋出现了，这个老人手里拿着一把巨大的钥匙，他打开铁门，冲进大火救出了三个孩子，然后从容走下来束手就擒。指挥官郭文震惊了，陷入了沉思：一个罪大恶极的封建死党、反革命头目，却冒死救出了三个孩子，这三个孩子既不是他的亲人，也不是他的朋友之子，与他没有任何干系。这样一个做出了上帝之举的魔鬼，该不该把他送上断头台呢？郭文最后把朗德纳克放了，因为郭文意识到，人道高于革命。公安委员会特派员、军事法庭法官西穆尔登判处了郭文死刑。郭文几乎是他的孩子，是他最亲爱的学生，是他所知道的最忠于共和国、最英勇善战的指挥官，然而他还是作出了死刑的判决。西穆尔登是革命原则的化身。不过，就是这位原则的化身，也忍受不了革命带来的残酷，郭文的脑袋在断头台上飞走的时候，他也开枪自杀了。

郭文放走朗德纳克与曹操放走关羽是不是很有些异曲同工之妙？而书中那极其矛盾和痛苦的最后一声枪响，与苏联作家拉甫列涅夫的《第四十一个》一书中的最后一声枪响，似乎也很有点异曲同工的地方。小说《第四十一个》中，红军女战士玛柳特卡与她所押送的俘虏——一个蓝眼睛的白军中尉，在荒岛上相爱了，一切阶级的敌我界线似乎都消失了。然而，当一艘白军的船只向荒岛驶来，白军中尉呼正要逃跑时，玛柳特卡开枪了。开完枪后的女战士，扑在了满身鲜血的敌人身上，号啕大哭道："我的亲人哪……"很显然，这里也有一个道德公式，一个20世纪中叶阶级斗争白热化时期的道德公式：在绝对真实的人性之上，还有一个绝对真实的阶级性。

文学史就是精神史，沿着这条精神史的河流一路寻索，我们还能发现很多种非常典型的"道德公式"，例如美国作家海明威的《老人与海》。一个绝对孤独的老人，在大海里捕鱼、与鲨鱼搏斗，他的绝对成功不在他的战果，而在他勇猛搏斗的本身。这篇小说之所以能产生巨大影响，主人公桑提亚哥之所以受到广泛崇拜，其实也是因为书中蕴藏着一个至少被美国社会所充分肯定的道德公式：在绝对尊严的社会竞争之上，还有一个绝对尊严的个人奋斗。

在一片变异极快、你追我赶的土地上，人们将以怎样的精神规则来认同此一现实呢？妒忌愤恨、劫富济贫已不太有用，因为得失变化过快。这也许需要全社会营造出一种精神气氛，让人们认识到，至高的尊严不是富有和权力，而是由贫穷、卑贱到成功之途中所展示出来的奋发的生命力。沿着这条精神的河流回到脚下来，也许会发现，我们今天需要的是一个全新的道德公式。地球上绵延最久远的文明，正在进行其文明形态的变更，人们晕晕乎乎，无有着落，当然这是一种孕育着新天地的混沌，但这是怎样的一番新天地呢？那新天地里有怎样的一个给人们以精神秩序的道德公式呢？既是现代的，又不割断传统；既是整个人类的，又是自己独特的？也许是！

（原载《光明日报》，1995年5月10日）

论泛血缘文明及其转型

一

关于文明，古往今来，各家自然都有各家的宏观历史诊断。梁漱溟颇为天真地把人类文明分为三阶段：其一是满足口腹之乐的技术时代；其二是享受人伦之乐的亲情时代；其三是意识到人之极限，懂得解脱之乐的虚无时代。头一个阶段自然是西方文明的天下，只是现如今已是技术高度发达，口腹之乐已不在话下。因而，今日世界之文明就必是咱中国儒家文明的天下了，人心向背今后当全在亲情人伦。而不知多少年后，又要变作佛教文明的世界。汤因比把人类文明分成十几二十种。这类从民族、地域、信仰特点出发分类的文明论，把世界历史看成是各种民族、地域、信仰斗争融合的结果。于是便有不少人认为古代人类是东方的，现代人类是西方的，而未来人类则又是东方的，扣子轮轮转，大家都有坐庄的份。

所有的分法应该说都有道理，都代表了某种独特的维度，而且都为未来设置了美好的理想。然而，我总觉得还应有一种分法，这种分法没有描述什么未来的理想，但却特别简捷，而且是一种基础的维度。这是一种两分法，人类历史迄今为止其实只经历了两个阶段：其一是血缘或泛血缘文明阶段，其二是市场文明阶段。

二

人类之初，原始社会、奴隶社会、封建社会，乃至于今天许多还没有或没有完全进入市场社会的发展中国家，都属于血缘或泛血缘文明。原始社会显然是比较纯粹的血缘文明。到了奴隶制，部落的战争掳来了外族的人作为血缘家族的"牲口"，"牲口"多了也开始反抗，逐渐争取到一点独立与自由，那血缘的性质也就变得有点泛了。及至封建社会，天下千万家，却只是一家的天下，此一家乃为天下诸家的家长之家，而且以治一家的办法来治天下诸家，那血缘就泛得更多了，可还是非常明确的血缘性文明。20世纪的计划经济体制，为什么会失误，其原因恐怕也就在没有摆脱泛血缘文明的阴影。这里头当然已没有了任何实质意义上的血缘关系，但却很可能是一种对于血缘文明的结构性模塑，即在结构上模仿了血缘或泛血缘文明，保存了诸多血缘或泛血缘文明的因素。

三

中国传统文化很可能是血缘或泛血缘文明时代最完美的文化规则设置。这设置的核心是"仁"，两极则是"义"和"礼"。仁是总纲，乃血缘或泛血缘文明形态下最妙的人之定义。"仁"有二人，此二人应是一阴一阳、一男一女，所以，"仁"意味着"家"。仁者为人，就是说人是有家的，有家才成其为人。非高等动物是没有人这样的家的，人是能超越自身与家结为一体的高等动物。现在人们常说，人是社会动物，但就中国文化的特质来说，人是家（家庭、家族、家国）动物，家动物对于中国人来说更为贴切。

"仁"象喻的是"人—人"的关系，那中间的小横线是血缘或泛血缘的意思，人因血缘或泛血缘关系与他人结为家，而家中人与人联系的根本在"情感"二字，有情才是人，人乃情感动物。有情便有义，既然血缘相连，情感相依，你天生就对你的家人负有天赋义务，因此你必须超越自身，为他们献身而不计任何回报。因此，人也可以说是义务动物，而非权利动物。义是内在的情感、道德体验，人有正义而能凛然，如同人有内气而能坚固、人有精神支点而能挺立。

然而，内在的义不易把握，因此还需外在的形式来对其固定，这外在的形式就是礼了。孝、悌、节、义（此处的"义"为狭义之"义"，谓平行的血缘或泛血缘关系），统归于"忠"。因此，家庭之义与礼顺理成章地泛化为家

族、家国之义与礼。而内在的义也就如此被格式化了，人从此被定格在这种天礼（天理）之中。

人们说某人"禽兽不如"，便是因为此人无情无义，所以我们传统的人性论是人即义。人们说"礼崩乐坏"，要"克己复礼"，那是说人间大乱，家天下出现了危机，所以，人间便是礼，礼便是家天下，这应该说是传统的人类定义。义主内，礼主外，合而为仁，一个稳稳实实的三角形，一个结结实实的血缘网络。不过，血缘之情与义，在切身之处时总是真切的，其实无需什么礼不礼的，情义本自在。日前在电视里见一情景，一只母猫从大火中一只一只地叼出五只小猫仔，自己却被烧得浑身焦黑。猫尚如此，人当更其然哉。但是在泛血缘阶段，以一小家之关系，推而为天下规则，实乃勉强和为难，进而被礼的外在形式掏空了义之内在本质，致使只礼不义，虚伪成习。由此，整个文化成了一个礼之空壳，仁亦成了纯粹虚设，血缘或泛血缘的"缘"成了"关系学"，成了可怕可恶的腐化剂。

四

"人—人"之间的市场交易关系，当然是非常古老的事，但作为一种占主导地位的社会关系形式则是西方"走出中世纪"以后的事了。从14、15世纪开始，人类就在一个地区一个地区，一个民族一个民族，一个国家一个国家地逐渐向市场文明过渡、演变。亚洲起步的时间并不晚，例如我们中国，启动其实与意大利同时，宋、明时期的市场因子已相当活跃了，但目前看来，亚洲恐怕仍会是最晚全面进入市场文明的地区之一，当然这是粗放型的说法。

市场文明的转型显然是一个逐渐蔓延的过程，在今天的人看来，好像时间非常久远了，但从人类历史的长河来看，才不过区区500年工夫。其间的斗争、反复、尝试，在我们看来非常激烈、曲折、触目惊心，然若把其看作是人类生存方式有史以来最根本的一次转折，这一切就都算不得什么了。这显然也是一个无法回避的选择了，人们也许可以从各种不同的路径，以各种不同的方式进入市场文明，但这种进入本身却是无论如何没法逃避的。这是一个全球化网络，不进入它，你就将在世界主流之外，逐渐沦为原始部落。

五

市场文明绝非西方文明，这是一个必须澄清的事实。市场文明并非自西方始，只是西方较早地使其发达起来。市场文明首先是由生产力的发展所致，民族、信仰、意识形态等诸种因素只是影响其发育快慢早晚而已。

市场文明就是现代文明。"现代"一词毫无疑问是指人类15、16世纪迄今的整个过程，我们今天的"现代化"即是进入人类15、16世纪后开始的这一完整的过程。

市场文明就是工业文明（如果有后工业文明，我想也应当包括在内）。不过，工业文明的对立面，不仅仅是农业文明，而当是此前一切反映生产力形式的文明，应叫农牧猎文明。农牧猎文明与工业文明的对比是从生产力角度说的。从生产关系角度看，这一对比可以唤作分配文明与交换文明；从制度方式角度看，这一对比可以唤作人治文明与法治文明；从社会关系角度看，这一对比可以唤作专制文明与民主文明；从思维方式角度看，这一对比可以唤作信仰文明与科学文明（或曰理性和实证文明）；从文化精神角度看，这一对比可以唤作政治文化文明与经济文化文明；从道德伦理角度看，这一对比可以唤作整体性文明与个体性文明；从生产方式、社会方式和精神方式的扭结处来看，这一对比可以唤作血缘或泛血缘文明与市场文明。

六

在血缘或泛血缘文明中，"人—人"关系中间那条小横线标示着血缘或泛血缘联结的观念，所以人被要求超越自身，与他人融为一个血缘或泛血缘的整体。在这里，个体是不存在的，整体就是一切，和谐互助为至高美德。所谓天人合一，亦即所有的人是一血缘整体，甚至整个宇宙也是一个血缘整体。可惜事实上，不可能将所有人结为一个血缘或泛血缘整体，历史上有过的努力都失败了，如罗马帝国、成吉思汗、希特勒。极端而言，如果不出现强大的外星人血缘或泛血缘整体进犯，地球上这种强制性融为一体的可能性几乎为零。那么，在已经结成了的血缘或泛血缘整体之间就必不可免地永远存在争斗和战争。而一个血缘或泛血缘整体内的人其实也没有可能真正消融掉自我,而只能被捆缚在外在的等级与内在的人伦次序上,异化为人的奴隶,因而无法真正遏止的个体生命力与这种奴役之间便存在永恒的冲突。

总之,血缘文明的特质,从正的方面来说是人人亲如一家的温馨文明,从负的方面来说是人异化为人的奴隶的等级文明。

在市场文明中,"人—人"关系中间那条小横线变作了市场交易,小横线两边的人便因此保持既互相联系又互相对立平衡的状态。小横线两边的人独立了,并通过独立使交易双方得益,相生互兴。他们由分工和市场交易结为一个整体,在这个整体中,独立、平等、权利和规则变成了最重要的东西。然而,市场的最可怕之处在于,小横线两边的人在进行以物易物(金钱也是物)时,常常把自己也作为物一起卖给了市场。不加限制的纯粹市场很可能把所有人吞噬掉。因此,市场文明的特质,从正的方面说是人人独立、平等、博爱的文明,从负的方面说则是人异化为物的奴隶的荒诞文明。

七

市场文明从它诞生的第一天起,就遭遇了两种针锋相对的意见。

"进化论"者说:市场文明对于传统文明,无论在生产方式、社会方式和精神方式上都是一个伟大的进步,都是一种人类对于自身蒙昧时代的彻底否定,都是一种对于人类自身潜能的巨大发掘。"退化论"者则说:市场文明是万恶之源,它怂恿私利,导致人欲横流,道德败坏,趣味低俗,神性全无,远离纯朴,迷失本性,鼓励野心,促使环境恶化,市场文明乃是一种将人类引至世界末日的方式。今日中国才刚触及市场文明的边缘,知识界也就立刻两分:有的看到生产力显著进步和人的多向解放,于是欢呼之;有的却看到"人文精神失落",价值混乱,社会无序,于是呼吁"坚守",呼唤"原始""纯洁""崇高"的精神,以对抗市场。

如果站在历史的峰顶,真正宏观地予以回溯,我们便能够很清楚地看见,相对于血缘或泛血缘文明,市场文明既不是一种道德上的线性进步,也不是一种道德上的线性退化,它只是一种人类生存自身必不可免的展开,或者说，它只是人类生存在另一个维度上的别样展开。

血缘或泛血缘文明乃是人类的童年，而市场文明则是人类的青年，童年向青年转型，是进步耶，退化耶？它们之间仅仅是不同而已。市场文明只是一个全新的生存阶段，它是为了适应不同的生存现实而出现的。不同的生产力，不同的交通、通讯、传播、信息发达程度，不同的民族、国家、地区交往趋势，不同的对自然和人的观察、思考发展程度和证明结果等，导致了不同的文明方式。

因而，对市场文明的第三种态度应该是：重建规则！

不仅是生产方式、社会方式的规则需要重建，而且精神方式的规则也需重建。不同的生存现实，必须有不同的精神规则。任何规则都不可能是十全十美的，甚至不可能有百分之五十以上的合理性，但规则仍必须存在。只要是与新的生存现实大致相应的新规则，它就必然会在新的生存阶段展现出新的道德资源、精神资源，这些道德资源和精神资源在很多方面都将比传统文明更为丰富和有效（不是更为正确和完美，规则无法进行正确、完美之类的言说）。新的生存阶段也一定会有新的崇高和"神性"（例如，独立和博爱这些市场文明必不可少的价值基点，就比亲如一家的忠孝节义的人伦之爱，以及由此而泛化开去的种种群体之爱更崇高、更具"神性"、更近人之本性）。

八

更为要紧的是，市场文明对于血缘或泛血缘文明不是一种否定，不是一种不破不立、你死我活，它乃是一种超越、一种架构，总之不是一种减法，而是一种加法。

市场文明并不通过取消血缘或泛血缘文明来建构自己，它只是建筑在血缘或泛血缘文明之上。人类的亲情人伦关系，永远是人类的基本组成形式或曰人类社会的细胞，血缘文明因素乃至于一定程度的泛血缘文明因素也永远存在于我们的生活之中，但这种血缘或泛血缘因素必须与新兴的、占主导地位的市场交易因素融合重组，成为一种全新的结构。血缘或泛血缘文明与市场文明将长期互渗共生，不断寻找更为理想的结合方式。

九

市场文明毫无疑问成了今天人类无法逃避的共同命运,但不同民族、国家、地区、信仰、意识形态可以有不同形态、特色的市场文明。不过,这种区别比起人类过去任何时代中同一文明水平的不同社会形态之间的差别都要小得多。而且,不管什么形态、什么特色的市场文明,都必须具备此一文明的基本特质:工业化(包括后工业化)、交换、民主、法治、科学、经济文化、个体性等。至少,这些市场文明的基本特质必须在那一社会形态中占主导的、决定性的地位。

十

今天中国在发生什么?从血缘或泛血缘文明向市场文明转型。它很平和,它不打倒、不横扫、不否定、不消灭传统文明,而是吸纳、融化、转化传统文明中一切可以被市场文明吸纳、融化、转化的东西。它架构在传统文明之上,渗透、提升并改变着传统文明。

但是,这平和的变化却是我们古老中华历史上最深刻的一次文明变革。这是一次蜕变,血缘或泛血缘文明有如蝌蚪,市场文明有如青蛙,蝌蚪在青蛙中,青蛙却不再是蝌蚪;这是一种展开,血缘或泛血缘文明有如花蕾,市场文明有如绽开的花朵,花蕾在花朵中,花朵却不再是花蕾;这是一回发育,像幼儿向青年迈进,无论在身体还是在心灵上都扑腾起了青春的、骚动而美好的翅翼!

(原载《自由交谈》1998年10月)

中国问题·解释维度·文化进路
——当下中国问题的文化进路论略之一

一、当下中国：光芒

如果说，1978年开始的思想解放运动与新启蒙思潮是一道光芒，那么，从这道光芒流泻出来的是什么呢？

光芒之一是和平安定。从1840年至1978年这近140年之间，中华民族所栖居的这块土地上，两次相邻的战争或政治动荡之间相隔的时间几乎未曾超过十年（1840—1842年，第一次鸦片战争；1851—1864年，太平天国起义；1856—1860年，第二次鸦片战争；1853—1868年，捻军起义；1883—1885年，中法战争；1894—1895年，中日甲午战争；1898年，戊戌变法；1900年，义和团运动高峰、八国联军侵华；1911年，辛亥革命；1911—1937年，北伐战争、军阀混战；1924—1937年，第一、二次国内革命战争；1937—1945年，全民族抗日战争；1945—1949年，解放战争；1957—1958年，"反右"运动、"大跃进"运动；1966—1976年，"文革"）。而从1978至今的30余年间，从人民正常的日常生活和整个国家的经济建设而言，无论如何应是自1840年以来的170余年间最为和平安定的时光。尽管这种和平安定并非没有积累下深刻的危机，但对于中华民族来说，意义无论如何是非凡、巨大的，每一个了解中国近代史的人，尤其是经历过不是战争却在心灵的震荡上强烈过战争的"文革"的人，都会深知这一非凡意义的极为宝贵和深邃的内涵。

光芒之二为经济现代化与经济起飞。30余年间，我国已基本形构为一个市场经济国家，加入了世界贸易组织（WTO），告别了闭关锁国，成为了世界第三大贸易国，参与了经济全球化和人类共同的经济事业；并已从1978年前

的世界第十大经济体跃升为世界第二大经济体，外汇储备世界第一。

光芒之三为民生的进展。中国农村贫困监测数据显示，从1978年到2007年，中国农村尚未解决温饱的绝对贫困人口数量已从2.5亿下降到1479万，占农村总人口的比重由30.7%下降到1.6%。①1973—1975年，我国男性人均期望寿命为63.6岁，女性为66.3岁（总体数据无统计）；2005年，男性为70.0岁，女性为74.0岁，总体为73.0岁。②仅此两项数据，我想，30余年来的我国民生进展状况已可有确凿领略。

光芒之四为朝向现代文明转型的国家重要立法。1978年以来，尤其是20世纪90年代之后，法治国家日益成为国家政治的明确目标。中共十五大的政治报告标志性地首次明确提出了"建立社会主义法治国家"，不久后，这一目标又被写进我国宪法。中共十六大后中国政府则进一步提出了建设法治政府的要求。③1982、1988、1993、1999各年的宪法修改，逐渐明确了个体经济、私营经济作为我国社会主义市场经济的重要组成部分。2004年的宪法修改，第一次将尊重和保障人权写进国家宪法，第一次把保护私有财产及其权利写进国家宪法。同时，第一次明确地将国家"建立健全同经济发展水平相适应的社会保障制度"写进国家宪法。1993年酝酿，2007年最后定格的《物权法》，以及近年来的一系列相关立法，如2006年《破产法》，2007年《反垄断法》《公司法》《证券法》，2007年《劳动合同法》等的制定或修改，将上述国家尊重和保障人权，保护私有财产，强化社会保障等宪法原则更加具体化和可操作化了。1989年出台，确立了"民告官"制度的《行政诉讼法》，1994年出台的《国家赔偿法》等，皆特别地体现了法律面前人人平等的诉求公正的明确意向。④所有这些朝向现代文明的重要立法，对于一个有着数千年历史的人治大国，其意

---

① 参见郝亚琳、董峻：《中国农村绝对贫困人口已减至1500万以下》，新华网，2008年7月8日。

② 参见中华人民共和国卫生部编：《2008中国卫生统计年鉴》，中国协和医科大学出版社2008年版。

③ 参见俞可平：《中国治理变迁30年（1978—2008）》，《吉林大学社会科学学报》2008年第3期。

④ 参见阿计：《评点15部经典立法》，《公民导刊》2008年第10期；李曙光：《中国改革三十年》，《中国改革》2008年第3期。

义的重大是毋庸置疑的。

光芒之五为治理方式的渐进和增量转变。30余年来，国家治理方式从全能全管全包政府逐渐向以宏观调控为主要功能的政府转变，并提出了进一步向服务型政府转变的目标；国家在经济、社会方面从高度集权逐渐向相对分权转变；一元的国家权利主体逐渐向多元的市场或社会权利主体转变。同时，基层民主的试行，经由党内民主推进人民民主的民主发展路线图的提出，2009年政府第一次发布的《人权行动计划》等，皆显现了政治现代化的某些谨慎和意义重大的变量。①

光芒之六为现代性共同价值的国家意识形态化。"以人为本"和"科学发展"毫无疑问是现代文明最重要的共同价值，这些现代文明的共同价值成为我国国家意识形态的根本性内容，当然是我国对现代文明基本理念认知的重要推进（相比20世纪五六十年代所提出的四个现代化——农业现代化、工业现代化、国防现代化、科学技术现代化——而言，我们可以清晰地看到，四个现代化不过是技术现代化，或曰生产力的现代化，是现代文明的硬件层次，而"以人为本""科学发展"这样的现代性共同价值已进入现代文明的软件层次）。

二、当下中国：阴影

有光芒就有阴影，与1978年以后这道光芒相伴随的阴影又是些什么呢？

阴影之一是"让一部分人先富起来"的度的把握有所失衡，贫富悬殊状况严重。根据世界银行公布的数据，中国居民收入的基尼系数2004、2005年皆为0.47。②这是一个在理论上超过了导致社会动荡警戒线的数据。对于一个有着数千年"不患寡而患不均"之顽固传统的社会来说，贫富差距的拉大尤其值得重视。

阴影之二为腐败，尤其是官权与商利相互勾结的腐败，甚至是出现了官商匪沆瀣一气的黑恶势力。这些常见诸报端，无须在这里注明事实与数据。

---

① 参见俞可平：《中国治理变迁30年（1978—2008)》，《吉林大学社会科学学报》2008年第3期。

② 参见《1980—2005年中国基尼系数变化趋势》，转引自《理论参考》2008第1期。

阴影之三为整个社会生活潜规则普遍而严重。国民的现代理性精神——规则意识、法律意识、契约意识等依然薄弱,而相应的规则、法律、契约等真正实施的可能性亦依然较低。社会资源向"权—利"集团、单位、地区等集中乃至被垄断,因而形成社会资源分布一元而非多元的格局,社会财富拥有呈金字塔结构而非橄榄形结构的非良性状态依然明显,甚至更趋显著。有关公权力监督等公共问题讨论的信息与舆论空间,比之1978年前虽有天壤之别,但其公开性、自由度仍不充分。

阴影之四为国民幸福指数颇不理想,精神疾患率高。所谓"端起碗吃肉,放下筷子骂娘"这种吊诡现象普遍存在。2005年,教育部重大攻关项目"当代中国人精神生活调查研究"课题组对全国20个省市40个城乡调查点进行了严格的入户抽样调查。在中国城乡居民生活满意度调查方面,该课题组发现,只有44.9%的被调查对象对自己目前的生活状况感到"非常满意"和"比较满意"。在有关中国居民心理生活的调查方面,课题组还发现,62.3%的中国城乡居民"有时"甚至"经常""整天"感到焦虑不安。同年,国内著名的调查公司——零点研究咨询集团的调查表明,在2003—2005年的连续三年期间,中国居民对自己总体生活的满意程度呈逐年下降趋势,2003年为68.2%,2004年为66.9%,2005年为56.1%。①2009年6月,《柳叶刀》杂志发表了对中国四省精神障碍的流行病学调查结果:中国约有1.73亿人患有不同类型的精神障碍。②经济高速增长而幸福感增长有限,焦虑感蔓延,这可能是现代化必然伴生的后果之一。但就我国的具体情况而言,恐怕不是现代化进程太快,而是现代化进程中结构严重不平衡所致。它与上述提到的贫富悬殊、社会腐败、潜规则盛行等所造成的权势财富比较落差及公正渴求之类的社会生活不安全感显然相关,而更切近现实的一个原因则当是:理性的、公正的、持续的、稳定的、可信赖的多方面多层级社会保障系统还远未确立。

阴影之五为环境污染。由于经济高速发展所带来的工业废气、废水、废物等,使我国工业较发达地区的环境严重恶化。而人类的整个现代化事业给地

---

① 参见文军:《幸福度下降:一种未预期的现代性后果》,《社会观察》2006年第6期。

② 参见田鹏、齐小苗:《1.73亿中国人的精神危机》,中华精神卫生网,2010年8月。

球环境所造成的温室效应，使地球变暖加速进行，全球土地沙漠化日趋严重，巨型而又怪异的自然灾害愈发频仍。我国在近30年的发展中已成为"世界工厂"，对地球环境问题自然也承担着一份责任。

阴影之六为价值真空、良知阙如、精神虚无、心灵晕眩，根本上说，是文化逻辑混乱。1978年以来的思想解放运动，解放了中国人的自利之心，自为之能；1978年之后的新启蒙思潮，试图重建中国人的主体意识，这些无疑都有着巨大的积极意义。但是，这种解放和重建工作，似乎被什么阻滞了、搅乱了。近30年来的欲望主义和传统的道德中心主义，把中国人的精神世界搅成了一锅粥。人们内心的价值真空或混乱状态也许是中华民族历史上空前的，或者是3000年来未有的。人们从五六十年代的观念上的只人不己、只公不私、只义不利，忽然一下子颠倒而为八九十年代以来的只己不人、只私不公、只利不义。一句话，人们从"无我的世界"一下子变成了"无世界的我"。① 人们内心并非没有惶惑，并非没有超乎一般的紧张；在事实上，人们并非没有，也并非不知道如此这般的价值状态，造成了每一个体以及整个社会、国家的巨大成本（有许多成本将要由未来的可能是相当漫长的历史来清算）。

应该说，由于思想解放运动和新启蒙思潮未真正彻底展开，我们在三个层面上，皆未有具成效的建设。

一是权利伦理（公共道德或公德）。建立在现代理性——权利与责任、规则、法律、契约等意识上的信用精神和全民的信用习性、信用环境未真正建立起来。

二是德性伦理（个人道德或私德），这个我国传统上相当强势的部分。由于欲望主义的冲击，由于现实生活的变化（由主要生活在熟人社会转变为主要生活在生人社会），传统上靠口碑和口诛来钳制人心的他律性的耻感文化基本失效，而又无西方靠天堂、地狱和救赎等钳制人心的自律性的罪感文化传统，使现代性意义上的德性伦理资源及其创造性探索，实际上处于被抑制状态，人们的良知阙如、心理焦虑和精神虚无就可想而知了。

三是超越性文化之维，或曰信仰之维。这个中国文化传统上本并不缺

---

① 参见金岱：《心界》，中国青年出版社2002年版。

乏，却凝聚得不甚好的部分，在欲望主义和传统道德中心主义的挟持下，变得更加乱象迭出（不是信仰多元而是信仰混乱），普遍的状况是思想困惑、心灵晕眩，找不到生存的支点。

三、当下中国问题的解释维度

第一种解释维度是对制度因素的关注。其中又有观点很不相同的几个方向：

其一，眼里没有光芒，只有阴影，因此根本上否定1978年以来的中国改革开放，认为乃是走入歧途，应该彻底回到1978年之前的"以阶级斗争为纲""无产阶级专政"的老路上去；认为那种由高度个人集权和国家控制所构成的虽寡却相对较均的社会资源状态才是最好的社会，才是最正确的发展道路。

其二，也看到光芒，可更多看到阴影，并认为1978年以来中国社会的一切正面发展，根本上并非源于1978年开始的思想解放运动和新启蒙思潮，而是源于20世纪五六十年代已奠定的基础，因此主张在继续近30年的道路的同时，更多地回到1978年前30年去。

其三，认为光芒是主要的和根本性的，但认为阴影也是严峻的。这种阴影严峻的原因是政治体制改革未能很好地与经济体制改革协调发展，是制度更新缓慢所致。也就是认为，在经济体制改革的同时，法治、民主、权力制衡等政治文明进展滞后，导致了当下中国的种种问题。而这一方向又有两种很不相同的思维：第一种思维是总体性思维，认为制度更新是一揽子的事，任何局部改变和部分的努力都是无济于事的；第二种思维是非总体性的，认为在今天的情境下，制度更新当是和平持续渐进的，不断建设性、创造性地达至理想境界。

第二种解释维度是文化因素的关注。这一解释维度突出地显现为对转型中的中国社会价值虚无、道德荒疏的焦虑。

如"人文精神失落论"就是一例，哀叹人文精神的失落，然究竟失落的是什么却语焉不详。是失落了20世纪80年代以来的人道主义和主体性追问，还是失落了1978年前的革命理想主义（革命浪漫主义）精神，抑或是失落了基本上是道德中心主义的中国传统文化精神，特别是儒家文化精神？

又如"中国历史宗教缺乏论"。此说认为中国历史最大的问题就是没有出现一种全民信仰的典型宗教，以至于无法制衡市场经济带来的欲望主义。所以有人认为应引进基督教，也有人主张更多用伊斯兰教精神冲刷中国文化精神。

再如"传统文化断裂论"。此说目前最为强势，认为20世纪的新文化运动直至"文革"以及近30年来的市场化，根本上是西化、再西化、全盘西化，以至于使中国传统文化几被完全断裂、阻滞、衰微消泯，此是当下中国问题的症结。所以当务之急是应当复兴传统文化。结合"宗教缺乏论"，更有人主张将儒家文化改造为典型宗教，且使之成为全民信仰中心，作为国教，以收拾人心。

还有人认为，当下中国问题的关键，是丢失了以"文革"为标志的1978年前30年乃至整个革命时期所显现出来的"平等"理念。

总之，当下中国问题之文化关注的解释维度，近20年间，几乎一边倒地倾向于文化保守主义。

当然，欲望主义或消费主义，同样是20世纪90年代以来最为强势的文化思潮之一，这一思潮无条件地追捧市场，无条件地为市场逻辑或资本逻辑作迎合性的，完全没有批判的理论论证的"文化搭台"。不过此一思潮根本上是乘势而行，顺流而下，并不构成对当下中国问题的关注，所以很难说是对当下中国问题的一种解释方向。

四、当下中国问题：制度的归制度，文化的归文化

上述两种解释维度，制度解释维度和文化解释维度，连同已获实现的经济现代化思想路径一起，作为一种多元状况，对于当代中国思想，不仅是一种正常，且就绝大多数时间里思想单一、一元的中国历史而言，乃是一种幸事。但是，制度解释维度与文化解释维度之间却产生了本不应有的矛盾。某些文化解释维度的论说企图以文化关注取代制度关注，甚至是以总体性的文化解决取代制度解决，如提出所谓政治儒学，以及所谓政教合一的儒家国教化等，显现出文化决定论的取向（此问题笔者有另文详加讨论）。而一些制度解释维度

的论说，则不分青红皂白地将一切文化解释维度的论说一概斥之为"文化决定论"。如认为"二十世纪发生过三次文化论战，复古派与西化派争得你死我活，却是同一个'文化决定论'的两极震荡，都把中国的存亡兴废归结为文化问题，除了转移社会政治层面的注意力，在思想学术层面，也乏善可陈，没有积累下多少积极成果"；认为不要重蹈"五四"的误区，不要强调"文化"。①从历史看，自1840年以来，我们历经了洋务运动、戊戌变法、辛亥革命，以及20世纪初的工商业勃兴，然后才有了新文化运动，如何新文化运动就有了文化决定论的罪名呢（且由文言文而白话文的革命性变革，难道不是新文化运动推进的决定性进步，而是"思想学术层面乏善可陈"吗）？从现实看，当代中国现代化进程之经济、制度（政治）、文化三者之间，其权重与格局究应如何看待，则需加以稍微具体详细一点的讨论。

首先，1978年以来，尤其是20世纪90年代以来的中国经济改革，无疑重要非凡，且成就卓著。然因此而判定，中国的现代化只需要经济现代化（生产力、生产关系现代化，即生产方式现代化）一路便已足可，唯经济主义或经济决定论思想顺此惯性而定格、僵化，并由此将经济高速发展始终作为国治民安的主导甚至唯一手段，这一偏差的负面效应今天已然突显。

其次，关于制度解释维度，或曰制度因素的关注，即政治体制改革、制度更新、政治文明的推进，无疑是极为重要的，且今天显然是越来越重要了，甚至可以说已然十分迫切。但对于制度解释维度中的不同致思方向，我们却应有不同的态度。

前述制度解释维度的三种观点中，第一种观点，所谓1978年以来是道路上的根本错误，这是无论如何不能同意的，抓住前进中的过程性问题，就欲开倒车，甚至做"文革"的翻案文章，这不仅是思维上的僵化极左，且是最易引起社会动荡的观念。第二种观点，所谓1978年后30年的成就根本上建立在前30年的基础上，如果不是希图以前30年否定后30年，只是从前30年汲取有益资源，在思路上应该是有意义的。第三种观点，所谓1978年后30年的光芒是主要

---

① 朱学勤：《2004：传统文化思潮激起波澜》，胡晓明编《读经：启蒙还是蒙昧？》，华东师范大学出版社2006年版。

的和根本性的，但认为阴影严峻，而当下中国问题的症结，在于制度更新滞后。这一观点中的第一种思维，即总体性思维，乃是传统思维，容易演变为或激进或怠弃的路向；第二种思维，即非总体性思维，我则认为基本上是正确的，但不全面，因为缺乏了对文化因素的关注，缺乏了对文化解释维度的认知。事实上，文化转型不仅是文明转型的关键要素之一，也是制度更新、和平稳定持续渐进的根本性推动力量。

我认为，就当下中国问题之经济、制度、文化三者关系的思考，应持如下三个原则：

其一，非决定论原则。不管是经济决定论、制度决定论，还是文化决定论，都是不正确的。一个社会的现代文明转型是一个多维多向的系统工程，任何一个单方面的决定论都不可能真正解决问题。

其二，非总体性原则。系统发展又绝不是总体性（革命或一揽子解决问题，亦或曰"改天换地""一张白纸好画画"等）的思维方式。总体性同样是一种根深蒂固的传统思维。文明转型的系统工程，既不可以是单方面的决定论的，亦不可以是总体性的、一揽子的买卖。这是我们不能不首先明确的思维方式问题。1978年以来30年的成就，在思维方式上的根本性启示就是非总体性：搁置其他，经济先行。当然，这一思维方式在今天面临的问题是，"经济先行"不能变成了"经济独行"，变成了经济决定论。这是下一个30年必须逐渐展开新的重心。今天已到了中国文明转型的一个新拐点。

其三，社会形态的分化原则。制度的归制度，文化的归文化，当然，经济的亦归经济。正如"恺撒的归恺撒，上帝的归上帝"，中国传统思维中最缺乏的就是这样一种"分"的思想方法，亦即多元的思想方法。现代文明转型的根本所在，就是要否弃"政教经"合一的大一统传统社会形态，而形塑经济、文化、制度相分离、相制衡、相协同、相促进的多元、系统、互洽而和谐的新型社会形态。

因此，当制度解释维度的论说在强调制度因素的重要性时，恐怕应非常小心不要掉进了制度决定论的窠臼，因为一旦掉入此窠臼，改变首先从思维方式上成为了复旧。制度决定论者往往同时又是总体性论者，往往认为"改天换地"般全方位改变制度就能够改变一切，因此常试图通过一揽子的制度改变方案总体性地改变世界，而结果却适得其反，很容易让历史成为不断"翻烧饼"的循环过程。170多年以来的中华民族现代化历史曾屡次尝试制度决定论的方案，曾屡次幻想着一步进入天堂，而历史却告诉我们，完美理想中有许多幻觉的成分，而幻觉之后常紧随着失望。我们不可以不谨记这些历史经验。（俄罗斯的例子也可作一旁证：普京上台，即取消州长民选，改为直接委任；自己两届总统任满后又任总理，再参选总统，这岂非变相终身制？我们无意论及俄罗斯政治生态变迁的价值正负，想问的仅是这是制度的原因，而没有经济的，尤其是没有俄国文化基因的深刻根源吗？）

而且，就是制度变革本身，也不一定必须是总体性地解决问题，而更可能是随机、逐步、渐进地，一个一个问题域地推进，一个一个问题方向地变革（先发现代化国家，人权、民主、种族、性别诸问题皆不是一蹴而就解决的）。关键的是必须始终朝向正确的价值目标——就中国当代历史而言，就是胜利完成中华民族向现代文明的尽可能理想的转型，实现中华民族伟大复兴的价值目标。

总之，制度的归制度，文化的归文化，对于中华民族的现代文明转型而言，两种进路都是不可或缺的。而在经济现代化先行至今的中国社会，制度与文化，究竟哪一进路在某一特定的历史时期可能上升为主要矛盾，却还有赖于特定历史机遇的风云际会，需要我们对历史机遇进行仔细的观察和分析。

五、当下中国问题的文化进路

毫无疑问，文化决定论也是必须否弃的。但是，当下中国问题的文化解释维度亦即文化进路，又不应该是不可以思考的。事实上，在绝大多数情况下，意识清晰的文化进路是被人们所忽视和轻视的。人们对文化解释维度（即文化进路）的忽视与轻视，其原因首先是由于对"文化"概念理解的偏失。

通常人们把文化理解为精神文化、制度文化和器物文化的统一。器物文化和制度文化较好理解，无非是体现在器物和制度中的精神文化因素，也可以表述为体现在器物和制度中的人化因素。但精神文化究竟为何，却分歧甚多。一般而言，人们多认为所谓精神文化的所指，就是文学艺术、学术研究、教育传播和大众传播，以及宗教或意识形态等知识和想象性作品的符号生产。但是，当英国文化批评家雷蒙德·威廉斯提出"文化即生活方式"时，文化内涵的另一个广阔空间就被开启了。

雷蒙德·威廉斯"文化即生活方式"命题的提出是极重要的贡献。它使文化在人类生活中的意义得到了重大的拓展和根本性的落实。我以为，"文化即生活方式"这一命题所展开的内蕴，乃是：人类生活的目的性活动，并非经济行为和政治行为，而是人类生活本身，亦即每一个个人的本原性的存在方式，以及所有个人与个人之间的非经济、非政治的构成性存在方式。作为生活方式的文化，乃是人类存在的目的性根基、价值性根基。事实上，生产方式、生活方式和制度方式共同构成了人类的总体存在方式。而对于人类历史来说，生活方式与生产方式是同样具有根基性意义的。我们甚至可以比喻说，生产方式和生活方式有如列车的左右两边车轮，制度方式则如车厢，只有一边轮子转动是无法推动历史前进的（当然车轮飞转，车厢老旧不匹亦是重大问题）。且比较而言，作为生活方式的文化对于人类历史来说可能是最为潜在、最为持久、最具稳定性（负面上则是最具惰性）的根基性的东西。不意识到文化是生活方式，不意识到生活方式与生产方式对于人类历史同样具有根基性意义，只将文化作为某种"纸上"的、"务虚"的、"当不了饭吃的"东西，忽视和轻视便自是必然。

对文化进路的忽视与轻视，还来源于对文化力量的褊狭认知。人们今天已然普遍地认识到文化乃是软实力，不过，所谓软实力，其实只是因为文化可以在一定程度上产业化，文化产业的利润日益可观，文化可以换来财富，可以赚钱。毕竟，赚钱、物质的东西才是实力，所谓软实力，要点不在"软"字，而全在"实力"二字。可是，文化是一种软实力，却万万不可以作此褊狭的理解。作为生活方式的文化，它至为重要的、所谓根基性的力量，乃是来自它与同历史、同文明范型的作为生产方式的经济相匹合的程度。这种匹配密合程度愈高，文化愈呈强势、呈高位，因而愈有力量，根基性力量。对这一问题的认知，中华民族在世界民族之林中本当最为深刻才是。在我们这块大陆的民族融合历史中，长期居主导位置的汉民族曾于元代和清代两度被当时的汉民族之外的民族以武力打败，政权被置换。然而，汉民族最终都能重掌政权，并形构为今日以汉文化为主导的56个民族融合一体的大中华民族。显然，在这样的两个案例中,军事上和政治上的胜利,最终是被一种文化所折服,所消融,所化合。这就是强势文化或曰高位文化的意义,这也就是文化的根基性力量,真正的软实力的力量之所在!

文化的意义不可忽视,文化的力量不可轻视,当下中国问题的文化进路不可忽视和轻视。但是什么样的文化才是有意义有力量,才是强势或高位的,才是真正的软实力呢?文化保守主义意义上的"文化"可以吗?

继续以中国历史为例。在前现代之中国,汉文化之强势与高位,当然是源于在农牧文明的框架中,汉文化比之当时其他相邻的少数民族文化,是与农业小生产以自给自足为主的,亦即所谓亚细亚的生产方式最为匹配密合的生活方式,因此最终具有了根基性的消融一切的力量。然而在今天,在现代工业文明乃至后工业文明的框架下,未经变革改造的传统汉文化还是最终的最有力量的文化吗?历史已就这一点两度作出了回答。1840年之后,打了败仗的中国人思谋着"师夷长技以制夷",发动了洋务运动,试图以坚船利炮回敬坚船利炮,结果成绩不佳;然后有了戊戌变法与辛亥革命的制度上的总体性转变,可是依鲁迅的话来说,仍有"城头变幻大王旗"之感;然后便有了新文化运动,在文化意义上向先发现代化国家和社会学习,学习他们的基础文化理念:科学(理性)和民主。1949年之后,我们曾想用"四个现代化"(工业、农业、国防、科学技术之现代化)来实现现代化,其尝试结果亦不能令人满意,于是人们明白了在生产力现代化之外,至少还必须有生产关系即市场经济的经济现代化,同时在法治、民主、理性、人本等方面的现代化也有了一定程度的开展。此一拓进显然取得了巨大的成功,同时又带来了一系列问题。对于这一系列问题的原因,制度因素关注无疑是重要的,但文化因素关注的严重缺失(由于急功近利的浮躁心态,本当对文化在历史进程中的意义认知最为深刻的中华民族,却基本上漠视此一意义),文化现代化未得到系统认知,未有真正意义上的展开,甚而至于反向进行,在经济和国力上取得一点成绩时立马退行、固守且自大起来,把由我们民族所屡次验证的与生产方式匹合的生活方式具有根基性力量的这一历史真理完全抛到脑后去了。

我以为,可以再用一个极具说服力的比喻来描述制度、经济与文化三者间的关系:制度有如陆地高山,经济有如河流江海,文化有如我们置身其中的空气。陆地高山是我们生存的框架，否则我们往何处栖居？河流江海是我们的生存命脉，所谓生命之源，没有水，我们的生命能延续几天？然而空气是我们的生命本身，没有空气我们的生命能延续几秒？问题在于，当我们不缺乏空气时，我们根本感觉不到空气的存在，更感觉不到空气的重要性。可是一旦缺氧，例如进入了一定的海拔高度，我们立马就会感觉到空气是比什么都重要的东西——这，也就是所谓"软"实力！而当下中国，有没有严重缺氧，空气恶浊的状况，乃至于深刻地影响了我们民族的生存和生命的问题呢？我认为是存在的。规则意识缺乏，缺乏真正合于现代文明的规则，或有规则而绝不以为意、不当回事，尤其是缺乏属于新文明的精神规则和文化逻辑的建构，缺乏对新文明的精神规则、文化逻辑和价值判断依据的认知与信念，因而心灵晕眩，生命失去支点；人与人、人与群体、人与社会之间缺乏信用，缺乏情感、情义，缺乏由共同志趣和信念所构成的人际凝聚；人的心中缺乏应有的欲望制动阀，任何手段，假丑恶凶残黑，无所顾忌，只要眼前利益到手，一切不在话下；缺乏对生命的终极关怀，缺乏必不可少的信仰与敬畏，缺乏人生意义的信念。20世纪90年代以来形成的经济现代化、文化保守化，又使当下中国之文化呈现一种悖谬、畸形的景况。一种要用前现代中国的作为封建专制意识形态的文化逻辑压抑经济现代化所引发的社会问题之声音甚嚣尘上，使本来缺氧的我们呼吸的空气更加浑浊，乃至恶臭。

总之，1978年以来的30余年，作为生产方式的经济之河是畅达了，但有如陆地高山的作为框架的制度调整步伐缓慢、滞后，而有如空气的作为生活方式的文化，则处于浑浊的状态。因此，当下中国问题的文化进路必不可少，但却绝不应是文化保守主义之"退"路，而当是文化现代化之进路：面对文明转型的中国文化之改造和创化势在必行！

（原载《粤海风》2011年第6期，《高等学校文科学报文摘》2012年第1期转载）

中国现代性建构：作为问题

——当下中国问题的文化进路论略之四

一、"现代性"与现代性建构

19世纪法国诗人、批评家波德莱尔是西方现代文明批判诸潮流之一的审美现代性的典型代表，他不仅贡献了作为审美现代性经典之作的诗集《恶之花》，而且最早使用"现代性"一词来指谓他那种对现代文明所带给人们的独特感受的描述。以至于今天人们普遍认为，波德莱尔是"现代性"一词的最早使用者，至少，"现代性"一词被关注是由于波德莱尔的使用。而在波德莱尔这里，"现代性"一词是用来对现代文明带给人们的心灵感受和文化景观进行批判的，其意谓根本上是文化的。

在西方，"现代性"（modernity）概念的使用，正是起于对现代文明的文化批判，尤其盛行于后现代主义将后现代性区别于现代性的论争之中。尼古拉斯·布宁、余纪元编著的《西方哲学英汉对照辞典》中，"现代性"这一词条的解释是：

> （现代性）是一个含糊用语，用来一般性地指称由启蒙运动建立起来的现代（近代）时期所具有的特点。后现代主义者把现代性与后现代性对立起来。……关于现代性的主要成分，作家们和批评家们的说明多有不同。一般讲来，现代性与纯粹理性的至上和近代自我的自我肯定相关联。依据理性，现代（近代）的人们寻找那看待世界的统一形而上学构架。他们追求自己主体的独立性，忽视历史、传统和文化的限制。他们以科学为利器得寸进尺地试图安排和

控制自然环境，通过经济利益来衡量美学对象并形成自己的评价。现代性在工业资本主义上升期间是有效的。对于现代性的批判已成为批判理论、后现代主义、后结构主义和共同体主义的首要论题。每种批判都从某个特殊立场出发并基于对现代性的不同理解。①

可见在西方，"现代性"概念主要是在现代文明批判意义上被使用的，但这一批判根本上是文化批判，而不是经济、政治批判。所以，"现代性"概念，其意谓在西方当主要是文化的。

在中国语境中，"现代性"概念在思想界、学术界的普遍出现，则当是20世纪90年代以来的事，同样也是起于对现代文明的批判。20世纪90年代中国出现了经济现代化与文化保守化的吊诡现象，"现代性"一词是在这一氛围中传播开来的。不过，由于中国语境的特殊性与复杂性，"现代性"概念在中国的使用，逐渐改变了其基本负面的所指，而渐趋中性，对于认同当下中国仍处于从前现代向现代转型阶段的论者来说，这一概念还具有更多肯定的意味。

但是，"现代性"一词在中国语境的这种变化，却似乎伴随着对这一概念的泛化使用。由于中国学术界突出的跟风和流行现象，人们显然越来越经常地用"现代性"一词，来代替"现代"（现代文明、现代社会、现代世界，即16、17世纪以来人类的这样一个文明史阶段）。而这就使"现代性"概念的含义变得模糊和混乱了。

有论者认为人们对"现代性"一词的理解或解说通常有三种：其一，"将'现代性'理解为'现代社会生活'或'现代世界'"，将其"等同于现代社会（及其相应的经济、政治与文化）形式"。其实也就是将"现代性"概念等同于"现代"概念。其二，"将'现代性'理解为贯穿在现代社会生活过程中的某种内在精神或体现、反映这种精神的社会思潮。从这种角度来加以理解的'现代性'，往往成为'现代主义'或'现代精神'的同义词"。其三，"将'现代性'理解为现代社会生活中的人与事物（在时间和空间上）

---

① 尼古拉斯·布宁、余纪元编著：《西方哲学英汉对照辞典》，人民出版社2001年版，第630页。

所具有的一种特殊性质或品质,以及人们对这些特殊性质或品质所获得的某种体验"。①这里,对"现代性"概念的第一种理解,即将"现代性"等同于"现代"(现代文明、现代社会),我以为是不妥的,尽管在西方和中国,如此这般的理解和使用者都大有人在。仔细辨析一下,在汉语中,"现代性"当是"'现代'+'性'",是"现代"的性质与状态,如何能相等于"现代"(现代文明、现代社会)呢?例如,我们能将"人性"与"人"这两个概念完全画等号吗?

我认为,"现代"(现代文明、现代社会)所指谓的应当是自16、17世纪以来人类历史中出现的一个文明史阶段,是这个文明史阶段的总体性、一般性概念。而"现代化"概念所指谓的则是"现代"这个文明史阶段的整个过程,是这个文明史阶段的全部运动。"现代性"概念所指谓的却是"现代"(现代文明、现代社会)的内涵,即文化。它首先是"现代"这一人类文明史阶段的理念,亦即区别于"传统"的质的规定性,也就是性质或本质。而"现代主义"概念则是以"现代性"为起点和归宿的,是在理论上、文化上探索"现代性"而产生的思想运动、文化思潮,是"现代性"文化的发生和实现过程。谢立中《"现代性"及其相关概念词义辨析》一文中引用了台湾学者叶启政给"现代性"所下的定义:"现代性这个基本概念基本上是'历史的',也是'文化的',其所呈现与反映的是欧洲人自某一特定历史阶段起的一种认知和期待心理、价值、信仰、态度与行动基调。"②这一界定是可以认同的。刘小枫将"现代"分为三个层次:"现代化题域——政治经济制度的转型;现代主义题域——知识和感受之理念体系的变调和重构;现代性题域——个体与群体心性结构及其文化制度之质态和形态变化。"③这一区分中在"现代性"与"现代主义"各自的比较功能分析上不够准确,但二者所共同指涉的内容却也

---

① 谢立中:《"现代性"及其相关概念词义辨析》,《北京大学学报》(哲学社会科学版)2001年第5期。

② 叶启政:《再论传统和现代的斗争游戏》,转引自谢立中《"现代性"及其相关概念词义辨析》,《北京大学学报》(哲学社会科学版)2001年第5期。

③ 刘小枫:《金耀基的"现代化"论及其问题意识》,转引自李宗克《现代化与现代性:概念的清理》,《华东理工大学学报》(社会科学版)2003年第1期。

是较可以认同的。总之,"现代性"概念不应当是现代文明的另一个指称,它所指谓的应是现代文明的内涵(文化)。

作为现代文明的内涵(文化),我以为"现代性"概念有三个层次的含义:其一,"现代性"关切的是现代文明的理念、现代文明的质的规定性,即性质或本质。这一内容属符号文化(作为符号生产的文化)层面。[①]其二,"现代性"要探索的是现代文明的价值理想、现代文明的应然,属价值文化或理想文化(作为价值、理想或人化的文化)层面。其三,"现代性"是现代文明之理念与理想的直接现实——生活方式,属生活文化(作为生活方式的文化)层面。而"现代性"作为现代文明的内涵(文化),其现代文明的理念、理想和生活方式的现实,则是现代文明的经济与政治。

因此,现代性建构,首先不是现代文明、现代社会的建构,不是所谓总体性的指向"现代"的文明转型或社会转型,而是朝向现代文明的文化转型,亦即现代文明之文化的建构。而中国现代性建构,也就是中国的现代文明之文化的建构。

二、中国现代性建构之问题的要义

(一)中国现代性建构之问题的边界与格局

中国现代性建构,是中国的现代文明、现代社会建构,或曰,产生于中国土壤上的现代文明、现代社会转型总问题中的一个分问题。

在较粗略的意义上,说中国现代性建构,也就是在说区别于经济现代化和制度现代化的中国文化现代化建设。但当我们说"文化现代化"时,更多指涉的是这个问题的普世性方面,而说中国现代性建构时,则明确了"现代性+中国性"这一基本格局,并将"现代性+中国性"作为中国文化现代化的根本问题。所以,当我们提出以文化现代化作为解决当下中国问题的战略路径时,我们要进一步地说明,文化现代化的任务就是要完成中国现代性建构。文明转

---

① 参见金岱:《文化现代化:作为普世性的生活方式现代化》,《学术研究》2011年第1期。下述"价值文化(理想文化)""生活文化"等概念的含义亦参见此文。

型是近200年来中国社会的核心问题,而1978年以来的30余年间,中国现代文明转型中的经济转型成了首要问题,取得了非凡成就,同时也出现了严峻问题,成就的继续增长和问题的切实解决显然都不可能继续依赖经济转型路径。因此,文化转型和制度转型必须提到议事日程上来了,而我认为,在当下中国的语境下,与经济现代化具有类似意味的作为社会有机体系统恢复战略的文化转型,比制度转型又具有更为突出的前导性、现实性和可能性。

中国现代文明之文化转型,亦即中国现代性建构,作为当下中国的突出问题,要解决的是中国现代文明的理念和性质问题,中国现代文明的价值理想问题,中国现代文明的生活方式问题。不发挥充分创造性以解决这些问题,不仅经济转型难以最终完善,制度转型事实上也缺乏具有明晰指导性和有效推动力的理论、理想和现实路径。中国现代性建构问题,或曰中国现代文明的文化转型问题,内蕴着两重需要解决的主要矛盾:其一,人的现代化与社会(分立于政治国家、市场经济意义上的社会)现代化的统一问题。其二,现代性与中国性的统一问题,或者说,是中国的现代性与具有中国特征的现代性的统一问题。关于人的现代化与社会现代化的统一问题(这个问题首先是现代性的普世性方面的问题,也可以说主要是中国现代性建构中的"现代性"问题),我在《文化现代化:作为普世性的生活方式现代化》一文中已作了较具体的讨论,本文要着力探讨的是上述第二重矛盾:现代性与中国性的统一问题。

(二)中国现代性建构中的"中国性"问题

在西方,"现代性"概念主要是由于"后现代性"的提出,而用于区别于后现代性,并作为后现代性的批判对象而被突出地呈现出来的。然而在中国以及所有后发现代化国家、地区,现代性却是一个远未解决,而又亟待面对和解决的课题。在中国以及所有后发现代化国家、地区,显然都面对着一种奇特而又困难的语境:两个历史时间既叠加又冲突。

第一个历史时间是,我们(中国以及所有后发现代化国家、地区)目前都实际上处于从前现代向现代转型的阶段。第二个历史时间是,正在我们从前现代向现代转型时,先发现代化国家、地区,已对现代性和现代文明提出了严厉的批判,并在试图尽快超越现代性和现代文明。那么,我们(中国以及所有后发现代化国家、地区）该如何办？原地不动，滞守前现代状态，可以吗？不经过现代阶段，直接进入后现代（这是一个至今还属想象的历史时间），可以吗？如果滞守前现代和直入后现代都不可行的话，那我们又该如何办？

因此，当我们提出中国现代性建构中的"中国性"问题时，我们实际上已然确立了两个基本而又重要的立场：

其一，中华民族，绝不应该也绝无可能滞守前现代，中国的现代文明转型势在必行，势在正行，只许成功不许失败。在这个意义上，所谓"中国性"问题，其思考向度，就应当是如何使特殊性的中国性适应于普世性的现代性。这里"适应"，绝不是取消中国性，而是在于强调一种意向和意象，中国性向现代性敞开胸怀的意向和意象。而在这个意义上说中国现代性建构，也就是在说后发现代性建构。

其二，现代性弊病已然突显，现代性必须批判，必须超越。中国以及一切后发现代化和先发现代化国家、地区，都应当和必须努力建构一个完善的现代性，一个完美的现代文明。在这个意义上，中国现代性建构中的"中国性"问题，其思考向度则应相反：普世性的现代性如何向特殊性的中国性开放？现代性应如何汲取中国及其地球上一切古老而又丰富的传统文化资源，与既有的现代性融合，创化新的单元或结构要素以补现代性之偏，以超越现代性，或曰实现现代性超越？而在这个意义上，我们又可以说，所谓中国现代性建构，也就是后现代性（我更愿意说"后期现代性"）建构。

总之，当我们提出中国现代性建构中的"中国性"问题时，我们实际上是在说，所谓中国现代性建构，是后发现代性建构与后（期）现代性建构的统一。

（三）凝固的"传统文化"与流变的"文化传统"

中国现代性建构中的"中国性"问题，不管是中国性向现代性开放，还是现代性向中国性开放，都会涉及中国（包括地球上一切古老文明）的"传统文化"问题。

传统文化（有时又被称为"国学"）是近20多年来，我国人文社会科学论域中的一个炙手可热的关键词。从一般而言的弘扬传统文化，到文化保守主义者们宣扬的复兴，甚至是全盘复辟传统文化，"传统文化"这个幽灵在中国大地上卷土重来，尽情狂欢，甚或开始扮演起"救世主"的角色，可以说出现了走火入魔的趋势。那些在跟风跟潮的、想以"国学"教育作为业绩的老师逼迫下读经背经的幼儿园、小学的孩子，他们已然十分繁重的正常课堂学习受到了严重冲击，甚至有的地方还被要求完全放弃正常学习，一心向古。因此，我们有必要十分仔细地来区分和辨别一下"传统文化"与"文化传统"这两个概念。

"传统文化"，可以说是一个凝固的、封闭的池塘或湖泊。当我们说中国的"传统文化"时，很明确地，我们是在指谓辛亥革命和作为现代启蒙的新文化运动之前我国数千年所累积的全部文化内容、形式和形态。而"文化传统"，则可以说是一条流变的、开放的河流。当我们说中国的"文化传统"时，我们所指谓的当是从中国这块土地上的极远古的源头发祥以来，一路流转、沿变，与各式各样文化资源汇聚、融合——包括我们国家今天所包含的56个民族的文化资源，也包括全世界各种各样的民族文化资源，如印度、日本等东方国家，晚近以来更有欧洲和北美民族国家的文化资源——而逐渐形成的一条至今仍在不断吸纳、创化的、波澜壮阔的文化之河。我们不能想象，一条真正源远流长的、有力量的河流，在它的流动中，是不与任何其他水源汇聚融合的；我们也不能想象，当这条河流在今天的行进中遇到了困难，我们只要一味回到源头（不是说完全不可以回到源头来帮助思考），就能够解决一切问题。

我们可以在战术上谈论"传统文化"。当我们在战术上谈论中国的"传统文化"时，我们所取的态度必须是整理、选择、改造、创化。而万万不可以全盘古化，彻底复辟，尤其是万万不能对孩子们进行强行灌输，逼迫他们死记硬背，以给他们生造一个与现代文明生活方式相去甚远，甚至充满了封建专制毒素的古代文化"人格奠基"。我们更需要的是在战略上谈论"文化传统"。当我们谈论中国的"文化传统"时，我以为，遵循伽达默尔的解释学思路是较为合理的。我们每一代人，总是站在一定的历史基点上，尤其是站在一定的文化传统基点上，将此一基点的文化传统作为我们的前理解或理解的前结构，去吸纳新的信息、知识、经验、思想，并通过融会、创化形成新的文化传统，并作为下一轮文化传统吸纳、融会、创化的新基点。

根据这样的解释学原则，我们就有了关于"文化传统"的三个立场：第一，传统是不可以也不可能抛弃的，"一张白纸好画画"的观念是不正确也不可能的（我一直认为，试图断裂中国文化传统的不是新文化运动，而是在"一张白纸好画画"观念指导下的"文化大革命"，可就是如此这般的"文化大革命"，也不仅没有断裂中国文化传统，而且还让我们的传统文化中最糟粕的封建专制产生了猛烈回潮）；第二，传统是不可以也不可能凝固的，开放、汇聚、融合文化传统之河流动中的一切有益资源是绝对必需的，全盘古化和彻底复辟是绝对荒唐和贻害极大的；第三，汲取、汇聚、融合一切来自各个方向的文化资源而后进行创造，是文化传统保持其旺盛生命力，是文化传统不息流变的必需与必然，亦是关键所在。说中国现代性建构，就是在说中国现代性的创造！

三、中国现代性建构的非普世性指标序列

（一）中国现代性建构之生活方式指标的序列与分类

与我在《文化现代化：作为普世性的生活方式现代化》一文中提出的理由相同，我们在讨论中国现代性建构问题时，将中国现代性建构的理念层面和价值理想层面，且先悬置，只论中国现代性建构中的生活方式问题，尤其是生活方式的指标序列问题，因为在这一层面上我认为较易取得共识。

中国现代性建构（中国现代文明之文化转型）的生活方式指标序列，我们可以列举如下：自由个体、亲友社群、市民社会、民族国家、全球化、生态化、超越文化。这个序列又可以分为三个层次：其一，普世性生活方式指标：自由个体、市民社会、民族国家。其二，非普世性生活方式指标：亲友社群、超越文化。其三，全球所有国家、地区都还在探索，还在形成中的，必然是普世性问题，却很可能取非普世性的解决途径的生活方式指标：全球化和生态化。普世性方面的三项，我已在《文化现代化：作为普世性的生活方式现代化》一文中作了较为具体的讨论。这里着重讨论第二个层次非普世性方面的指标，并简要论及第三个层次，全球都还在探索和形成中的两项。

所谓普世性的生活方式指标,可以说是人类现代文明以来才产生的生活方式(生活形态),并且只要是进入现代文明,任何个人与群体,都必然要进入此等生活方式(生活形态)。而非普世性的生活方式指标,则是在人类的现代文明之前,早就存在于各种不同民族、国家、地区的生活和文化之中的生活方式(生活形态),这些非普世性的指标因其由绵远的历史和传统所塑造,具有非常强烈、丰富的独特性。

当然,普世性与非普世性并不可以截然划界二分。普世性的生活方式指标,当它们在各种不同的民族、国家或地区文化中成形时,也必然地带有不同文化的个性烙印。非普世性的生活方式指标,就指标本身而言也是普世性的,在各个民族、国家、地区文化中都存在;就指标的内容与形式而言,也总有普世性的成分或因素。而之所以称其为非普世性指标,乃由于这类指标历史悠久,个性突出,即使遭遇了普世性浓重的现代文明,却总在现代性转化中保持着各种不同文化的特点。

现在的问题是,后发现代化国家的这些历史悠久、个性突出的非普世性指标,如何面对和进入现代文明?如何与先发现代化国家相应的非普世性指标相处?自身如何成功实现现代性转化?如何与普世性生活方式指标结合,而构成统一和谐的现代性生活方式(生活形态)整体?这无疑是中国现代性建构的根本性问题之一。

(二)非普世性指标序列之一:亲友社群

亲友社群对于各个民族、各种文化来说,都是最古老的生活方式(生活形态)。亲友社群,就是以家庭为核心,延展为家族、宗族,并迁移至友人、邻人,从而形成血缘与泛血缘的有形与无形的社群聚落。作为亲友社群之核心的家庭,从古至今都始终是人类社会生活的最基本的细胞。

家,是中国文化最核心的几个关键词之一,也是儒家文化的逻辑起点。事实上,儒家文化的理论构建,只有两个层面——亲友社群与家国天下,而家国天下又是亲友社群的类比与泛化性存在。正因如此,儒家文化成为了数千年来中国封建社会的主流意识形态,且越到后来,这种封建意识形态的功能就越是突出(袁世凯就以祭孔作为称帝的前奏)。因此,当中国文化传统之河进入现代文明时，儒家文化的命运将发生什么？中国文化传统中对亲友社群的极端重视，对于中国的现代性建构来说又意味着什么？

这无疑是中国现代性建构必须解决的问题。然不管怎样解决，有几点我认为是应当首先明确的：第一，儒家文化不会就此消亡，因为它面对和处理的问题——亲友社群，在可以想象得到的人类文明的未来都不会消亡。第二，儒家文化必须彻底批判，否则它作为封建专制意识形态的负面功能就一定会不断成为中国历史乃至人类历史的严重障碍。第三，儒家文化的内容与形式必须极为仔细地重新选择、整合、改造和转化，以使其真正有益于中国现代性建构和中国文明的进步。第四，儒家文化有什么可以贡献给现代性批判，贡献给人类的现代文明完善的吗？

（三）非普世性指标序列之二：超越文化

超越文化对于各个民族、各种文化来说，亦皆是最古老的生活方式（生活形态）。人们通常会以为超越文化指涉的主要是文化的价值理想层面，但其实，超越文化总是既指涉文化的价值理想层面，又指涉文化的生活方式层面，例如任何一种宗教。

超越文化包含世俗性的超越文化和宗教性的超越文化。世俗性的超越文化，如中国传统中的立德、立言和立功之"三立"，西方中世纪的骑士精神中的许多成分。宗教性的超越文化，不仅包括典型宗教，如基督教、佛教等；也包括真正起超越性引导功能的非典型宗教的宗教性文化（哲学文化），如中国的道家文化和某个意义上的儒家文化，以及世界上许多相类的哲学文化。超越文化在现代性的框架里，已有了相当明确的普世性成分，这就是人道主义、博爱精神及其相应的多种多样的志愿、援助与慈善生活；但同时，非普世性超越文化也占有巨大的比重，发挥着重大的功能，并成为突出的现代性建构问题。

中国是一个没有统一宗教的国家，但却向来有着丰富的超越文化。然而，毕竟由于没有统一宗教，没有西方中世纪政教分离的历史阶段，中国人精神生活的整合，主要还是依赖政教合一性的政治意识形态。历史上，无论是王朝更替还是文明演进的关头，政治意识形态往往因一时的政治主宰更替或空缺等原因，而被质疑，被削弱，或者被唾弃，而致使整个民族、国家的人民精神生活混乱、迷惘，以致信仰阙如、价值无度、道德沦丧。鲁迅所指出的儒家因乱世而退、治世而进的规律性现象就是明例。而现代文明的一般状况是，超越文化主要属于社会，是社会的功能，与政府（政治国家）的功能是分立（不是对立）的。这在很大程度上保证了现代文明之民族国家的文化形成多元、丰富、统一和有力量的状态。例如，市场经济必然导致大众文化的高度发达，然而小众性的、探索性的高雅文化、思想文化、学术文化等命运的通达或乖蹇，则必由一社会超越文化的强大与否而决定。缺乏社会意义上的超越文化，思想文化、学术文化、高雅文化等必然被功利性的大众文化冲刷得了无生气而导致民族高端文化的衰落。在这里，政治意识形态往往影响甚微。

显然，在中国现代性生活方式的建构中，超越文化是极为重要的一环。而不管我们将怎样建构超越文化，有几点也是应当首先明确的：第一，中国现代性生活方式的超越文化建构，应当取与政府（政治国家）、市场分立的，社会意义上的，非政治意识形态的超越文化。现代性的中国必须形成多个方面、多个层次的社会性精神祈向（如从职业信仰、专业信仰、志趣信念到各类宗教性文化或哲学文化的信仰、信念），且在这些方面、层次上具有真正发自内心的对这类精神祈向的认同、共识或交相肯定。第二，儒家是中国文化传统中具有超越性的传统文化之一种，而绝非全部，且封建专制意识形态的符号属性太强，因此，不能承担作为中国超越文化的至高唯一象征者的任务（中国文化长期以来已形成儒道释互补的格局，而在文化愈益开放、多元的今天，却还要独尊儒号，岂非荒唐？）。第三，对中国文化传统中超越文化的丰富资源进行认真甄别、选择、创造性转化，将其贡献于现代性批判，贡献于人类的后（期）现代性建构和现代文明完善，其意义将极为重大。

（四）普世性问题与非普世性解决的指标序列：全球化与生态化

全球化和生态化是20世纪末叶以来人类所愈益紧迫地面临着的两种境遇、两大问题，与我们的生活方式关系密切，目前正在形成之中，亦在探索之中。它们显然是普世性问题，但解决的途径却不一定是普世性的。

中国文化传统中有许多可供人类的全球化借鉴的资源，有正面的，如我们"天下观"中的某些成分；有负面的，如人类的全球化绝不可走秦始皇暴力统一中国的道路，也不可以走强行划一，而以灭绝文化物种为代价的道路。

对于今天人类的生态化而言，中国和印度的文化传统中，有着更为突出、更为丰富的可资借鉴的资源。如何利用和转化这些资源，是人类的生态化生活方式要思考的最重要的课题。

（原载《学术研究》2011年第7期，发表时题为《中国现代性建构的文化进路》）

文化建构主义与再启蒙

——当下中国问题的文化进路论略之七

一、文化建构主义：思想源流与话语空间

文化建构主义，是建构主义与文化主义的某种交汇。因此，需先从建构主义与文化主义两个方面予以梳理。

（一）建构主义

建构主义，我以为，当包括主体论建构主义与社会建构主义两种思路，也可以说是两个阶段。

1. 主体论建构主义

还没有人提出过"主体论建构主义"的说法，然我以为是确实存在的。

一般而言，康德被认为是近现代西方思想的"建构"之父，这无疑是有道理的。当康德提出，自在（物自体）是不可认知的，人类只能依据自身主体的认知可能性来认知自在的现象，建构的思想就萌芽了。洛克"白板说"式的唯物主义，认为人脑不过是一种简单的刺激—反应过程，是一种被动的接受过程；贝克莱"存在就是被感知"式的唯心主义，也不需要建构。唯有康德，要依据人类主体认知的可能性来认识自在的现象，并由此形成自在之现象的知识，建构自然就是题中应有之意了。

其实，比康德还要早些的意大利的维柯，已经提出了真理即创造的思想。维柯说："我们应当创造真理而不是发现真理。"①但这明显地过于激进，不容易具有充分的说服力，所以实际上不如更为理性和巧妙的康德在这方

---

① 利昂·庞帕编译，陆晓禾译：《维柯著作选》，商务印书馆1997年版，第83页。

面的影响深远。

此后，康德这种"建构"性的思想，就被几乎所有人本主义思想家以不同形式继承下来，发展发挥。胡塞尔提出"构成性"概念，认为世界是一种无序的堆积，只有当先验自我发挥它的"构成性"功能，才给予世界以秩序。其中建构的思想自然是显而易见的了。海德格尔实际上不是一位人本主义的思想家，但作为胡塞尔的弟子，他的《存在与时间》不仅采用了胡塞尔现象学还原的方法论，还将与胡塞尔在思想上有承传关系的康德思想，搬用到了解释学方法中，一反施莱尔马赫、狄尔泰等传统解释学方法的理路，用前理解或理解的前结构的先在框架，限定了人类的解释行为，从而使人类的理解和解释成为了一种建构。海德格尔的学生伽达默尔将海氏还较简单且未进行到底的解释学方法论予以完全系统化，从语言、历史、审美等方面，创立了一门独立的解释学。我以为，当代解释学，其实就是主体论建构主义。

被特别明确地认定为当代建构主义早期代表人物的是瑞士的皮亚杰，他通过儿童心理学的实验和发生认识论的哲学研究，提出了一种具有充分建构性的人类认识发生模式：人类主体在接受外界信息时，首先是主体先在格局的同化性接受；而如果外界信息超出了主体先在格局的范围，同化不可能完成认知，主体就需要顺应外界新的信息，并在此过程中调节先在格局，使此先在格局成为下一轮同化外部信息时的更新了的主体格局，即一种新的平衡。由此循环往复，主体的认知水平于是不断提高，主体的认知结构不断建构，以至无穷。① 很显然，皮亚杰通过发生认识论的研究，丰富和扩展了康德的主体论建构思想。

皮亚杰的发生认识论思想对心理学与教育学产生了重大影响，教育领域的建构主义运动风起云涌，形成学派，并从根本上改变了学生学习的观念。学生向来被认为是被动接受老师教导的一种知识"接收器"，建构主义的学生观、学习观却告诉学生：你们自己才是你们所可能拥有知识的真正主体，是你自己建构了你自己的知识与知识结构。教育从此从教师中心转向了学生中心。

当然，主体论建构主义，并不仅仅在知识论领域、教育学领域里引起了

---

① 参见皮亚杰著，王宪钿等译：《发生认识论原理》，商务印书馆1981年版。

革命性变化，它的意义要大得多，事实上它是现代性的思想主潮。以我国20世纪80年代的情况为例，李泽厚对康德主体论思想的传播，对国人在一定程度上走出"文革"彻底的愚民状态，无疑起了重要作用。

2. 社会建构主义

通常，苏联心理学家维果茨基被认为是社会建构主义的奠基人。维果茨基强调在心理和教育领域内，知识的建构不是单纯主体的事，而是社会历史过程的结果。不过，我以为，维果茨基的思想更多具有19世纪历史主义的特点。真正对当代社会建构主义发生更大作用的还是语言学转向，或者说是由索绪尔引发的20世纪五六十年代以后的结构主义思潮。建构主义虽然并不等于结构主义，但二者的密切关联是显而易见的。

索绪尔区分了言语与语言、所指与能指、历时与共时等概念。人类头脑中有一套被称为"语言"的语法规则体系，正是人类头脑中的这种"语言"，才使得人类能够在日常活动中进行"言语"。循着这种思路，"言语"才是后于人类历史，记录人类历史的东西，而"语言"是与人类世界共同涌现的；一切词语和知识的意义，根本上不是由所指的对象决定的，而是由能指的网络或能指的词语群所决定的。因此，不是"人在说话"，而是"话在说人"（其实是"话在说话"，更准确地说是"语言"在说"言语"）。

正是在这样的基础上，二战和二战后风行一时的萨特等的存在主义退潮了，宣判"主体死了"的更具社会性的结构主义登场了，语言学转向走向了高潮。而作为结构主义思想家的福柯，在他的"话语"理论的基础上提出了性别（异性恋、同性恋）不是由生理遗传的基因决定的，而是由社会历史建构而成的主张。当然，福柯之前，女性主义批评家如英国的伍尔夫、法国的波伏娃都提出过女性——第二性——不是生理性的概念，而是社会历史性概念的思想。不过，这些女性主义批评家还没有在语言学转向的基础上建立她们的思想，所以看上去理论的根基就不那么结实。至于以后的一些女性主义批评家，甚至将母爱也看作是完全的人类建构，"伟大的母亲"的光环不过是男性套在女人头上的枷锁，为的是更好地奴役女性，这样的观点则显然是过于激进的社会建构主义思想。

由于语言学转向和福柯及女性主义批评家们的努力，社会建构主义于20

世纪后半期活跃起来。教育领域仍然是特别活跃的一方，学习又一次被定义为不是学生主体个人的建构，而是学生与环境共建（语境教学）、师生共建、同学共建（协作学习等）的结果。科学哲学的研究早就有了建构的色彩，库恩的科学发展的"范式"理论正是具有解释学性质的建构思想；而另一些科学哲学理论甚至走向了极端，科学和技术被认为绝非什么客观规律，而是被人类"制造"出来的东西，是"科学家集团"在社会历史的过程中共同建构的共识——实际上是一种具有排他性和垄断性的专业话语。① 特别有趣的是，社会建构主义也出现在了国际政治研究领域，民族国家主体的身份和相互之间的权力关系，乃至世界或区域秩序等，被认为根本上不是基于实力的差异或利益的诉求等，而是由共有知识或共有观念等社会性因素建构的。②

（二）文化主义

1. 文化主义产生的宏观背景

文化主义的产生是20世纪二战结束后的事，到20世纪冷战结束的90年代之后，则达到了高潮。两次世界大战的酷烈，以及冷战对人类的极度消耗，使世界出现了一个相对稳定的时期，出现了所谓以"和平、发展"为时代主题的历史阶段。于是，政治与军事退到了后台，而经济与文化走向了前台。在思想、理论或学术上，政治意识形态，尤其是其中的阶级意识形态话语的声音逐渐减弱，而经济思想、文化思想中的民族国家利益，民族文化及宗教意识形态的矛盾一类的话语被突显出来。文化主义的思潮自然应运而生。

另一宏观背景则为向现代文明转型较早的发达国家，由于曾经高涨的工人运动，也由于来自左翼的外部压力，资本主义因素有了一定程度的萎缩，社会主义因素有了一定程度的补充。发达国家的社会结构有了某种方式的调整，而科技的发展也使发达国家的工人生活有了某种改善，纯粹底层的工人阶级的绝对人数也在减少，马克思早年设想的工人阶级暴力革命在相当程度上失去了

---

① 参见刘保、肖峰：《社会建构主义：一种新的哲学范式》，中国社会科学出版社2011年版，第二、三章。

② 参见亚历山大·温特著，秦亚青译：《国际政治的社会理论》，上海人民出版社2000年版，第三章。

动力。因此，对现代文明持批判态度的思想家们，如西方马克思主义者们，便把思考的重心移到了文化上来。如法兰克福学派的思想家们，就认为工人阶级早已和资产阶级抱为一团了，失去了革命性，能够做的工作只能是对"资本主义总体性"——文化——进行批判，而批判的方法是少数知识分子精英以极端"先锋"的态度与整个社会切断联系，"拒绝交流"，试图通过否弃批判对象的话语，否弃作为资本主义总体性的文化。也正因如此，他们竭力推崇现代主义文学艺术能够"拒绝交流"的"有意味的形式"，而猛烈批判具有"资本主义总体性"意味的"文化工业"。

综观半个多世纪以来国际性人文社会研究的各种重要思潮，如现代性研究，尤其是审美现代性研究、后现代主义思潮（包括解构性的和建设性的）、后殖民主义思潮、女性主义思潮或性别研究、新历史主义思潮、法兰克福学派、英国伯明翰学派所命名的当代文化研究思潮，无一不可以概括在文化主义这一总思潮的旗下。

2. 文化主义发展的思想理路

文化主义的发展，不仅仅由其宏观背景，也由人文社会研究思想理路的内在逻辑所致。两百余年来，世界性的人文社会研究最主要的思想潮流大体上可以归纳为四种：历史主义、人本主义、科学主义、文化主义。两百余年来世界性人文社会研究存在着历史主义、人本主义、科学主义三大思潮已是共识，而文化主义却是一种并未成为共识的归纳，只是我以为，这种归纳是可以成立的，或者说，这种趋势已然明显，而我们的努力应当朝着这个方向。

19世纪可以说基本上是历史主义的天下。历史主义批判西方传统形而上学执着地寻找世界的始基或本原，寻找放之万世而皆准的永恒真理的努力，主张"真理的历史性"，认为人文社会研究领域的真理是受到历史条件限制的，真理是有着或精神的或物质的时代性的。这无疑具有极大的积极意义，事实上这正是西方现代人文社会研究反传统形而上学，包括后现代主义反本质主义、基础主义、中心主义之努力的先驱。但吊诡的是，历史主义在主张"真理的历史性"同时，却也主张"历史的真理性"，认为历史的发展有其完全不以人的主观意志为转移的，与现实的人无涉的所谓铁的客观规律。人类只要找到了这样的历史客观规律，依其规律，不惜牺牲当代人的任何利益，未来肯定是无限美好的。这一"历史的真理性"主张在20世纪社会政治实践上成为了人类付出巨大代价的社会实验（如苏联及其解体）。

  人本主义在反传统形而上学这一方面与历史主义可以说基本是同盟，然而人本主义不同意历史主义的"历史的真理性"（或者说历史决定论）的观点，而主张历史总是与现实的人相关的，一切当从人的观点和人的问题出发进行思考。大多数人本主义特别警惕绝对理性主义有可能给人类带来的伤害，主张对人之主体的非理性内容，包括无意识、感性、直觉等，以及对价值、道德、审美和宗教等领域进行足够重视的研究。从叔本华、尼采等的唯意志主义，柏格森、狄尔泰等的生命主义，杜威等的实用主义，弗洛伊德等的精神分析学，到胡塞尔的现象学，克尔凯郭尔直至萨特等的存在主义以及卡西尔等的符号学，皆具这样一类特点。当然，人本主义思想家们在相当程度上确是忽视社会历史因素的。

  科学主义的旨趣是要让人文社会研究向自然科学研究看齐，从实证主义、分析哲学、语言学转向后的结构主义，包括各具体学科如文学研究中的俄国形式主义、英美新批评，到较晚近的将系统论、信息论、控制论三论应用于人文社会研究，都具有此种倾向。科学主义在批判西方传统形而上学方面与历史主义、人本主义亦是同盟，甚至走得更远，如分析哲学就根本否定传统哲学中许多概念的真实性、可靠性和有意义性。科学主义也否定人本主义倾向中普遍存在的方法论个体主义，甚至放弃对于价值、道德、审美及宗教等一切不可以理性和实证解决的问题的研究。科学主义的确有助于澄清人类许多混乱的思维，然它自身却有着成为纯粹方法论的危机。科学主义与人本主义一样，都有着忽视社会历史因素的问题。

  在历史主义、人本主义、科学主义的地平线上，20世纪后半期，文化主义思潮开始鹊起。文化主义是一个还在迅速发展变化着的，远未成形的思想潮流，文化主义的总体特征还十分模糊。不过，我以为有三点还是可以约莫看出的：其一，在批判西方传统形而上学方面比历史主义、人本主义、科学主义走得更远，甚至可以说是彻底颠覆性的；其二，对人本主义、科学主义忽视社会历史有所反思，却并不是回到历史主义的历史决定论，而是对人文社会研究的自然科学性的通用标准理性有所警惕，重视不同文明史阶段的文化特性，重视不同民族国家、宗教传统的文化特性；其三，文化主义有综合历史主义、人本主义、科学主义各思想资源的趋势。

二、文化建构主义：两个维度上的超越

（一）作为建构主义之一种

1. 两种传统建构主义的得与失

文化建构主义是在与主体论建构主义、社会建构主义相比较中提出的一种新的建构主义思想。

一般而言，主体论建构主义强调主体在认知过程中的先验性或先在结构，因此注重主体对自身和世界的建构性、解释性，进而突出主体的意志自由、选择自由及主体对自身和世界的责任。主体论建构主义在认识论、知识论和真理观的意义上，否定了具有工具主义和绝对主义色彩的符合论观念，而取一种多元解释的开放态度。主体论建构主义，还强调主体建构过程中的非理性，如无意识、直觉、感性、情感、意志等的作用，在一定程度上修补了"上帝之死"后，理性主义单方面取代上帝而发生的对人类社会的伤害……所有这些，都是主体论建构主义显而易见的特点和功绩。尽管一些具有主体论建构主义倾向的思想家，如胡塞尔，也提出了"主体间性"一类的思想，但总体而言，主体论建构主义确实对主体与他者的互建、主体与社会的共建等问题是忽视的。当语言学转向后，人类的头脑中存在着一整套被称为"语言"的语法规则体系，人类世界是与这样的"语言"共同涌现的。同时，人们意识到，个人主体诞生之前，人类头脑中的"语言"早已存在了数千年了，所以个人主体总是在一定的语言环境，尤其是在一定的母语环境中进行习得过程的。语境，尤其是母语的语境中包含了几乎全部的特定民族、阶层、地域等的文化信息，个人主体在此过程中的被动性是不言而喻的。因此，个人主体在多大程度上能够自建呢？这确实成了一个重大的问题。

社会建构主义正是在主体论建构主义的这一忽视处展开了对主体论建构主义的挑战。社会建构主义否定主体自建的可能性，一切的建构，认识、知

识、真理，包括主体自身本质，都只能在主体与主体、主体与社会的关系中共建。社会建构主义有一种回到历史主义的倾向，尤其在汉语语境中。"社会"概念总是与主体（尤其是个人主体）相对应的，"社会"一词常常不具有人类社会那样的"大社会"的意思，也非与国家、市场分立的（民间的）"社会"的意思，事实上只是被用来指代群体或集体之类的概念。强调建构的社会性，就是强调群体主义的人群性指向，即否定个人主义、否定主体论建构主义的意思。①社会建构主义当然更有着语言学转向以及结构主义等"主体死了"的理论作为强力支撑。确实，一切建构都首先是语言的建构，而"语言"和各式各样的"言语"或"话语"环境总是社会性的，是先于一切个人主体的。因此，社会建构主义更像是一种否定方法论个体主义的努力，尤其在当代中国的语境下。

毫无疑问，任何彻底孤立的主体自建都是不可能的，任何的主体自建都必须在一定的关系和环境中才可能成立。例如对自我的真理性认知，就绝无可能离开他者，离开世界，离开历史来进行。个人的学习发生也是一样。"筷子"一词总是与"碗""饭""菜"等词语一起被学习者建构的，也可能因为能指在语境中的牵移性，"筷子"也可能与"爸爸"（爸爸将筷子作为打手心的工具）、"责打"、"淘气"等语词一起被建构。在国际政治领域亦然，民族国家主体在世界格局中的定位当然也总是在与相应的民族国家主体的对比关系中建构的。社会建构主义相对于主体论建构主义的意义是确凿无疑的。

但是，离开了主体论建构主义的社会建构主义同样是荒谬的，尤其在启蒙并没有真正展开的当代中国语境中。就像一名学生自己既不肯接受父母或老师的灌输式教育，亦不肯努力主动学习，而是对父母或老师说："知识是我们共建的，我在这儿等着这种共建呢。"就像一个国家，把全国的资源垄断起来，不管老百姓生活有多么困难，也不管会给地区稳定和邻国安全带来多么巨大的危机，而不顾一切制造核武器，然后它说："谁让你们把我当敌人呢？""我"的行为是你们的认知与态度所决定的，即所谓我们之间关系"共

---

① 参见安维复：《社会建构主义：后现代知识论的"终结"》，《哲学研究》2005年第9期。该文中有社会建构主义是从"个人主义"向"群体主义"转变的说法。

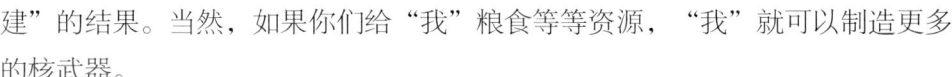

建"的结果。当然,如果你们给"我"粮食等等资源,"我"就可以制造更多的核武器。

对"文革"的反思亦复如是,除了几个极左的代表人物之外,全体国人谁也没有责任,内乱性的"文革"是整个社会"共建"的结果。可是,离开了每一个国人个体的"社会"究竟是什么呢?"文革"的深刻根源究竟去哪里寻找,并从而永远杜绝这样的民族悲剧呢?事实上,对于"文革"的发生来说,每一个国人个体的责任是奠基性的,在此基础上,才谈得上其他的根源,如国内国际政治关系的变量、体制或制度等。

总之,离开了共建的自建,离开了关系的主体,离开了社会的个人确实是不存在的;但是反过来,离开了自建的共建,离开了主体的关系,离开了个人的社会同样是不存在的。

因此,我们有必要寻找一种融合主体论建构主义和社会建构主义,并超越主体论建构主义和社会建构主义的新的建构主义思想。而这,也许就可以命名为"文化建构主义"。

2. 文化建构主义的整合性与超越性

文化建构主义,是主体自建、主体与他者(主体间)互建、主体与社会共建的多层次统一。

其实,我们可以在发生学的意义上探讨自建内在的情形和阶段等问题,却不可能在发生学的意义上讨论自建与互建或共建、主体与关系、个人与社会孰先孰后,谁决定谁的问题。个人不可能脱离人类头脑中"语法规则体系"那样的"语言",离开了一切的语言文化环境自行其是,自建、主体、个人,也不可能绝对地先于和决定共建、关系、社会;但是反过来,人类头脑中"语法规则体系"那样的"语言"、一切的语言环境,也不可能离开个人而存在,共建、关系、社会也没有可能是先于和决定自建、主体、个人的存在。否则迄今人类认知中的宇宙间最具能动性的存在者——人类,与石头又有何异?在这样的问题上,发生学的讨论是完全没有意义的"鸡生蛋,还是蛋生鸡"的问题。有意义的讨论只能是层次论、功能论与意义论的。

发生学与层次论、功能论、意义论的讨论之区别在于,发生学必然涉及线性因果问题,孰决定孰的问题,必落入决定论的套路。而层次论、功能论与意义论涉及的却是要素的结构关系问题，并不存在孰决定孰的问题。例如粮食、蔬菜、肉类、水果皆是人体所需要的营养，我们不能在发生学的意义上讨论哪一要素对于人体是决定性的，可是我们可以在层次论、功能论与意义论的角度上讨论这些要素在一般情况下的结构关系，如粮食、蔬菜、肉类、水果的能量和营养金字塔结构；可以讨论在某一特定情况下，哪一要素可能是较为缺失和更为重要的。

从层次论的角度看，建构应是主体自建、主体与主体互建、全社会诸主体共建等由低至高的多层次统一。

主体自建是奠基性的。自建意味着主体在关系和社会中的自由与责任，没有了主体自建，没有了主体自建所构成的自由与责任，一切的互建和共建都没有了基础，要么成为空中楼阁，要么成为权力专制而发生人的异化。

在主体自建基础上的主体互建，构成了主体自建的良好环境。例如在知识或真理的建构上，孤例是不可证的，多例和众例才能成为可证的知识或真理。学习的过程或国际政治关系亦复如是。如在国际政治关系上，民族国家主体双方都有自由与责任的自建的确定认知，肯于对行为负责，如此才谈得上互建，而良好的互建关系，又促进各行为体朝着更好的自建方向发展。

全社会诸主体的共建，为主体自建和主体间互建，构成了更为广阔和良好的环境。例如知识或真理的建构，主体自建可能通往经验和知识的累积，也可能通往重要的创造，但即使再重要的创造，都必须等待互建与共建（社会接受的阐释、证实或证伪），才可能形成普遍知识。互建，尤其是多向互建，亦即对话、讨论、论争，是知识或真理形成的必要条件（即使最孤独的自建，也一定是在潜在内心与他者的对话、讨论或论争中形成的）；特别是科学实验或实证性的多向度互建，更是构成通用性普遍知识的重要方式。不过，无论是通过对话、讨论或论争所形成的共识性普遍知识，还是仅从实验室和部分案例得出的通用性普遍知识，都还需经受全社会的长时间检验（共建），才可能真正成为确定无疑的普遍知识，即一定范围内的真理（一种现代药物成为人类普遍适用的药物的过程正是如此，一种政治文化规则的普遍适用亦当是如此）。

总之，文化建构主义既区别于主体论建构主义之"主体"的单一性和方法论个体主义，又区别于社会建构主义之"社会"的集体性和方法论整体主

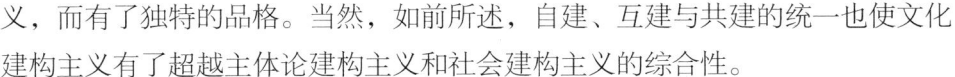

义，而有了独特的品格。当然，如前所述，自建、互建与共建的统一也使文化建构主义有了超越主体论建构主义和社会建构主义的综合性。

(二) 作为文化主义之一种

如上文所论及的，文化主义处于正在进行时，一个正在发展中的过程，纷繁复杂。不过，有一个特点是明确的，即文化主义是一个以问题为中心的，多种问题域复合交织的当代国际人文社会研究思潮。我所关心的是"中国现代性"问题，这一问题属于文化主义思潮中现代性与后现代主义问题域，涉及的是"后发现代性与后期现代性的统一"问题。就"中国现代性"问题而言，处于文明转型中的中国，一百多年来，可以归属于文化主义的思潮有两种：文化批判主义（包括文化解构主义）和文化保守主义。

1. 文化批判主义（包括文化解构主义）

20世纪初的文化主潮无疑属于文化批判主义，即新文化运动。新文化运动是文明转型中的中国在生产力变革（洋务运动）和制度变革（戊戌变法与辛亥革命）成效有限后发生的一次激烈的思想启蒙和文化解放运动。批判数千年来宗法专制统治阶级的意识形态，批判传统文化中的腐朽内容，批判国民的劣根性，用当时来自西方现代文明的科学与民主的尺度重新检视、整理、言说中国传统文化中的一切……毫无疑问，所有这些都是充满批判精神的，其方法也是批判为主的（用尚未经融会的直接拿来的新立场、新规则清理旧内容），将其称之为"文化批判主义"显然恰如其分。

对于面临"三千年未有之大变局"的古老中华民族，新文化运动的文化批判主义，其意义和功绩绝对是巨大的。今天有不少人士责备新文化运动断裂了中国文化的传统，要对今天中国文化上的病态负责，甚至将新文化运动与"文革"相提并论，认为是一条贯通的思维路向，实在是可笑之至的。一个数千年的东方专制主义传统，春秋战国以来两千年间就没有过任何认真的具有对话和讨论意味的思想空间的中国，来一点相对激烈的试图闹醒惰性十足、昏睡沉沦的国民的具有百家争鸣性质的思想文化运动，居然有罪？其实，断裂中国文化之传统的显然是"文革"，是绝对文化消灭主义、罢黜万家、独标一枝的，具有封建文化专制主义特点的"文革"。

如果说文化批判主义的新文化运动有什么不足的话，那就是其成效是有限的。如此一个启蒙运动，其结果却是如此彻底反启蒙的"文革"，岂非成效有限？成效有限的原因有二：一是批判还远不够真正深入，尤其是对东方专制主义的思维方式、生活方式相关的深层结构批判远不够彻底；二是建设更是大大不足。当然，这是不可苛求的，一个民族国家文明史的转换之始，要求得太多，要求一蹴而就，无疑不是一种历史的、现实的和理性的态度。

　　20世纪80年代，由于对当时还记忆犹新、刻骨铭心的"文革"的痛切反思，一种接续新文化运动之启蒙性的文化批判主义又开始兴起，从对人情、人性、人道主义的呼吁，到主体论问题的讨论，文化批判主义一时确有要高歌猛进的势头。但是这时的情境与新文化运动时显然不同，阻力之大使文化批判主义很快就难以为继。从80年代中期开始，一种似乎是文化批判主义替代性的产物——"文化解构主义"出现了。文学上的"形式的先锋"运动，新写实的生活流絮叨，以及以王朔为代表的"痞子文学"，都在以一种逃亡和调侃的方式，朝着解构"文革"式"宏大叙事"的方向展开。而理论上，学者们也许是有意无意地误用在法国产生的解构主义哲学思潮，以之来描绘前述那些文学现象，于是形成"文化解构主义"思潮。

　　作为对文化批判主义也许是不得已、有意无意的替代，文化解构主义对传统文明和传统文化的批判，产生了一种力度有限的双刃剑效果：一方面，对"文革"式的"以阶级斗争为纲"的"宏大叙事"确有一种逃亡式的消解作用；另一方面，则又有着十分有害的文化虚无主义倾向，甚至还有几分犬儒主义色彩。而也许正是这种文化虚无主义倾向，对文化保守主义的兴盛形成了一种"盛情"迎接的仪式。

2. 文化保守主义

　　文化保守主义在20世纪初是文化批判主义的新文化运动的对立面，居于次流。21世纪初，风水轮流转，它成为了当代的文化思想主流。较早时候，文化保守主义是几位美籍华人向国内推销的；至20世纪90年代，其势日隆；而到了21世纪初的近些年，则形成不可一世的高潮。文化保守主义的特点有二：一是回到"汉儒"，独尊儒号（不是"独尊儒术"）；二是回到"文革"式的，其实是传统中国之"大同"乌托邦思想的"平等"（结果平均之均富）。关于文化保守主义的意义和危险性，我已在《文化保守主义能调治今日中国之偏失吗？》一文中做过详细阐述，这里不再赘论。

关于文化保守主义，有一点需要补充的是，文化保守主义之"独尊儒号"的努力，试图使儒家宗教化，使儒教国教化，其实是想模仿人类其他文明，在中国建立一元的统一宗教。但是我们必须看到的是，文艺复兴以来，西方一方面虽深刻批判基督教（其实是基督教教会或教会基督教），但基督教在现代文明的世俗化过程中仍不断与时俱进，在民间社会中发生重要作用；另一方面，西方的人文社会研究、文学艺术以一种深刻的批判精神和强烈的创造精神不断推出各式各样的新思想、新知识、新方法。实际上这形成了思想和信仰的双轨道，一同维系社会的文化平衡。而当下我国的文化保守主义却企图确立一种政教合一的专制主义模式，在压抑文化批判主义的思想探索中形成高潮，这就使文化保守主义本来可能具有的一些积极意义变得可疑了。

正是基于对目前我国处于高潮的文化保守主义之危险性和可疑性的认识，也是基于对单纯文化批判主义之建设性有限的认识，当然，还是基于国际性思潮意义上对超越主体论建构主义与社会建构主义的思想需要，我认为，有必要提出"文化建构主义"的主张。

三、文化建构主义的历史责任：面对文化危机的再启蒙

（一）文化"建构"与建构"文化"

文化建构主义，首先意味着文化"建构"。所谓文化"建构"，其意义有二：

其一，从对"文化"概念的最宏观理解上看，文化即人化，文化作为自然或自在的对应概念。人化，也就是马克思所谓"人的本质力量的对象化"，本身就包含了人的世界是人所建构的这样一种意思。举凡由生活文化、价值文化与符号文化相统一而构成的本义文化，以及由器物文化、制度文化等所构成的拓展性文化，皆不是"人的自然化"，而是"自然的人化"的结果（意识到的"人的自然化"其实亦是"自然的人化"的一个极重要方面，例如我国老庄

道家的"自然"思想,就是极重要的文化"建构",一种伟大的人文哲学),即不完全是自在本身的产物,而是人类建构的产物。因此,从这个意义上来说,人类的"建构",既不只是主体的建构,也不只是社会的建构,而是既是主体的、又是社会的,总体性的人类文化"建构"——人化,"人的本质力量的对象化"。

其二,从"文化"概念的另一层面看,文化的相邻词是经济和政治,也就是说,经济、政治、文化构成了一种由低至高的层次结构。不过,如果我们不是从发生学的角度,而是从层次论、功能论、意义论的角度看,经济、政治、文化的层次结构中并没有孰决定孰的问题,而具有不同的功能与意义问题,并且在不同的具体情境下不同层次的要素具有不同的权重。我曾用经济如河流与海洋,政治(制度)如陆地,而文化如空气的比喻说明三者之间的关系,即是一种功能论和意义论的言说。在这样一个意义上,所谓文化"建构",是指文化对于经济和政治(制度)的"建构"作用。在今天中国,人们在理论上反复念叨经济基础决定上层建筑和意识形态的经典之说,而实际上却甚少真正考虑符合社会实际的、合理的文化逻辑对经济和政治的"正能量"建构作用。例如,"以阶级斗争为纲"的意识形态推至极端,就出现了以量化手段对具体个人划分阶级,人为推动无处不在的激烈阶级斗争,终至于在"文革"中形成连小学老师、工厂车间主任和农村生产队队长也成了"阶级敌人"的荒诞现实。反过来,在当下中国,如果我们否弃简单量化区分阶级的思维方式,而努力建构"社会中层"文化逻辑和大众意识(当然同时也要尽快推进社会保障和经济结构均衡),我们就可能建构一种和谐、健康发展的橄榄形社会和经济政治现实。

文化建构主义,其次意味着建构"文化"。

建构"文化",首先意味着建构我之所谓生活文化、价值文化、符号文化相统一的本义文化。我们一向更多将文化理解为符号文化,即艺术、学术或大众文化等,其实,生活文化,即"文化"概念的生活方式层面,才是文化的真正地基。亿万人的生活方式,无论是就其惰性而言,还是就其流变而对历史起推进作用而言,意义都是极其巨大,绝不可忽视的。价值(理想)文化,在中国语境中,则历来更多被理解为官方或政治意识形态。古代中国还多少有一点民间形态的价值（理想）文化，而在当代中国，则主要体现为政治意识形态。其实，只有民间形态的，植根于亿万人心中甚至是无意识中的价值文化，才是真正有力量的理想祈向的文化。即使符号文化，也不仅有理论文化或能够盈利的文化工业，也包括了大众文化（信息流型、人流型、文娱型、城市建设型等诸种大众文化）和非大众文化（学术文化、艺术文化、学习文化、宗教性文化等）①全方位的符号文化建构。本义文化的建构，最核心的是贯穿于生活文化、价值文化和符号文化之中的内在文化逻辑，普遍而多元的、和而不同的、有尽可能广众之共识而又不扼杀其丰富性的文化逻辑。混乱、悖谬和无序的文化逻辑是社会动荡的根源之一，文化逻辑混乱导致的文化危机，终将导致社会危机，并进而导致政治与经济危机，这个问题万不可小视！

其次，在本义文化之建构的前导下，拓展性文化——经济文化和政治（制度）文化的建构将随之相应展开。现代文明性质的经济文化建构是当代中国市场经济真正发育成熟的重要保证（例如如何真正积淀起建立在诚信基础上的互利共赢的文化习性，而取代"无商不奸"的传统无意识）。而现代文明性质的政治文化建构，则更是转型中国朝向理想的现代文明的政治体制改革进展的重要保证（例如如何积淀起真正的公民意识、法治与宪法意识、权利与责任意识等的文化习性，以取代子民意识、人治意识和唯上的无责任的奴性意识等传统无意识痼疾）。

（二）再启蒙：中国性+现代性=？

文化建构主义，无论是文化"建构"，还是建构"文化"，就当代中国问题而言，就是如何超越文化批判主义（包括文化解构主义）和文化保守主义的问题。这种超越，意味着启蒙的推进，即再启蒙！

当代中国30多年的发展，经济改革成就巨大，而政治、文化方面的改革明显相对滞后，构成了发展上相当程度的不平衡。这种发展不平衡，仅就文化方面的后果而言是十分严峻的，可以说导致了目前整个社会的文化逻辑混乱、价值唯物欲化、道德底线备受冲击、社会与人际的公信及互信焦虑症蔓延、精

---

① 参见金岱等：《城市：作为符号与表征》，人民出版社2011年版，导论第三节。

神虚无、心灵困顿的局面，把这一局面称之为社会的文化危机是毫不为过的。这一严重的文化危机，不仅对每一国民的当下生活和整个人生产生着重大影响，而且还将影响着今后数代国人的精神生活、人生历程及其社会空气，且必将对政治体制改革的理想推进造成严重的阻抑作用。因此，面对这般文化危机，再启蒙势在必行。

关于1840年以来中国社会文明转型过程中的启蒙阶段，有多种说法，如董健的"四分法"：五四新文化运动，20世纪30年代以陈伯达、艾思奇等为代表的苏联式马克思主义宣传运动，80年代由反思"文革"而兴起的人道主义思想讨论，90年代以来为推动政治体制改革的思想言说。20世纪30年代以陈伯达、艾思奇等为代表的苏联式马克思主义宣传运动，曾被认为是一种"反现代性的现代性"，而历史却证明并非如此。所以，虽然这次宣传运动也曾被称为"新启蒙"，却与其他几次启蒙大异其旨，很难与其他几次启蒙放在一起讨论。更多的意见是"两次启蒙说"，即20世纪初的新文化运动和20世纪80年代初的"文革"反思思潮。在这个基础上，人们提出了多种继续启蒙的主张，如许纪霖关于启蒙（20世纪20年代）、新启蒙（20世纪80年代）、启蒙后（20世纪90年代）、后启蒙（新世纪，完全抛弃启蒙）的阶段区划，并提出了在后启蒙时代启蒙如何"起死回生"的问题。[①]邓晓芒则提出了"第三次启蒙"的说法。[②]

我自己的心态和写作，自20世纪80年代始，就从来没有离开过"启蒙"这一根本性的主题，当然在近些年的写作中，也曾多次提出过"当下新启蒙"或"再启蒙"的主张。我以为，170余年来的中国现代文明转型，还是这样一种"四阶段"的启蒙进程观更为切近事实，即"前启蒙、启蒙、新启蒙、再启蒙"。

前启蒙，不是启蒙之前，而是走在最前面的启蒙，即1840年左右首先发生在沿海地区的"开眼看世界"的思潮，如当时出现了《海录》《四洲志》《海国图志》《海国四说》《法国志略》《日本国志》等一系列编介绍西方的

---

① 参见许纪霖：《当代中国的启蒙与反启蒙》，社会科学文献出版社2011年版。
② 参见邓晓芒：《中国当代的第三次启蒙》，《粤海风》2013年第4期。

书籍；当然还包括其后洋务运动所推动的生产力或新技术启蒙，戊戌变法、清末新政所推动的宪政启蒙以及辛亥革命所推动的国体变革启蒙。这一阶段社会变革的推动虽然主要局限在知识与政治精英上层，但不能说对国人毫无启蒙意义。

启蒙，即新文化运动（虽然"五四"是"新文化运动"的一个节点，但我以为真正的启蒙是"新文化运动"，而不是"五四"）。这一次启蒙是在单纯的技术维新、政治维新和政治革命效果未佳之后的一次具有狂飙突进性质的全方位思想文化运动。

新启蒙，即20世纪80年代以"文革"反思为特点的人道主义、主体论、新"国民性批判"以及"实践真理观"等具有"启蒙的春天"性质的思潮。

再启蒙，即20世纪90年代以来各种各样、各种不同层次以中华民族现代文明转型为旨归的思想表达（我认为不应该将是否直接推动政治体制改革为标准）。但是我要声言的是，再启蒙虽然可以说起自90年代，但至今并未形成像新文化运动甚至80年代新启蒙式的浪潮，所以毋宁说是始终处于一种多少被压抑的状态。而更为重要的是，再启蒙还缺乏具有标志性的思想特征。

正是在这个意义上，我要提出文化建构主义与再启蒙的关系问题。

应该说，"前启蒙"的特征主要是信息的传播，随"开眼看世界"、新技术运动和政治变革运动所带来的由上至下的现代文明之新信息传播。

"启蒙"的思想维度虽然纷繁多样，是春秋战国之后两千余年来中华民族思想最为活跃开放的时段，但其最主要的特征还是文化批判主义的。它是"掀翻吃人的筵席"，捅破"铁屋子"，用"雷雨"撕破封建家族的面纱，勇敢走出传统宗法专制家庭，呼唤"凤凰涅槃"的启蒙的文化启动工程。且新文化运动虽然是民间性的，但当时的知识分子是普罗米修斯式的盗火者，是高居普通民众之上的引路人。

"新启蒙"的特征则是一种被严重阻抑了的文化批判主义和破坏力很大的文化解构主义的结合物。就作为启蒙主体的知识分子观而言，20世纪80年代，我曾撰文表达，新启蒙中的知识分子与新文化运动中的知识分子最大的不同就是，经过了"文革"，知识分子不再有普罗米修斯的身份，新启蒙的知识分子必须持一种与全民共自审的态度，自审、自救，并唤起自审和自救。[①]虽然这种观点在当时也多少有所体现，如巴金的《随想录》等，包括我的长篇小说《侏儒》及其有限的反响，但可惜的是，这种自审和自救并唤起自审和自救的文化批判主义并没有真正展开。

"再启蒙"，可以说是经过了邓小平"南方谈话"之后，接续着80年代的新启蒙而展开的一次启蒙再努力。90年代初，广东的一些知识分子提出了"社会主义市场经济条件下的文化发展问题"，与上海等一批学人提出的"人文精神衰落论"针锋相对，召唤属于新文明的"精神规则"或曰"新人文精神"，这就是一次再启蒙。90年代以来一系列直接以政治体制改革为旨归的启蒙思想的表达产生了更大的影响，无疑也是再启蒙的重要声音。近些年来关于区别于国家和市场的"社会"培育问题的呼唤和讨论，亦是启蒙的理性声音。但总体上说，再启蒙从20世纪90年代至21世纪初这20多年来，并没有出现高潮，更没有占据过主导或主流的位置。所以，我们必须提出再启蒙的问题。我在近年的《当下新启蒙语境中的广州再前沿问题》和《社会凝聚与文化逻辑》等一系列文章中都提出了"再启蒙"的呼吁。但是我认为，再启蒙，不可能像新文化运动那样取一种狂飙突进的姿态和方式了，甚至也不可能像20世纪80年代的新启蒙那样有一种"启蒙的春天"性质的涌动形态了。

新文化运动的启蒙和80年代的新启蒙，其主调都是批判和"拿来"。而单纯的批判和"拿来"总是较为容易的，而建设、融会不同的思想资源并契合自身特点的建构却总是更困难的，当下中国所处的时代需要的恰是困难得多的文化建构。没有真正的、切实的文化建构，再启蒙是不可能获得收效的。稍事看一看西方现代文明五百年来无数的文化建构，是如何实实在在地推动他们社会历史的进步，就可以明白这一点。我们不能总是单纯批判，也不能总是简单"拿来"。不能！更不能总是停留在吸引眼球的情绪性状态之中。因此我要说，再启蒙的特征必须是文化建构主义的！

文化建构主义的再启蒙，必须继续以文化批判主义为基础，没有批判的建构是不存在的。这是再启蒙从总体方向上接续前启蒙、启蒙和新启蒙的道路

---

① 参见金岱：《自审与自救》，《"右手"与"左手"》，广东人民出版社1998年版。

保证。但是再启蒙也必须摒弃文化批判主义的单纯批判、拿来的方式，更不可取文化解构主义的文化虚无主义的态度。毫无疑问，再启蒙坚决不同意文化保守主义的激进民族主义立场，坚决不同意文化保守主义的"回到汉儒"和"回到'文革'"的思想路向，坚决不同意文化保守主义否定普世性文化的态度。但是，文化建构主义之再启蒙，却也必须在肯定普世性文化的前提下，承认多元文化的现实性、必要性和重要性，并将文化保守主义所倡导的当下中国的"文化自觉"纳入再启蒙的文化建构任务中来。在170余年来的转型中国，作为一种实践、一种现象，文化建构无论在生活文化，还是在价值文化和符号文化中，从来都是有意无意地存在的；然而，作为一种从未被提出过的自觉明确的思想形态和理性主张，我们今天不仅必须将其认真提出，更必须脚踏实地地全力推进。

总之，我以为，文化建构主义之再启蒙要解决的问题，就是"中国性+现代性=？"的问题；就是要通过民间的，即区别于国家和市场的社会的文化认同方式，而不是通过指令性、动员性的强制方式，重建中华民族现代文明的文化逻辑，重铸中国人的生活方式和价值理想形态的问题。这个任务不切实进行，中华民族的伟大复兴很难真正实现，因为中国社会的文化生态不可能健康繁茂，而政治体制改革也不可能得到真正的推进和完善，即使已然成形并逐步发育成熟的市场经济也有可能半途中止或发生不该有的异变。

［原载《华南师范大学学报》（社会科学版）2013年第5期，人大复印报刊资料《文化研究》2014年第4期转载］

论整体主义的两种文化样态

整体主义的文化样态，我以为主要有三种：大全整体主义、理念整体主义和集群整体主义。本文只讨论前两种，后一种另文再论。

一、大全整体主义

大全整体主义即是将宇宙大全看作一个整体的观念。哲学史上不乏大全整体主义，但就其理性与感性的全面度来看，则更多见于诸宗教和宗教性文化。

（一）道家

老子的"道"是典型的大全整体主义。道生天地万物，道是天地万物的母亲，道生成了宇宙。《道德经》第二十五章说，道是"有物混成，先天地生"，"可以为天地母"。[①]第二十章提及道者，似乎一切不如人，却"我独异于人，而贵食母"，道者是善于从道这位母亲那里获得滋养的人。"道为天地万物之母"是老子书中最根本的意象。第四十二章则明言："道生一，一生二，二生三，三生万物。""一""二""三"可有多种解释，然道生万物却是再明确不过了。道是与万物不二的一个整体，万物是分，道是总。

从形态来看，道是一个整体。道"有物混成"（第二十五章），"万物负阴而抱阳，冲气以为和"（第四十二章），"故混而为一……是谓无状之状，无物之象，是谓惚恍。迎之不见其首，随之不见其后"（第十四章）。

[①] 高亨著，华钟彦校：《老子注译》，河南人民出版社1980年版。以下所引老子之言皆出自该版本。

"有物混成"也好，一团"和""气"也好，"迎之不见其首，随之不见其后"的"惚恍"也好，其实都在描绘道在形态上是一个整体。

从特征来看，道也是一个相反相成的整体。第二十五章中，老子提出了道的四个特征："大""逝""远""反"。我想，"大"即无边无际，"远"即无始无终，"逝"即永恒流行，"反"即无限循环。这样的道是一个内在整体，只有在一个内在整体中，才有所谓正与反、循环的问题。第四十二章讲："物或损之而益，或益之而损。"这也是整体内在地考察事物而得出的结论，宇宙若不是一个整体，那怎么会此益则彼损，彼益则此损呢？

第二十八章讲如何才能为"婴儿"，如何才能为"朴"，如何才能为"无极"，然后讲"朴散则为器，圣人用之，则为官长。故大制不割"。"朴""婴儿""无极"，皆为道的不同说法。道即是不割的大制，无分的整体。整体为根，为本，为主，为君。整体之分，则是可用的东西，即"官长"，某一官能之长，或者说是为君王所用的某一方面的官长（长官）。这其实是道与器的关系，道与器的关系根本上就是整体与部分的关系，整体为本，部分为用。第十四章就明确提出了"执古之道，以御今之有"的主张，即以道为本，以本御用，且认为这是道论之纲："能知古始，是谓道纪。"第十一章讲"有之以为利，无之以为用"，可见老子并不贵无，有与无都是可以利或用的，谁来利用有与无？我想当然是整体，是整体的道了。以整体为本体，有或无才是可利可用的。第三十九章讲"得一"之重要："天得一以清，地得一以宁，神得一以灵，谷得一以盈，万物得一以生，侯王得一以为天下贞。"这里的"一"当然是道，老子以"一"喻道，也可见在老子的心目中道是像"一"这样的整体。

道是一个整体，一个相反相成的整体，这既体现在老子的宇宙本体论中，也体现在老子的人生哲学、政治哲学和军事哲学中。这本身也是老子的大全整体主义观念，宇宙的法则是贯穿在宇宙一切的事物之中的。

老子的人生哲学的总纲是第二十二章讲的"圣人抱一为天下式"，抱持着"一"，即道的内在整体观念看世界，于是就会看出"曲则全，枉则直，洼则盈，敝则新，少则得，多则惑"的规律，也会得出"夫唯不争，故天下莫能与之争"的结论。第八章说"上善若水。水善利万物而不争，处众人之所恶，故几于道",第四十三章说"天下之至柔,驰骋天下之至坚",第二十四章说"企者不立,跨者不行,自见者不明,自是者不彰,自伐者无功,自矜者不长"。"处众人之所恶""至柔""企者不立""跨者不行"等老子的人生教导,都是基于"一"(即道)的整体内在的"反",即相反相成的理由。

老子的政治经济学将人世间的利益看作总量一定的整体,像天地万物运行那样,有余与不足相互消长。"天之道,其犹张弓与?高者抑之,下者举之,有余者损之,不足者补之。天之道损有余而补不足。人之道则不然,损不足以奉有余。孰能有余以奉天下,唯有道者。"(第七十七章)这是中国传统的政治理想,与儒家的"大同"理想类似,但论证的路径不同。老子是将人世间理解为天地万物那样的一个整体,有余与不足在其内部此消彼长。

老子的君王之道的要义是所谓"归根",第十六章讲"归根曰静,是谓复命"。修道就是归根,归根便是虚静,虚静而能知天命。知天命很有用,"知常容,容乃公,公乃王,王乃天,天乃道,道乃久"。归根,虚静,知常(知天命),然后可以为君王,像天像道一样长久地为君王。天命与君王、政教合一,是典型的大全整体主义。

老子的君王之策也是基于整体内在的相反相成原则的。第六十六章讲"江海所以能为百谷王者,以其善下之,故能为百谷王""是以欲上民,必以言下之;欲先民,必以身后之。是以圣人处上而民不重,处前而民不害"。第六十一章讲"故大国以下小国,则取小国;小国以下大国,则取大国"。

老子的军事哲学所依据的原则亦是整体内在的相反相成。第六十九章讲"用兵有言:吾不敢为主,而为客;不敢进寸,而退尺。是谓行无行,攘无臂;扔无敌,执无兵""故抗兵相加,哀者胜矣"。第七十六章讲"兵强则灭,木强则折。强大处下,柔弱处上"。即使打了胜仗也不可以欣喜而示强:"杀人之众,以哀悲泣之;战胜,以丧礼处之。"(第三十一章)

总之,处下、为牝、示弱、守柔,最终结果会是上,会是雄,会是强,会是刚。其根本原因就是在一个整体内在之中,物极必反。所以,老子思想的前提,就是宇宙大全是一个整体,这个整体先于一切的部分、一切的个体,而天底下万事万物都要从这样一个处先的整体来看待。由老子开创的道家,以及由道家延伸而出的道教,作为政治意识形态,在其后的发展中虽也有过几次兴盛，但总体上说并不十分成功。汉初的黄老道家，受到皇家的尊崇，对多年战争之后社会的休养生息起到了一定的作用；唐代皇家姓李，与老子同姓，故崇道尊老，道教在很多时候成鼎盛之势。然在漫长的历史过程中，道家和道教从根本上说并没有成为强势的政治意识形态，没有出现过政教相辅或政教合一的局面，所以老子的大全整体主义观念，并没有贯彻到社会政治的历史实践中去。但是，作为一种精神文化，老子的大全整体主义思想极大地影响了中华民族的文化人格和思维方式，整体主义思维成为了中国人的突出特点。

（二）佛教

以老、庄为代表的道家，不是典型宗教，但似也不能完全限于一种哲学，而可以说是一种宗教性文化，道教以其为源，自是有道理的。大全整体主义便是道家作为一种宗教性文化的明证。所有典型宗教都是大全整体主义的，佛教当然也不例外。

佛教没有原典，佛教的最初教义是所谓"声闻"者亲聆佛陀说法而流传下来的，其后佛教又宗派林立，小乘大乘，有宗空宗，各有说法。但不管何宗何家，都承认四圣谛，四圣谛可以说是佛教教义的最一般基础。所谓四圣谛，即"苦、集、灭、道"。我以为，"苦"是佛教的问题意识，人世间"诸受皆苦"，怎么办？如何解脱？"集"是佛教的世界观，它是关于佛教所宣说的世界图景的。"灭"是佛教的最高理想，即所谓涅槃，超越时空，生灭的彼岸世界。"道"则是方法论，达至"灭"的途径，所谓"八正道"是也。

佛教的大全整体主义当然就体现在它的世界观中，体现在集谛中。集谛要说的根本上就是"缘起"二字。这个世界"诸行无常"，没有常住的实体，或者说实体皆假相；没有自性，或者说自性本空。世间一切"相依缘现"，我们眼见的各种现象、事物，皆由"缘会"，因缘际会，因缘和合所现、所生、所起，因缘聚则生，因缘散则灭。因缘就是这个世界的相互关联，"此有故彼有，此起故彼起"，"此无故彼无，此灭故彼灭"。[1]这个世界的关联是变动不居的，一切转瞬生灭，不断变化。因此，这个世界便是由因缘的时空关联组

---

[1] 杜继文主编：《佛教史》，江苏人民出版社2008年版，第15页。

构而成的大全整体。

因缘所现、所生、所起，是为果。因、缘与果是一条永恒循环的链条，因配合诸缘而有果，此果又为下一果的因缘，因自有果，果必有因，即是因果报应。当然，佛教的因果关系，并非我们一般所认识的所谓客观意义上的因果关系，而是众生（一切有情识的生物，主要指人）的生命流程中的神秘关系。这种因果关系的神秘之处，主要在"业"这个概念上。众生所行，即为"造业"，过去世某之所行，即所造之业，是为过去世的因，而必得现在世的果报；现在世所造之业，必得未来世之果报。"业"有一种不得果报绝不消除的神秘力量，善有福报，恶有罪报。如此，佛教的业报轮回观念通过以"业"为内容的因果链条将过去、现在、未来串联成一个大全整体。

善恶福罪的果报具体体现在所造之业将落入"三界五道（或六道）"中的何界何道。佛教将宇宙看成一个多层次的所在，众生便流转其间，所谓"五道（或六道）轮回"。造善业者来世将入"天""人"之善道，造恶业者来世将入畜生等恶道。这样，佛教就在空间上将宇宙结构为一个果报处境次第分明的大全整体。

佛教给我们描绘的宇宙图景也是一个大全整体。"据《长阿含经·世纪经》等说，众生共业感得的国土，是这样一种结构：一个日月所照之地，是个世界单位……一千个日月所照的世界，名'小千世界'；一千个小千世界，名'中千世界'；一千个中千世界，名'大千世界'。总称为'三千大千世界'。此三千世界受众生业力的支配，按'空''成''住''坏'等'四大劫'的公式循环周转。"①

佛教的偶像崇拜也有一个变化发展的过程。早期是多佛崇拜，逐渐地，诸佛的"生身"上升到了"法身"："在公元3世纪的汉译大乘佛经中，'法身'已被普遍地抽象化和神格化，认为'法身'无形无体，无作无言，不可以言说得，不可以思维求，亦不接受众生的供养布施，但它真实、圆满、寂静、永恒，充塞于世界万物之中，并构成万物的普遍本质，平等地仁慈天地诸有，

---

① 杜继文主编：《佛教史》，江苏人民出版社2008年版，第23页。

悦护一切众生。"①并且，佛的"法身"与"色身"（或曰"化身"，佛法身的形象示现）相应，成为了人们信奉的至真至善、至高至尊、全知全能、拯救众生的救世主。既然有这样一位无所不在的，作为宇宙本质的，全知全能的救世主，佛的宇宙当然就是一个以佛为统摄和表征的大全整体了。

当然，佛陀终究不像基督教的上帝那样，是一种绝对的超越者，毕竟佛陀所宣示的是人人皆可成佛，基督教却绝没有人人皆可为上帝的说法。佛陀虽是神，但这位神所意味的更多还是教主和教师，是指引我们走向佛的至高境界的引路人和师长。也许正是这样一种根本性的区别，使佛教在其社会实践中，始终限于心灵护佑的角色，而未能像基督教（更不用说像伊斯兰教）那样成为过超越政治或御驶政治的力量。佛教在印度的某些时期（如阿育王时期）得到过统治者的高度重视而地位至崇，但印度毕竟是印度教的天下，佛教未能成为主导。佛教来到中国后，在少数时期（如武则天时期）也曾因统治者的另眼相看而兴盛一时，但总体而言，佛教与道家、道教一样，并没有取得过统摄政治的地位，它的大全整体主义观念在其社会政治的历史实践中受到了限制。

（三）基督教

基督教是典型的大全整体主义似乎无须证明。基督教的天地万物是上帝（神、天主或耶和华）在包括了一个休息日的七天里创造的：

> 起初神创造天地。
> 地是空虚混沌，渊面黑暗，神的灵运行在水面上。
> 神说："要有光！"就有了光。
> 神看光是好的，就将光暗分开了。
> 神称光为"昼"，称暗为"夜"。有晚上，有早晨，这是头一日。②

人当然也是上帝造的：

---

① 杜继文主编：《佛教史》，江苏人民出版社2008年版，第81页。
② 《圣经》，中国基督教三自爱国运动委员会、中国基督教协会2009年版，第1页。

> 神就照着自己的形象造人，乃是照着他的形象造男造女。……耶和华神用地上的尘土造人，将生气吹在他鼻孔里，他就成了一个有灵的活人。……耶和华神使他沉睡，他就睡了；于是取下他的一条肋骨，又把肉合起来。耶和华神就用那人身上所取的肋骨造成一个女人……①

上帝不仅是宇宙的开端，创造了天地万物，而且也是宇宙的终结，它还要对它所创造的天地万物进行末日审判。在末日，上帝要毁灭变坏了的世界。上帝的七个天使拿着装有七种灾祸的碗，倾倒在地上："第七位天使把他碗倒在空中……就有大声音从殿中的宝座上出来，说：'成了！'又有闪电、声音、雷轰、大地震，自从地上有人以来，没有这样大、这样厉害的地震。"②然后上帝造出一个新天地：

> 我又看见一个新天新地，因为先前的天地已经过去了，海也不再有了。
> 我又看见圣城新耶路撒冷由神那里从天而降，预备好了，就如新妇妆饰整齐，等候丈夫。
> ……
> 神要擦去他们一切的眼泪；不再有死亡，也不再有悲哀、哭号、疼痛，因为以前的事都过去了。
> 坐宝座的说："看，我将一切都更新了。"③

上帝要对每一个人进行末日审判，只有进入了"生命册"的人才能进入新天地，获得绝对幸福的永生：

---

① 《圣经》，中国基督教三自爱国运动委员会、中国基督教协会2009年版，第1—2页。
② 《圣经》，中国基督教三自爱国运动委员会、中国基督教协会2009年版，第287页。
③ 《圣经》，中国基督教三自爱国运动委员会、中国基督教协会2009年版，第290—291页。

> 我又看见死了的人，无论大小，都站在宝座前，案卷展开了；并且另有一卷展看，就是生命册。死了的人都凭着这些案卷所记载的，照他们所行的受审判。……得胜的，必承受这些为业；我要作他的神，他要作我的儿子。惟有胆怯的、不信的、可憎的、杀人的、淫乱的、行邪术的、拜偶像的，和一切说谎话的，他们的份就在烧着硫黄的火湖里：这是第二次的死。①

上帝既然是宇宙的开端和终结，基督教的宇宙当然就是一个以上帝为统摄的大全整体了。

上帝不仅是宇宙的开端和终结，而且也主宰和管理世界。上帝主宰和管理世界的方法其实很简单，首先是与万民立约，也就是制定法律。在《圣经·旧约》中，犹太人出埃及时，上帝在西奈山与摩西立约，即著名的"摩西十诫"。所立诫命简单、基本、明确，例如：

> 爱我、守我诫命的，我必向他们发慈爱，直到千代。
> ……
> 当孝敬父母，使你的日子在耶和华你神所赐的地上得以长久。
> 不可杀人。
> 不可奸淫。
> 不可偷盗。
> 不可作假见证陷害人。
> 不可贪恋人的房屋；也不可贪恋人的妻子、仆婢、牛驴及他一切所有的。②

《圣经·旧约》中上帝与摩西立的这些约定，成为日后西方发达的法律体系的源头。

---

① 《圣经》，中国基督教三自爱国运动委员会、中国基督教协会2009年版，第290—291页。
② 《圣经》，中国基督教三自爱国运动委员会、中国基督教协会2009年版，第71页。

上帝主宰与管理世界的再一个方法是奖惩。《圣经》中记载了许多上帝对人的惩罚，有时是因为一些很具体的事，例如埃及法老在不知情的情况下娶了亚伯兰的妻子撒莱为妻，于是"神因亚伯兰妻子撒莱的缘故，降大灾与法老和他的全家"①。上帝当然还有奖赏，即所谓"上帝的选民"。例如：

> 亚伯兰年九十九岁时，耶和华向他显现，对他说："我是全能的神，你当在我面前作完全人。我就与你立约，使你的后裔极其繁多。"
>
> 亚伯兰俯伏在地；神又对他说："我与你立约：你要作多国的父。从此以后，你的名不再叫亚伯兰，要叫亚伯拉罕，因为我已立你作多国的父。我必使你的后裔极其繁多，国度从你而立，君王从你而出。我要与你并你世世代代的后裔坚立我的约，作永远的约，是要做你后裔的神。"②

上帝的最著名的奖惩，除了末日审判，就是洪水与挪亚方舟的记载了："耶和华见人在地上罪恶很大，终日所思想的尽都是恶；耶和华就后悔造人在地上，心中忧伤。耶和华说：'我要将我所造的人和走兽，并昆虫，以及空中的飞鸟，都从地上除灭，因为我造他们后悔了。'"③不过，上帝挑选了挪亚。"耶和华对挪亚说：'你和你的全家都要进入方舟，因为在这世代中，我见你在我面前是义人。凡洁净的畜类，你要带七公七母；不洁净的畜类，你要带一公一母；空中的飞鸟也要带七公七母，可以留种，活在全地上。因为再过七天，我要降雨在地上四十昼夜，把我所造的各种活物都从地上除灭。'"④然后，上帝发洪水40天，毁灭了一切，方舟里的挪亚一家和那些被带走的动物保存了下来，繁衍出今天的人类和世界。上帝以立法、奖惩等主宰和管理整个世界，基督教的宇宙当然就是一个以上帝为最高裁判者的大全整体了。

---

① 《圣经》，中国基督教三自爱国运动委员会、中国基督教协会2009年版，第10页。
② 《圣经》，中国基督教三自爱国运动委员会、中国基督教协会2009年版，第17页。
③ 《圣经》，中国基督教三自爱国运动委员会、中国基督教协会2009年版，第6页。
④ 《圣经》，中国基督教三自爱国运动委员会、中国基督教协会2009年版，第6页。

与道家、道教和佛教不同，基督教在其社会政治实践中，成功地贯彻了它的大全整体主义，形成了政教相辅，甚至教高于政的社会结构，绵延了很长时间，在中世纪还成了西方各国对政治具有很大影响力和控制权的最高精神权威。但是，进入现代以来，西方社会随着政治合法性的来源从神权转向了民权，世俗化的政治与宗教发生了分离，基督教中的新教和天主教演变为"恺撒的归恺撒，上帝的归上帝"的局面。世俗社会没有绝对权威，有绝对超越的信仰界域则不涉世俗权力，基督教只在精神领域内对人们发生作用（尽管这种作用在西方也不平衡，如美国与欧洲就有差异），基督教社会政治实践上的大全整体主义由此解体。而在东方，基督教则处在另一种状态，很长时间里影响力衰微。

二、理念整体主义

理念整体主义是哲学思辨意义上的整体主义。

（一）柏拉图之"理念"

柏拉图哲学是理念整体主义的典型代表。在柏拉图看来，一个个别的、具体的，即个体的事物之所以为这个事物，是因为它分有了这个事物的理念。一张床之所以是床，是因为它分有了床的理念；一朵花之所以是美的，是因为它分有了美的理念。

> "……如果在美本身以外还有其他美的东西，这东西之所以美，就只能是因为它分有了美本身。其他的东西也是一样……"
> ……
> "也是大使大的东西大、使大些的东西大些，是小使小些的东西小些吗？"
> "是的。"[①]

[①] 柏拉图：《斐多》，北京大学哲学系编《西方哲学原著选读》上卷，商务印书馆1981年版，第73—74页。

既然个体事物"分有"这个事物的理念,那么,理念必定是整体的。柏拉图正是这样认为的。在柏拉图看来,理念是神创造的,是理想的、完整的、永恒的、不变的,而与理念相对应的现象,则是人间的、不理想的、部分的、暂时的、流变的。柏拉图眼中的理念,并不像人们一般认为的,特别不像唯物主义所认为的,是与物质相对应的精神或心灵的东西,与存在相对应的思维或思想的东西,总之不是我们头脑里的东西,而是天上的事物,是神所创造的非物质实在,分有理念的个体事物反倒是非实在的(或者说是在存在与不存在之间的)。也许正是将理念看作是实在的、整体的事物,而个体事物又要分有它,所以柏拉图的理念论惹来了逻辑上的麻烦。后来,柏拉图自己也意识到了这一点,他在《巴门尼德篇》中分析了自己的困难:"巴门尼德继续列举了许多难点。(1)个体是分享全部的理念呢,还仅仅是分享其一部分呢?无论是哪一种观点,都可以有反驳的理由。如果是前者,那么一个事物就必须同时存在于许多地方;如果是后者,则理念既然是不可分割的,那么一个具有'小'的一部分的事物就要比'绝对的小'更加小,而这是荒谬的。"[①]柏拉图又将个体事物说成是摹本,将这个事物的理念说成是原本,因此,个体事物就是对作为完美整体的原本的永远不及的无穷模仿。因此,原本就成为"一",而摹本成为"多"。柏拉图的"一"不像巴门尼德的"一"那样是唯一的"一"("一"即存在,存在即"一")。柏拉图有很多的理念,很多的"一",罗素在《西方哲学史》里开玩笑说,凡挪亚方舟里有的事物,柏拉图那里皆有,人狗猫、真善美等。但就原本和摹本的关系而言,仍然是"一"与"多"的关系,相对于摹本的"多"来说,原本的"一"当然就是至高的整体了。

　　理念不仅"整体",而且"主义"。柏拉图不仅反复强调理念是实在,现象是非实在,理念是真实,现象是镜像,而且强调理念是作为现象的个体事物的原因。"一个东西之所以能够存在,只是由于'分有'它所'分有'的

[①] 伯特兰·罗素著,何兆武、李约瑟译:《西方哲学史》上卷,商务印书馆1963年版,第171页。

那个实体。"①一个事物之所以美,是因为分有了美本身,美本身是作为现象的个体事物之所以美的原因。理念是作为现象的个体事物之所以存在,之所以如此这般存在的原因。同时,理念也是作为现象的个体事物的目的:"本身绝对不变不动、把一切作用都排除于外的东西,不可能是机械运动之'因';它之成为'因'只有在这种意义上:它提供了生成[流变]所由发生的目的。在此,存在与流变这两个世界的关系第一次充分地规定出来了:一切变化和生成都是为了理念而存在;理念是现象的目的因[终极因]。"②因而,作为最高理念的善的理念的实现,是现象世界的终极目的。

总之,柏拉图的世界观是整体主义的,他的理念世界是唯一的、最完善的和最美好的,依目的而理性行为必可以无限逼近此理想世界。柏拉图将理念与现象的关系结构推演到他的理想国中。掌握理念的学者阶级、哲学家(又译为"监国者"或"卫国者")成为理想国的统治者,思考和面对国家的整体,推行以善的理念为目的的完全理性的、计划的,几乎军事化的国家秩序,国家的两个上层阶级不可以有家庭和私人财产,而公民个人自由和个人利益在理想国中完全没有位置。

(二)黑格尔之"绝对"

黑格尔哲学是理念整体主义的又一典型代表,黑格尔哲学是哲学思辨意义上的大全整体主义。黑格尔哲学的最高概念是"绝对","绝对"也就是他所谓的"全体",而"全体"就是大全整体。

对于黑格尔来说,唯有"绝对""全体"——大全整体是完全实在的。相对于绝对的东西,部分的、个别具体的东西,即个体的事物,都不是完全实在的,或只具有部分的实在性。罗素在《西方哲学史》中评述道:"由于他早年对神秘主义的兴趣,他保留下来一个信念:分立性是不实在的;依他的见解,世界并不是一些各自完全自立的坚固的单元——不管是原子或灵魂——的集成体。有限事物外观上的自立性,在他看来是幻觉;他主张,除全体而外任

---

① 柏拉图:《斐多》,北京大学哲学系编《西方哲学原著选读》上卷,商务印书馆1981年版,第74页。

② 文德尔班著,罗达仁译:《哲学史教程》上卷,商务印书馆1987年版,第175页。

何东西都不是根本完全实在的。"①

非绝对者、部分、个体都只是关系项，处在关系之中，依赖相关的关系予以定义，本身没有确定性和实在性。例如某君，在家庭关系中，相对于父亲是儿子，相对于儿子是父亲；相对于哥哥姐姐是弟弟，相对于弟弟妹妹是哥哥；相对于伯父叔父是侄子，相对于侄子是伯父叔父……并且这种关系是无限延展的，某君是所有这些关系的总和。但这并没有完，某君还必然处于工作关系、专业关系、朋友关系等关系之中，在所有关系中他都没有确定性和实在性。好在这种关系可以无限延展，而某君是一切关系的总和，于是他在这种总和中，在关系的无限延展中最终趋近了"绝对""全体"，并由此获得部分的实在性。而"绝对""全体"由于是唯一独立的，无外部关系的，不需要依赖相关关系来予以定义的，所以是唯一的实在。

"绝对""全体"又是唯一完全的真理之所在，唯有"绝对""全体"是真理本身，即他所谓的"理念"。黑格尔说："真理是全体，但全体只是通过自身发展而达于完满的那种本质。"②黑格尔的"绝对""全体"也可以说就是上帝，所以黑格尔又说："哲学的对象与宗教的对象诚然大体上是相同的。两者皆以真理为对象——就真理的最高意义而言，上帝即是真理，而且唯有上帝才是真理。"③而非绝对者、部分、个体则只是通往完满真理路途上的台阶，是通往完满真理过程中的环节。它们要在无穷的否定之否定的循环发展中逐渐趋近真理本身。所以，非绝对者、部分、个体都不具有完全的真理性，或者说只有部分的真理性。正题是部分的真理，反题是部分的真理，合题是相对完全的真理，但此合题作为下一环节的正题时又只是下一环节中部分的真理。

因为唯有"全体"才是真理，所以追寻真理的哲学必须是体系。体系是整体，真理只能显现在整体中。黑格尔说："理念或绝对的科学，本质上应是一个体系，因为真理作为具体的，它必定是在自身中展开其自身，而且必定

---

① 伯特兰·罗素著，何兆武、李约瑟译：《西方哲学史》下卷，商务印书馆1963年版，第302页。
② 黑格尔著，贺麟、王玖兴译：《精神现象学》上卷，商务印书馆1979年版，第12页。
③ 黑格尔著，贺麟译：《小逻辑》，上海人民出版社2009年版，第55页。

是联系在一起和保持在一起的统一体，换言之，真理就是全体。……哲学的内容，只有作为全体中的有机环节，才能得到正确的证明，否则便只能是无根据的假设或个人主观的确信而已。"① 依此逻辑，黑格尔认为整个哲学史也是一个内含漫长真理之路的整体，哲学史中的各种哲学思想只是这条真理之路上的环节，只具有部分的、片面的真理。我想，再推一步，人类的整个认识史也是这样一个内含漫长真理之路的整体，任何部分、个别的认识都只具有部分、片面的真理。

在黑格尔这里，唯有"绝对""全体"是实在的，唯有"绝对""全体"是真理，而且唯有"绝对""全体"是目的，是有意义的。任何的部分、个体都像有机体中的器官或细胞一样，没有独立的意义，本身不是目的。部分、个体仅仅因为它是有机整体内在的成分才具有意义，一旦离开了有机整体，只能是死物或什么都不是。同时，任何的部分、个体都只是有机整体这个目的的工具和手段，是为着有机整体的存在而存在的。心脏本身并没有意义，意义仅在于它是维持生命的重要部位和环节，心脏只是生命整体的工具。黑格尔的这种想法，似乎是在说，整个宇宙就是上帝本身，万事万物都只是上帝这个唯一的生命内部的细胞或器官，万事万物都因成为上帝这个唯一的生命的工具而有意义，都是为上帝的存在而存在的。

（三）朱熹之"天理"

朱熹是中国哲学史上理念整体主义的典型代表。朱熹的出生虽然比柏拉图、亚里士多德晚了一千四五百年，且朱熹的"理"更多是伦理规范意义上的"理"，但他是在中国哲学史上较早且有系统地讨论"理"的问题的突出代表。

朱熹认为，凡事物都必有一个"理"在其中，这个"理"是这一事物之所以为这一事物的根据，也就是说，这个"理"是某一类事物的"理"，它规定了这一类中所有事物的"性"。然在所有这种类别的"理"之上，还有一个万理之"理"，朱熹称为"太极"。朱熹说："总天地万物之理，便是太

---

① 黑格尔著，贺麟译：《小逻辑》，上海人民出版社2009年版，第71页。

极。"① "太极"就是天底下所有事物的"理"，至理，最高最全的理，统一的理。这种"理"的观念说明，朱熹头脑中的天地、宇宙、世界是一个有限、整体的东西。如果这个天地、宇宙、世界是一个无限的所在，那么，如何可能设想有这么一个"总天地万物之理"呢？

朱熹讲"理一分殊"，"太极"是"一"，万事万物是"分殊"。朱熹用"月映万川"的比喻来说明他的这一思想。"本只是一太极，而万物各有禀受，又自各全具一太极尔。如月在天，只一而已，及散在江湖，则随处而见，不可谓月分也。"②散在江湖的月，虽然不是将天上的月分开而得的部分，而是类似于柏拉图的复制了理念的现象，是镜像中的月，但这仍然是分殊，是在不同的境况中反映并分得了月的性状。而天上的月、太极，则毕竟是"一"，是总，是全，是整体。

朱熹讲"理本气具"。朱熹说："天地之间，有理有气。理也者，形而上之道也，生物之本也；气也者，形而下之器也，生物之具也。是以人物之生，必禀此理，然后有性；必禀此气，然后有形。"③而所谓"本"即为树干，所谓"具"则为分枝。相对于分枝，树干当然就是整体；相对于由"气"而凝成的"器"，即具体的万事万物，"理"当然就是整体。朱熹讲"理先气后"。朱熹说："问：先有理抑先有气？曰：理未尝离乎气。然理形而上者，气形而下者。自形而上下言，岂无先后。"④又说："问：有是理，便有是气，似不可分先后？曰：要之也先有理，只不可说是今日有是理，明日却有是气也，须有先后，且如万一山河大地都陷了，毕竟理却在这里。"⑤冯友兰就此评论道："就存在说，理、气先后问题就没有意义了。但朱熹仍然认为，照理论上说应该还是理先气后，他认为理是比较根本的。就这一点说，先后问题就是本末问题，理是本，气是末；也就是轻重问题，理为重，气为轻。本和

---

① 黎靖德编，王星贤点校：《朱子语类》第六册，中华书局1986年版，第2375页。
② 黎靖德编，王星贤点校：《朱子语类》第六册，中华书局1986年版，第2409页。
③ 朱熹：《答黄道夫》，转引自冯友兰《中国哲学史新编》（下），人民出版社1999年版，第151页。
④ 黎靖德编，王星贤点校：《朱子语类》第一册，中华书局1986年版，第3页。
⑤ 黎靖德编，王星贤点校：《朱子语类》第一册，中华书局1986年版，第4页。

重在先，轻和末在后，这样的在先就是所谓逻辑的在先。朱熹的意思还不止于此，因为他还说：'且如万一山河大地都陷了，毕竟理却在这里。'这就是说，虽然在存在上不存在一个没有阴阳的太极，但在理论上却是有的……"①本和末（具）的问题也就是总和分的问题，即整体与部分（或个别具体）的问题。本先末后，总先分后，整体先部分后，在价值上就是先者重而后者轻。

朱熹的"理"是"天理"。对于中国文化来说，"天"是个相对于人力、人为、人欲等的概念，它虽不是人格神，却也有至上的权威，一切来自"天"的，即来自自然的，都是人不可为也不可违的。天理、自然之理，是来自"天"，来自自然的一种条理和秩序。而条理、秩序必是系统，必是整体，因而天理是有至上权威的系统和整体。对于朱熹来说，不符合或有违于天理的便是人欲。"人欲"之"人"，相对于"天"来说是部分的。"人欲"总是个别具体的人的"欲"，这种"欲"是统摄于作为整体的天理的。"圣贤千言万语，只是教人明天理、灭人欲。"②在朱熹这里，天理根本上就是儒家的伦理规范。朱熹说："志于道，不是只守个空底见解，须是至诚恳恻，念念不忘。所谓道者，只是日用当然之理，事亲必要孝，事君必要忠，以至事兄而悌，与朋友交而信，皆是道也。"③又说："吾之所谓道者，君臣、父子、夫妇、昆弟、朋友当然之实理也。"④儒家的伦理规范，君臣、父子、夫妻等，是"家庭—家族—家国"整体的一种人伦秩序，在这层意思上，朱熹的天理观更是一种整体主义了。

2017年12月

---

① 冯友兰：《中国哲学史新编》（下），人民出版社1999年版，第159页。
② 黎靖德编，王星贤点校：《朱子语类》第一册，中华书局1986年版，第207页。
③ 黎靖德编，王星贤点校：《朱子语类》第三册，中华书局1986年版，第863页。
④ 朱熹撰，朱杰人等主编：《朱子全书》第六册，上海古籍出版社、安徽教育出版社2010年版，第684页。

论整体主义的文化性格

——从认知的角度看

所谓整体主义，是指相对于个体（个别具体的事物），整体为先、为真、为重、为价值中心等的一种观念形态。整体主义的文化性格可以分别从认知的角度和意义的角度两方面予以观照，本文仅从认知的角度试作阐明，意义的角度将另文讨论。

一、整体先于个体

整体主义的信念之一，是相对于个体，整体总是先在的。整体对于个体的这种先在性通常有两种情况：一是时间上的先在（宇宙论整体主义），一是逻辑上的先在（前提论整体主义）。时间上的先在总是逻辑上的先在，而逻辑上的先在却未必是时间上的先在。

例如，基督教的创世说，认为上帝在七天的时间里创造了天地万物。上帝是无所不在的一个整体，天地万物则是个体的事物，所以整体创造了个体。既是创造，整体自然就在个体之先，这是时间上的先在。不过，不管我们是否相信上帝的存在，上帝总是一种与天地万物的存在很不相同的存在，我们即使不从信仰的角度，而纯从逻辑的角度看，上帝存在作为天地万物之存在的前提也有相当的必要性，否则很多事情会说不通。牛顿思来想去，认为还是要有上帝这么一个"第一推动者"，正是这个原因，牛顿的上帝乃是逻辑的上帝。如此作为天地万物之逻辑前提的上帝，当然也就是逻辑上的先在了。

又如，老子的"道"生万物说。老子的"道"从某种意义上来说，约等于基督教的上帝。老子认为，道是天地万物的母亲，道生成了天地万物。道是整体，天地万物是个体，整体生成了个体，整体在时间上先于个体。而道毕竟不是上帝那样的人格神，道的被需要，更具一种逻辑上的意义，天地万物之"分"，必得道这么一个"总"作为逻辑前提，很多事情才说得通。

再如结构主义。结构主义是现当代整体主义思潮中有代表性的理论流派之一。结构主义的先驱索绪尔区分了"语言"和"言语"两个概念，也就是在语言的论域中区分了整体与个体、社会与个人。"语言"意味着整体，意味着社会，而"言语"意味着个体，意味着个人。索绪尔认为"语言"是"储存在我们每个人大脑中的宝藏"①，是潜藏在我们头脑中的"约定俗成的符号系统"，即一整套符号规则。语言"本身就是一个整体"，是"言语活动的社会部分，个人以外的东西；个人本身不能创造语言，也不能改变语言，它只凭社会的成员间通过的一种契约而存在"。②而索绪尔所谓"言语"，则是我们每个人特定的、随机的、境遇的、无限丰富多变的语言交际活动，是对我们头脑中"语言"规则体系的具体运用，"在言语中没有任何东西是集体的；它的表现是个人的和暂时的"，属于"个人的意志和智能的行为"。③

"语言"和"言语"，在发生学的意义上是互为先在的，是所谓蛋生鸡还是鸡生蛋的问题，无所谓孰先孰后；但在逻辑的意义上，"语言"作为整体的、静态的规则和约定，则可以说是作为个体的、动态的、变化的"言语"的逻辑前提，没有"语言"就没有任何人类的"言语"沟通和交际活动。人类的发音或文字是需要人与人之间的理解的，没有相应的规则体系，理解便不可能。整体之"语言"相对于个体之"言语"，正是一种逻辑上的先在。索绪尔对于"语言"与"言语"的区分，直接影响了后来结构主义关于结构先于、重于要素的观念。事实上，在欧洲，结构主义正是作为对人道主义之存在主义的反动而出现的。近现代人道主义所发展起来的个人独特、个人独立的观念，沿着索绪尔语言学和结构主义的理路，必然会遭到质疑。"对于个人来说，语言在特定个体没有参与前就已经存在，它是一个先验的、封闭的、独立的系

---

① 索绪尔著，张绍杰译：《普通语言学教程：1910—1911索绪尔第三度讲授》，湖南教育出版社2001年版，第9页。
② 索绪尔著，高名凯译：《普通语言学教程》，商务印书馆1980年版，第30、36页。
③ 索绪尔著，高名凯译：《普通语言学教程》，商务印书馆1980年版，第35、42页。

统"①，我们每一个人一生下来，就落在了一个语言环境中，语言环境不由分说地向我们的头脑植入语言规则体系时，也相应地植入了一定的思维方式，语言根本性地塑造了我们每一个人，如此，我们何来独特，孰能独立？于是，到底是人说话，还是话驯人，就会成为问题。

二、整体是实在，个体是现象

整体主义通常认为整体是实在，个体是现象，有着存在论传统的西方哲学中的整体主义尤其如是。这个观念可以称为存在论整体主义。最著名的例子当然是柏拉图和黑格尔。柏拉图认为，完善的、整体的理念是实在，而个别具体的事物只是实在之理念的摹本，是现象。黑格尔则认为，"绝对""全体"，即大全整体是唯一真实的存在，而其中的个体只有部分的实在性，只有通过不断地否定，才能逼近实在的"绝对""全体"，但却永不可能到达，不可能最终成为实在。

这一传统的源头，一般认为是古希腊的巴门尼德。巴门尼德最早提出了"存在"的概念，认为存在"是永恒的，从不产生，永不消灭"②。它是不动、不变的"一"。这个"一"是唯一真实的东西，一切变化的、有特性的东西都是幻觉。巴门尼德说："它（存在——笔者注）是完全的、不动的、无止境的。它既非过去存在，亦非将来存在，因为它整个在现在，是个连续的一。"③因此，虚空不存在，"如果虚空不是真实的或不是现实的，那么个别事物的多样性和运动就不可能是现实的了"④。巴门尼德认为，"'一'是有限的，完整的，和封闭的。于是，存在便是一个滚圆的球体，内部完全均匀；这个唯一的统一的宇宙体同时也是单纯的、排除一切特殊的宇宙思想"⑤。存

---

① 申小龙：《索绪尔"语言"和"言语"概念研究》，《中国海洋大学学报》（社会科学版）2004年第6期。
② 文德尔班著，罗达仁译：《哲学史教程》上卷，商务印书馆1987年版，第58页。
③ 北京大学哲学系外国哲学史教研室编译：《西方哲学原著选读》上卷，商务印书馆1981年版，第32页。
④ 文德尔班著，罗达仁译：《哲学史教程》上卷，商务印书馆1987年版，第57页。
⑤ 文德尔班著，罗达仁译：《哲学史教程》上卷，商务印书馆1987年版，第58页。

在与思想同一，存在就是思想。"思想和存在这两者被宣称合二为一了。没有一种思想，它的内容不是存在；没有一种存在，它不是思想：思想和存在是同一个东西。"①总之，作为整体的存在/思想是实在，而无限丰富的个体是幻觉，是现象。"万物的多样性已沉没在这全一之中"②的整体主义思想路线成为了现代西方哲学诞生之前的主脉。

这个源头之后，在柏拉图与黑格尔之间，中世纪唯实论也是一个突出的例子。唯实论认为，"共相（类概念或逻辑类）"，是"本质的、原始的实在，这种实在从自身产生特殊、包含特殊（种属、最后个体）。因此，共相不仅是实体（实在……），而且与有形的个别事物相比，共相是产生一切、决定一切的更原始的实体；共相是更实在的实体，越普遍也就越现实"。③而"在感官世界里，个别事物并不积极活跃，个别事物之活跃程度按照体现于其中的普遍属性的程度而定。据此，感官的个别事物具有最轻微的存在力量，具有最微弱、完全缺乏独立性的现实性"④。同时，共相、完善和存在也成了等义词。"完善这个价值属性与存在这个概念混在一起不可分离。存在的程度即是完善的程度：任何事物越存在，也就越完善；反之，任何事物越完善，也就越存在。"⑤安瑟伦据此提出他关于上帝存在的著名论证："……具有存在性的东西的观念，同没有存在性的东西的观念相比，是更完善的东西的观念。上帝最完善，必然存在。……上帝的完善性隐含着上帝存在……"⑥安瑟伦还认为："普遍性越多，现实性便越多。从这里便可推论出：如果上帝是最普遍的存在，他也是最现实的；如果他是绝对的普遍的存在，他也是绝对的现实的存在。"⑦总之，对于中世纪唯实论而言，共相、普遍性、存在、实在、实体、上帝以及完善是同一个词。而完善意味着整体性，只有整体的东西才可能是完

---

① 文德尔班著，罗达仁译：《哲学史教程》上卷，商务印书馆1987年版，第56页。
② 文德尔班著，罗达仁译：《哲学史教程》上卷，商务印书馆1987年版，第58页。
③ 文德尔班著，罗达仁译：《哲学史教程》上卷，商务印书馆1987年版，第388页。
④ 文德尔班著，罗达仁译：《哲学史教程》上卷，商务印书馆1987年版，第389—390页。
⑤ 文德尔班著，罗达仁译：《哲学史教程》上卷，商务印书馆1987年版，第391页。
⑥ 梯利著，葛力译：《西方哲学史》，商务印书馆1995年版，第187页。
⑦ 文德尔班著，罗达仁译：《哲学史教程》上卷，商务印书馆1987年版，第391页。

善的东西。所以，整体是实在，非整体不实在。

在当代整体主义，尤其是科学哲学论域中的整体主义这里，虽然仍有一些强整体论思想（主张整体是实在，个体是非实在），但较为主流的看法是不再否定个体的实在性，转而强调整体是不同的实在，如突现整体主义观念就是这样。"突现表达一种整体主义的思想，即系统整体出现了组成部分没有的结构、性质、功能、规律或实体，故而整体不能简单地化约为部分之和，而是需要通过层次的观念，用高一级层次的语言来描述。学界较为普遍的看法是，突现就是高层次事物整体所具有而其组成部分不具有的、事先无法预测的特征。例如，人可以高兴、悲伤、愤怒，但是在大脑活动中，并没有一个独立的神经细胞、神经元可以进行上述活动，它们只有组成神经网络以后，才会具有思想与感情的整体性质。同样，氨基酸、核苷酸等元素是没有生命的，但这些无生命的元素一旦组成生命有机体，就会具有新陈代谢、遗传、变异、自我修复等'生命'性质。这些高层次具有的新的突现性质是任何组成部分都不具有的，但又源自或生成自低层次部分。"①这就是说，高一层次的整体，不可以还原至低一层次的部分或个体的简单加总，而是在低一层次的部分或个体构成整体时突现出来的一种新的性质、功能等，是与低一层次的部分或个体的实在性完全不同的新的实在。英国经典突现理论的代表人物S. 亚历山大就构建了一个包含从时空到神性总共八个层次的层次图景，每一高一层次的整体都是从低一层次的部分或个体的基础上突现而来，但又是与低一层次的部分或个体根本不同的实在。②

三、整体大于个体之和

方法论整体主义的观念认为，整体大于个体或部分之和。

整体大于个体之和，这一思想首先来自亚里士多德，它"出自亚里士多

---

① 张珍：《突现整体主义的思想变迁及其现代特征》，《自然辩证法研究》2014年第9期。

② 参见张珍：《突现整体主义的思想变迁及其现代特征》，《自然辩证法研究》2014年第9期。

德著作的多处。其中之一，是亚里士多德《论题》（*Topic*）一书第五卷第十三章"①。而整体大于个体或部分之和的思想在现当代科学哲学论域得到了特别的张显，几乎成为现当代科学哲学论域中整体主义思潮的一条金规则。现当代整体论的重要代表人物J.施穆茨在《整体论与进化》一书中提出了"整体论"的概念，并将其界定为："整体是经过创造性进化而形成的大于部分之和的实在，关注这种整体的倾向就是整体论。"②一般系统论创始人贝塔朗菲也认为，"整体大于部分之和"，即"组合性特征不能用孤立部分的特征来解释"③，必须用"系统所包含的所有组成部分以及它们之间的各种关系"④才能阐明。贝塔朗菲指出，"系统是由若干相互依赖和相互作用的要素所组成的具有一定结构和特定功能的有机的整体，它决不是各个部分的机械组合或简单相加"⑤。

从20世纪20年代始，英国的几位学者，亚历山大、摩尔根、布罗德，在批判具有个体主义性质的近代科学还原论，同时摒弃具有神秘整体主义意味的活力论的基础上，提出了一种被认为是理性整体主义的理论主张——突现主义，并形成英国突现整体主义学派。突现主义认为，整体是建立在作为低一层次的个体或部分之上的高一层次的事物，整体建立在个体或部分的基础之上，但突现为一个不可还原为个体或部分之和，或者说比个体或部分之和有更多东西的整体。在英国突现主义者看来，"突现问题的实质就是层次之间的关系问题，并提出了一种层次突现进化的世界观。认为，世界是层级结构的和突现进化的，世界的层次是按照事物的有组织复杂性不断提高而划分的。按Morgan的说法，最基本的层次是物理物质、生命与心灵三大层次。每一大层次中还可

---

① 范冬萍、张华夏：《突现理论：历史与前沿——复杂性科学与哲学的考察》，《自然辩证法研究》2005年第6期。
② 高新民、张钰：《整体论及其在哲学中的发展》，《世界哲学》2014年第3期。
③ 冯·贝塔朗菲著，林康义、魏宏森等译：《一般系统论：基础、发展和应用》，清华大学出版社1987年版，第51页。
④ 冯·贝塔朗菲著，林康义、魏宏森等译：《一般系统论：基础、发展和应用》，清华大学出版社1987年版，第51页。
⑤ 夏国军：《哲学整体论：西方哲学现代性发育的历史逻辑》，《哲学研究》2016年第3期。

再划分为若干小的层级，例如物质层级可进一步划分为电子、原子核、原子、分子和有机物等，而心灵的层次又可划分为感觉、知觉与理智等。从一个层次到一个更高的层次的发展被称为突现进化。……突现规律就是跨层阶规律。每一个层次都具有某些基本的、不可还原的性质与规律，高层次性质是从低层次性质中突现出来的，它由跨层次的'突现规律'所支配"[①]。

当代复杂性理论沿着突现主义的路线，对突现问题有更丰富、完整的讨论，在突现论和还原论、整体主义和个体主义的关系问题上有更为理性的处理。美国当代分析哲学家蒯因的整体论思想也是一个显著的例子。

蒯因的意义整体论批评了意义载体的词素说、语词说和语句说。[②]意义载体的词素说、语词说和语句说分别将词素、语词、语句作为承载意义的最小单位，但是蒯因认为，孤立的一个词素并不能表达任何意义，一词素只有与其他词素共同构成语词才能表达意义；同理，一个孤立的语词也不能表达意义，语词只有在语句中才能表达意义；而一个语句同样也只有在上下文中才能表达意义。扩而言之，一个文本也不能孤立地表达意义，只有在前后左右的其他文本中才可能具有确切的意义。因此，词素也好，语词也好，语句也好，文本也好，只有在整体的语言体系中才可能承载和表达意义。由是，我们可以说，语言整体并不等于个别具体语言单位的累加；相反，语言整体大于个别具体语言单位的累加，语言整体是个别具体语言单位的意义之源。

在意义整体论的基础上，蒯因又建构了他的知识整体论。蒯因批评了所谓的"还原论"，认为还原论的原则强调任何一个孤立的理论命题都可以还原为具体的经验事实，可以被具体的经验所证实。蒯因认为这是彻底的还原论，"每一个有意义的陈述都被认为可以翻译成一个关于直接经验的陈述（真的或假的）"[③]。但是蒯因认为，"我们关于外在世界的陈述不是个别的而是仅仅

[①] 范冬萍：《英国突现主义的理论价值与局限——从复杂性科学的发展看》，《系统科学学报》2006年第4期。

[②] 参见夏国军：《蒯因整体论：经验论的第四个里程碑》，《自然辩证法研究》2015年第3期。

[③] 蒯因著，陈启伟等译：《从逻辑的观点看》，中国人民大学出版社2007年版，第40页。

作为一个整体来面对感觉经验的法庭的"①,"具有经验意义的单位乃是整个科学"②。蒯因说:"我们所谓的知识或信念的整体,从地理和历史的最偶然的事件到原子物理学甚至纯数学和逻辑的最深刻的规律,是一个人工的织造物。它只是沿着边缘同经验紧密接触。"③总之,蒯因知识整体论强调的是:"第一,面对感觉经验法庭、接受经验检验的是知识整体,尽管宛如科学力场的知识整体从边缘到场心与经验的接触存在着程度的差异。第二,对知识整体内部的某一(些)陈述的再评价必将引起对整体内部的重新调整,对其真值的重新分配。因为它们在逻辑上是相互联系的,而逻辑规律也不过是系统内另外一些陈述……"④

也就是说,孤立的科学命题是不能由观察经验所检验、证实或证伪的,某一科学命题只有在人类知识真理的整体中才可能呈现其意义。而人类的知识真理是整体地与观察经验相接触的,是整体地受观察经验所检验的。因此,某一科学命题只有在人类的知识真理整体与观察经验的相互关系中才可能被证实或证伪。由是,人类的知识真理整体并不等于个别具体的知识真理的累加;相反,人类的知识真理整体大于个别具体的知识真理的累加,人类的知识真理整体是个别具体的知识真理的意义之源和确定性之源。

四、整体是事物的根本原因

认识论整体主义的观念认为,整体是事物的根本原因。

在前现代文明(前科学文明)时期,人类思维还从纯然的混沌走出来不久,总体上说还处于非分析的状态,对事物产生原因的解释,不可避免地要从

---

① 蒯因著,陈启伟等译:《从逻辑的观点看》,中国人民大学出版社2007年版,第42页。
② 涂纪亮、陈波主编:《蒯因著作集》第4卷,中国人民大学出版社2007年版,第47页。
③ 蒯因著,陈启伟等译:《从逻辑的观点看》,中国人民大学出版社2007年版,第44页。
④ 夏国军:《蒯因整体论:经验论的第四个里程碑》,《自然辩证法研究》2015年第3期。

整体的方面入手。面对自然现象、社会现象和个人命运，古代人类最重要的解释途径是构设另一个世界（彼岸世界、鬼神世界）。在早期人类各种族、民族中，祭祀都是最重要的活动。祭祀的根本目的当然就是祈求另一个世界的鬼神对在世的人的护佑。在中国，祭奠先人对每一个家庭来说都是特别重要的事，直至今天这种风俗仍然未衰。祭奠先人，一方面是情感上的缅怀，另一方面则是祈求先人的护佑。除了祈求自家先人的护佑，更高一层次的则是祈求神灵的护佑。例如，在农业文明时期，因为水是至为重要的东西，所以被认为是司掌水的神灵——龙王，便被特别普遍地崇拜，凡有江河处几乎必有龙王庙。逢旱逢涝人们都必祈求龙王，甚而至于有将活人投入水中祭奠龙王的传说。繁衍后代同样是至为重大的事，因此送子观音成为另一个被普遍崇拜的神灵。当然，观世音是比民间信仰再高一层次的规范宗教——佛教中的神灵，它的能量远不止于"送子"。观音和如来，是更为普遍地被作为人们祈福和请求佑护的信仰对象。中国如此，世界各国亦然。在西方，如古希腊神话中的神灵，也都分别司掌着各种各样的事物。维纳斯司掌美丽、爱情、性欲，同时因为维纳斯被认为诞生于海中，又成为人们航海中祈佑的神灵；雅典娜司掌智慧、艺术、军事战略和法律等；太阳神阿波罗司掌光明；盗火给人类的普罗米修斯作为先知，司掌的当然是知识和真理。

不管是家庭或家族中先人的鬼魂，还是民间信仰或规范宗教中的神灵，人们认为它们司掌着各种事物，向它们祈求护佑，这是因为人们相信发生在我们这个世界上的自然现象、社会现象和个人命运，原因都在另一世界里，是可以向彼岸世界寻求解释的。在多神崇拜社会或多神崇拜时代，人们所崇拜、信仰的鬼神看上去多样，其实所祈向的是同一个信仰的大全整体，即鬼神世界或彼岸世界。此外，在多神崇拜的社会，其实也是有标示信仰的大全整体的最高对象的，即"天"。"天"一般被认为是我们这个世界具全局性事物的最终决定者，所以历来皇家祭天都是非常重大的活动。至于在发达成熟的一神宗教的社会或时代，事情就更明确无误了。例如基督教，上帝这样一种彻底的信仰整体，毫无疑问是这个世界一切事物的根本原因，存无、兴衰、生死、祸福，一切皆在上帝。

与信仰的大全整体相关又有所不同的是自然的大全整体。老子的"道"

就是这样的自然整体。道是最高完满的自然整体,一切依道而行,顺自然而为,是老子为我们这个世界规定的总原则。"天得一以清,地得一以宁,神得一以灵,谷得一以盈,万物得一以生,侯王得一以为天下贞。"① "一"就是道,得一就是得道,得一、得道就是得合、得成完满的自然整体。得合、得成完满的自然整体才有"清""宁""灵""盈""生""贞"等。因之,道或一,是我们这个世界一切事物的根本原因,是一切事物的解释之源。

当代科学哲学的整体论也强调整体对个体的作用,认为整体是个体的重要原因,它将这种整体对个体的作用称为"下向因果关系"。当代科学哲学的整体论通常对事物分层,低层次是整体中的部分或个体,高层次则是由低层次的部分或个体组成、突现而来的整体。简单地说,低层次的部分或个体作为高层次整体的原因,即称为"上向因果关系",反之称为"下向因果关系"。上向因果关系即所谓还原论,是科学文明诞生以来主流的世界观,整体的事物都必须到组成它的部分或个体中寻求解释,科学理性的基本含义正是如此。当代科学哲学的整体论则试图复兴前科学文明中整体作为事物根本原因的观念,虽然大多数时候不再否认上向因果关系,但认为下向因果关系也十分重要,甚至更为根本。具体一点说,"下向因果关系的实质是宏观系统整体或环境对其组成元素及其因果力的一种选择、约束和控制"②。最早精确说明下向因果关系概念的美国心理学家唐纳德·坎贝尔认为,所谓下向因果关系原理就是低层次的所有过程受到高层次规律的约束,并遵照这些规律行事。下向原因是一种自然选择和控制的间接变体,它是由进行选择的系统造成的原因,正是下向因果作用激活或抑制了低层次,从而影响其组成部分的活动与功能。③例如:"基因突变是低层次上DNA结构的随机变化,但在进化过程中,哪个基因被选择而保留下来则是由生存竞争和自然选择这个高层次规律所决定的。"④

---

① 高亨著,华钟彦校:《老子注译》,河南人民出版社1980年版,第91页。
② 范冬萍:《当代整体论的一个新范式:复杂系统突现论——复杂性科学哲学对整体论的发展》,《系统科学学报》2013年第2期。
③ 参见范冬萍:《当代整体论的一个新范式:复杂系统突现论——复杂性科学哲学对整体论的发展》,《系统科学学报》2013年第2期。
④ 范冬萍:《当代整体论的一个新范式:复杂系统突现论——复杂性科学哲学对整体论的发展》,《系统科学学报》2013年第2期。

就人类的社会生活而言，集群整体是人之生存诸事物的根本原因，也是一个自古已然、根深蒂固的观念。人类是群居动物，人们认为集群整体的存在为个体人的存在的前提条件，这是顺理成章的事。中国文化中"群"的观念就特别突出。荀子说，人的"力不若牛，走不若马，而牛马为用，何也？曰：人能群，彼不能群也……"①又说："水火有气而无生，草木有生而无知，禽兽有知而无义。人有气，有生，有知，亦且有义，故最为天下贵也。"②这里的"义"，就是群之所以能为群的观念，就是人与人之间有序而为群的观念。所以，按荀子的意思，作为万物之灵的人，它区别于其他一切物的质的规定性就是"群"，也就是我们今天所谓人的社会属性。"群"既是人的本质，那么"群"对于与人相关的一切事物来说，当然就是根本原因。荀子所谓的"义"，即人与人之间有序而为群的那个"义"，主要的意思就是等级秩序，荀子称为"有别"，"曷谓别？曰：贵贱有等，长幼有差，贫富轻重皆有称者也"③。人分三六九等，各依其等安其分，便是义。有义便有群，有群则人贵于万物，胜于万物。群是人贵物、胜物的根本原因。

"群"的思想沿袭自孔子，发展至朱熹的天理观，愈益官方意识形态化、制度化，是整个中国文化中占主导地位的儒家文化基本含意所在，到了近代才发生变化。但即使在个人似乎得到发现的近代，中国文化的"群"观念依然坚固。以译著《群己权界论》著称的启蒙思想家严复、最早呼吁批判国民性的启蒙思想家梁启超，都无法根本摆脱这一"群"的观念。严复说，"天演之事，将使能群者存，不群者灭；善群者存，不善群者灭"，"善保群者，常利于存；不善保群者，常邻于灭，此真无可如何之势也"。④"群"否是人存灭的根本原因。他还说："自营甚者必侈于自由，自由侈则侵，侵则争，争则群涣，群涣则人道所恃以为存者去。故曰自营大行，群道息而人种灭也。"⑤个人努力、个人奋斗会促使人追求自由，追求自由就会侵夺别人，就会"群道息

---

① 安继民注译：《荀子》，中州古籍出版社2008年版，第135—136页。
② 安继民注译：《荀子》，中州古籍出版社2008年版，第135页。
③ 安继民注译：《荀子》，中州古籍出版社2008年版，第323页。
④ 王栻主编：《严复集》第五册，中华书局1986年版，第134页。
⑤ 王栻主编：《严复集》第五册，中华书局1986年版，第18页。

而人种灭"。严复由是认为，当时中国的当务之急，不是"小己自由"，而是"国群自由"，"今日所急者，非自由也，而在人人减损自由，而以利国善群为职志"。①梁启超也说："欲求进化之迹，必于人群，使人人析而独立，则进化终不可期，而历史终不可起。盖人类进化云者，一群之进也，非一人之进也。"②"自然淘汰之结果，劣者不得不败，而让优者以独胜云尔。优劣之道不一端，而能群与不能群，实为其总源。"③人类进化在"群"不在个人，而优胜劣汰的根本原因也就在能"群"与否。

现代西方社会科学中整体主义思潮的代表人物之一，法国社会学家迪尔凯姆（一译涂尔干），继承了孔德的社会有机论，主张社会是一个有机整体，社会存在先于个人存在，"社会在时间和空间上都无限地超越个人"④。他认为："社会并不是个人相加的简单总和，而是由个人结合而形成的体系，而这个体系则是一种具有自身属性的独特的实在。"⑤出于这种社会整体观和社会实在论的意识，迪尔凯姆将社会学的研究对象确定为"社会事实"。他认为，社会事实的客观性"在于从外部对个人意识施加压力，这就表明社会现象不是产生于个人意识"，"如果撇开个人，那就只剩下社会了。因此，必须从社会本身的性质中去寻求对于社会生活的解释"。⑥这就形成了他反个体主义的"社会因"理论，"这一理论通常被认为与韦伯的社会行动理论构成两个极端对立的社会学方法论：韦伯称哪怕是再复杂再宏观的社会现象都可以被还原为出于个体动机或目的理性的互动；涂尔干则认为社会现象产生的真正原因都要到社会层面，而不是个人层面去找，哪怕是看似最个人乃至最私密的行动，比

---

① 王栻主编：《严复集》第五册，中华书局1986年版，第337页。
② 葛懋春、蒋俊编选：《梁启超哲学思想论文选》，北京大学出版社1984年版，第106页。
③ 《梁启超全集》第一册，北京出版社1999年版，第693页。
④ E.迪尔凯姆著，狄玉明译：《社会学方法的准则》，商务印书馆1995年版，第118页。
⑤ E.迪尔凯姆著，狄玉明译：《社会学方法的准则》，商务印书馆1995年版，第119页。
⑥ E.迪尔凯姆著，狄玉明译：《社会学方法的准则》，商务印书馆1995年版，第117—118页。

如自杀。如果韦伯的方法论是纯粹的个体主义，那么涂尔干的就是纯粹的总体主义"①。

迪尔凯姆的《自杀论》一书最充分地体现了他的"社会因"理论，体现了他将社会整体作为事物根本原因的思想。迪尔凯姆将自杀分为四型：利己型、利他型、失范型、宿命型。每一类型的自杀的根本原因都来自社会环境，其中利己型自杀和失范型自杀又更多与现代社会的弊病息息相关，如利己型自杀的根本原因就在于现代社会的个人主义膨胀。"迪尔凯姆通过统计数据与溯因推理，发现了社会结构的整合度与利己主义自杀率之间的规律性关系：自杀人数的多少与宗教社会一体化、家庭社会一体化、政治社会一体化的程度均成反比……集体的力量是最能遏制自杀的，如果文明社会是高度一体化的，那么，它就会使个人依靠它，从而遏制自杀。所以，集体的力量削弱，自杀就会发展……"②总之，如果连自杀这种最为极端的需要依靠自我决断的事的根本因素都是"社会因"，那么还有什么社会现象不是由"社会因"所决定的呢？

2019年1月

---

① 谢晶：《另一种现代性批判：论涂尔干学派中个体性与社会性的关系》，《复旦学报》（社会科学版）2018年第3期。

② 何泌章、夏代云：《迪尔凯姆整体论的方法论原则》，《重庆理工大学学报》（社会科学）2012年第10期。

整体主义与前现代文明的文化逻辑

文化逻辑是一种文化、文明的基本理路，它有如这种文化、文明深处的神经脉络或体认范式；也可以说，它就是这种文化、文明的世界观、价值观和方法论。文化逻辑贯穿在这种文化、文明形态的一切方面，且规定着后者的根本特征。

整体主义可以说是前现代文明的文化逻辑。前现代文明，从认知的视角看是前科学文明，从意义的视角看是前人本文明。整体主义这种文化逻辑，既体现在前科学文明中，也体现在前人本文明中。而整体主义之文化逻辑的滥觞，我以为正是雅斯贝尔斯所谓的"轴心时代"。

一、整体主义与轴心时代

前现代文明，从生产力角度说，当然就是农耕文明。不过，人类告别采集游猎的生活而进入农耕文明的历史很长，距今一万多年前的新石器时代就开始了。而从经济、政治、文化一体化地进入农耕文明，并达到农耕文明的发达时期，却可以将其界线划在轴心时代。一般性地说，相对于现代文明的前现代文明，就是相对于工业文明的轴心时代以来的农耕文明。这一划界，有一生产力角度的明证，即铁器的普遍使用，尤其是在农业生产和日常生活中的使用。铁器的普遍使用，"在印度，大约是公元前800年；在中欧，是公元前750年；在中国，是公元前600年"[①]。这几个时间点，都在雅斯贝尔斯所规定的轴心时代的时间区域内。

[①] 斯塔夫里阿诺斯著，吴象婴等译：《全球通史》（上），北京大学出版社2006年版，第84页。

雅斯贝尔斯在《历史的起源与目标》一书中提出了"轴心时代"的概念，他认为在公元前500年前后或者说公元前800年至公元前200年之间，人类的几个主要文明区域，如中国、希腊和印度等，出现了思想的井喷现象，产生了一个精神文化上的突破期。"最不平常的事件集中在这一时期"，并且，"直至今日，人类一直靠轴心期所产生、思考和创造的一切而生存。每一次新的飞跃都回顾这一时期，并被它重燃火焰。自那以后，情况就是这样。轴心期潜力的苏醒和对轴心期潜力的回忆，或曰复兴，总是提供了精神动力。对这一开端的复归是中国、印度和西方不断发生的事情"。①

不过，雅斯贝尔斯就这一问题的目光集中在思想文化上，未涉及生产力、生产关系、政治与制度的变化等，且时间划界过于清晰。我以为，轴心时代的时间划界可以模糊点，以公元前500年为基点，前后约500百年，即公元前的约1000年内，大体上都可以算作轴心时代。这一稍微宽泛的轴心时代，实际上是一个人类文明的转折期和发育飞跃期。

这一时期，铁器被普遍地使用，农业生产真正成为人类生存的根基，人类的定居生活成形了，人类的文明真正有可能展开了。雅斯贝尔斯认为，轴心时代主要发生在北纬30度左右的东西方，而北纬20—40度之间正是人类农耕文明的发育之所。可见，所谓轴心时代实际上就是人类普遍使用铁器作为生产工具的时代，相对于新石器时代以来的原始农耕文明，轴心时代是农耕文明真正成熟的时代。

从文化传播的发展角度看，这一时期的文字也出现了一个革命性的变化，无论西方还是中国，文字或文字载体的发展都使文字的使用获得了相对普遍性的可能。可以说，正是文字相对普遍的使用，使中国春秋战国时的百家争鸣、古希腊文化的百花争艳，乃至印度列国时代的众说蜂起，得到了切实的奠基。从西方来看，今天世界普遍使用的字母文字大略成熟于公元前9世纪。"根据周有光的研究，公元前11世纪地中海东岸'比拨罗'（Byblos，在现在的黎巴嫩）一块墓碑上记载的22个字母，是后世大多数字母的老祖宗。经

---

① 卡尔·雅斯贝尔斯著，魏楚雄、俞新天译：《历史的起源与目标》，华夏出版社1989年版，第14页。

由同样说闪米特语言的'腓尼基'人对这些'比拨罗'推广，使音节文字传到希腊。公元前9世纪，希腊人用改变读音和分化字形的方法，补充了元音字母，形成了我们现在使用的包括辅音和元音的'音素字母'。由于便于书写、记忆，这种音素字母很快成为世界范围内通用的文字符号。"①从我国来看，因为我们使用的象形文字脱胎于远古的图画文字，所以没有字母文字那样明显的成熟期，但我们的文字载体却有着比较明显的阶段性：甲骨文主要使用于商代，约公元前11世纪之前；金文虽然近至秦汉时仍有使用，但主要时期是在西周，约公元前770年前；真正具有传播可能性的简牍上的文字或帛书的普遍使用，则在春秋战国（前770年—前221年）时期。

从政治经济制度角度看，轴心时代这一人类文明的发育飞跃期，是从不同的纷乱走向各异形态大一统的过程。在中国，是从封建制的周王朝走向中央集权制的秦王朝的过程。在西方，则是从信仰百出、邦国林立的奴隶制社会走向中世纪精神大一统的封建制社会的过程。

从政治生活角度看，轴心时代显然是从列国纷争走向大一统的帝国时代的时期。中国从春秋五霸和战国七雄走向秦帝国（前221年—前206年），或者说，走向由秦帝国开端的直至公元1911年才告收尾的华夏帝国时期。古希腊从城邦混战走向短暂的马其顿帝国（前338年—前323年，这是马其顿王国可以称为帝国的时期，即晚年菲利普、亚历山大两代君王统治时期），然后再走向庞大的罗马帝国时期（前30年—476年）。此外，这一时期今印度由列国时代进入了大一统的孔雀帝国时期（前324年—前178年），今伊朗进入了波斯帝国时期（前550年—前330年）。

从信仰角度看，轴心时代催生了超民族的世界宗教，如佛教（释迦牟尼，前563年—前483年）、基督教（耶稣，前7年—30年，因为我将轴心时代的时间界线放宽了，所以耶稣也就可算在内了，如此才比较合理）。

回到雅斯贝尔斯的关注点，从思想文化角度看，这一时期，我以为，也不好特别强调说是"三大圣人"（孔子、释迦牟尼、苏格拉底）的时代，而

---

① 张虹：《文字传播与文明：基于两种文字系统的起源、发展和特征》，《新闻战线》2019年第2期。

应该径直说是诸伟人的时代：孔子（约前551年—前479年）、孟子（约前372年—前289年）、老子（生卒年不详，春秋末期，略先于孔子）、庄子（约前369年—前286年）、墨子（约前468年—前376年）、韩非子（约前280年—前233年）；巴门尼德（约前515年—前5世纪中叶以后）、赫拉克利特（约前535年—前475年）、苏格拉底（约前469年—前399年）、柏拉图（约前427年—前347年）、亚里士多德（约前384年—前322年）、德谟克利特（约前460年—前370年）、古印度《奥义书》的作者们（约前900年—前500年）以及《圣经·旧约》中所记载的以色列的先知们，如以利亚、以赛亚、以西结等（其活动大略在公元前1000年内）……

总之，人类进入铁器时代的农耕文明之后，就开始了一个整合的过程，走向大一统，走向整体主义。人类或在政治上建立了大一统帝国，或在信仰上建立"大一统"的宗教。在思想观念上，中国的诸伟大思想家皆可以说是整体主义倾向的，而古希腊长期以来占据主导地位的伟大思想家们，如苏格拉底、柏拉图、亚里士多德，也可视为整体主义倾向。

二、整体主义与前科学文明的文化逻辑

轴心时代开启了成熟、发达的农耕文明，也开启了前科学文明的整体主义认知范式。

如果说，前轴心时代的人类思维还处于纯然的混沌状态，既没有整体也没有个体的观念，那么，在铁器时代的农耕文明之后，人类就进入了一个与纯然的混沌状态紧密相连却又有所不同的整体意识的时代，明显有了试图通过把握整体去把握世界的努力。我们从老子的"道"、孔子的"仁"、释迦牟尼的"缘"、巴门尼德的"存在"、柏拉图的"理念"、亚里士多德的"形式"以及基督教的"上帝"等具有普遍性、整体性的概念中，便可以看出这种努力。

诚如我曾经论及的，宇宙论或前提论整体主义认为整体在时间或逻辑上先于个体，这说明前科学文明中的人类想从发生的意义上通过把握整体去把握世界。认为整体在时间上先于个体的基督教的上帝创世说，无疑是要通过上帝创世的言说而确立上帝这一绝对整体的无上权威。认为整体在逻辑上先于个体

的老子的"道",显然是要通过对"道"这一神秘整体的言说而阐发"道"的广大和笼罩性。不过,在现代人类看来,"上帝创世"只是个传说而已,至多也只是对"第一推动力"的一种文学隐喻,即使今天仍在信仰上帝的人们,在"上帝创世"与达尔文的"物种起源"之间,理性上也是会相信后者的。而老子的"道",在今天的人们看来,显然有着很多的朴素成分。它基于对诸如日夜、四季等的朴素观察,将直观现象上升为形而上观念,将阴阳互反、互依、互冲理解为宇宙整体的最普遍原则。然而,这样一种内在盈亏循环的封闭宇宙整体是可疑的,因为从今天的科学角度来说,宇宙的第一性质就是无限,无限者并无内外可言。当然,老子的"道"尚有一个未被充分阐发的真理性层面,以后将会论及。

　　存在论整体主义认为,整体是实在,个体是现象。这一流脉的思想,显然是想通过将整体规定为"真"、个体规定为"幻",而肯定整体的意义,并通过肯定整体的意义去把握世界。无论是巴门尼德、柏拉图、安瑟伦,还是黑格尔、唯实主义的传统对人类的感觉经验都抱有怀疑的态度,个别具体的事物都来自感觉经验,而感觉经验是变幻不测、转瞬即逝的,只有把握感觉经验后面普遍、整体的东西,才能把握世界。虽然古希腊的赫拉克利特和原子论者以及中世纪的唯名论者,都是对唯实主义的反动,但只有在现代文明的科学兴盛之后,唯实主义所认为的感觉经验后面的普遍、整体的东西(如巴门尼德的"存在"、柏拉图的"理念"、安瑟伦的"上帝"、黑格尔的"绝对"或"全体")才被真正祛魅。普遍的东西并非什么神秘的整体,而是人类通过观察,对感觉经验进行归纳整理、演绎推理而得出的某种真理,它不过就是人类通过科学程序把握,并反过来指导或运用于实践的"规律"而已。

　　方法论整体主义强调整体大于个体之和,强调整体有超出个体集合的东西,肯定整体某种不可分解的神秘性,并通过认肯这种整体的神秘性把握世界。不管是提出"整体大于个体之和"命题以及"隐德来希"概念的亚里士多德,还是近代活力论者,实际上都是在肯定世界有某种人类理性力不能逮的地方。这方面的论争很漫长,生命的物理层面的彻底解析是否可能,物理学量子层面的现象如何理解,都还纷纷扰扰,莫衷一是。但是,现代自然科学早已经将整体的神秘性驱赶到了非常边缘的地方去,只要稍微放眼看一看我们的日常生活，便能发现，机器、现代医药、日常用具等没有一个角落不闪烁着科学还原论胜利的微笑。

认识论整体主义认为，整体是事物的根本原因。前科学文明中的人类，还只会从世界的整体性中寻求对事物的解释，他们显然想通过认肯世界之整体的神秘性、主宰性，以信仰、祈愿、顺应等方式获得把握世界的可能性。各种宗教和民间信仰都相信，神灵这类神秘整体是世间一切事物的主宰和根本原因，人们通过真切信仰、热诚祈祷，就能得到神的护佑而取得对世界的把握。而老子则教导人们，"道"这样的自然整体才是世界的至高真理、至上权威，人们只有尽其所能地消泯个体自我的意志，顺应随从"道"的自然流变，才可能取得对世界的把握，所谓"无为而无不为"就是这个意思。科学昌明之后的人类，对神或"道"这类世界之整体的信仰或尊崇，虽然并没有完全消除，但占主导地位的认知范式显然已根本改变。人们不再从整体，而是还原到整体中的个体或部分，从个体或部分的性质、量度、功能和结构等去获得对事物的理性解释。

总之，前科学文明之文化逻辑的认知范式是通过把握整体去把握世界，而科学文明之文化逻辑的认知范式恰相反，是通过把握个体去把握世界。

三、整体主义与前人本文明的文化逻辑

前现代文明的文化逻辑，既体现在整体主义的认知范式上，也体现在整体主义的意义范式上。前现代文明之文化逻辑的意义范式，一言以蔽之：集群整体本位，简称曰"群本"。

前现代文明中的基督教、伊斯兰教至上的"神本"，东西方专制皇权君主至上的"权本"，本质上都属于"群本"。人类在漫长的本能性群居生活之后，从轴心时代开始有意识地通过把握集群整体去把握人们的共同生活。以神为本或以君权为本，都是以集群整体为本的不同的表现形式和把握路径。"神本"通过信仰和教会等宗教组织的方式将人类中的一部分凝聚为集群整体，"权本"通过专制制度将人类中的一部分凝聚为集群整体。"神本""权本"归根到底都是"群本"。

"群本"在现代文明产生之后遭到了扬弃,"人本"(个体、个人本位)成为主导价值。因此,从意义或曰人文的角度说,以"群"为本的前现代文明,可称为前人本文明。前人本文明同样与轴心时代密切相关。从认知的角度看,轴心时代是脱离了原始文明的纯混沌状态,而萌生了相对清晰的整体意识,试图通过把握整体去把握世界;从意义的角度看,在人文的范围内,轴心时代占主导地位的观念是认肯集群整体的至高价值,不仅认为唯有集群整体能战胜大自然而保证集群的共同生存,唯有集群整体能在与其他集群整体的竞争、斗争中取胜,而且认为唯有集群整体是个人生命的意义之源、价值之本。儒家"仁"的观念,就是一种集群整体本位的观念;西方中世纪基督教,尤其是其中天主教教会至上的观念,亦是一种集群整体本位的观念。

集群整体本位,从意志论整体主义的角度说,就是所谓整体是决定个体的总意志。人类在漫长的共同生活中,尤其是在战争生活中,懂得了集群整体的总意志对于个体意志的意义。战争的胜负常取决于军令是否能得到彻底的执行,因之,官兵服从统帅、下级服从上级、局部服从整体成为常识性的军事准则。而战争其实是人类"群—群"竞争的极端形式,人类日常的"群—群"竞争则可以反过来说是战争形式的延伸,所以,以下从上、纲举目张、整体总意志决定个体意志,便成为人类一切"群—群"竞争的通则,或者说,"战争隐喻"是前现代文明人类群居生活的基本形态。古代儒家的"三纲",当代的"以阶级斗争为纲"、计划经济思维等,都是基于"群—群"竞争的设定而展开的整体总意志决定个体意志的"战争隐喻"的体现。也许正因为此,斯宾塞说,人类的群居生活其实只有两种形式:军事制和商业制。事实上,人类的群居生活确实存在"战争隐喻"之外的另一种形式,在这种形式中,个体意志的自由成为整体繁盛的基础和条件。只是前现代文明之文化逻辑的意义范式是"战争隐喻"占主导地位,以至于迄今很大一部分人仍不容易转换思维方式。显然,现代文明占主导地位的是"商业制",是所谓"看不见的手"的社会形态,是"市场隐喻",是个体的自由意志决定整体兴衰的思维路向。在现代文明的"市场隐喻"条件下,个体生命的意义之源和价值之本则来自个人的意志自由。

集群整体本位,从目的论整体主义的角度说,就是所谓整体是个体的终极目的。进入轴心时代之后，人类显然开始有了相对清晰的目的意识，并把这种目的意识赋予当时赖以生存的某一集群整体。种种集群整体都将自己所崇奉的对象规定为个人的终极目的，如家族主义，其个人的终极目的当然就在"家庭—家族—家国"的序列中。不过，前人本文明人类的整体意识中还含有浓重的混沌成分，他们分不清"整体"与"全体"、"个人"与"一己"的不同含义。他们认为以整体为目的，就是以全体为目的，殊不知，全体指的是每一个个人，而整体却只是"社会事实"（迪尔凯姆语）。在现代文明的人类看来，以每一个个人为终极目的是可以理解的，而以整体这样的"社会事实"为终极目的，却是荒谬的。同理，前人本文明的思维认为，"个人"就是"一己"，就是某一个个人，以个体的人为终极目的，就是以某一个个人为终极目的，就是主张自私、唯我和自我中心。而从现代文明的角度看，以个体的人为终极目的才是最为正当的，以整体这样的"社会事实"为终极目的，则必然会异化为以某一集群整体的统治者为终极目的的可怕局面。

集群整体本位，从伦理学整体主义的角度说，就是所谓整体总是善，个体总是恶。轴心时代以降，人类开始有了比较明确的伦理观念。我们今天通常将轴心时代以及此后很长一段历史时期占主导地位的伦理观念称为美德伦理。无论东西方，种种美德伦理，其要义在大体上都是承认整体总是善，个体总是恶。现代文明产生之后，以美德伦理为代表的伦理学整体主义逐渐式微，以人本思维为特征的伦理学个人主义很快形成主潮。例如功利主义伦理学，将善定义为一事之结果符合该事中所有个人的最大幸福。又如义务论伦理学认为，作为主体的个人应当且能够遵从、践行正当的道德规则、道德律令，善就是主体践行了道德律令，而不问结果如何。所谓正当的道德规则或律令，根本上可以归结为义务论伦理学的代表人物康德的名言：以人——个体的人——为目的。种种伦理学个人主义，虽然思路各异，但"以个体的人为目的"皆是一条不变的普世原则。事实上，伦理学整体主义既经不住推敲，也经不住实践的考问。整体是一个相对的概念，例如相对于家庭，家族是整体；相对于家族，家国是整体；相对于家国，人类是整体。可是迄今为止的各种家族主义，从没认为人类整体的利益总是善，而家国的利益总是恶的。所以，伦理学整体主义实质是群体利己主义。利己群体常以"整体总是善"的名义，遮蔽自身所遵循的丛林原则。利己群体常将非我群体者"外化"和"敌化",所谓"非我族类其心必异"恰是这种"外化"和"敌化"的心理体现。

集群整体本位,从价值论整体主义的角度看,就是所谓整体的价值高于、大于、重于个体的价值。轴心时代在整体与个体的这对概念之间,确立了整体为本、为重,个体为末、为轻的主导观念,这一切体现在价值观上,当然就形成了整体优先的价值准则。对于家族主义来说,家庭、家族、家国的利益优先于个人的利益;对于民族主义和国家主义来说,民族和国家的利益优先于个人的利益;对于种族主义来说,种族的利益优先于个人的利益;对于阶级主义、信仰主义等来说,阶级集群或信仰集群的利益优先于个人的利益。总之,为了集群整体,个人的利益乃至生命的牺牲是不允许计较的,一将功成万骨枯因此成为常态,只要看一眼数千年来,以某一集群整体的名义而发动的战争或社会动荡就足以证明了,人命如蚁,一点都不夸张。现代文明产生以来,随着人本观念逐渐深入人心,情况逐步有了改善。有研究表明,人类的残暴程度在逐渐下降。人本观念认为,作为一个个生命实体的个人,是必须优先于作为"社会事实"的任何一种集群整体的。个人的生命、自由、追求幸福的权利,才是人类生活的终极目的,才是人类生活需要最先考虑的问题。事实上,以个体的人为本位的观念,在"市场隐喻"的社会生活条件下也确实得到了培育。例如今天对于在他国阵亡的将士的骸骨,不管过了多少年月,人们都要设法运回国内具名安葬,这就是尊重个人生命权的一种表征。

总之,前现代文明的文化逻辑是整体主义的。而前现代之文化逻辑的整体主义在经过了现代文明之文化逻辑的个体主义之后,是否会复兴、如何复兴,则是另一个问题,我将另文探讨。

2019年5月

整体主义复兴：路向与可能性

当代新儒学的学者们提出了"新轴心时代"的主张。这一"新轴心时代"不是如有的学者所认为的是文艺复兴以来，现代性观念集中萌发的"第二轴心时代"，而恰是基于对现代文明的反思，即从所谓现代性批判立场出发的后现代主义思潮背景下的产物。美国建设性后现代主义者大卫·格里芬的历史三段论（前现代—现代—后现代），认为后现代是一个已然到来的与前现代文明和现代文明同等意义的文明史阶段。这样，依我的看法，由轴心时代所开启的前现代文明的文化逻辑是整体主义的，由文艺复兴所开启的现代文明的文化逻辑是个体主义的，那么推论下去，由"新轴心时代"所开启的后现代文明的文化逻辑，就必是整体主义的复兴。

事实上，对现代文明的反思，即现代性批判，是现代文明与生俱来的一种现象，现代文明是与对现代文明的反对同时诞生的。这种反对、反思和批判有来自前现代文明方向的，也有一开始就来自超越现代文明方向的，且这后一个方向通常更具诱惑力。但方向不同，未必意味着实质不同。同理，整体主义对个体主义的批判，或者说，整体主义的复兴，其实也是与个体主义（作为一个文明史阶段的文化逻辑的个体主义）一起诞生的。整体主义复兴的思想路向纷繁多样，绵延不绝。

一、复兴路向之一：现当代自然科学中的整体论

心理学是自然科学中离经典科学模式相对较远的一个学科，讨论自然科学中的整体主义复兴从心理学开始是顺理成章的事。1912年，德国人马克斯·韦特海默创立了格式塔心理学（又称完形心理学），这是一种整体主义的

心理学。这种心理学反对构造主义心理学，认为心理现象不是由诸多元素构造而成的东西；也反对行为心理学的"刺激—反应"模式，认为人类心理并非一种简单被动的反应机制。格式塔心理学家认为心理现象是由"经验的原始组织"——一种先天图式性的东西，对外在世界整体性地把握、组织、结构的结果，是一种完形。例如知觉，就不是由眼、耳、鼻、舌、身等不同的感觉相加而成的，而是一种直接得到的整体性心理现象，知觉大于感觉之和。格式塔心理学将这一思路运用到具体事物上的时候，同样贯穿了整体主义的思维。例如它认为所谓创造性思维，并非经验逐渐积累的过程，而是一种旧的完形被打破，一种新的完形突然形成的过程。格式塔心理学的思维路向显然与近代以来自然科学还原论的思维路向是相反的。

系统论是较早有意识、有目的地试图全面超越现代性意义上的科学方法论的努力。奥地利生物学家冯·贝塔朗菲，从生物有机体的生命系统的特征得到启示，于1932年提出了系统论思想，1937年又提出一般系统论原理。1948年他在美国讲授一般系统论，得到学术界的重视。1968年他出版专著《一般系统论：基础、发展和应用》，产生了更为广泛的影响。贝塔朗菲这样评价近现代发展起来的经典科学原则，其实就是一般称为"还原论"的思想："系统问题实质上是科学中分析程序的局限性问题……'分析程序'的意思是，一个被研究的整体被分解为可装配的各个部分，因而它也就能由这些部分来构成或再构成。这些程序既可从物质意义上来理解，也可从概念意义上来理解。这是'经典'科学的基本原则，它可以按不同的方式来定义：分解为可分离的因果链，在科学的各个领域中寻求'原子'单元，等等。科学的进步表明，这些首先由伽利略和笛卡尔所阐明的经典科学原则在广泛的现象范围内是极其成功的。"[①]但是贝塔朗菲对这种经典科学的原则提出了批评："应用分析程序取决于两个条件。第一，'各部分'之间的相互作用是不存在的，或者微弱到对于某种研究目的可以忽略不计。只有在这个条件下，部分才能在实际上或在逻辑上和数学上被'分出来'，然后再被'装配起来'。第二个条件是，描述各

[①] 冯·贝塔朗菲著，林康义、魏宏森等译：《一般系统论：基础、发展和应用》，清华大学出版社1987年版，第16页。

部分行为的关系是线性的，只有这样，累加性的条件才能成立，也就是，描述总体行为的方程式与描述各部分行为的方程式具有同一种形式；部分过程可以迭加而得到总体过程，等等。"①贝塔朗菲由是提出超越经典科学原则的一般系统论思想："由'相互作用'的部分所组成的，被称作系统的整体，是不能满足这些条件的。描述它们的典型形式是一组联立微分方程，一般情况下它们是非线性的。一个系统或'有组织的复合体'可被定义为存在着'强相互作用'（拉波波特，1966年）或'非常重要'的相互作用（西蒙，1965年），即非线性的。因而，系统论的方法论问题比经典科学的分析——累加问题更有普遍性。"②总之，在贝塔朗菲看来，一个系统内各要素相互关系的意义，远比各要素的独立意义重要，所以，所谓系统就是由诸要素结构而成的一个有特定功能的开放的有机整体。而这，是自然界一切事物更普遍的状态和原则。

物理学被称为自然科学中的科学，亦即全部自然科学的基础，极端的观点甚至认为所有自然科学都可以还原为物理学的基本原则。而所谓物理学的基本原则，即是近代以来所形成的经典物理学原则，也就是认为任何被称为物质的东西，都可以还原为它的部分或个体，并从这些部分或个体上得到解释。同时，这种还原看上去是无限的。用一个公式表述经典物理学的基本原则就是：整体等于部分或个体之和。由于对这样的公式具有完全的信心，所以产生了自然科学的因果决定论，凡被理论和实验所证实了的，都是能够确定和重复并可预知的。但是，20世纪以来，量子力学的发展，却对物理学的这些信念发起了颠覆性的革命。

光的波粒二象问题，亦即光的本质是波动还是粒子的问题，在经典物理学中是由来已久的争论。克里斯蒂安·惠更斯认为光的本质是波动，而牛顿认为光的本质是粒子。后来，詹姆斯·麦克斯韦著名的方程组，似乎使"光的本质是波动"的学说站稳了脚跟。但1901年，量子论奠基人马克斯·普朗克提出了"能量子"的概念。紧接着，爱因斯坦又于1905年提出了"光量子"的概

---

① 冯·贝塔朗菲著，林康义、魏宏森等译：《一般系统论：基础、发展和应用》，清华大学出版社1987年版，第16—17页。

② 冯·贝塔朗菲著，林康义、魏宏森等译：《一般系统论：基础、发展和应用》，清华大学出版社1987年版，第17页。

念,"光的本质是粒子"的观点得到了新的肯定。同时,光具有波粒二象性的看法逐渐得到了人们的认同。

1924年,法国人路易·德布罗意极为大胆地将光的波粒二象性的观点移到了物质的微观粒子身上,认为到目前为止人们所认识到的最微小的物质粒子——电子和质子、中子等,也同样具有波粒二象性,提出了微观粒子具有波动性的假说。三年后,德布罗意的理论得到了多种实验的证明。1926年,奥地利人埃尔温·薛定谔在德布罗意假说的基础上,将关于微观粒子具有波动性的理论命名为物质波理论,并在此基础上提出了薛定谔方程,建立了波动力学,与在认为微观物质的基本性状是粒子的基础上建立矩阵力学的海森伯,形成双峰对峙的局面,并共同将量子论发展为了量子力学,这是与经典物理学大异其趣的现代物理学新阶段。同时,由于薛定谔的波动力学与海森伯的矩阵力学被证明在数学上是等值的,微观物质具有波粒二象性的世界图景由是被人们普遍接受。

问题的关键在于,粒子是离散的,波动是连续的,如果微观物质的基本性状是波粒二象的,或者如薛定谔所云,微观物质的实在根本上是波动,粒子只不过是波包而已,那么,近代以来人类所建立起来的物质世界观,甚至整个文化逻辑(即所谓物质是可以析为离散的个体的观念),就会遭到颠覆。微观物质是波动的,而波动是连续的,那么所谓物质世界,所谓宇宙,就会是一个没有间断的整体。如此,现代物理学就从自然科学的角度,重新回到前现代各种宗教或宗教性文化所认为的宇宙是神创或神秘生成的整体观念中去。

量子力学的实验,不仅证明了微观粒子是波动的,而且在对原子乃至分子的实验中也发现了波动的性状。这就让人产生遐思:世界上的更大尺寸的物体,如一块石头、一栋楼房、一座高山,它们是否在本质上也是波动的呢?

二、复兴路向之二:现当代哲学中的整体论

活力论是近现代哲学整体论的一个重要代表。活力论源于亚里士多德,亚里士多德认为生命与非生命的区别在于有无"隐德来希"或灵魂一类的东西,是"隐德来希"或灵魂使生命成其为生命,是"隐德来希"或灵魂使生命

成为不同于非生命的有机整体,并使这一有机整体具有内在的目的性。近代以来机械论成为主导,为了超越机械论,人们开始试图复兴活力论。一批学者采用各式各样的名目取代亚里士多德的"隐德来希",所指却皆是非物质的神秘性存在,并将这种非物质的神秘性存在视为生命的本质。20世纪的德国胚胎学家和哲学家杜里舒,试图用他自己的海胆卵实验证明活力论,但分子生物学的进展否定了他的观点。

20世纪以来的生命哲学也具有明显的活力论性质。"生命哲学家赋予生命的本质以本体论(而不是生物学)的意义。生命的本质不是自然科学所研究的物质,也不是传统意义上的'精神',而是一种富有创造性的活力,一种可以自由释放的能量,可称之为'活力'或'生物能'。它与物理学的'力'或'能'的概念的不同在于它的非物质性和不能被度量的连续性,它与传统哲学的'精神'概念的不同在于它的非实体性与非理性。"[①]柏格森是生命哲学家的重要代表。柏格森认为宇宙的本质是生命之流,是绵延,生命之流往上飞扬,往下堕落的碎片则成为物质。他有时"直接称'生命之流'为上帝。他说:'上帝与生命是同一个东西。'上帝'就是不断的生命、活动、自由','当我们自由地活动时,我们就能亲身体验到这种创造'"[②]。可见,在柏格森这里,生命之流也好,上帝也好,其实也就是亚里士多德所谓的"隐德来希"或灵魂,生命之流或上帝使宇宙成为一个绵延不绝的有机整体,并给予这样一个有机整体以根本目的。

突现主义是现当代哲学整体论的又一重要代表。突现主义反对机械论宇宙观和还原论方法论,同时也不赞成活力论的神秘主义倾向,力图倡导一种理性的整体论。突现主义可以溯源到近代J. S. 穆勒的两种因果关系说。穆勒的两种因果关系,一为"合成因果关系",一为"异质效应"。前者遵循还原论的原则,即整体皆可由组成整体的部分或个体得到解释;后者则是非还原论的,整体不等于构成整体的部分或个体的加总。1875年,L. H. 路易斯将穆勒的第二种因果关系命名为"突现"。20世纪20年代后,英国的S. 亚历山大、

---

① 赵敦华:《现代西方哲学新编》,北京大学出版社2001年版,第28页。
② 夏基松:《现代西方哲学教程新编》下册,高等教育出版社1998年版,第416页。

摩尔根、布罗德等组成了英国突现主义学派，一时影响甚大。但随着生物学还原性研究的发展，英国突现主义学派又很快式微了。直到20世纪末，复杂性科学愈益引起人们的重视，突现主义才得以复兴，复杂系统突现论成为受关注的当代整体论理论。经典的英国突现主义理论认为，世界上的事物是多层次的，相对高层次的整体是在相对低层次的部分或个体的基础上突现而来的，这种突现所带来的是低层次的部分或个体的加总所没有的新因素、新性质和新功能，它们不可以由低层次的部分或个体的性质、功能推演而来，是不可预料的。例如，生命是由物质突现而来，不可以仅由物质层次解释的新的整体事物；心是由生命突现而来，不可以仅由生命的生理层次解释的新的整体事物；社会是由心灵突现而来，不可以仅由心灵层次解释的新的整体事物。但是，经典的突现主义虽然批评活力论的神秘主义，自身却也未能完全摆脱神秘性的魔咒，整体的新因素究竟是如何突现而来的，没法得到描述。他们"无法深入了解突现现象产生的各种微观过程，所以他们只能把突现现象当作一种不可分析的最终结果，只能以一种自然崇拜和自然的虔诚来对待和接受突现现象"①。而当代复杂性科学借助发达的计算机却能在一定程度上解决这一难题，"复杂性科学正在发展一些方法和模型，例如计算机模拟，模仿和揭示突现现象产生的有关因素和过程的复杂性。因此，尽管我们也承认复杂系统突现的不可预测性具有一种本体论的根源，在认识的过程中，我们也无法完全把握复杂的微观因果过程的全部细节，但基于个体的迭代模拟，可以使我们直接观察到宏观层次的突现性特征和产生过程。……复杂性科学通过揭示突现性的微观动力学而使突现性的某种还原解释成为可能，从而揭开了突现性的神秘性面纱，使我们能够科学地理解突现的新颖性与不可预测性特征"②。

分析哲学整体论是现当代哲学整体论中的又一重要代表。分析哲学整体论一般溯源到皮埃尔·迪昂。迪昂所讨论的主要是物理学实验和物理学理论的关系，他认为物理学之外的自然科学如生物学等也遵循同样原则。"迪昂通过对实验和理论本性的分析指出，以'理论描述的完整系统为一方'，以'观察

---

① 范冬萍：《复杂性科学哲学视野中的突现性》，《哲学研究》2010年第11期。
② 范冬萍：《复杂性科学哲学视野中的突现性》，《哲学研究》2010年第11期。

资料的完整系统'为另一方,两个体系'必须被包括在它们的整体中','把理论的孤立推论与孤立的实验事实比较是不可能的'。"①其后,爱因斯坦、纽拉特、卡尔纳普、维特根斯坦等也都就这一问题有过论述,但最集中、明确,并建立了一种科学哲学整体论体系的还是蒯因。蒯因的工作是从批判经验论的两个教条开始的,他认为经验论有两个教条:一是自休谟以来被公认的分析命题与综合命题,或者说逻辑真理与经验真理的区分;二是还原论。第一个教条认定,仅根据意义而不根据事实的分析命题(逻辑真理)与根据经验事实而来的综合命题(经验真理),是根本不同的两种真理。第二个教条认定,科学整体是由个别科学理论构造装配而成的,科学或知识整体必然可以还原为个别科学理论,而个别科学理论又必然可以还原为检验这一科学理论的个别经验事实。蒯因认为这两个教条都是没有根据的,个别的经验事实实际上不能对相应的个别科学理论起到证实或否证的检验作用,"我们关于外在世界的陈述不是个别地而是仅仅作为一个整体来面对感觉经验的法庭的"②。也就是说,科学或知识整体并非机械整体,而是牵一发而动全身的有机整体,个别经验事实对个别科学理论的否证性检验,可能引起科学整体——包括某自然科学学科、整个自然科学、数学和逻辑学,乃至于社会科学和人文学科——的调整,以至于消除经验事实的否证;或者,出于经验事实的坚挺,科学整体可能发生程度不同的地震,或者借用库恩的说法,发生范式性转换。总之,经验事实是对科学整体产生作用的,所以分析命题与综合命题、逻辑真理与经验真理的区分是不存在的,还原论也是不存在的。之后,唐纳德·戴维森沿着蒯因的思路,建立了自己的语言哲学整体论和心灵哲学整体论,并彻底抛弃经验主义,走向了极端的整体主义。戴维森认为,蒯因"抛弃分析与综合的二元论","却又构造了概念图式与经验内容的二元论"。③"概念图式与经验内容"的二元论是经验论的第三个教条,而且是经验论的最后一个教条。这个教条也是不能成立

---

① 李醒民:《从理论整体论到意义整体论》,《湖南社会科学》2003年第5期。
② 涂纪亮、陈波主编:《蒯因著作集》第4卷,中国人民大学出版社2007年版,第46页。
③ 夏国军:《整体论:卡尔纳普、蒯因和戴维森》,《南开学报》(哲学社会科学版)2014年第1期。

的。因为"概念图式和经验内容之间到底是什么关系，关系又何以实现呢？戴维森认为，二者的关系无非是：要么是概念图式（语言）组织经验内容，要么是概念图式（语言）适合经验内容。但是，这些关系都难以清晰地实现"[①]。因此，戴维森决定抛弃这第三个教条，抛弃这第三个教条也就意味着彻底抛弃经验主义，不再有经验事实的检验这么一回事了，而成为一个语言、理性的整体主义的融贯论者。我们也许可以这样简略地来理解戴维森：他的语言哲学整体论认为，一个句子，如果在相应的语言整体中是融贯的，那么这个句子就为真；他的心灵哲学整体论认为，一个人的行为，只有在这个人的信念整体中是融贯的，才可以对这个行为加以判断。

结构主义，包括后结构主义的某些思想，则是在现当代人文哲学和人文学科中影响更巨的整体论思潮。现当代人文哲学和人文学科中的结构主义，来源于结构主义语言学，这方面的代表人物有索绪尔、雅各布森、乔姆斯基等。索绪尔对"语言"和"言语"等概念的区分，奠定了结构主义的基础；雅各布森在20世纪初发起的俄国形式主义文学批评运动，将人们对文学的注意力从外部（文学所传达的社会生活）转向了内部（"程序"，亦即结构）；乔姆斯基的"转换生成语法"学说，将不同民族、不同种类的语言，都归根于统一的、具有普遍意义的深层语言结构。在这些基础上，法国的列维-斯特劳斯于20世纪40年代将结构主义运用于人类学研究，创立了结构主义人类学。列维-斯特劳斯认为，人类无限丰富的社会生活的支配者和决定性力量，潜藏于人类头脑中的无意识深层结构，而结构是普遍、超稳定的整体。无意识深层结构的整体，相对于作为元素或部分的人类复杂多变的表层生活来说，有如下特征："（1）结构即整体，它是由一系列元素或不同部分组成的。（2）各个元素或部分之间是相互制约的，即是说任何一个元素都不可能单独发生变化，元素的这种不变性，构成了整体的稳定性。（3）决定事物性质的，是整体。因此，认识事物必须首先从整体入手，把握整体性。（4）整体既是由不同的元素或部分组成，因而，不同元素或部分的性质首先决定于它在整体中的地位及其同

[①] 夏国军：《整体论：卡尔纳普、蒯因和戴维森》，《南开学报》（哲学社会科学版）2014年第1期。

其他元素或部分之间的关系。"总之,"整体优先于组成它的任何个别元素或部分"。①也就是说,社会的无意识深层结构决定人,而不是反过来,人的自由创造决定社会历史。由是,"萨特在《辩证理性批判》中批判说,结构主义有一种把人当作蚂蚁的倾向"②。

　　人们一般将福柯归入结构主义(著述前期)和后结构主义(著述后期)的阵营。福柯非常欣赏列维-斯特劳斯这一类"敢于说'人'的坏话"的思想家,他自己激烈批评了现象学和存在主义的以个人主义为要义的人本主义、人道主义倾向。他认为"人"是一种历史的产物,是19世纪以来区别于文艺复兴时期的"相似"知识型和古典时期"表象"知识型的"根源"知识型的产物。"人"是这一时期才成为人文学科的对象和客体,才成为世界的中心的,且它也会随着此一知识型的被替换而消失,"人"在新的知识型中会变得不再重要,毫无地位。他说:"有一件事无论如何是确定无疑的了,人的问题既不是人类知识中最古老的问题,也不是最持久的问题;人只是新近的一个发明。""我们可以打赌说,人就像画在海边沙滩上的一张面孔,终将会被抹去。"③福柯更感兴趣的是构成权力、话语等谱系的社会系统。"萨特和梅洛-庞蒂那一代人对生活、政治和生存富有激情,福柯这一代人则对概念和'系统'抱有激情。……深深地贯穿于我们并在我们前面以及时空中支撑我们的却是系统。福柯把系统理解成一组维持原状、发生转换、独立于所维系的事物的关系。"④

三、复兴路向之三:现当代社会研究中的整体论

　　计划经济体制当然与马克思、恩格斯对共产主义社会的设想有一定关系。恩格斯说,在未来社会,"无产阶级使生产资料摆脱了它们迄今具有的资

---

① 程代熙:《列维-斯特劳斯和他的结构主义》,《文艺争鸣》1986年第1期。
② 赵敦华:《现代西方哲学新编》,北京大学出版社2001年版,第237页。
③ 福柯著,莫伟民译:《词与物:人文科学考古学》,上海三联书店2001年版,第506页。
④ 莫伟民:《主体的真相:福柯与主体哲学》,《中国社会科学》2010年第3期。

本属性，给它们的社会性以充分发展的自由。从此按照预定计划进行的社会生产就成为可能的了"①。但是马克思主义关于社会生产有计划进行的设想，是基于众所周知的一个理论前提的，即在对原始共产主义社会和私有制社会进行了否定之否定的历史辩证运动之后，财产全社会所有和有计划生产才是可能的。

在前现代文明中，财产"私有"，并非财产"个人所有"，而是家庭、家族、君主所有。只有到了以发达的工业生产和市场经济为基础的现代社会，财产的"个人所有"才成为现实，作为文化逻辑的个体主义才在经济与社会的意义上成为可能。正因为此，马克思主义的经典作家将现代社会看作"私有制"的最典型代表以及最高阶段，并认为，只有在现代文明高度发达之后，否定之否定的历史辩证运动才可能实现。此时，既超越原始共产主义社会，又超越私有制社会的真正共产主义社会才可能到来；既超越作为文化逻辑的前现代整体主义，又超越作为文化逻辑的现代个体主义的新文明形态才可能到来。在这个意义上说，马克思、恩格斯乃是现代性批判的最重要代表，乃是真正的建设性后现代主义者，乃是探索超越现代性、推动整体主义复兴的先驱。

但是，苏联的政治实验否弃了马克思、恩格斯关于人类历史否定之否定辩证运动的认知和理论，在一个完全还未进入现代文明或只有极少资本主义因素的社会，实行"社会主义"革命。从一个家庭、家族、君主所有的社会，不经过真正个人所有的历史否定和社会阶段，直接进入国家、集体所有的"社会主义"社会，并认为这是一个伟大的发明。在这个"伟大的发明"的基础上实行计划经济体制，尤其是在以斯大林《苏联社会主义经济问题》的指导下，实行彻底的指令经济，取消市场，乃至实质上取消货币。整个国家从经济到社会到精神，成为一台由中央意志控制的机器。这当然是一次彻底的整体主义实验，一次从前现代整体主义，不经过现代个体主义阶段，直接进入"后现代"的整体主义实验，然而实验失败了。我国也有相似的经历，"文革"后，我们浴火重生，大力补现代文明的课，实行社会主义市场经济的改革和对外开放，灵活地采用"国家所有"与"个人所有"、"社会所有"和"个人使用"相结

---

① 《马克思恩格斯选集》第三卷，人民出版社1995年版，第443页。

合等方法，使作为文化逻辑的现代文明的个体主义因素获得生长的空间，以至于此后几十年取得了经济和社会的辉煌成绩。

20世纪80年代在美国兴起的社群主义（共同体主义），也是一种具有明显整体主义复兴特征的思潮。这一思潮的代表人物有迈克尔·桑德尔、麦金泰尔、查尔斯·泰勒、沃尔泽等。

桑德尔以批判当代新自由主义代表作罗尔斯的《正义论》而著称。桑德尔批判了罗尔斯个人主义的自我观。桑德尔认为，罗尔斯所预设的人类生活"原初状态"中的自我，是一个类似于康德主体观的先验主体，但罗尔斯并不承认他所预设的"自我"是先验主体，因而罗尔斯的"自我"成了一个抽象的、形式的，先于一切社会历史内容，也先于自身目标的经验主体，这在逻辑上是不能自洽的。事实上，桑德尔认为，个人或自我是在文化共同体的历史、传统、习俗之海中生出并被塑造成具有共同体的善观念的经验主体。

从这一逻辑基点出发，桑德尔又批判了罗尔斯"正义"先于"善"的主张。罗尔斯认为，超历史的"自我"的唯一规定性是"权利"，也就是天赋人权，而平等地尊重、保障每一位公民的个人权利就是正义，这样的正义是国家、政府的第一美德；而由历史、传统、习俗所形成的各种不同文化共同体的具有整全性的宗教、哲学的关于善的观念，必然会因族裔、信仰等的不同而有丰富多样的善观念，唯一的、第一的"正义"就必然要先于不同文化共同体的多样的"善"，如此才可能使多样的"善"得到保护，发挥效应。但桑德尔认为，应当是"善"优先于"正义"，由历史、传统和习俗形成的文化共同体的善观念优先于保障个人权利的正义观念，"善"才是人与人之间关系的最佳状态，"正义"乃是不得已为之的替代性状态。例如一个家庭，有一笔遗产要在兄弟姐妹间分配。如果共同体的善观念支配着这个家庭，兄弟姐妹人人都心怀"家"这一共同体的和谐原则，毫不计较自己的得失，当然是最佳状态，遗产分配自然会毫不费力地顺利完成。不但完全不需要公平正义的原则，且公平正义的原则如果先行横亘在兄弟姐妹心中，反而会破坏爱心融融的家庭环境，使得家庭环境变成需要公平正义的次一等环境。然而，如果这个家庭的兄弟姐妹间一开始就有矛盾、裂隙，事情不能由家庭和谐与爱心原则圆满解决，那就需要替代性的正义原则了。"一个和睦的家庭陷入纷争。利益渐趋分化，正义之环境渐趋敏感……古老的宽厚精神被一种不可非难之廉正的司法气质所取代"①。总之,"善"先于"正义"才是人类生活的正常逻辑。

桑德尔等社群主义者还特别反对罗尔斯们的所谓"国家中立"原则。罗尔斯们认为,国家对公民的宗教观念、哲学观念、道德观念,即各种不同的特别善,不应当干预,不应当有特别的立场,不应当鼓励或惩罚某种特别善,更不应当强制、迫使公民尊奉或贬抑某种特别善。因为一国家可能有不同共同体的共同善,这些善之间可能还会有冲突。毕竟,"信仰自由"是所谓"四大自由"中的第一项自由权。但是桑德尔认为:"一个由中立原则支配的社会之理想乃是自由主义的虚假允诺。它肯定个人主义的价值,却又标榜一种永远无法企及的中立性。"②也就是说,自由主义的自由价值本身也是一种传统、一种特别善,既要倡导自由价值,又要鼓吹"国家中立"原则,便是一种悖论。桑德尔等社群主义者认为,"国家中立"原则会破坏人们对公共利益的尊崇和追求,会使人们患上政治生活冷漠症。只有尊重、保护共同体传统和主流生活方式,才能使国家更为完整,更具向心力。

我国近几十年来出现的新儒学热潮亦是社会研究领域整体主义复兴潮流之一种。20世纪80年代由杜维明等海外华人推动的儒家复兴运动传入国内,引起反响,并逐渐形成潮流,至21世纪已成热潮,其中的政治儒学尤引人注目。

政治儒学最有趣的代表人物可推蒋庆。蒋庆热烈鼓吹传统的"大一统"思想,他指称的所谓"大一统"并非现在人们普遍认为的"地域宽广、民族众多、君主专制、中央集权的庞大帝国"。他说,"大一统的'大'被现代人理解为'大小'的'大',即理解为一个形容词;'一统'则被理解为政治上的整齐划一,即'统一'"③。蒋庆引《春秋公羊传》等典籍论证所谓"大一统的'大'字不是形容词'大小'之'大',而是动词'尊大'之'大',用

---

① 迈克尔·桑德尔著,万俊人等译:《自由主义与正义的局限》,译林出版社2011年版,第48页。
② 迈克尔·桑德尔著,万俊人等译:《自由主义与正义的局限》,译林出版社2011年版,第24页。
③ 蒋庆:《政治儒学:当代儒学的转向、特质与发展》,生活·读书·新知三联书店2003年版,第325—326页。

今天的话来说就是'推崇'的意思，大一统就是'推崇一统'"。而所谓"一统"，蒋庆认为："从公羊家的解释来看，一是元，统是始，一统就是元始，元始就是万物（包括政治社会）的形上根基，或者说是本体。政治社会以至山川草木都必须系于此本体，才有存在的价值……"①蒋庆所谓的"形上根基"或"本体"就是"天"，是具有"仁义之德""符合人文的精神""具有超越性"这样三重德性的"天"。只有这样的"天"才能给予政治秩序以合法化的基础。而这个政治秩序就是如许一个序列："以元之气正天之端，以天之端正王之政，以王之政正诸侯之即位，以诸侯之即位正境内之治。"②所以，蒋庆所推崇的"大一统"思想，说白了就是君权神授、王权天授（蒋庆明言他所谓公羊家的"天"受墨子的影响具有人格神的意味）。按蒋庆的话来说，王权天授乃是"政道"，他所不以为然的"地域宽广、民族众多、君主专制、中央集权的庞大帝国"其实是一种"政道"统辖下的"治道"。显然，这是一种极端复古主义的大全整体主义政治观。

蒋庆又由这种"大一统"观念推出与现代民主政治相对立的"王道政治"。他认为"王道政治"拥有三重合法性：天、地、人。他说："'天'的合法性是指超越神圣的合法性，因为中国文化中的'天'是具有隐性人格的主宰意志之'天'与具有超越神圣特征的自然义理之'天'；'地'的合法性是指历史文化的合法性，因为历史文化产生于特定的地理空间；'人'的合法性是指人心民意的合法性，因为人心向背与民意认同直接决定人们是否自愿服从政治权力或政治权威。"③蒋庆认为，拥有这三重合法性的王道政治能最大限度地获得国民的忠诚和认同，如果三重合法性中只有一重独大，国民的忠诚和认同就会有限。他说："在近代非西方国家建立民主政治的过程中，'民意合法性'一重独大排斥'历史文化的合法性'，在统治渊源上截断了政治与本民族历史文化传统的传

---

① 蒋庆：《政治儒学：当代儒学的转向、特质与发展》，生活·读书·新知三联书店2003年版，第327—328页。

② 转引自蒋庆：《政治儒学：当代儒学的转向、特质与发展》，生活·读书·新知三联书店2003年版，第326—327页。

③ 转引自刘东超：《蒋庆政治儒学批判》，张世保编《大陆新儒学评论》，线装书局2007年版，第74页。

承，得不到本民族历史文化传统的认同。……'民意的合法性'只是一国国民此时此地的民意认同，而'历史文化的合法性'则是历史上千百年来无数国民民意的认同。国家是一有机体，政治也是一有机体，政治不能与传统割裂，否则国家的生命就会断灭，就会出现政治上的历史虚无主义。国家是过去的国家，是现在的国家，也是将来的国家，现在国家的使命是将古代国家延续来的生命传至将来的国家。国家不是国民理性选择与民意产生的结果，而是历史延续与传承的结果。国家的这一有机体性质决定国家在解决合法性问题时，政治权威必须获得历史文化的认同、必须延续过去国家的生命才能合法。"[①]将国家看成一有生命的有机整体，则是一种理念整体主义的观念。

王道政治的三重合法性落实到政治实践上，则是蒋庆所谓议会三院制的设置。蒋庆说："王道政治在'治道'上实行议会制，行政系统由议会产生，对议会负责。议会实行三院制，每一院分别代表一重合法性。三院可分为'通儒院''庶民院''国体院'，'通儒院'代表超越神圣的合法性，'庶民院'代表人心民意的合法性，'国体院'代表历史文化的合法性。"[②]可见，蒋庆的王道政治是一种追求政教合一的复古整体主义的政治理想。他所理解的儒教性质是这样的："'圣王合一''政教合一''道统政统合一'是儒教的本质特征，也是儒教的追求目标。"[③]而现代民主政治恰是非整体主义的，恺撒的归恺撒，上帝的归上帝，政教分离是根本原则。

四、复兴路向之四：生态学中的整体论

当代环境伦理学，大体上说有两种路向：一种路向是个体主义的，例如汤姆·雷根的"动物权利理论"，主张动物个体与人类个体一样具有自身应有

[①] 转引自刘东超：《蒋庆政治儒学批判》，张世保编《大陆新儒学评论》，线装书局2007年版，第76页。

[②] 转引自刘东超：《蒋庆政治儒学批判》，张世保编《大陆新儒学评论》，线装书局2007年版，第78页。

[③] 转引自刘东超：《蒋庆政治儒学批判》，张世保编《大陆新儒学评论》，线装书局2007年版，第84页。

的权利，人类应像保障人权一样保障动物个体的权利；另一种路向则是整体主义的，其代表人物有利奥波德、克里考特、罗尔斯顿等。

利奥波德将包括了土壤、水、植物和动物等地球上的一切事物视为一个有机整体，名曰大地共同体，认为大地共同体的目标旨在实现人类角色的根本转变，即"要把人类在大地共同体中以征服者面目出现的角色，变成这个共同体的平等的一员和公民"①。他认为作为一个有机整体的大地共同体的"完整、稳定、美丽"是至高价值，相对于这一至高价值，大地共同体中的任何成员，都不具有包括了生命权在内的任何个体权利。也就是说，大地共同体中任何成员的利益，都必须无条件服从大地共同体的"完整、稳定、美丽"的终极目的，凡有违背者，都理应作出让步，乃至牺牲，人类自然也不例外。

克里考特深化、细化和系统化了利奥波德的"大地伦理"思想。克里考特认为，现代性的物理主义自然观将物质实体看作是第一性的，实体与实体之间的关系是派生的、从属的、第二性的。"但生态学颠倒了这种关系。从生态学的角度看，生态关系决定了有机体（生物）的本性，而不是有机体的本性决定了生态关系。一个物种是其所是就因为它业已适应了它在生态系统中的生态位（niche）……'用亚里士多德学派的语言表达一个反亚里士多德学派的思想就是……关系'先于'关系中的事物，由这些关系交织成的系统性整体先于它们的构成部分。'"②关系先于实体，也就是能量之流先于物质实体。克里考特说："存在于生态过程中心的一个核心的、明显的事实是：能量，自然经济的硬通货，从一个有机体流向另一个有机体，它不像铸币那样从这一手流向那一手，但可以说从这一胃流向那一胃。吃与被吃，生与死，这就是生命共同体的忙碌。"③总之，在克里考特看来，生命个体、物质实体的个体本身并不存在，它们不过是大自然生生不息的生命之流中的水分子，是因生命之流而存在的，真正存在的只有生命之流整体、生生不息的大自然整体。

克里考特的"内在价值论"强调的也是一种关系性。关于非人类自然

---

① 利奥波德著，侯文蕙译：《沙乡年鉴》，吉林人民出版社1997年版，第194页。
② 卢风：《整体主义环境哲学对现代性的挑战》，《中国社会科学》2012年第9期。
③ 转引自卢风：《整体主义环境哲学对现代性的挑战》，《中国社会科学》2012年第9期。

物，客观主义价值论认为，非人类自然物的价值与人类无关，它自在地就有价值，不依赖于任何评价；而主观主义价值论则认为，非人类自然物的价值仅仅存在于人类的主观评价之中，依赖于人类的意识和意向性构造，人类认为其有价值就有价值，认为其没有价值就没有价值。克里考特同时反对客观主义价值论和主观主义价值论，他认为"价值必须在评价者和被评价者的评价关系中才能够呈现"①。克里考特同时强调了价值的来源和价值的处所这一组区分，②价值就存于价值的来源和价值的处所的统一之中。换言之，价值其实存于主观和客观的关系所构成的整体当中。克里考特举了新生儿的例子。新生儿自身暂无足够的感觉和理性作为评价的能力，无法彰显自身的价值，但新生儿在他的父母眼里却有至高的价值。新生儿的这种价值既不止在作为客观方面的新生儿自身，也不止在作为主观方面的新生儿父母，而在价值来源（新生儿）与价值处所（父母）的关系整体之中。③

整体主义环境伦理学的另一代表人物霍尔姆斯·罗尔斯顿提出了自然的工具价值、内在价值、系统价值的三重价值理论。工具价值是非人类自然物对人类的实用价值；内在价值是非人类自然物自在自为的、与人类无涉的价值；系统价值是包括了内在价值和工具价值在内的总体性的自然生态系统价值，系统价值是最高价值。在罗尔斯顿看来，自然生态系统才是真正的创造者，它依自然生态系统整体的目的创造了包括人类在内的万事万物，所以自然生态系统本身就是价值。他说："大自然首先创造的是实实在在的自然客体，这是大自然的计划；它的主要目标是要使其创造物形成一个整体。与此相比，人对价值的显现只是一个副现象。"④又说："自然系统的创造性是价值之母；大自然

---

① 陈杨：《超越价值的主观主义与客观主义——论克里考特的自然内在价值观》，《自然辩证法通讯》2019年第5期。
② 参见陈杨：《超越价值的主观主义与客观主义——论克里考特的自然内在价值观》，《自然辩证法通讯》2019年第5期。
③ 参见陈杨：《超越价值的主观主义与客观主义——论克里考特的自然内在价值观》，《自然辩证法通讯》2019年第5期。
④ 霍尔姆斯·罗尔斯顿著，杨通进译：《环境伦理学》，中国社会科学出版社2000年版，第159页。

的所有创造物,就它们是自然创造性的实现而言,都是有价值的。"①自然生态系统因为是创造者,本身就是至高价值,不仅如此,它还赋予了它的所有创造物以内在价值,人类是最充分的内在价值者,人类之外的自然物同样也有着不依人类的评价而有的内在价值。因此,人类不应只看到非人类自然物的工具价值,也要看到并尊重非人类自然物的内在价值,更要看到并尊重作为整体的自然生态系统的至高价值,且服从自然生态系统的终极目的:完整、稳定、美丽。他说:"创生万物的生态系统是宇宙中最有价值的现象,尽管人类是这个系统中最有价值的作品。"所以,"无论从微观还是宏观角度看,生态系统的美丽、完整和稳定都是判断人的行为是否正确的重要因素"。②

  美国建设性后现代主义不是一种单纯的生态学或环境伦理学,建设性后现代主义涉及他们所认为的后现代精神、后现代社会等一切后现代问题,但是生态问题无疑是他们所关切的最突出、最中心的问题。建设性后现代主义的代表人物之一大卫·格里芬说:"有很多问题值得建设性后现代主义者可以而且应该探讨,但这仅当我们还没有遭遇'绝对史无前例的紧急状况'时才有效,这个紧急状况威胁到了人类以及其他高等生物的生存。鉴于这一紧急状况,我们怀特海主义者应该优先考虑拯救能够被拯救的东西。"又说:"如果认为我们只应该解决生态危机,那就过头了。但是我们应该把生态危机、特别是全球变暖,当作众多事业中最最重要的一个。"他还指出:"人类正处于史无前例的境地。他自己的活动存在提前几百万年甚至数十亿年将自身连同这个星球上的大多数生命带向灭亡的危险。"③

  建设性后现代主义的另一代表人物约翰·科布则直接将后现代思维命名为生态思维,或者说,将生态思维命名为后现代世界观。约翰·科布说:"生

---

  ① 霍尔姆斯·罗尔斯顿著,杨通进译:《环境伦理学》,中国社会科学出版社2000年版,第270页。
  ② 霍尔姆斯·罗尔斯顿著,杨通进译:《环境伦理学》,中国社会科学出版社2000年版,第306—307页。
  ③ 大卫·格里芬著,柯进华译:《建设性后现代主义与生态思维》,《唐都学刊》2013年第5期。

态运动是一种正在形成的后现代世界观的主要载体。"①约翰·科布认为生态思维这样一种后现代世界观大体有两种同中有异的路向。第一种可称为大全整体的生态思维，非常类似于前现代时期各种宗教的思维方式。这种生态学世界观"强调生态系作为一个整体，具有相互依赖和统一的特性。价值存在于这个完整的体系之中，而不是存在于每一个单个的造物中。个体是作为这个整体的一员存在的，只有它们投身于整体的复杂的关系网中才是有价值的。顺从于这个整体，一种强烈的神圣感会油然而生。若背离这个整体，便会产生强烈的负罪感"②。科布更为肯定的是第二种生态思维，这种生态思维来源于怀特海的过程哲学。我们或许可以将第二种生态思维称为关系整体的后现代世界观。科布认为现代世界观的个体事物之间的关系是外部关系，个体事物的性质不随这种外部关系的改变而改变；而后现代世界观的个体事物之间的关系是内部关系，不同的内部关系会使个体事物发生相应的性质上的改变。科布说："生态学教导给我们的一个非常简单的道理是，事物不能够从与其他事物的关系中分离出去。它们可能会从一组自然的关系中被转移到一组人为的关系当中（例如实验室），但当这些关系改变后，事物本身亦会发生变化。研究事物与其关系相分离的努力是建立在一种误解的基础之上的，这种误解认为，万物都是作为独立的实体而存在的，只是在偶然的情况下才彼此产生关联。这种误解的基础便是唯物主义的自然观。（二元论和唯物主义世界观都持这种自然观。）这种唯物论在哲学上是建立在'实体'观的基础之上的。一个实体是不依赖他物而存在的，不管其所处关系如何，它基本上保持不变。"③

因此，科布认为，第二种生态思维要求我们在认识个体事物时，首先要认识个体事物之间的内在关系，认识个体事物置身其中的环境整体。虽然第二种生态思维不否认个体事物，不否认个体实体的现实性及其价值，但对其必

---

① 约翰·科布著，马季方译：《生态学、科学和宗教：走向一种后现代世界观》，大卫·雷·格里芬编《后现代科学：科学魅力的再现》，中央编译出版社1995年版，第137页。
② 约翰·科布著，马季方译：《生态学、科学和宗教：走向一种后现代世界观》，大卫·雷·格里芬编《后现代科学：科学魅力的再现》，中央编译出版社1995年版，第147—148页。
③ 约翰·科布著，马季方译：《生态学、科学和宗教：走向一种后现代世界观》，大卫·雷·格里芬编《后现代科学：科学魅力的再现》，中央编译出版社1995年版，第149页。

须在关系整体、环境整体的前提下进行理解。大卫·格里芬则更为明确地将现代世界观认定为二元论（或曰实体论）和个人主义，而后现代世界观是反二元论、反实体论和反个人主义的。格里芬认为后现代世界观的最主要特征是内在关系的实在性和有机主义，他认为个体事物是经由与他物、他人的内在关系，与社会的、自然的环境整体，乃至神（神圣实体）有机地融为一体的。

五、整体主义：复兴还是参与？

从以上对超越现代性之整体主义复兴的几种路向的简略梳理，我们确实可以明显地看出现代性的问题，可以看出现代性在对世界的解释上的缺陷和实践上的困难。机械论的世界观和还原论的方法论，不能对这个世界的复杂性和有机性进行理想的描绘；被看作现代科学研究之命脉的对个别具体科学事实的实验和实证，在科学整体富于弹性的调整面前未必能提出真正真理性的新知识；市场经济、人权、法治和民主，在贫富悬殊和社会不平等的社会危机面前，常显露出无奈的困窘；人类对大自然的雄心在气候变暖等生态危机面前，更变得幼稚和孱弱；等等。所有这些似乎都在说明现代文明正在或已然成为过去时，而整体主义的复兴势在必行，否定之否定的从祛魅到返魅的形态如旭日一样已临东升。然而，这是真的吗？作为前现代文明之文化逻辑的整体主义在现时代是否必然需要复兴？现代性是否必须在目前的阶段被超越？一个与前现代文明、现代文明等值、并列的历史新阶段——后现代文明是否真的正在或已然到来？

作为人类历史一个阶段的现代文明，必然会存在它自身的问题。现代性毫无疑问需要调整、变革和发展，然而与前现代文明相比，现代文明毕竟是一个很不相同的人类历史阶段，现代文明的缺陷和局限与前现代文明的缺陷和局限也是性质上很不相同的缺陷和局限。我们要问的问题是：第一，有缺陷和局限的现代文明是否比前现代文明更合于今天的人类生活呢？换言之，尽管现代文明有如此这般的缺陷和局限，然就人类目前可能达到的生产力水平和经济基础而言，是前现代文明的生产关系和上层建筑与之更匹合，还是现代文明的生产关系和上层建筑与之更匹合？第二，在今天整个人类的视野中，是否已经出现与现代文明的生产力具有质的不同、质的飞跃的生产力（如工业生产对小农生产那样的质的飞跃）？是否已经出现与现代文明的经济基础有质的不同、质的飞跃的经济基础（如市场经济对自给自足的小农经济那样的质的飞跃）？更简约地说，今天是否已经出现了一种与现代文明的文明范式根本不同的新文明范式呢？

站在现代化程度较高的发达国家的立场上，其问题意识会更多地意识到和面对现代性已暴露出来的缺陷和局限，其中有些激进的思想家会提出现代文明之后的"后现代"问题，这并不令人惊奇。但站在亚洲、非洲和拉丁美洲等现代化程度还不够高的国家的立场上，其问题意识应该更多地着眼于现代文明与前现代文明的比较上，尽管并非不需要看到现代性的缺陷和局限。

在哈贝马斯与利奥塔的著名论战中，主张"现代性是一项未完成的工程"的哈贝马斯，与主张现代文明已近尾声、后现代文明已经开幕的利奥塔相比，前者似乎显得有些弱势，当时"后现代"声音颇是高涨。这显然是因为这些声音都发自发达国家，而发展中国家的声音几乎完全缺席。而且，到了现在，发展中国家对发达国家的种种冲击（如恐怖主义、移民潮等），也使"后现代"声音变得低落了。稍有点年纪的中国人，大概都会对"超越"发展阶段心有余悸。中国当代历史已经尝过了所谓"超越"发展阶段的巨大苦头，但是否已经充分吸取了教训呢？

从所谓超越现代性的整体主义复兴运动的种种路向，我们也能看出其中的复杂性。例如量子力学，确实是自然科学进展的产物，亚原子不再能用原子层面行之有效的还原论进行理解，而很有可能需要回到整体主义的思路上去。用机械论理解生命，尽管不是完全无效，但肯定不是充分有效，这些都是整体主义思维方式可能发挥作用的方面。而一些整体主义思潮，如现代"活力论""突现论"，其实都还未能根本摆脱神秘主义的窠臼，说整体主义思维方式在这些方面已然复兴，就未免为时过早。至于计划经济体制中的整体主义思维，可以说是前现代文明之整体主义文化逻辑的顽固抵抗。现代新儒学中"回到汉儒"的政治儒学一脉的兴起，则可以说是前现代整体主义文化逻辑的一种复辟。即使面对较容易达成共识的生态危机，生态整体主义也有成为环境法西斯主义的危险，不见得是解决生态危机的理想思路。

如果平心静气、实事求是地回到现实生活，回到我们时代生活的主导范式，我们则可以看到，远至宇宙飞船、原子能、导弹等，近至计算机、生物遗传技术、纳米材料、现代医学等，举凡我们已知的一切当代最前沿的科学技术，有哪一项不是属于"现代"的还原主义、原子主义的成就呢？与前现代的非市场经济比较起来，具有专业分工与交换特点的市场经济所构成的物资生产的极大丰富，不是取得了彰显个人财产权的成就吗？在一个法治国家里，不再有株连，不再有连坐，不再有"血统论"，不再有"家庭出身"制约着每一个人的人生沉浮，每一个公民都具有受到法律保障的个人权利，同时承担起必须承担的个人责任。超越现代性的整体主义复兴要如何超越非整体主义的现代性法治和民主呢？

而且，在从前现代文明向现代文明转型的过程当中，发展中国家常会出现非常复杂的情况，人们所感受到的社会问题、社会缺陷其实是复合性的，是前现代文明的缺陷与现代文明的缺陷纠缠在一起的状况，但人们却有可能将这种复合性问题统统归结为现代性的罪过。例如，1978年之后，我国走上了市场经济之路，然而前现代的整体主义文化逻辑仍在顽固地起作用。不少人还是用"以阶级斗争为纲"的思维方式理解"以经济建设为中心"，因而出现了"全民皆商"的局面，许多行业极端商业化、产业化，使社会出现了严重的弊病。这显然不是市场经济本身的错，可人们却很容易将其归罪于市场经济改革，甚至有人说这是亚当·斯密"看不见的手"的学说的罪过。又例如，今天人们深恶痛绝的腐败问题，很多人都将其归罪于市场经济改革，但如此严重的腐败究竟是市场经济的罪过，还是市场经济改革未能与政治、社会体制改革很好匹配而导致的结果呢？

作为人类文明发展过程的一个历史阶段，现代文明总有一天要成为过去时，现代性总有一天要被根本性超越，但应该不是在今天，尤其是发展中国家。今天整个人类需要的还是更高的现代化程度，更理想的现代性——努力克服现代文明缺陷和局限的，与各国家、民族的本土文化资源结合了的现代性。我们不可以本质主义地理解现代性，现代性必须不断地调整、变革、改造、发展、完善。这个过程，既是坚持现代文明作为一种文明史阶段的文明范式基本格局的过程，也是尽可能吸纳各种各样思想资源（包括吸纳前现代文明的思想资源，也吸纳发展中国家各式民族、文化的传统思想资源）的过程。我曾打过一个比方：前现代文明有如蝌蚪，现代文明有如青蛙，青蛙不再是蝌蚪，但蝌蚪却在青蛙之中。①作为前现代文明之文化逻辑的整体主义是必须予以批判和扬弃的，但整体主义作为一种思想资源却未必不可以被吸纳到现代性建构中来，与现代性的个体主义文化逻辑相融合，参与到现代性的变革、发展和完善中来。

2020年2月

---

① 参见金岱:《"右手"与"左手"》，广东人民出版社1998年版，第3—12页。

粤派批评丛书

大家文存
《康有为集》 郑力民 编
《梁启超集》 付祥喜 陈淑婷 编
《黄遵宪集》 龙扬志 编

名家文丛·第一辑
《黄药眠集》 刘红娟 编
《钟敬文集》 包 莹 编
《萧殷集》 傅修海 编
《梁宗岱集》 付祥喜 编
《黄秋耘集》 吴 琪 编

名家文丛·第二辑
《刘斯奋集》 刘斯奋 著
《饶芃子集》 饶芃子 著
《黄树森集》 黄树森 著
《黄修己集》 黄修己 著
《黄伟宗集》 黄伟宗 著
《谢望新集》 谢望新 著
《李钟声集》 李钟声 著

名家文丛·第三辑
《蒋述卓集》 蒋述卓 著
《程文超集》 程文超 著
《林岗集》 林 岗 著
《陈剑晖集》 陈剑晖 著
《郭小东集》 郭小东 著
《金岱集》 金 岱 著
《宋剑华集》 宋剑华 著
《江冰集》 江 冰 著
《徐肖楠集》 徐肖楠 著

专题研究·第一辑
《"粤派评论"视野中的"打工文学"》 柳冬妩 著
《中外粤籍文学批评史》 古远清 著
《粤派网络文学评论》 西 篱 主编

专题研究·第二辑
《"粤派批评"与港澳台及海外华文文学研究史》 贺仲明 主编
《粤派传媒批评》 陈桥生 著
《"粤派批评"与现当代文学史研究》 宋剑华 主编